전광용 단편선

꺼삐딴 리

책임 편집 · 김종욱
서울대학교 국어국문학과와 같은 과 대학원 졸업.
현재 세종대학교 국어국문학과 교수.
저서로는 『한국 소설의 시간과 공간』 『한국 현대소설의 서사형식과 미학』 『한국근현대시
론사』 등이 있음.

한국문학전집 39

꺼삐딴 리

전광용 단편선

초판 1쇄 발행 2009년 11월 9일
초판 17쇄 발행 2024년 8월 9일

지 은 이   전광용
책임 편집   김종욱
펴 낸 이   이광호
펴 낸 곳   ㈜문학과지성사
등록번호   제1993-000098호

주   소   04034 서울 마포구 잔다리로7길 18(서교동 377-20)
전   화   02)338-7224
팩   스   02)323-4180(편집) 02)338-7221(영업)
전자우편   moonji@moonji.com
홈페이지   www.moonji.com

ⓒ ㈜문학과지성사, 2009. Printed in Seoul, Korea

ISBN 978-89-320-1999-4 04810
ISBN 978-89-320-1552-1(세트)

전광용 단편선
꺼삐딴 리

김종욱 책임 편집

문학과지성사 한국문학전집 39

| 차 례 |

작품 해설

│일러두기│

1. 이 책에 실린 작품은 전광용이 1955년부터 1965년까지 발표한 작품 중에서 선정한 15편의 단편소설이다. 각 작품은 발표 당시가 아닌 처음 창작집에 수록된 것을 저본으로 삼았으며, 정확한 출처는 주에 명기되어 있다.

2. 이 책의 맞춤법은 1988년 1월 19일 문교부 고시 '한글 맞춤법'에 따르는 것을 원칙으로 하였다. 단 작품의 분위기에 영향을 준다고 판단되는 방언이나 구어체 표현, 의성어, 의태어 등은 그대로 두었다.

    예) <u>한아부지</u>가 기다릴라.

    　　<u>인자사</u> 와……

3. 원본의 한자는 가급적 한글로 바꾸었으며, 작품 이해에 도움이 될 만한 한자는 그대로 두고 괄호 안에 넣었다. 반복적으로 등장하는 한자어는 최초에만 괄호 안에 한자를 병기하고 후에는 한글로만 표기하였다.

4. 대화를 표시하는 「 」혹은 『 』는 모두 " "로, 대화가 아닌 강조의 경우에는 ' '로 바꾸었다. 책 제목은 『 』로, 노래 제목은 「 」로 표시하였다. 말줄임표 '··' '··' '·····' 등은 모두 '······'로 통일하였다. 단 원문에서 등장인물의 머릿속 생각을 표시하는 괄호는 작은따옴표(' ')로 바꾸었고, 작가가 편집자적 논평을 붙인 부분은 괄호(( )) 안에 표시하였다.

5. 외래어 표기는 1986년 1월 7일 문교부 고시 '외래어 표기법'에 따라 바꾸었다. 단 작품의 분위기에 영향을 준다고 판단되는 경우에는 원본을 그대로 살렸다.

    예) 옆에 놓은 <u>보루상자</u>에 집어넣는다.

    　　(현 표기법은 '보드상자')

6. 과도하게 사용된 생략 부호나 이음 부호는 읽기에 편하도록 조절하였다.

7. 책임 편집자가 부가적으로 설명이나 단어 풀이가 필요하다고 판단한 경우에는 미주로 설명을 붙여놓았다.

흑산도 黑山島

첫 조금〔潮減〕[1]이 지난 달무리였다. 철에 고깝지 않게 포근한 날씨가 새벽 눈이라도 내릴 것만 같았다.

손바닥 오그린 모양으로 오붓하고 아늑하게 생긴 좌청룡(左青龍) 우백호(右白虎)에 감싸인 마제형(馬蹄形)[2]의 형국(形局)이라는 나루였다.

평나무, 누럭나무, 재배나무가 우거진 속 용왕당(龍王堂)이 버티고 서 있는 당산(堂山) 기슭에 감아붙어 갯밭에 오금을 고이고 조개껍질처럼 닥지닥지 조아붙은 마을 한 기슭으로 뒷주봉 나왕산(羅王山) 골짜기에 꼬리를 문 개울이 밀물을 함빡 삼켰다가 썰물에 구렁이처럼 갯벌로 꿈틀거리고 흘러내리는 것이 희미한 달빛에 비늘처럼 부서진다.

갯가에서는 마을 장정들의 흥겨운 노랫소리가 꽹과리, 장구 소리에 섞여 당산까지 울렸다가는 숨 죽은 듯 고요한 바다 위로 다시 퍼져 흩어진다.

인실이네 마당에서는 큰애기[1]들이 손에 손을 잡고 둘레를 돌면서 메기고 받는 강강수월래가 그칠 줄을 모른다.

딸아 딸아 막내딸아

인실이 어머니의 메기는 소리다.

강강수월래—

큰애기들은 목청을 돋우어 받는다. 빨리 돌 때는 큰애기들의 삼단 같은 머리채가 궁둥이를 치고 허리통에 휘감긴다.

너만 곱게 잘만 커라
강강수월래—

어느덧 노래는 그들이 가장 즐기는 '둥당기 타령'으로 바뀌었다.

둥당에다 둥당에다
당기둥당에 둥당에다

큰애기들은 흥겨워 저도 모르게 어깨춤에 가랭이질이 섞인다.

저기 가는 저 생애〔喪輿〕는
남생앤⁴가 여생앤가
여생질⁵에 가거들랑
우리 엄마 만나거든
어린 자식 보챈다고
백수뻥에 젖을 싸서
한숨으로 마개 막아
무지개로 끈을 달아
전하라소 전하라소
안개 속에 전하라소

까막개〔黑浦〕의 밤은 추위도 모르고 깊어만 갔다.

북술이는 동무들과 맞잡고 둥당기 노래를 부를 때는 아무 시름
도 없이 즐겁기만 했다. 그러나 혼자서 이 노래를 읊조리면 얼굴
모습조차 기억 속에 더듬기 어려운 어머니의 옛이야기처럼 서러
움이 꿀컥 치밀었다. 둘레를 돌면서도 북술이의 눈은 이따금 갯
가로 옮겨졌고, 그럴 때마다 용바우의 믿음직한 목소리가 귓전을
어루만져 슬픔을 가라앉히곤 했다.

갯가에서는 막걸리를 나누는 참이었는지 한참 잦았던 징소리가
이번에는 더 세차게 마을을 스쳐서는 뒷주봉에 메아리를 울렸다.

'한아부지가 기다릴라.'

아쉬운 생각도 없지 않았지만 노래 중간에서 뺑소니를 쳐 나온
북술이의 걸음은 집에 가까울수록 무거워만 졌다.

당산 밑 낭떠러지에 등을 대고 다가붙은 갯집 큰방에는 불빛도 보이지 않았다. 정지와 큰방과 마루를 둘러싼 앞마당은 그대로 한길이자 갯가였다.

"인자사 와……"

굴뚝 뒤로 우거진 동백(冬柏)나무 그림자에서 불쑥 튀어나오는 소리였다.

"아이고 놀랐제라우, 누고……"

"나야, 나."

용바우의 크고 벌어진 어깨가 북술이 앞으로 다가왔다.

"난 또 누구라고, 갯가에서 벌써 왔는지라우."

"안 갔제라, 내일이 유왕님[龍王] 고사 모시는 날이랑이께."

"웅, 그랴."

북술이는 깜빡 잊었던 용왕제(龍王祭)가 생각났다.

"그렁께로 술도 고기도 못 먹고 정히 한다이께."

까막개 사람들은 바다와 싸우면서 바다를 의지하고 살아왔다. 폭풍우를 만나면 바다가 적이었고, 고요하게 잠자는 날이면 바다보다 다사로운 벗은 없었다.

이 섬에서는 일 년의 넉 달은 농사가 살려주고 나머지 여덟 달은 바다가 키워주어 미역과 자반과 생선으로 목숨을 이었다.

그들은 바다에서 나서 바다에서 죽었다. 용바우 아버지도 그랬고, 북술이 아버지도 그러했다. 원수인 바다에 끝없는 저주를 보내면서 바다에 대한 지성은 그들의 신앙이었다.

그러기에 가장 허물 없고 깨끗한 젊은이들이 해마다 정초에는 용왕제 집사(執事)로 뽑혔다. 용바우도 금년에는 이 정성스러운 일에 한몫 들었다.

용바우는 열다섯에 첫 배를 탔다. 털보 영감으로 통하는 안 선달과 두 살 맏이이지만 알이 작기에 대추씨라는 별명을 가진 두칠이 틈에 끼여 북술이 할아버지 박 영감과 함께 칠산(七山) 바다에서 연평(延坪) 앞개까지 올리훑는 조기잡이로 시작된 뱃길이 어느새 십 년이 흘렀다.

세월은 박 영감의 등에서 살점을 앗아가고, 머리빛을 갈아내고, 이마에 밭이랑 같은 주름을 박아가는 사이에 용바우는 제법 소금섬 두 가마씩을 단숨에 지고 발판을 나는 듯이 뱃전으로 오르내리게 되었다. 간물에 전 검붉은 얼굴은 윤기를 띠었고 이글이글 타는 화경⁷ 같은 눈동자는 박 영감의 가슴속 빈 구석을 채워주었다.

용바우에게 북술이는 거리낌도 수줍음도 없었다. 나이야 먹어가든 말든 그대로 장난이요 반말이었다. 그러던 북술이가 어느덧 용바우 앞에서 옷고름을 물지 않으면 앞섶을 만지작거리는 버릇이 생겼다.

박 영감은 박 영감대로 용바우에 대한 속셈을 했고 용바우는 어느새 북술이가 제 물건처럼 소중해졌다. 북술이도 노상 용바우가 싫지는 않았다.

"그라문 간물에 몸을 씻고 가지라우."

"내일 새벽 일찍이 씻는당께."

"배는 언제 떠나고."

"이자 배꼽[8]을 박고 끄스리문 모레쯤 떠나제, 올에는 새로 묵은 배니께 홍두 날께라."

"그랑이께, 두 밤 자문?"

"응, 그랴."

용바우는 달빛에 어린 북술이의 얼굴이 봉오리 벌어지는 동백 꽃보다 더 아름답다고 느껴졌다. 몸집이 마음 놓고 굵어진 것 같아 부푼 가슴이 풀 먹은 인조견 저고리 앞자락을 슬며시 들고 일어섰다.

"북술이는 또 나이 하나 더 먹었으니께 인자 열아홉이제."

"누군 나이를 안 먹구 나만 먹는지라우."

고름 끝을 비비는 북술이의 입가에는 엷은 웃음이 어렸다. 용바우는 북술이의 입이 가장 복스럽다고 생각되었다. 그 입으로 말이건 웃음이건 거푸거푸 새어 나오게 하고만 싶었다.

'북술이는 지 어무니를 닮았제라우, 고 복스런 입이 더.'

입버릇처럼 뇌까리는 인실이 어머니의 말이 떠올랐다.

"인자 씨집도 가양께."

처음 하는 소리였다. 그러나 지난봄부터 용바우의 혀끝에서 맴도는 한마디였다.

"누가 씨집간다는지라우."

"그랴문 씨집두 안 가구 큰애기로 늙으라제."

"언제 누가 큰애기로 늙는당께……, 남의 걱정 말구 장가나 가라제라우."

북술이도 이번에는 가슴이 탁 트이도록 소리를 내어 웃었다.

어느 사이엔지 용바우의 삿대 같은 팔은 북술이의 겨드랑이를 스쳐서 사등뼈[9]가 바스라지도록 껴안는 판에 가슴은 숨 막히게 가 빴다. 용바우의 뜨거운 입김이 북술이의 이마를 확확 달구었다.

"어디 참말 씨집 앙 가나 보자이께."

"누구는……"

봉창문[10]이 삐걱 소리를 내었다. 박 영감의 쿨룩거리는 기침 소 리였다.

"누구라."

"……"

"누가 왔는게라."

"나 북술이라우."

"웅 북술이라."

"야."

북술이의 허리를 놓은 용바우는 슬며시 갯가로 돌아 까막바위 쪽으로 내려갔다.

"누가 왔지로."

"저, 용바우가."

"새날이문 유왕님 고사에 나갈 놈이 가시나하고 무슨 짓이라."

다시 박 영감이 해소가 끊이지 않는 사이에 북술이는 방에 들어 가 쪼그리고 누웠다. 그러나 용바우의 입김은 아직도 이마에 뜨 거웠다.

먼동이 트기 전부터 내리는 눈은 솜송이같이 함박으로 퍼부어

미처 녹다 못해 오래간만에 쌓여졌다. 당산에서는 본당(本堂) 정면에 단청(丹靑)으로 그려진 남녀 괘화(掛畵) 앞에 소 한 마리가 사각(四脚)과 두족(頭足)으로 동강이 나 놓여 있고, 이 한 해의 잡귀(雜鬼)를 몰고 풍어(豊漁)를 기원하는 고축(告祝)도 끝났다. 만선(滿船)을 축원하는 용바우의 머릿속에는 북술이가 크게 자리 잡고 있었다.

한낮이 되자 하늘은 개고 거의 녹아버린 눈길에 마을 사람들은 명절보다 더 기뻤다.

달이 나왕봉 마루에 기울기 시작했다. 까막바위 앞에 웅크리고 앉은 두 그림자는 이윽하도록 움직이지 않았다. 잔물결이 바위 밑에 부서졌다가는 밀려가는 것이 차츰 거세어졌다.

"그라이께, 새벽참에 꼭 떠나야제."

"그랴."

"한아부지가 보름이나 지나믄 나가자는디."

"물감자(고구마)도 그만 다 떨어졌지라, 먹을 것이 바닥이 났으라우."

"그랄 테지라, 하지만……"

"아니오, 보름 전에 한 축은 해야 한다이께."

용바우는 담배를 말아서 불을 붙였다. 두툼한 양볼이 오므라지게 빨았다가는 길게 내뿜었다. 눈 온 뒤에는 꼭 바람이 터진다는 할아버지의 말이 다시 떠올라 북술이는 어쩐지 불안스러웠다.

"보름을 쇠구 가제, 그라요."

"보름은 손구락을 빨구 쇤당께. 새벽참에 떠나믄 보름 전에 돌아오지라."

잊었던 찬 기운이 겨드랑이로 스며들었다. 북술이는 용바우 무릎에 바싹 다가앉았다.

"그라이께 말이여, 이번 한 채만 잘하믄 그걸 폴아서 북술이 신발을 싸고 나도 작업복이나 한 벌 갈아입어야제."

"……"

용바우의 거북 등 같은 손아귀에 꽉 쥐인 북술이의 손은 해면처럼 오그라들었다. 북술이는 용바우가 꺼안는 대로 잠자코 있었다. 머루알 같은 젖꼭지에 용바우의 손끝이 닿으니 등줄기가 저리도록 간지러웠다.

용바우는 박 영감을 찾았다.

"나두 인자 이만큼 하이께 한아부지는 그만 쉬지라우, 올해는 셋이서 넷 몫을 하랍니데."

"글쎄라……"

"털보 영감과 두칠이두 그랬지로, 해소가 심한디 조섭을 해야지라고."

"이래도 배에만 오르믄 상관없는지라."

박 영감은 곰방대를 들면서 긴 한숨을 꺾었다.

"가알〔秋〕도 아니고 절〔冬〕에 안 되지라."

"그래셨지마는 어디 그랄 수야……"

벌써 몇 번이나 되풀이되는 이야기였다. 정지에서 뱃전신 고구마를 솥에 안치고 있던 북술이는 코허리가 시큰했다. 눈까풀을 까물거리니 기어코 방울이 떨어졌다. 설 보름과 제사 때만 맛보

던 쌀밥이건만 아버지 제사에 쓰려던 멥쌀을 갈라서 고구마 솥에
깔았다.

첫닭이 울었다. 배는 물때를 따라서 떠나야 했다. 앞개에 늘어
선 배마다 불이 환했다. 나루터는 찾는 소리 대답하는 소리에 왁
자지껄 고아댔다.

털보 영감은 홍어 주낙¹¹을 올리고 두칠이와 용바우는 뒷장에
그물을 실었다. 물동이를 이고 나오는 북술이의 뒤에 박 영감이
따라섰다.

두칠이는 닻을 올리고 털보 영감은 뒷줄을 풀었다. 용바우가 삿
대를 내리밀자 털보 영감은 이내 키를 잡았다. 두칠이는 노를 풀
어 놋좆¹²을 제자리에 박고 노걸이를 걸었다.

배가 움직이기 시작했다. 어둠 속에 썰물을 타고 달아나는 뱃머
리에 부딪는 물결 소리만이 아우성에서 멀어져가는 새벽의 고요
를 깨뜨렸다.

"알맞은 샛마〔西南風〕라, 돛을 올리제."

털보 영감의 의기를 띤 소리였다. 용바우와 두칠이는 돛대를 발
바닥으로 지그시 밀면서 총줄을 팽팽히 죄었다. 용두줄을 당기어
뒷장에 꼼을돛〔大帆〕을 올리고 허리돛마저 올렸다. 새벽바람에
활처럼 당겨진 돛은 바람 먹은 복어가 물 위에 떠가듯 가볍게 미
끄러졌다.

안개를 벗어난 지 이윽해서 용바우는 멀리 홍도(紅島)께를 내
다보았다. 먼동이 트기 시작하나 수평선은 아직 어둠 속에 잠겼
다. 아득히 석끼미 등댓불만이 깜박거렸다.

용바우의 머리에는 간밤 진주알 같은 눈망울로 쳐다보던 북술이의 모습이 떠올랐다. 가슴이 뛰었다.

'만선을 해갖구 들어가야제.'

이렇게 바다로 나가는 것이, 아니 사는 것이 모두 북술이 때문에 보람 있는 것같이 그런 심정으로 자꾸만 이끌어졌다.

'언제 누가 큰애기로 늙는당께.'

북술이의 말소리가 아직도 귓가에서 떠나지 않았다.

큰 바다에 나오니 바람은 휘몰아치고 너울은 점점 거세어졌다.

"치(키)를 좀 외로 틀제."

이무장(前舷)에 걸터앉은 털보 영감은 뒷장에 서 있는 용바우를 건너다 넌지시 한마디 던지고는 담배를 피워 물었다. 털보 영감은 까칠해진 손을 비비면서 아들놈도 장성해가니 이제 금년으로 뱃길은 끝내야겠다고 생각에 잠겼다. 그러고는 애숭이 같은 것이 그래도 하이칼라랍시고 머리 밑을 도리고 다니는 아들 녀석의 굵어가는 뼉다구를 가늘어진 눈언저리에 그리며 만족한 듯한 미소를 입 가장자리에 여물렸다.

아직도 갯가에 서 있는 박 영감은 지금쯤은 배가 옥섬(玉島) 모퉁이는 돌았겠다고 생각되었다. 뭇 배가 다 떠나고 갯밭이 조용해질 때까지도 박 영감은 돌처럼 그 자리에서 움직이지 않았다.

얼마 동안을 지났던지 비금도(飛禽島) 쪽에 포개졌던 엷은 구름이 가시고 햇발이 솟아오르기 시작했다. 육십 평생 보아온 하늘이건만 하루도 똑같은 날은 없었다.

'바다가 유헌덕이라면 하늘이사 제갈량이제, 참 조홰야, 암만

가구 싶어도 하누님이 말면 못 가이께.'

박 영감의 눈은 동녘 하늘에 못 박히고 있다. 활대 구름이 허리띠처럼 가로놓여 있기 때문이었다.

'거기다 해까지 노란 씨레를 달았군. 옘평 가마깨에서 배가 곤두박질한 것도 저 구름이었다. 아들놈이 서바닥 호쟁이꼴에서 소식이 없어진 것도 바로 저 구름이었지…… 오늘 밤엔 하누바람〔北風〕이 터질 테라.'

갯밭에서 마을 길로 옮기면서도 박 영감의 시선은 항시 구름에서 떨어지질 않았다.

누더기가 되다시피 한 솜옷 위에 언젠가 데구리[13] 선장이 던지고 갔다는 군복 잠바를 걸친 박 영감은 뒤로 보아서는 야윈 얼굴이 짐작될 바도 아니나 옆에서 치켜 보면 목덜미의 힘줄이 지렁이처럼 내솟구고 있다.

'올 해사나 잘되문 가알에는 성례(成禮)를 시켜야제.'

박 영감은 한순간 흐뭇한 기분으로 중얼거렸다. 북술이는 귀엽고 용바우는 고마웠다. 멀리 안깨로 들어서는 긴차쿠〔巾着船〕[14]의 고동 소리가 박 영감에게는 못마땅했다.

해초(海草) 뜯기는 조금께가 제일 알맞았다. 북술이는 바구니를 들고 까막바위 쪽으로 돌아갔다.

정이월부터 삼사월까지는 자반과 우무를 뜯고, 오뉴월이면 잠질[15]해서 생복이나 성게를 땄다. 칠팔월에는 미역이 한창이었고, 구시월 접어들어 동지섣달까지는 김〔海苔〕을 주웠다. 갯밭을 파는 조개잡이는 사철 가리지 않아 이렇게 까막개 아낙들은 여름은 여름대로 겨울은 겨울대로 바다와 더불어 손끝이 닳아갔다.

"잉아, 북술이 니는 뭍[陸地]에 가봤제."

작년 봄에 과부가 된 새댁이 북술이 허벅다리를 꾹 찔렀다.

"응 한 번."

"나도 꼭 한 번 목포에……"

큰애기 머리채처럼 치렁치렁한 자반 포기를 바구니에 주워 담던 그들은 허리를 폈다. 그들의 눈길은 멀리 동쪽 기좌도(箕佐島) 팔금도(八禽島)의 희미한 능선에 머물렀다. 까막개 큰애기들에게는 뭍이 향수(鄕愁)처럼 그리웠다.

"인자 그만 뭍에 가 살았으문……"

새댁은 바위 끝에 주저앉으며 동의를 구하는 듯한 눈매로 북술이를 쳐다보았다. 북술이의 마음도 그러했다. 바다를 떠나서는 살 수 없으면서도 해마다 그 꼴로 되풀이되는 섬 살림이 이젠 진절머리가 났다.

"그라문 새댁은 뭍으로 가제."

"북술이는 용바우가 있으니끼로 안 되지라우."

"……"

북술이의 가슴은 화살을 맞은 것 같았다. 사실 북술이도 뭍이 뼈저리게 그리웠다.

"누가 용바우 때문이라우."

"유왕제 전날 밤도 실그니 새어서 용바우를 만났제."

"……"

머리를 저었으나 북술이의 얼굴은 붉어졌다.

지난여름 물을 실어간 건착선의 곱슬머리가 찾아왔다.

"북술이, 금년에도 물 좀 부탁해."

"야."

"이거는 빨래고."

곱슬머리가 다녀간 후 보따리를 헤치니 빨랫비누 세 개와 담뱃갑이 굴러 나왔다.

할아버지는 그거는 왜 받았느냐고 몹시 나무랐다. 그러나 얼마 안 가서 노인은 풀잎을 썰어 피우던 쌈지[16]를 밀어놓고 궐련[17]을 끄집어내기에 북술이도 겨우 마음을 놓았다.

떠나는 뱃길이 썰물이라면 돌아오는 뱃길은 밀물이었다. 갯벌은 장작 횃불에 야시(夜市)처럼 환했다. 그러나 간밤부터 몰아치는 돌개바람은 아직도 가라앉지 않고 너울은 굶주린 이리 떼처럼 태질을 했다.

마을 사람들은 나루터에서 밤을 새웠으나 아직도 배 세 척이 돌아오지 않았다.

열흘 만에야 하태도(下苔島)에 불려 갔던 구장네 배가 돌아왔다. 그러기에 그들은 아직도 한 가닥의 희망은 버리지 않았다. 이제 순돌이네 배와 용바우가 탄 배만 돌아오면 되었다.

바다는 언제 그런 폭풍우가 있었느냐는 듯이 시치미를 딱 떼고 거울같이 맑았다. 마을 사람들은 아무 일도 없는 듯이 또 배를 타고 바다로 나갔고, 아낙네들은 바구니를 들고 갯벌로 나갔다.

북술이는 나왕봉 꼭대기로 올라갔다. 이 마루턱에 서면 멀리 홍도가 검은 바윗빛으로 나타나고 그 사이에 호쟁이꼴이 가로놓여 있기 때문이었다.

북술이의 마음속에는 용바우가 꼭 살아서 돌아올 것만 같은 생각이 들었다. 북술이는 하루 종일 홍도 바다에 눈을 박고 장승처럼 섰다. 그러나 해가 하늘 끝에 기울어도 수평선에 까물거리는 고랫배[捕鯨船] 외에는 낯익은 아무것도 나타나지 않았다.

북술이 아버지 제삿날 밤이었다. 같은 날에 세 사람의 제사였다. 그러나 까막개에는 이것이 그렇게 신기한 일은 아니었다. 다행히 같은 배에서 살아오는 사람이 있으면 죽은 날이 밝혀졌고, 기다리다 지쳐서 단념을 하게 되면 떠나던 날이 제삿날로 되었다.

바다는 그들에게서 눈물을 핥아 갔고 한숨마저 뿌리째 빼어 갔다.

"하이끼로 구만 예(禮)를 올리제."

희망 잃은 구장의 말이었다. 그러나 아무도 대꾸하는 사람이 없었다. 성복(成服)[18]을 한다는 것은 망령(亡靈)에 대한 산 사람들의 정성이겠지만 가족들에게는 그것이 혹 살아올지도 모르는 요행마저 도려 가는 것 같아서 석 달이고 반년이고 파묻어두는 일이 예사였다.

"그놈의 기골이 그라케 비명으로 죽을 놈은 아닌디."

무거운 침묵을 깨뜨리고 박 영감의 입이 열렸다.

"글쎄 인실이 아부지도 그때 석 달 만에 살아왔으니께."

다른 사람에게 틈을 주지 않고 불길(不吉)을 막으려는 듯 용바우 어머니가 가로챘다.

"인실이 아부지 같은 천명(天命)이야 어떻게 바란다우. 대마도까지 불려 갔으니께."

하나도 이치에 어긋나는 이야기가 아니건만 가족들은 구장의 말이 제각기 못마땅하였다.

"그놈의 긴치쿠 '요다키(夜焚)'[19]인가 불바다가 돼가지구 하룻밤에 우리가 잡는 일 년 몫을 쓸어 가는지라, 나갈 제는 소 잡으라 나가는 것처럼 소리치고 나가지만 들어올 때는 죽을 지경으로 들어오니께."

박 영감의 말이었다.

"데구리까지 제멋대로 끌고 당기이께 양짝서는 퍼 실어도 가운데서는 못 잡지라우."

곱사등이 입을 내밀었다.

"왜정 때만 했어도 연해(沿海) 삼십 마일 밖에라야 데구리 허가를 했는데 요새는 손 앞에서 막 해먹으니께로 고기 종자가 없제."

도무지 세상 되어먹는 꼴이 눈꼴사납다는 듯한 구장의 말투였다.

"맹아더 론(맥아더 라인), 그것도 상관없는지라."

이번에는 구레나룻의 주걱턱이 맞장구를 쳤다.

까막개의 밤은 이야기로 새었고, 주리고 부은 얼굴들엔 그렇게라도 해야 어지간히 화풀이가 되었다.

벌써 두 달이 꼬박이 흘러갔다. 마을 사람들은 길어진 해가 원망스러울수록 허리띠를 더 졸라맸다. 집집마다 계량(繼糧)[20]이 끊어졌다.

이젠 그들의 입에서 털보 영감이나 용바우 이야기가 점점 사라져 갔다. 기억 속에서도 아지랑이처럼 흐려갔다. 그러나 북술이만은 날이 갈수록 용바우의 윤곽이 더 뚜렷이 돋아 올랐다. 구릿빛으로 타는 얼굴이 눈에 선했다.

북술이는 나루터로 나갔다. 어젯저녁 꿈자리가, 오늘은 꼭 용바우가 돌아올 것만 같았다. 그러나 밤이 이슥하도록 고기가 낚이지 않아, 빈 배로 돌아오는 마을 사람들의 시들어진 얼굴 속에 용바우의 모습은 보이지 않았다.

이튿날 아침 북술이는 묵을 쑬 우무를 고아서 동이에 받아놓고 집을 나섰다. 인실이 어머니를 찾아 산으로 올라갔다. 벌써 달포나 우려먹은 우무묵과 자반나물에 시달려 종아리가 허전했다.

칡〔葛〕뿌리 파기에는 힘이 겨워 송기〔松皮〕를 벗겼다. 소나무의 곧은 줄기라곤 다 없어지고 앵돌아진 가지밖에 남지 않았다. 한나절이 지나서야 송기는 바구니에 반이나 찼다.

"북술애 쪼끔 쉬재이."

"그라제라우."

인실이 어머니가 주저앉은 옆에 북술이도 다리를 뻗고 앉았다. 인실이 어머니의 얼굴은 멀겋게 부었다. 만삭(滿朔)이 되어서 그런지 몸뚱어리도 부은 것같이 유별히 크게 보였다.

인실이 어머니는 다리를 쭉 펴고 정강이를 엄지손가락으로 꾹 눌렀다가 떼었다. 한참 있어도 손가락 자리는 부풀지 않았다.

"이렇게 배도 부었제라."

북술이는 마음이 쓰렸다. 이번에는 그 손가락으로 북술이의 정강이를 더 힘주어 눌렀다.

북술이 다리도 손가락 자리가 옴폭했다. 그러나 손바닥으로 문지르니 그 자리는 금방 그대로 되었다. 북술이는 제 손가락으로 이렇게 되풀이하면서 쓴웃음을 지었다.

인실이 어머니는 북술이 다리를 베고 누워 북술이에게 머릿니를 잡히면서 이야기를 시작했다.

"북술이는 꼭 지 어무니를 닮았제, 고 입이 더, 북술이 어무니는 소문나게 고왔제라, 마을 머시마들이 오금을 못 썼으이께, 그란디 육지루만 씨집가겠다구 그라는지라."

처음 듣는 이야기였다. 북술이는 이 잡던 손을 멈추고 인실이 어머니 입만 내려다보았다.

"그라, 북술이 아부지가 홍도에 장가를 갔었는디 가서 잔칫날 각씨를 다리고 오고는 사흘 만에 첫질 가는디 풍파가 심했어라. 좋은 날 받아 갈라니 또 풍파가 일구 또 일구 그래서 북술이를 나 갖구 첫질을 갔제라."

북술이는 침을 꿀꺽 삼키고 또 인실이 어머니의 입만 지키고 있다.

"그란디 그 다음 해 호쟁이꼴에서 그만 북술이 아부지가……"

인실이 어머니는 숨을 길게 들이켰다. 북술이의 눈언저리가 흐려졌다.

"북술이 어무니는 날마다 나왕봉에 올라갔제라 석 달을 두고…… 옛날에도 그래 망부석(望夫石)이 있어라. 그런디 인실이 아부지 오이게 소식을 듣고 병이 났지라."

북술이의 눈물이 인실이 어머니의 이마에 떨어졌다.

"그런디 북술이 어무니는 밤에 없어졌제라."

"어디로?"

잠자코 듣고만 있던 북술이가 다급하게 물었다.

"물에 빠져 죽었다이께…… 육지에서 봤다는 사람도 있제."

"육지에……"

어머니가 죽었다고만 들은 북술이는 제 귀를 의심했다. 육지가
어머니의 젖가슴처럼 그리워졌다. 북술이는 급기야 흐느껴 울었
다. 인실이 어머니는 무릎에서 일어났다.

"울지 말라이께, 다 옛말이라, 인자 북술이도 육지로 씨집을 가
야제."

북술이는 용바우가 돌아오지 않는 바다라면 정말 싫증이 났다.
바다가 미워졌다. 아예 바다를 떠나야만 살 것 같았다.

북술이의 머리에는 건착선의 곱슬머리가 떠올랐다. 육지에 같
이 가 살자고 그렇게 조르는 곱슬머리에게 오늘은 대답하리라고
마음먹었다.

북술이는 정지에 들어서자 난데없는 자루에 눈이 둥그레졌다.
풀어보니 쌀자루에 고무신 한 켤레가 들어 있었다. 그러잖아도
풀물만 마시고 누워 있는 할아버지에게 쌀미음 한 그릇이라도 떠
끈히 권하고 싶은 요사이의 심정이었다.

"한아부지 쌀이라우."

방 쪽을 향하여 묻는 말이었다.

"응 북술이라. 그 긴차쿠 젊은이가 가져왔지라."

지난번 담배 때와는 딴판으로 별로 나무라는 눈치는 아니었다.

오래간만에 다루어보는 쌀이었다. 북술이는 쌀을 한 움큼 쥐어
서는 부서져라 비비고 손바닥을 살그머니 폈다. 오드득 소리나게
마른 쌀이 손가락 사이로 간지럽게 흘러내려갔다.

이번에는 고무신을 신어보았다. 발에 맞기는 하나 눈처럼 흰 빛
이 소복(素服) 같아서 용바우에 대한 무슨 불길한 예감이 떠올라
겁이 났다.

그러나 미음 솥에 불을 지피면서도 북술이는 오래간만에 가슴
이 후련했다. 부지깽이로 정짓문을 내밀치고 마당에 나섰다. 당
산 끝 낭떠러지에 팽꽃이 한창이었다. 동부[14] 꽃도 피기 시작했다.
동박새가 짝을 찾는지 찢어지는 소리를 내며 숲 속으로 사라졌
다. 저녁노을이 나왕봉 마루에 걸렸다. 차츰 땅거미가 산골짜기
에서 갯벌로 퍼졌다.

할아버지는 쌀미음에 구슬땀이 흘렀다. 북술이도 치마끈을 늦
추었다. 그러나 할아버지도 손녀도 다시는 쌀자루에 대한 이야기
는 없었다.

까막조개 등잔에서 뱀 혀끝 같은 심지가 빠지작빠지작 타 들어
갔다.

새벽에 진통이 시작하였다는 인실이 어머니가 해 질 무렵에 어
린애가 걸린 대로 죽었다는 소문이 온 마을에 퍼졌다. 다물도(多
物島)에 배를 가지고 갔던 인실이 아버지가 의사를 모시고 돌아

온 것은 이미 운명한 뒤였다.

북술이는 송기 벗기러 갔을 때의 손가락 자리가 종시 솟아나지 않던 인실이 어머니의 다리가 자꾸만 눈앞에 어른거렸다. 나도 시집을 가면 저러랴 싶으니 등골이 오싹했다.

'의사가 있는 육지에 가 살아야지.'

북술이의 마음은 자꾸만 육지로 줄달음쳤다.

곱슬머리가 사흘째 찾아왔다.

"긴차쿠가 내일 저녁 목포로 떠나, 꼭 같이 가지?"

"그라제라우!"

북술이의 눈망울은 안개보다 깊었다.

"내일 저녁 해 떨어지문 곧……"

"야."

"까막바위로 와."

"가지라우."

곱슬머리에게 승낙을 하고 난 북술이의 마음은 한 곳으로 정해졌다. 육지에 가서 자리만 잡으면 할아버지도 모시자는 곱슬머리의 눈동자에는 진정이 고였다고 생각되었다.

자기를 아껴주는 사람이면 다 고마웠다. 북술이의 머리에는 언제인가 한 번 보았던 육지의 화려한 모습이 그물코처럼 연달아 떠올랐다. 기차를 타고 자꾸자꾸 가고만 싶었다. 곱게 생겼다는 어머니의 얼굴도 그려보았다. 그럴수록 북술이의 머릿속은 엉클어져 뜬눈으로 밤을 새웠다.

집을 나선 북술이는 끝내 까막바위로 나갔다.

해는 수평선에 가라앉았다. 어둠이 밀물처럼 스며들었다.

뎀마²²가 까막바위에 와 닿았다. 그러나 북술이는 보이지 않았다. 곱슬머리는 북술이가 자기를 놀라게 하려고 숨었나 싶었다. 몇 차례나 바위를 돌았다. 아무리 돌아도 북술이의 모습은 찾을 길 없었다.

곱슬머리는 뎀마를 나루터로 돌렸다. 그러나 마을 어느 구석에도 북술이의 그림자는 찾아볼 수 없었다. 건착선에서는 연달아 고동이 울려왔다. 뎀마가 갯가에서 사라진 후 얼마 안 되어 건착선은 앞개를 떠났다.

까막바위에 선 북술이의 눈앞에는 고래 등 같은 용바우가 가로막고 섰다. 할아버지의 꿀대를 파고 솟구치는 가래침 소리가 목덜미를 잡았다. 다음 용왕당과 나루터와 갯벌이 머릿속이 비좁게 감돌았다.

'그랴문 씨집도 안 가구 큰애기로 늙으라제.'

용바우의 황소 같은 목소리가 어깻죽지를 붙잡았다.

뎀마의 물 가르는 소리가 점점 까막바위로 가까워왔다.

북술이는 갑자기 마을 쪽으로 쏜살같이 달아났다. 용바우가 내일 틀림없이 연락선으로 돌아올 것만 같았다.

까막개의 아낙네들은 그리다가 목마르고, 기다리다 지쳐서 쓰러지면서도 바다와 더불어 살았다.

자리를 털고 일어난 박 영감은 끌과 자귀를 들고 밖으로 나섰

다. 굴뚝 뒤 바위 위에 엎어놓은 낡은 근깃배를 끌어 내렸다. 해
풍에 강마른 뱃바닥에 햇볕이 새었다. 박 영감은 알기 끝에 배꼴
을 끼워 벌어진 틈을 메우기 시작했다. 부러진 노를 이었다. 박
영감은 아픈 허리를 두드리면서 아들보다 용바우가 더 그리웠다.

저물녘에는 짚불을 피워 배연애가 까맣게 된 근깃배가 나루터
에 떴다. 배 윗장에서 이마에 손을 대고 북녘 하늘을 쳐다보는 박
영감의 긴장된 얼굴이 엷은 경련을 일으켰다.

'갈바람〔南風〕이제, 고기사 밤에 잘 물제라.'

주낙(줄낚시)을 실은 박 영감은 뼈만 남은 양 어깨가 부서지도
록 노를 저었다. 배는 나루터에서 멀어져갔다. 바다는 속물이 약
해지는 첫 게끼[23]였다.

박 영감의 가슴에는 장수라는 별명을 듣던 삼십 대의 시절이 번
개같이 어렸다.

'혼자서 셋 몫은 실히 해 넘겼겠다. 유왕제가 끝나면 첫 조금에
서 열 물을 넘어 마지막 게끼를 되풀이하는 사이 서바닥에서 한
몫 보구, 간나안 앞바닥에서 상어잡이가 끝나면 칠산에서 옘평까
지 조기 떼를 따라 물줄기를 거스르며, 용호동에서 만선에 기를
지르고 강화(江華)로 들어갔겠다. 생선회에 한 말 술을 기울이면
객줏집 계집들도 노상 파리 떼 모이듯 했겠다.'

흥겨웠던 뱃노래가 어제 일같이 또렷했다.

　　어야 니어— 어가이여—차
　　영—차 영—차

우리네 배임자 신수가 좋아서

칠산 옘펭에 도장원 하였네

어―요 에―어―야

우리 배 사공님 정심이 좋아서

안암퓨 두 물에 만선이 되었네

어―요 에―어―야

멀리 나루터의 북술이 그림자가 주먹만큼 했다가 팥알만큼 변하는 대로 박 영감의 시야에서 아물아물 사라졌다.

흑산도(黑山島)!

숙명처럼 발목을 매어 잡는 이름이었다.

할아버지의 배가 사라진 영산(影山) 모퉁이에서 옮겨진 북술이의 눈은 하늘을 건너 아득한 육지 쪽에 얼어붙었다.

해풍에 나부끼는 머리카락 밑으로 저녁노을에 비낀 양 뺨은 홈빽 젖어들었다.

진개권塵芥圈

　금화(金化)와 철원(鐵原)의 갈림길을 끼고 앉은 쓰레기칸이었다. 떨기나무〔灌木〕 덤불을 건너 공동묘지가 쳐다보이는 묵은밭에 가시줄〔鐵條網〕의 어리[1]를 하여놓은 경사지였다.

　쓰레기 구덩이에서는 간밤 비에 좀 가늘어졌지만 처음 불을 댕긴 이래 꺼져본 적이 없다는 기름 묻은 찌꺼기 타는 연기가 뿌연 김에 섞여 연달아 올라가고 있다.

　가시줄 한 모퉁이에 몇 그루의 백양나무를 의지하고 창고(倉庫)니 취사장(炊事場)이니 하는 하꼬방들이 되는대로 늘어섰다.

　그 한끝 돼지우리에서는 만삭이 다 된 암놈이 몸뚱이를 가누지 못하여 한모로 쓰러진 대로, 아침 햇살을 받고 꾀죄죄한 눈만을 껌벅거리고 있다. 다른 놈들은 이런 일에는 아랑곳없다는 듯이 땅을 파헤치고, 물구시[2]를 뒤집어놓고 우리 가장자리에 가로지른 나뭇대에 앞발을 올리건 대로 비대한 체구에 어울리지도 않는 꼬리를 내저으면서 뚤뚤대고만 있다.

무슨 버젓한 사업체의 명칭이라곤 없지만 '싸진'인가 하는 미군 부대 청소 책임자가 저희들의 표지 삼아 나뭇조각에 붉은 페인트로 써서 붙이고 간 '빅토리'라는 이름에 덧붙여 너 나 할 것 없이 '빅토리 쓰레기칸'이라고 불렀다.

빅토리 사장(社長)으로 통하는 장 서방은 갈보굴이라는 새 거리의 철원집에서 해장을 하고 돌아왔다. 뼈가 굵은 체구에 사철 미군 작업복을 걸치고 있었다.

"손님이 온다……"

장 서방의 호기 띤 소리에 일꾼들은 소스라쳐 일어섰다. 쓰레기차가 온다는 소리였다. 언제 누구의 입에서 '손님'이라는 말이 시작되었는지 기억조차 희미한 일이었다. 그러나 저희들끼리 통하는 이런 계열의 말이 한두 가지가 아니었다.

일꾼들은 이 소리가 가장 신이 났고, 나들이 간 사람들이라도 맞이하듯이 흥이 나서 반겼다.

비에 젖은 낡은 책과 신문지 조각을 널어 말리고 있던 염소수염에 술이 고주라는 곰보 영감, 빈 병을 궤짝에 채워놓고 있던 순여 엄마, 가리고 남은 쓰레기를 구덩이에 쓸어 넣으면서도 장 서방의 농을 웃음으로 받아넘기는 쌍과부, 꿀꿀이죽을 돼지우리로 들고 가던 영희 할 것 없이 모두 하던 일을 내동댕이치고 차 오는 쪽으로 모이를 기다리는 병아리 떼처럼 모여 섰다.

창고 옆에서 작두로 깡통을 따고 있던 태식이란 놈은, 어느 틈에 벌써 설 자리를 찾아 뒷걸음치는 지엠시[3]에 재빠르게 뛰어올랐다. 뚜껑도 없는 만년필을 눈 껌벅거릴 사이에 작업복 궁둥이 쪽에 집어넣고 상고머리를 내저으며 두리번거리고 있다.

차가 머물기 바쁘게 다른 축들도 다람쥐처럼 매달렸다. 미처 차에 오르지 못한 순여 엄마는 쓸어 내려뜨리는 쓰레기 속에서 주먹보다 더 큰 귤 한 개를 주워내자 몸뻬 가랑이에 쭉쭉 훑어서 한 입 뚝 떼어보고는 입 다시는 소리에 얼려 눈을 딱 감으면서 옆에 놓은 보루⁴상자에 집어넣는다. 갈퀴로 쓰레기 속을 뒤지던 개똥이는 라디오 다마를 바지 호주머니에 집어넣고 반이나 남은 치약 튜브를 들고 머뭇거린다. 모두들 눈에 독이 올라 힐끔힐끔 장 서방 쪽을 곁눈질하면서 쓰레기 속을 노리고 있다.

"그자들이 보구 있을 때는 좀 눈치를 채란 말이야……"

뒤쪽에서 핏대를 세우고 고함치는 장 서방의 목소리에 깜짝 놀라 흠칫했다. 벌써 운전대에서 내린 깜둥이가 그들의 하는 짓을 언짢은 듯이 눈여겨보고 있다.

담뱃갑, 텐트 조각, 사과 껍질, 자루 부러진 쇠스랑, 마대, 깨어진 의자, 버터 깡통, 총알 깍지, 찌그러진 궤짝, 책 부스러기, 화장품 병, 오만 가지가 흩어져 쏟아졌다.

차 꼭대기에서 거꾸로 숙여진 알루미늄 통 속에서는 우윳빛의 짙은 식사 잔재물(殘滓物)이 땅 위 드럼통으로 흘러들어가고 있다. 시금털털한 비린내가 기름 냄새에 뒤범벅이 되어 코를 찔렀다. 이 축들이 말하는 '꿀꿀이죽'이었다.

깜둥이가 차에 가려진 틈을 타서 고깃덩어리 한 점을 집어든 쌍과부는, 재빠르게 입 안으로 가져가자 거의 반사적으로 손등에다가 입술을 훔치었다.

"제에기, 서방하구 입 맞추어야 하겠는데 식전부터 꿀꿀이죽하구 입 맞추네."

짓궂게 내쏘는 장 서방의 농에 얼굴을 붉히는 쌍과부를 치어다보면서 모두들 웃음이 한바탕 터져 나왔다.

"암, 과부 설움은 홀애비가 알아야지!"

곰보 영감이 쌍과부와 장 서방을 번갈아 보면서 슬며시 던지는 말에 태식이 놈과 영희란 년은 무슨 영문 있는 웃음을 지으면서 눈짓을 주고받았다.

"흥, 꿀꿀이죽 땜에 이제 돼지와 사람이 사춘이 됐어."

개똥이란 놈이 한 발 들이밀었다.

입에 대어보지도 않고 부대 취사장에서 남은 대로 나온 꿀꿀이는 깨끗한 드럼통에 받아져서 사람 입으로 들어갔고 나머지는 돼지물로 들어갔기 때문이었다.

간혹 고장 난 라디오 같은 것이 섞여 나오는 일이 있으면 제각기 눈에 쌍심지를 돋우고 아귀다툼을 했다. 그들이 말하는 '노다지'였다.

장 서방의 눈만 피하면 발굴자가 그대로 노다지의 주인이었다. 그러기에 일꾼들은 보수가 없어도 군소리 하나 없었고, 무슨 구실이라도 일자리에서 떨어져 나갈까 봐 그것이 오히려 걱정이었다.

이 칸에서 보수라고 명토[5] 있는 돈 구경을 하는 사람들은 처음 일을 시작할 때부터 관련이 있다는 곰보 영감과, 도급[6]조로 깡통을 따는 태식이나 개똥이뿐이었다.

사실 지난겨울부터 올 보릿고개까지 두메 마을 사람들은 여느 때 얼씬하기도 싫어하던 공동묘지 앞에 아침부터 줄을 지었다.

 피난처에서 옛집이라고 돌아왔으나 이미 농사철은 거지반 지난 때라. 무슨 대책이라도 세워주려니 하던 막연한 생각이 꼼짝 못하고 앉아서 굶어 죽게 만들었다.

 풀뿌리나 나무껍질을 우려먹던 입에 꿀꿀이죽은 쌀밥에 진배없었다. 산마루턱을 둘씩이나 넘어와 하루 종일 기다리다가 그들이 말하는 대로 '꿀꿀이 배급'을 못 타가지고 가는 날에는 맥이 풀려 산길을 더듬었다.

 쌍과부가 이 칸에 일자리를 가지게 된 것도 밤을 새워가며 배급을 기다린 그때의 연분이었고, 날개 돋치듯 꿀꿀이에 시세가 붙은 것도 이 무렵의 일이었다.

 시어머니와 며느리의 이 대 과부라 해서 쌍과부라고 불렀다. 그러나 이제 환갑이 다 된 노인에게 붙일 맛은 없어서 쌍과부라면 으레 젊은 댁을 부르는 말로 되었다.

 열아홉 살에 시집을 왔었다. 방위군'엔가 끌려간 남편의 소식은 알 길이 없이 유복자를 낳았다.

 해마다 가을이면 돌아온다는 판수의 말도 이제는 믿어지지 않았다. 시어머니는 며느리를 의지하고 살아왔고 며느리는 아들 때문에 산다고 했다.

 "젊은 댁은 너무 고와서 팔자가 센가 봐……"
하고, 순여 엄마가 쌍과부에 마음이 끌려 하면,

"아니, 거저 썩이긴 아까운 하이칼라랜대두……"

하고, 곰보 영감이 가로채었다.

"하이칼라가 뭐예요?"

쌍과부가 반문하면 곰보 영감은 서슴지 않고,

"하이칼라가 머긴, 꽃같이 젊으문 하이칼라지"

하고 친연스럽게 웃어넘겼다.

마을 아낙들은 쌍과부더러 복스러운 모색[8]이라고 했다. 그러나 시어머니가 박복해서 그 고생을 뒤집어쓴 게라고들 그랬다.

여름내 뙤약볕에 그을려 까맣게 탔으나, 탐스러운 얼굴이었다. 맑은 눈이 늘 금시 터질 듯한 웃음을 머금고 있었다. 곰보 영감의 말대로 한다면 그것이 음란할 징조라고 했다. 이런 두메산골에 태어났으니 말이지, 서울 장안에만 났으면 큰 놈 몇씩 들어먹겠다고 했다. 그러나 입이 여물게 생겼기에 그것을 막아내리라고 했다.

지난 말복 날 저물녘이었다. 돼지 두족을 한 틀 가져다 추렴이 시작되려는 판이었다. 땀에 전 먼지를 씻어버리려고 앞개울에 나갔다. 소나기가 온 다음 날이어서 산골 물은 거울처럼 맑았다. 사내들은 속내의까지 훌훌 벗어버리고 물속으로 풍덩 뛰어들어갔고, 여인들은 아랫목에서 웃통만을 벗고 속옷 바람으로 땀을 들였다.

쌍과부의 마음씨는 비단결보다도 곱다고 느껴오던 순여 엄마도 과부댁의 살결이 그렇게 고운 줄은 모르고 지냈다. 무릎을 세우고 돌 위에 걸터앉아 정강이를 물속에 담그고 있는 쌍과부의 허

벅다리 안쪽배가 눈결같이 맑아 어루만지면 융같이 보드라울 것
만 같았다.

"젊은 댁 애기가 들 무렵인가 봐!"

언제 어린애를 낳아보았으랴 싶게 밑으로 처지지 않고 꼭지 보
깨[9]를 그대로 엎어놓은 듯이 여문 젖가슴에 유심히 눈길이 머무르
면서 순여 엄마는 쌍과부의 구미를 건드렸다.

"아이구, 망측해라."

쌍과부는 양팔을 가슴에 오그리면서 웃음 띤 눈을 가느스름히
흘겼다.

"망측하긴, 초록두 한 철이라는데……"

"……"

"젊은 댁두 이제 팔자를 고쳐야지."

쌍과부는 후 하고 한숨을 쉬었다.

"서방 덕 못 본 년이 무슨 자식 덕 바랬댔다구, 요새 세상에 자
식 덕 보겠다는 쓸개 빠진 년도 없겠지만, 자식이란 노부모 속이
나 태웠지……"

순여 엄마의 말에 쌍과부는 아무 대답도 없었다.

첫애를 낳았다고는 하지만 오밀조밀한 정분도 느껴볼 새 없이
떠나간 남편이었다. 그러나 언제까지든 남편이 돌아오기를 기다
려야 한다고 생각했다. 시어머니를 섬기고 자식을 기르는 것이
살아가는 낙이라고 믿었다. 친정 식구와 함께 원주까지 피난 갔
을 때만 해도, 앞뒤 군대가 들쑥날쑥하는 북새판에서 감자굴 안
에 들어가 자고 깨었다.

보름께가 가까워 달이 떠오르기 시작했다. 쌍과부의 얼굴이 유난히 맑게 상기되었다.

"빨리 오시래요."

먼저 들어갔던 영희가 뛰어나왔다.

"몇 번이나 불렀는지 몰라요. 목이 아파 죽겠어요."

"응, 먼저 들어가. 곧 들어갈게."

돌 위에서 일어선 쌍과부의 얼굴은 어느새 젖어 있었다.

"한세상이 얼마라구, 꽃 같은 나이루 늘 고렇게 살겠수. 나 같은 거야 이제 성 쌓구 남은 돌이지만, 내외간에 의지하는 심정은 더 커간대두……"

"허구헌 날 이러구 있을 수도 없지만 어린애가 학교라두 들어가는 걸 보구라야 어떻게 하지 않아요."

"외갓집에 보내지, 제 어미 없으문 애가 굶어 죽을까 봐…… 장서방 같은 이두 드물대두, 내 어디 중신할까?"

쌍과부는 그저 웃어넘기기만 했다. 이날 저녁 오래간만에 노래라고 입 밖에 내었다.

명색 조반이라고 얼굴이 비치는 죽물이나 우려먹고 나온 일꾼들은 점심 한밥 허리띠를 늦추고 양껏 채우는 일이 하루의 낙이었다.

비료 값, 품삯, 정미소 삯을 긁어내면 가을 제철에 벌써 계량이 떨어지는 그까짓 농사는 해서 무얼 하느냐고, 곰보 영감은 올봄에도 밭갈이에 손댈 염도 않고 이 자리에서 버티었다.

쓰레기 꼭대기에 늘 덧붙여 앉아 오는 얼치기가 운전대 걸상 밑에서 보루상자 세 개를 끄집어냈다. 서 발 장대 같은 꺽다리 키에 옴폭 파인 눈이나, 대답할 때에 예외 없이 군장단으로 붙이는 홍! 홍! 하는 소리가 꼭 양키 같고, 거기다 통역이라고 지껄여댄다는 것이 모르는 사람이 들어도 안타까울 정도로 서투른 솜씨가 빤히 들여다보이는 얼치기래서, '얼치기 양키'라고 부르던 것이 어느 새 양키는 도태되고 '얼치기'만으로 통용되었다.

　"이거 얼마야?"

　"여섯 장!"

　장 서방의 물음에 얼치기가 깜둥이의 눈치를 살펴가며 건네는 말이었다.

　"노, 파이브 오케!"

　머리를 가로젓던 장 서방은, 발길로 빨랫비누 상자를 툭 차면서 다섯 손가락을 쫙 펴 깜둥이 쪽에 내대었다.

　망설이던 깜둥이 입에서,

　"홍! 홍! 오케!"

하는, 소리가 떨어지자,

　"뚜껑도 열지 않은 거야"

하고, 얼치기가 그 뒤를 이어받았다.

　창고 앞까지 가서 돈 오천 환을 받아 쥔 얼치기는 군복 가슴을 헤뜨리고 양담배 보루를 집어냈다.

　"자, 이것도."

　"이건 혼자 돗따하는 거지?"

"흥! 흥! 어서 돈만 내래두."

"다, 제 염통만 챘다니까."

장 서방의 반생은 술과 계집이었다.

노가다 판 날인부에서 십장으로, 흥남 공장에서 다시 청진으로, 나중에는 목단강에서 자무쓰[10]까지, 아무 일이라도 닥치는 대로 해 넘겼다. 사주를 들이고 정식 결혼이라곤 해본 적이 없지만 카페 여급이니, 기생이니, 공사판에서 눈속이 맞은 처녀니 하여 버젓이 살림이라고 차린 일은 손가락을 꼬부렸다 펴고도 다 헤아릴 바 없었다.

그러나 그 살림이 일 년을 넘은 적이 별로 없이 갈라지고 말았다. 친구들은 괴팍스런 성질이라고 했고, 떠나가는 계집들은 변태라고 그랬다.

장 서방은 자기 과거를 이야기하는 법이 없었다. 지난 일을 돌이키기란 가장 아픈 상처를 쑤시는 일이라고 했다. 한잔 마시기만 하면,

"계집이란 아예 애 낳는 데밖에 쓸모가 없다니까……"
하면서, 제 성미에 맞지 않으면 무엇이든지 부수는 버릇이었다.

그러던 장 서방의 기질이 이 쓰레기칸에 와서 점점 달라지기 시작했다.

'나는 인간의 쓰레기야. 쓰레기 중에서도 깡통 하나 골라낼 것 없는 다 썩은 쓰레기야.'

술만 들이켜면 계집을 나무라던 주정이 제 한탄으로 바뀌어졌

다. 그러고는 자기 나이를 세는 습성이 늘었다.

'마흔넷! 마흔넷! 흥 사사야 죽을 때 됐어. 암 죽어야지, 한 일이 없이 죽는다니까.'

누구 하나 대답하여주는 사람이 없어도 혼자 부르고 쓰고 했다.

'이거 외로워서 죽겠어. 어디 마음 붙일 곳이 있어야지.'

제멋대로 지껄이고 고함을 쳐도 시원치 않으면 나중에는 황소같이 엉엉 소리를 내어 울었다.

자동차 두 대만 다녀가면 가을 해는 허리를 꺾기 시작했다. 그래도 이 패들에게는 아침나절이 지루했다. 바람결에 풍겨오는 고깃국 냄새가 코끝을 스칠 때마다 숨을 더욱 길게 들이켰다.

"제사보다 젯밥에 더 눈독이 간다니까!"

일손이 풀려가는 눈치를 보면 무턱대고 내뱉는 장 서방의 무뚝뚝한 말투였다.

"아무렴, 산에 간 비둘기가 마음이사 콩밭에 있달밖에……"

이럴 때면 정해놓고 받아치는 곰보 영감의 뒷받침이 어색한 분위기를 얼버무렸다. 앞니가 빠진 곰보 영감의 입이 헤벌어질 때마다 쌍과부는 제 입마저 호물거리면서 웃음을 참지 못했다.

점심참이 지났다. 곰보 영감은 아까 깡통 틈에서 찾아낸 네모진 병의 두 잔가웃이 넘는 양주를 입술에서 쪽 소리가 날 때까지 병나발을 불고 나더니 거나한 기분이었다. 거미줄처럼 주름이 얽힌 눈 가장자리에 개기름이 번지르르했다. 화천(華川) 전투에서 이등 상사로 있던 외아들이 전사했다는 것이 노상 영감의 자랑이었다. 아들만 있으면 이 꼴이 아니라고 내세웠다. 가슴이 아플 때는 마누라보다 술잔이 더 다정하다고 우겼다. 차만 오면 깡통이나 과일 나부랑이보다 빈 병을 주워 모으는 것이 일이었다.

등을 쬐는 오후의 햇볕이 간지러울 정도로 다사로웠다. 토요일은 늘 바빴다. 일요일까지 겹쳐서 실어 내오기 때문이었다. 그러나 이날은 오히려 한산했다.

일손이 좀 가벼워지는 때면, 태식이 놈의 가사(歌詞)도 신통치 않은 유행가가 제멋대로 터져 나오고, 어느 사이에 덩달아 영희 년의 가냘픈 목소리가 뒤를 이었다. 이쯤 되면 곰보 영감의 콧소리 수심가가 목을 지르고 나중에는 순여 엄마와 쌍과부의 흥타령이 한 다리 끼였다.

누가 시키는 것도 아닌 참에 후렴은 한데 어울려서 오후의 쓰레기칸은 흥겨워만 갔다.

자동차 고동 소리에 갑자기 노래를 멈추고 소리나는 쪽으로 머리를 돌이켰다. 군대차가 들어오고 있다. 구령에 맞추듯이 일제히 자리를 떴다. 가까이 가니 쓰레기차가 아니다.

"파리 떼야, 파리 떼!"

개똥이가 태식이더러 소곤거렸다. 무엇을 좀 달라고 손바닥을 내미는 축들을 이렇게 불렀다. 무슨 부대니 무슨 단체니 하는 데서 돈푼이나 내라고 조르는 일은 말할 나위도 없이 많았지만, 보루상자니 널빤지니 하는 등속을 얻으러 오는 패도 끊이질 않았다.

"물 사겠소, 물?"

휘발유를 사겠느냐는 말이었다.

"오늘은 현금이 없어서……"

"후에라도 괜찮으니 받아두어요, 자, 그릇을 가져와요."

젊은 군복이 운전대에서 뛰어내렸다. 황급히 탱크에다 고무호스를 박자, 한끝을 입에 물고 빨더니 찌그리는 상판을 하면서 입속의 호스를 재빠르게 휘발유 초롱에 옮겼다. 금방 세 초롱이나 빠져나왔다.

"시내로 들어가는데 나무를 좀 실어야겠어."

검문소(檢問所)를 통과하기 위하여, 차에 실은 도당[11]과 철망(鐵網) 위에다 나무 부스러기를 싣고 가야 하겠다는 것이었다.

차가 떠난 후 뒷매무시를 하고 난 일꾼들은 돌아갈 채비를 하였다.

순여 엄마는 닭고기 깡통을 귤이 들어 있는 상자에 집어넣고 전화줄로 얽어매었다.

"흥, 쓰레기칸 때문에 비행기로 실어온 닭고기 반찬을 먹지, 어디 엄두나 내던 일이야?"

곰보 영감이 자기 몫에 걸린 닭고기를 종이에 꾸리면서 하는 소리였다. 선반을 매겠다는 나왕 널판에 닭고기 봉지를 얹어 노끈으로 짐바[12]를 만들어 지고 나섰다.

영희 년은 재봉틀을 하겠다고 채색한 동그란 캔디통을 들었고, 태식이란 놈은 집 안 도배를 하겠노라면서 양키 잡지 한 묶음을 끼고 있다. 쌍과부는 어린애를 주라고 장 서방이 내놓은 과자통에 빨랫비누 두 개를 어울려 가지고 일칸을 나섰다.

그들은 제 짐보다 남의 보따리에 더 눈이 갔다.

지난여름부터 유엔군이 철수한다는 소문이 떠돌기 시작했다.
그러나 밤을 자고 나면 교체되는 일선 부대의 이동이기에 그리
대수롭게 생각하지 않은 장 서방이었다.

이 주일 전만 해도 이 구역의 유엔군이 완전 철수한다고 했지
만, 결과에 있어서는 이곳 부대가 일본으로 이동되고 그 뒤에 전
선 부대가 옮겨왔었다.

그러나 이번은 한국 부대와 완전히 교체한다는 것이었다.

사실 쓰레기차가 매일 줄어들어갔다. 그보다도 장 서방은 괘씸
한 생각이 들었다.

작자들이 뒷수습도 하지 않고 꽁무니를 뺀다는 심정이 들었다.
모조리 떠나가고 나면 또 사흘 안에 미아리까지 밀고 들지나 않
을까 하는 턱없는 생각도 들었다.

급기야 그들이 철수하고 난 뒤면 꿩 구워 먹은 자리가 될 쓰레
기칸이 떠올랐다. 지금까지는 무턱대고 해온 것이 어딘가 아쉬운
생각이 없지도 않았다.

해가 어지간히 기울어 찬기가 오금에서 등골로 기어오르기 시
작했다. 아침부터 계속되는 탱크며, 군인을 실은 차가 아직도 끊
이지 않고 먼지 속에 꼬리를 물고 달아나고 있다.

멍하니 철수 대열만 바라보고 있는 장 서방 옆에 지프차가 와
닿았다. 청소 책임자 싸진이었다.

내일 본국으로 돌아간다는 것이었다. 이 년 가까이 부대 출입을
해온 장 서방은 그의 말에서 줄거리는 딸 수 있었다.

싸진은 자랑삼아 패스포트 갈피에 끼워둔 마누라 사진을 끄집어내고 남들이 부러워하는 미인이라는 말을 또 되풀이하였다. 한국 전선에 와 있는 사이에 저금한 돈으로 신형 승용차를 장만해 가지고 집으로 돌아가겠다는 말도 덧붙였다.

장 서방은 멀거니 듣고만 있었다. 싸진은 이 빅토리 쓰레기칸의 일은, 다시 이 구역에 미군 부대가 들어올 때는 우선권이 있을 것이라고 하면서 지나간 실적에 대한 자기의 보증 사인이라는 타이프에 찍은 글 쪽을 장 서방의 손에 쥐여 주었다.

새 거리에서 지프차를 내린 장 서방은 캐나디안 위스키[13] 한 병을 안겨서 싸진이 단골로 다니는 양공주 안나의 집에 그를 몰아넣고 돌아섰다.

벌써 일주일이나 쓰레기차는 보이지 않았다. 묵은 짐마저 정리가 끝난 일꾼들은 매일 목이 기다랗게 차를 기다리다가 지쳐서 돌아갔다.

녹슨 깡통, 찢어진 보루상자, 깨뜨려진 병, 나뭇조각 등이 너저분하게 흩어져 있을 뿐이었다.

장 서방에게는 세상이 온통 쓰레기로만 보였다. 장터도 교회도, 정당도, 회사도, 군대도, 학교도 모조리 쓰레기칸과 더불어 머리를 스쳐갔다. 깊은 지식은 없어도 세상을 넓게 밟아온 장 서방이다. 그 속에서 자기 자신이 가장 쓸모없는 쓰레기라고만 생각되었다.

나중에는 쓰레기 더미 속에 쌍과부의 얼굴이 어렸다. 무슨 구원의 손길 같게만 여겨져 오늘 밤은 기어코 끝장을 내야겠다고 제 마음에 다짐을 했다.

떡갈나무의 앙상한 가지 끝에 신음 소리를 내던 거센 바람이 자작나무 가지에 걸린 밝은 까치 둥[14]을 훑어가고야 말았다. 음산한 날씨가 금시 눈이라도 쏟아질 것만 같았다.

남쪽으로 염주(念珠) 알처럼 이어 달아나는 철수 차량의 헤드라이트가 황토색 먼지 속에 올빼미 눈같이 판득[15]거렸다. 뺑소니를 치는 대포 구멍은 모두 북쪽으로 향하고 있었다.

"제에길, 무기까지도 모조리 긁어 가지고 가는군."

곰보 영감의 못마땅해하는 말소리에 몇 번이나 혀를 차는 소리가 계속되었다.

땅거미가 묘지를 스쳐 쓰레기칸을 뒤덮어도 철수 차의 대열은 끊이지 않았다.

기어코 는갯비[16]가 거센 바람에 휩싸여 뺨을 갈기고 어깨를 적시었다.

철원집에서 곰보 영감과 마주 앉은 장 서방은 "쓰레기를 벗어나야 산다니까, 쓰레기를" 하면서 곰보 영감이 영문도 모를 소리를 술잔마다 되풀이하였다.

흙탕길을 적시면서 쓰레기칸에 들어선 장 서방의 눈이 찌꺼기 더미 한구석에 못 박혔다.

틀림없는 쌍과부였다. 쌍과부가 연기 속의 쓰레기를 뒤지고 있었다. 마치 먹새를 찾는 암탉 꼴이었다. 땅 위에는 갓 주워낸 듯한 자질구레한 나뭇조각이 흩어져 있었다.

사흘째 계속되는 첫 얼굴[17]에 냉돌에 몸져누운 시어머니는 죽는다고 앓는 소리를 했고, 어린것은 잠을 자지 않고 울기만 하였다. 쌍과부는 한잠도 이루지 못했다.

어린것이 있고 시어머니 있는 방 안에서 힘에 겨운 외로움이 자꾸만 솟구쳤다. '장 서방이 어때서……' 하고 거의 날마다 건드려보던 순여 엄마의 말이 떠올랐다. 하룻밤을 흐느껴 새웠다.

장 서방과 마주친 쌍과부는 훔치다 들킨 사람처럼 몸둘 바를 모르고 망설였다. 차츰 얼굴에 핏기를 잃고 콧등에 솟은 엷은 땀이 빗물에 씻겨져 떨어졌다.

장 서방의 거슴츠레한 눈에서 처음 보는 번갯불이 번득이는 순간 쌍과부의 꺼멓게 젖은 손은 장 서방의 됫박 같은 손아귀에 부서지도록 쥐어져 있었다.

철수 차량의 대열은 아직도 끝없이 계속되고 있다.

어느 사이에 는갯비가 함박눈으로 변하여 앞이 보이지 않게 퍼부어 쌓이고, 쓰레기칸에는 습기를 띤 연기가 언제껏 타오르고 있었다. 국군의 연습 기지(演習基地)에서인지 간헐적으로 대포소리에 엇갈려 조명탄 섬광이 눈 속을 뚫고 쓰레기칸에 점멸(點滅)하였다.

지층 地層

1

박쥐같이 햇빛을 등지고 살아온 칠봉이었다.

낮과 밤을 분간할 수 없었다. 영하 이십 도의 바깥 세계와는 완전히 격리된 굴속이었다. 온기가 서려 훈훈하기까지 하였다.

파이프에서 새어 나오는 에어[壓搾空氣]의 숨 가쁜 소리가 그칠 사이 없이 어둠 속으로 흩어졌다.

다이너마이트의 폭음이 간헐적으로 굴 안을 뒤흔들고 달아난 뒤는 석탄 부스러기가 머리 위에 튀었다. 동발[坑木]¹ 틈에 괴었던 물방울이 튀어 목덜미에 선뜻한 찬기가 서리다간 등골로 스쳐 갔다.

주먹만 한 안전등(安全燈)이 철모(鐵帽) 앞이마에 달라붙었다. 한 줄기 불빛이 자욱한 먼지를 누벼가면 탄벽(炭壁)에 부서지는 반사광이 조각조각 윤기를 띠고 번득였다.

태백산맥의 큰 줄기를 머리에 이고 있는 험산 준봉의 뱃속을 가로질러 꿰뚫은 갱도(坑道) 속이었다.

간선 탄도(幹線炭道) 복판에서 바른쪽 벽을 후비고 밋밋하게 기어올라가는 수백 미터의 사갱(斜坑)²을 거슬러 포인트[分岐點] 지점에서 다시 옆 굴로 갈라졌다. 파다 버린 폐광구(廢鑛口) 앞에서 왼쪽으로 꺾여 얼마 동안을 꼬불꼬불 들어가 이제 더 갈 곳이 없는 막다른 한끝의 채탄장(採炭場)이었다.

칠봉이는 쳐들었던 곡괭이를 검은 벽을 향하여 내리찍었다. 곡괭이 날이 젖혀질 때마다 무너지는 석탄 덩어리가 발목을 덮었다. 이제 자가웃만 더 파 들어가면 동발 한 틀을 새로 세울 수 있으리라고 생각하면서 그는 연속 내리박았다.

곡괭이 자리마다 안전등 불빛이 따라갔다. 불빛이 다음으로 옮겨지는 대로 곡괭이 끝은 이동되어갔다.

자칫하면 불발(不發)된 남포 구멍을 다칠 뻔하였다. 착암기를 대고 널찍이 파내야 되겠다고 마음먹었다.

새로 나타난 암벽(岩壁)을 피하여 약간 구불게 파 들어갔다. 탄맥이 점점 좁아지는 것으로 보아 새로운 줄기를 찾아야 할 것이라는 생각이 들었다.

앞쪽이 널찍한 곽삽³으로 쌓여진 석탄을 퍼서 바닥에 깔아놓은 철판 위로 옮기었다. 이젠 속내의에 땀이 배어 축축해왔다.

레일에 긁히는 쇠바퀴 소리가 아득히 들려왔다. 권 노인이 몰고 나간 탄차(炭車)가 돌아오는 상 싶었다.

왜정 말엽에 아버지의 뒤를 이어 미성년 견습 탄부(炭夫)로 들어와서 해방과 육이오의 두 고비를 석탄굴 속에서 겪은 칠봉이다.

지난 칠석에는 씨름판을 휩쓸고 황소 한 마리를 탔었다.

사끼야마(先山夫)라는 탄광 특유의 칭호로 불리는 숙련 광부 칠봉이는 탄광 패들 속에서 모르는 사람이 없었다.

아버지만 불의의 조난으로 세상을 떠나지 않았던들 그는 아버지의 소원대로 이 두메산골에서 벗어났을 것이었다. 애당초 이 탄광에 밥줄을 걸어매지 않았을는지도 모를 일이다.

그 이야기는 아직도 칠봉이의 머릿속에 되살아오는 냉랭한 기억이었다.

장마가 줄곧 계속되던 초복날이다.

무덥고 침침한 날씨에 사지와 창자가 늘어진 일꾼들은 묵호(墨湖) 쪽에서 사들여 온 송아지만큼 한 개 두 마리를 엎어놓고 복놀이에 배꼽이 들썩하도록 한밥 잘 치르고 난 저녁이었다. 진국인 밀주 몇 잔에 칠봉이 아버지도 얼근한 기분으로 자정 가까워서야 밤일을 교대하여 굴속으로 들어갔다.

칠봉이 아버지가 일하던 채탄장에는 간밤부터 습새어[4] 떨어지는 물줄기가 연방 검은 덩어리를 밀어 내가고 있었다. 심상치 않게 본 그는 그날 밤 마련으로는 동발부터 먼저 덧세우리라 마음먹었었다. 일을 파하고 나갈 때에 보급계에 동발 신청까지 해놓왔다.

　그러나 정작 이날 밤은 거나한 기분으로 농탕치며⁵ 들어가는 바람에 그런 일들은 생각할 엄두도 내지 못하였다.

　일을 시작한 지 한 시간도 못 되어서 갱목이 삐끄러졌다. 암석이 굴러떨어지며 낙반(落盤)⁶이 되었다. 칠봉이의 아버지를 비롯한 굴속의 다섯 사람은 그대로 생매장이 되었다.

　이듬해 봄 칠봉이는 학교를 그만두고 탄광에 첫발을 들이밀게 되었다.

　안전등의 불줄기가 점점 가까워왔다. 칠봉이의 불빛은 권 노인이 몰고 오는 탄차 쪽을 비추었고 저쪽 불빛은 칠봉이 앞으로 다가왔다.

　석탄가루에 범벅이 된 칠봉이의 얼굴에서는 땀이 흘러내려 검은 판때기에 물자리가 파이고 눈알만이 광채를 띠고 있다. 그는 삽을 놓고 소맷자락으로 이마의 땀을 훔치면서 탄차 옆으로 발을 옮기었다.

　쩍 벌어진 어깨 위에 걸쳐진 작업복은 본바탕 제빛을 알아볼 자취도 없이 석탄빛으로 반들반들했고, 목에 감은 천 조각도 까맣게 변하였다.

　칠봉이는 탄차를 이끌어서 레일 끝쪽에까지 당겨놓고 삽을 들어 석탄을 퍼 담기 시작하였다.

　권 노인은 석탄 무더기 위에 몸뚱어리를 거의 내던지듯이 주저앉으면서 눈에 죄어드는 땀을 닦았다.

　"담배나 한 대씩 피우고 합세."

권 노인의 말이었다.

"붙든 참에 실어놓고 쉴랍니다."

"앙이, 그만하구 옵세. 있다가 같이 퍼 담지비."

"……"

"오랑이까, 빨리."

칠봉이는 삽을 탄차에다 걸쳐놓고 권 노인 옆에 와 앉았다.

그는 담배 한 대를 붙여 물었다. 길게 빨아 들이켠 연기는 송두리째 삼켜졌다가 큰숨에 섞여 뿌옇게 흩어졌다. 가슴속이 후련해 오는 것 같았다.

"사끼야마는 아직 시장하지 않소? 보리밥이라는 게 그게 영 실속이 없거덩."

"그걸 먹고야 어디 배에 심을 줄 수 있능기오."

칠봉이는 벌써 허기가 찬 듯한 권 노인의 말에 얼굴은 돌리지 않고 말대꾸만 하면서도 자기도 어지간히 배가 쓰려옴을 느꼈다.

"글쎄, 그놈의 배급이라는 게 몇 달씩 밀리다가 준다는 것이 겨우 그 꼴이 아니오, 입쌀은 뉘만큼밖에 안 되고 보리쌀투성이니 그게 어디 되겠소? 간조[7]두 벌써 석 달씩이나 밀리구두 펑 구워 먹은 소식이 아니오?"

"내일 내일 하구 핑계만 해쌓구, 한바탕 맛을 봐야 알지, 그놈의 자슥들이, 흠."

칠봉이는 큰기침 끝에 건 가래 덩어리를 내뱉었다.

"글쎄, 돈을 받아 쥐어야 가든지 오든지 하지 않겠소, 내 원."

"언제 떠날랑기오?"

"간조가 나는 거 바사 알지비."

"참 영희는 어떻게 할랑기오?"

"어떻게 하기는……"

"시집 줄랑기오? 안 줄랑기오?"

벌써 몇 번이나 권 노인더러 농처럼 다짐을 받아보는 말이나 칠봉으로서는 진심으로 나온 실토였다.

권 노인은 자기에게 도움이 되는 칠봉이가 고맙고 믿음직스러웠다.

영희도 한가족같이 칠봉이와 흉허물 없이 지냈다.

그러나 혼인은 아무리 당사자가 주라고 하지만 이 낯선 땅에, 그것도 지금의 권 노인으로서는 단 하나의 피붙이인 딸을 그대로 팽개치듯이 내놓을 수는 없다는 고까운 생각이 들었다.

속초에나 가면, 속내를 잘 아는 고향 사람들끼리 얽어놓는 것이 마음 편하리라고 생각해온 권 노인이었다.

대답 없이 건너다보는 권 노인의 머릿속에는 딸 영희의 장다리같이 커만 가는 모습이 떠올랐다.

권 노인은 눈을 가늘게 덮으면서 등을 탄벽에 기대었다.

서호진(西湖津)[8]에서 마지막 철수선을 타고 집을 떠난 것이 어제 일 같았다. 우선 형편이나 알아보려고 부둣가에 나온 것이 마지막이었다.

웬 영문인지 초급 중학에 다니고 있던 영희 하나가 묻어 떠났다. 다른 식구들은 모두 버려두고 그것 하나만이 무슨 바람에 휩싸여 붙어 왔는지 통 모를 일이라고 생각되었다. 이럴 때면 권 노인은, "다 운이야, 운" 하고 만사를 운명에 돌리고 체념을 곱씹는 것이었다.

흰 머리카락이 부쩍 늘어간 권 노인을 존대하여 탄광 패들은 '노인' 자를 붙여 불렀다. 하지만 아직 오십 안팎의 권 노인으로서는 그 소리가 그리 달갑지는 않았다.

배에서 짐짝처럼 부려진 곳이 거제도(巨濟島)였다. 거기서 여수로, 여수에서 다시 목포로 알 만한 사람이 줄 닿아지는 대로 전전하여 흘러갔다.

사실 늦어도 석 달 안으로 고향에 돌아갈 줄만 믿었다.

차츰 나이 차가는 딸의 앞길이 걱정되었다. 고향 사람들이 많다는 속초로 갈 양으로 영암선에 접어들었던 것이 오늘의 시초였다.

삼척까지의 중턱인 철암(鐵岩)에서 하룻밤을 묵게 되었다. 객줏집에서 만난 얼굴들이 서로의 사연을 주고받았다.

대소한(大小寒)이 가로막힌 추위에 석탄만이라도 흔한 고장에서 겨울을 나고 해동하거든 가는 것이 좋겠다는 이야기들이었다.

꼭 짚어낼 목표라곤 없는 걸음에 귀가 솔깃해졌다.

꿈에도 생각하지 못하였던 탄광일에 손을 대게 되었다.

'다 운이오, 운.'

권 노인의 운명론은 더욱 잦게 되풀이되었다. 그는 곧잘 『토정비결(土亭秘訣)』을 펼쳐놓고는 태세(太歲)니, 월건(月建)이니 하고 짚어보는 것이었다.

3

딸은 눈만 뜨면 빨리 떠나자고 졸랐다. 이제 죽어도 이 석탄굴에서는 더 못 살겠다는 것이었다. 입춘만 지나면 떠날 걸음이 아니냐고 타일러왔다. 요 며칠은 아버지에게 툭툭 쏘아붙이면서 자기 혼자만이라도 먼저 떠나겠다고 발버둥을 쳤다. 어제 저녁도 자리 속에서 오래도록 흐느끼는 것을 듣고 권 노인은 혀가 아리도록 담배만 연방 피웠다.

그러나 그것도 임금을 받아 쥔 다음에야 어찌할 것이 아니냐고 윽박질렀다. 오히려 가슴속이 서먹해왔다.

매운바람이 무연탄 무더기를 휩쓸고 달아나면 검은 가루가 뽀얗게 머리며 목덜미에 기어들었다.

석탄가루 속에서 괴탄(塊炭)⁹을 주워내는 아낙네들은, 마치 거름 더미 위에서 모이를 찾아내는 병아리 떼 같았다.

이따금씩 떠들어대는 젊은 가시내들의 유행가 곡조가 선탄장(選炭場)의 지루한 하루를 아물려주었다.

현장 감독인 강 주사는 제주도산이라고 노상 자랑하는 흑산호 물부리를 담뱃불이 붙었건 말았건 입에서 떼지 않고 왔다 갔다 서성거리고 있다. 궤짝에 주워 채우면 전표 한 장씩 떼어 주는 것이 그의 일이었다.

색안경을 새로 장만한 강 주사의 눈은 항시 영희에게서 떨어지질 않았다.

석탄가루가 눈에 들어가기 때문이라고 핑계는 대지만 기실은 영
희에게만 눈총을 박고 있는 것이 멋쩍어서 하는 소리라고들 했다.

말없이 석탄 덩어리만 주워 담는 영희의 마음은 훨훨 북쪽으로
줄달음치고 있다. 언제 갈지 아득한 고향이었다. 차라리 서울로
가고 싶었다. 얼어서 튼 손등은 그물코처럼 금이 갔다. 점점 무능
해가는 아버지를 원망하고 싶은 심정이었다.

요즘 여러 날을 계속해서 영희에게는 한 궤짝이 끝날 때마다 전
표가 두 장씩 쥐여졌다. 받네 안 받네 승강이를 할 수도 없었다.
영희의 손에 전표를 놓을 때마다 강 주사의 손가락 끝이 영희의
손바닥을 꼭 찔렀다. 이번도 재빨리 손을 빼면서 전표를 움켜쥐
고 제 일자리로 뛰어왔다. 얼굴이 붉어지며 화끈 달아올랐다.

"영희는 꿩 먹구 알 먹구가 아잉가베."

눈치 빠른 필순 엄마가 눈을 끔벅하며 핀잔을 주었다. 영희는
어쩔 줄을 몰랐다. 억울한 생각이 들어 코허리가 찡하여왔다.

"영희는 좋겠네요. 사끼야마 칠봉이도 장가들겠다지, 강 주사
도 저렇게 안달이 나서 눈에 달이 올랐지……"

또 무슨 말이 나올지 몰라 영희는 다른 쪽으로 돌아섰다.

영희는 칠봉이에게 마음이 쏠리지 않는 것도 아니었다. 몸을 아
끼지 않고 묵묵히 일만 하는 칠봉이가 가여운 생각이 들었다. 부
산에서 본, 화려한 거리의 거짓으로 가득 찬 사내들보다 얼마나
믿음직한 일꾼인가 싶었다.

그러나 이럴 때마다 영희 자신은 죽어도 이 탄광에서는 이 이상
더 살지는 못하겠다는 생각이 겹쳐 들었다.

그러고 보면 칠봉이에 대한 자기의 심정은 한갓 동정에 지나지 않는 것인가 하고 미안쩍은 마음을 걷잡을 수도 없었다.

서울!

서울이라면 무슨 짓을 해서라도 가고 싶었다. 강 주사 쪽으로 힐끔 머리를 돌리다가 눈이 마주쳤다. 강 주사는 강 주사대로 서울을 그리는 영희의 마음속에 낚싯줄을 늘이고 있었다.

전표 타러 간 필순 엄마는 삐쭉하며 강 주사를 쳐다보았다.

"누군 장님인 줄 아는가베. 내 말 한마디문 거저……"

말끝을 어리벙벙하면서 필순 엄마는 영희에게 눈길을 슬쩍 돌리는 흉을 하였다.

강 주사는 쉬 하고 입에 손가락을 대면서 필순 엄마에게 전표 두 장을 더 쥐여 주고는 사무소 쪽으로 천천히 걸어갔다. 마지막 참에서 강 주사는 영희의 손에다 한 움큼을 꾹 우겨 주었다.

"서울로 가구 싶어 한다지? 내가 데려다 줄게……"

"……"

"내 말만 들어."

영희는 당황하였다. 필순 엄마가 곧 뒤에 다가오는 바람에 머뭇거리다가 그대로 돌아서고 말았다.

4

짜증이 나게 씨익거리던 에어 소리가 뚝 그쳤다.

제삼번 교대로 밤 12시에 일자리에 붙었으니 벌써 네 시간이나 흘러갔다. 새벽닭이 첫 홰를 친 시간에 점심 소동이었다.

칠봉이의 뒤를 따라 권 노인도 허리를 펴고 일어섰다.

그들은 부지런히 석탄을 퍼 담았다. 쇠로 만든 한 톤짜리 탄차가 가득 찼다. 권 노인 혼자 밀기에는 힘에 벅찬 무게였다.

칠봉이는 권 노인과 나란히 탄차를 밀고 점심터인 포인트께로 나갔다. 철길의 분기점을 지나 본선에서 대기하고 있는 기관차 도로리[10] 뒤에 탄차를 연결시켜놓고 포인트 옆 석탄불 둘레에 모여들었다.

이미 먼저 온 일꾼들이 불 가장자리에 뼁 둘러앉았다. 재빠른 축들은 벌써 점심 그릇들을 내놓고 식사를 시작하고 있다. 안전등 불빛에만 의지하던 그들은 포인트 위 천장에 달려 있는 휘황한 고촉 전등에 눈이 아물거렸다. 검은 얼굴들이 유달리 두드러져 입 놀리는 대로 하얀 이빨만이 표 나게 반사되었다.

칠봉이도 권 노인과 마주 앉아 점심 보자기를 풀었다. 된장 냄새가 콧구멍으로 기어들었다. 시장한 뱃속이었다. 어느 틈에 끝났는지 모르게 후딱 치워버리고 더운물로 입가심을 하여 배를 채웠다.

고된 노역 속에서도 하루 한 번의 가장 정다운 점심참이었다. 이야기 장판이 벌어졌다.

"넝감은 몇 축이나 했쉐까?"

노름판의 '섰다' 대장으로 '땡이'라는 별명을 가진 춘삼이가 권 노인 쪽을 돌아다보며 말을 건넸다.

"게우 네 번밖에 못 했음메."

"늙은이가 그만하문 잘한 폭이디."

모두가 도급이었다. 일한 분량대로 임금이 정해져 나왔다. 하루 종일 굴속에 들어와 있어도 땡이처럼 군장단으로 시간을 보내면 몇 푼 얻어 쥐지 못하였다. 그들에게는 채찍질이 필요 없었다. 오히려 그들은 자기 힘에 벅찬 과로를 악을 쓰면서 견디어나갔다.

"칠봉이 자넨 동발 하나 더 들어갔갔디."

땡이는 칠봉에게로 말머리를 돌렸다.

"보리밥 먹고는 어림도 없는 기야. 땡이 니는 어찌했나?"

"나야 뭐 걱덩 있어야디, 간조 날 섰다 해서 봉창하문 될 건데. 거 땀 흘리구 멀 해, 못나게스리 돈도 안 나오는 판에……"

"나도라, 정 이라문 가만 안 둘랑 기다."

"글쎄 말이디 응, 때려죽일 놈의 새끼들이 한 달에 몇만 톤씩 파내놓는 석탄은 다 어디다 팔아먹구스리 이따위 수작들을 한다는 거야. 한수 녀석이야 일디감티 잘했디. 미군 부대를 따라 원주엔가 갔대니께."

"이거 죽은 듯이 가만히 있을 기 아이고 무슨 본때를 뵈줘야 할 기 아잉기오?"

"칠봉이와 춘삼이 두 사람이 또 한번 대표로 일을 봄세, 대중을 위해서 어찌겠음메."

칠봉이의 말에 멍하니 앉아 있던 권 노인이 입을 열었다.

"그것이 좋겠소."

여러 사람이 같이 찬동을 하였다.

씨익 하고 에어의 통하는 소리는 점심참의 흥을 깨뜨렸다.

칠봉이는 머리에서 떼어놓았던 안전등을 철모에 다시 꽂고 자리에서 일어서면서,

"에, 빨리 끝내구 돌아가는 길에 영월집에 들러 대포 타령이나 안 할랑기오?"

하며, 땡이의 옆구리를 쿡 찔렀다.

"좋아, 홧김에 서방딜이라구, 술이나 진탕 먹어보디."

칠봉이는 권 노인과 함께 빈 탄차를 밀고 채탄장으로 들어갔다.

둘은 말없이 차에다 석탄을 퍼 담았다. 권 노인이 탄차를 몰고 나간 다음 칠봉이는 새로 세울 동발을 톱으로 잘랐다.

안전등으로 천반을 골고루 비춰 보았다. 온통 단단한 너리바위로 되어 있었다. 양쪽 지주(支柱)만 단단히 박히면 가로지를 도리[11]는 그리 어렵지 않으리라 싶었다. 석 자 간격으로 새 지주를 벽에 바싹 붙여 세우고 밑을 단단히 다졌다. 건너편 벽에다가 다시 새 지주 한 개를 박았다.

가름자[12] 도리를 들어 위쪽에 홈이 진 한쪽 지주 위에 올려놓고 도리의 다른 한쪽을 들어 어깨에 메었다. 두 손아귀에 힘을 모아 나머지 쪽 지주 홈에 빠드득 들이밀고 기울어진 지주를 발길로 힘껏 찼다. 후 하고 큰숨이 나왔다. 땀방울이 등으로 흘러내려가는 것이 벌레가 기어가듯 간지러웠다.

양쪽 섶[13]의 먼저 지주와 새 지주 사이를 방목으로 연결시켜놓고 큰못을 박아놓았다.

칠봉이는 동발을 한 틀씩 새로 세워 들어갈 때마다 일한 보람을

느꼈다. 마음속이 흐뭇해왔다.

동발 검사를 왔던 조사계원이 돌아간 다음 얼마 아니 되어 또다시 에어는 끊어졌다.

칠봉이는 일손을 놓고 권 노인과 함께 채탄장을 떠났다. 불발된 남포 구멍을 흘깃 돌아다보면서 그대로 두고 가는 것이 어쩐지 미적지근한 생각이 들었다.

광구(鑛口) 쪽으로 가까워질수록 추위는 점점 더 거세어졌다. 아득히 입구의 기르마¹⁴ 같은 구멍으로 환한 햇빛이 내다보였다. 하루 중에 이때가 가장 마음에 거뜬한 순간이었다. 그것도 이날같이 밤중에 들어왔다가 아침에 나가는 삼번 교대의 성성한 기분이 더욱 그러하였다.

탄도 한옆으로 얼음 밑을 뚫고 빠져나가는 배수로의 물소리가 요란스러웠다. 굴 어귀 콘크리트 천반에는 고드름이 얼레빗¹⁵ 살같이 가지런히 매달렸다.

굴 밖에 나서니 아침 햇살이 눈에 부시었다. 맑게 갠 푸른 하늘 아래 흰 눈을 이고 있는 산등성이는 새하얀 줄을 또렷하게 금 긋고 있었다.

5

힘마[飯場]¹⁶ 앞 모퉁이에 있는 영월집에서는 탄광 패들이 모여 앉아 노름판이 한창이었다.

명색 섰다를 한다면서 호주머니가 말라붙은 그들은 기껏 파랑새 담배 한 대씩을 붙여놓고 거기에 신이 나서 화투장을 뒤지고 있다.

이번에는 칠봉이가 물주요, 거기에 땡이, 포인트 담당인 고주, 도로리꾼 덕구 하여 칠팔 명이 방 안에 가득 차게 둘러앉았다.

권 노인이 아랫목에서 낮잠에 코를 골고 있다.

밖은 조금 전에 시작한 눈이 이제는 앞이 보이지 않게 쏟아지고 있다.

화투장을 나누어 주고 난 칠봉이는 제 몫 두 장을 겹쳐 쥐고 엄지손가락으로 빠드득이 한 장을 훑어 조이고 있다.

"자, 섰다. 그라문 그렇지, 될라는 판이라……"

호기 있는 소리를 치면서 사타구니 밑에 쓸어 넣었던 담배 뭉치 속에서 한 대를 끄집어내어 판 가운데 덧질러놓았다.

어디서 번쩍 한잔 걸쳤는지 땡이는 불그스레한 상판에 눈을 껌벅이며 화투장을 들여다보다가,

"그러면 나도 서디"

하고, 담배 한 대를 따라 질렀다.

"젠장, 하필 따라지야."

고주는 입을 다시면서 화투장을 판 가운데 던졌다.

한낮이 기울도록 방 안에서는 '구뺑'이니 '땡'이니 하는 소리가 끊이지 않았고 이따금 너털웃음 소리가 길가에까지 울려 나왔다.

판이 거의 식어갈 무렵 술상이 벌어졌다. 권 노인도 아랫목에서 부시시 일어났다.

"자, 한 잔씩 들라요. 오늘은 물주가 많으니까 한잔 살랍니더. 인자 밀린 간조가 쏟아져 나왔으문 외상값도 다 갚구, 앙 그래요? 할마시."

술잔을 든 칠봉이가 영월집 노파를 보면서 픽 웃었다.

"밑천 다 털어먹는 판이래두, 도대체 간조는 나온다는 거요? 안 나온다는 거요?"

"글쎄 염려 말라구요, 곧 나온대두요."

노파의 말을 땡이가 채어 받았다.

한 잔을 들이켜고 난 땡이는 권 노인 앞에 잔을 내밀면서 입을 열었다.

"넝감, 한잔 들라우요 사윗감은 잘 골르셨수다. 이만하면……"

칠봉이 쪽을 흘깃 보면서 끝은 웃음으로 얼버무렸다.

권 노인도 이빨을 드러내고 히히 웃으면서 잔을 받았다.

"글쎄 안 준다능 기야 어찌하는기오."

칠봉이는 땡이한테 잔을 건네면서 권 노인 쪽을 지켜보고 있다.

"넝감이 쓸데없는 고집 부리다간 딸만 놓티디. 넝감, 선탄장 강 주사가 눈에 달이 올랐시오. 딸 잘 간수하라요. 꽤니시리 귀신도 모르게 채가게 말구."

"아따, 그깟 놈이야 누가 겁나는 기라요?"

눈이 휘둥그레지는 권 노인을 보면서 칠봉이는 땡이 말을 막았으나 강 주사에 대한 속마음은 언짢았다.

"사실이야, 이런 맹충이 보게. 필순 엄마가 그러는데 영희한테 잔뜩 눈독을 들이구 있는 게 강 주사가 오금을 못 쓴대두. 그 색골 몰라, 어디 내놓는 줄 알어."

"마, 그만하고 술이나 드이소."

태연하려면서도 칠봉이의 마음속은 부글거렸다.

주거니 받거니 몇 차례씩 술잔이 오고 가는 사이에 빈속에 급히 들이켠 술이 재빠르게 취기가 돌았다.

거슴츠레한 권 노인의 눈동자는 더욱 풀어졌다.

어느덧 흥이 난 땡이의 사발가가 저절로 풀려져 나왔다. 술판이 점점 익어갔다.

——석탄 백탄 타는 데는 연기만 푸불썩 나구요——

후렴은 한데 어울려서 젓가락 장단까지 겹쳐졌다.

권에 못 이겨 권 노인도 오래간만에 「신고산 타령」의 첫꼭지를 떼었다.

"뚜우."

이번 교대의 사이렌 소리가 울려왔다. 그들은 흥을 깨치고 자리를 떴다. 이제 제각기 작업복을 갈아입고 굴속으로 들어가야만 했다.

밖은 사나운 눈보라가 시작되었고, 추위가 한결 거세어졌다.

6

산골의 늦겨울 저물녘은 숨 돌릴 사이도 없이 어둠을 재촉하여 왔다.

일자리로 나가던 칠봉이는 선탄장에서 돌아오는 영희와 마주쳤다. 눈보라 속에서 웅크리고 걸어오다가 칠봉이를 알아차린 영희는 갸웃이 머리를 숙이고 지나갔다.

무심히 인사를 받고 저만큼 갔던 칠봉이는 다시 홱 돌아섰다. 갑자기 무슨 단단한 대답 한마디를 듣고 싶은 충격이 일어났다.

영희에겐 지금까지 직접 혼담 이야기를 건네어본 일이 없었다. 아까 술자리에서 흘려버린 강 주사에 대한 소문도 머리에 되살아왔다. 자식이 선손을 써서 무슨 일을 저지를지 모르겠다는 의아심이 들었다.

"영희."

큰 소리였다. 영희는 걸음을 멈추었다. 칠봉이는 영희 쪽으로 뚜벅뚜벅 걸어갔다.

"영희."

다시 불렀다. 그러나 다음 말이 나오지 않았다. 술기운에서인지 가슴속이 화끈 끓어올랐다.

"아버지가 머라 안 하드나?"

불쑥 내민 첫마디였다.

"아니."

칠봉이를 쳐다보는 영희의 눈동자는 놀란 표정이었다.

영희의 등을 밀어서 돌각담[7] 섶으로 피하여 섰다.

일찍이 영희 앞에서 그렇게 거세게 느껴보지 못하였던 흥분 같은 것이 밀려왔다.

"아버지가 결혼 이야기를 안 하등기야…… 나하꼬."

다짐하듯이 끝의 한마디에 힘을 주었다. 영희의 머리가 수그러졌다. 새 새끼처럼 종알대느니보다 말대답이 없이 순하게 서 있는 영희가 더 좋았다.

칠봉이는 말문이 풀린 것만 같았다.

"밀렸던 간조나 나오문 새봄에 살림두 채릴란다. 그러면 사택도 하나 받을 게구."

칠봉이는 영희 어깨 위에 놓은 손에 힘을 주었다.

"나도 삼십 년 살다가 요새 정말 사는 것 같다. 니 영희 따문이다."

"……"

"앙 그렇나?"

"……"

"와 대답이 없나?"

영희는 고개를 숙인 채 몸집을 돌리면서 아무 대꾸도 없다. 눈가루를 머금은 바람이 영희의 귓밥을 할퀴고 나갔다.

"니 서울 가구 싶어 하는 거 내 다 안다. 자식이 나서 학교로 갈 때문, 나도 그때는 대처로 갈란다. 사내대장부가 어디 가서 못 살겠나? 니 생각은 앙 그렇나?"

"……"

"와 대답이 없나?"

칠봉이는 영희의 허리를 끌어 돌리면서 대답을 재촉했다.

영희는 아무 말도 없이 길 옆쪽으로 걷기 시작했다. 칠봉이는 영희의 몸뚱이를 붙잡고 다그쳤다.

"대답 안 할라나?"

"……"

"영희, 니 싫으나, 내가?"

"아니."

"그럼 와 대답이 없나?"

영희는 빠른 걸음을 옮기기 시작하였다. 칠봉이는 다시 뛰어가서 영희를 붙잡았다. 멸시를 당한 것만 같았다. 슬그머니 부아가 치밀었다.

"니 정말 대답 안 할라나? 알았다. 그놈 강 주사가 좋아서 그라지? 맞다."

픽 돌아서는 영희의 동작이 날래어졌다.

"누가 강 주사가 좋다나, 정말 난 이 석탄굴에서는 죽어두 못 살겠어요. 이게 어디 사람 사는 거요? 개돼지만도 못하게……"

영희는 칠봉이의 껴안은 팔을 뿌리치고 반 뛰다시피 달아났다.

칠봉이는 맥이 탁 풀렸다.

석탄만 파고 탄광의 영웅으로 살아온 과거가 한꺼번에 무너지는 것 같았다.

영희가 사라진 쪽만을 지켜보고 있다. 얼어붙는 눈바람 속에서 움직이지 않았다. 목을 놓아 통곡을 하고 싶었다.

"봐라, 어디 가만두나……"

누구에게랄 것 없이 중얼거리는 칠봉이의 어깨 위로 눈보라만 사나워졌다.

7

칠봉이는 권 노인을 보기에도 멋쩍은 생각이 들었다. 곡괭이질
을 하는 권 노인을 남겨두고 실어 담은 탄차를 몰고 나갔다.

'개돼지만도 못하게……'

영희의 뱉어버린 마지막 말이 칡덩굴처럼 머릿속에 엉키고 감
겨서 풀려지질 않았다. 영희가 그렇게 원한다면 간조가 나는 대
로 함께 이곳을 떠나리라 마음먹었다.

술기운에 숨이 가빠진 권 노인은 쉬어가며 천천히 곡괭이질을
하였다. 해춘만 하면 꼭 속초 쪽으로 떠나리라는 속셈을 하면서
고향에 남긴 가족들의 얼굴을 하나하나 더듬어보는 것이었다.

요행히 그대로 생존만 했으면 팔순이 될 노모, 큰아들이 인민군
에 뽑혀 가고 외롭게 남아 있는 며느리, 국민학교에서 지금쯤은
중학에 들어갔을 작은놈, 병석에서 쿨럭거리던 마누라…… 가슴
속이 짝짝 찢어지는 것만 같은 심정이었다.

토지 개혁에 겨우 남은 과수원 사흘갈이도 아쉬움처럼 떠올랐다.

걷잡을 수 없는 뒤헝클어진 생각에 잠겨 빈 탄차를 몰고 돌아오
던 칠봉이는 귀를 찢는 듯한 폭파 소리에 깜짝 놀라 멈칫했다. 의
아스러운 눈초리로 머뭇거리다가 탄차를 내던지고 그대로 굴속
한끝으로 막 뛰어갔다.

화약 냄새가 코를 쿡 찔렀다. 불안한 예감이 머릿속으로 스쳐

갔다.

'불발된 남포 구멍이댔구나.'

칠봉이는 비틀걸음으로 어둠 속을 향하여 뛰어들었다.

가스로 앞이 보이지 않았다. 뭉클하고 밟히는 것이 있었다. 재빨리 불빛을 보냈다. 자욱한 연기 속에 기다란 토막 하나가 떨어져 있다. 끄집어 당기었다. 아직 피가 뛰어 푸득거리는 권 노인의 다리 한쪽이었다. 불빛으로 다시 굴섶을 훑었다. 찢어진 고깃덩어리가 벽에 훑어져 붙어 있다. 찢기고 부서진 조각을 주워 모을 염도 못 하였다. 바스러진 머리 조각이 박쪽처럼 한끝 벽 밑에 굴러떨어져 있다.

칠봉이는 머리가 아찔하여 한모로 쓰러졌다. 권 노인의 다리 조각을 붙잡고 있는 손이 떨렸다.

갑자기 정신이 들었다. 막 비명을 치고 일어나 뛰었다. 무엇이 목덜미를 끌어당기는 것만 같았다. 레일에 걸려 곤두박질을 했다. 죽음이 닥쳐오는 듯한 두려움이 오싹 몰려들었다.

입춘이 지났다. 양지밭에 풀싹이 움트기 시작하였다. 햇볕에 등이 노곤해왔다. 산골짜기의 얼음 풀린 물소리가 마음속을 뒤숭숭하게 했다.

칠봉이는 철모 챙[18]에 안전등을 달고 굴속으로 들어가고 있다. 아버지가 묻힌 원수의 굴속이다. 권 노인을 자기 손으로 죽인 것만 같은 굴속이었다. 서울, 영희, 입속에서 맴을 돌았다.

저녁에 나올 때는 꼭 사무실에 들러서 이번에는 단단히 임금 지

불을 따지고 해붙이리라고 마음속으로 다짐하면서 걸었다.

아득한 한끝에서 반딧불처럼 안전등이 반짝였다.

영희는 탄광촌에서 이미 자취를 감춘 지 오래되었다.

해도초 海圖抄

1948년 6월 상순.

그러니까 그 어마어마한 일이 저질러진 다음다음 날인 10일 새벽 나는 경비선을 타고 포항(浦項)을 떠났다.

밤차의 고달픔이 온몸을 휩싸여 머릿속도 개운치 않았으나 좀처럼 긴장이 풀리지 않는 내 마음은 하루 종일 갑판에 나를 얽매어놓은 채 선실로 들어가지 못하게 만들었다.

이번 사건이 내 가슴에 던져준 충격도 크려니와 내가 서울을 떠나던 전날 과도 정부 비서실에서 벌어진 기사 취재에 대한 패배감 같은 꺼림칙한 감정이 아직도 내 몸뚱어리 전체를 억누르고 있었기 때문이다.

나는 유피 주재원 B씨와 함께 있었다. 앞으로 박두한 민국 정부 수립에 관한 중요한 자료의 캐치에 신경을 집중시키고 있는 때였다.

기본 요강 결정의 암시를 받은 나는 비서실에서 부장실로, 심지어는 고문관실까지 쏘다니면서 이미 성안이 다 되었을 새로운 기사의 취재에 몸둘 바를 모르고 날뛰었다.

비서관은 내일 아침 정식으로 발표하게 되었으므로 오늘은 할 수 없다고 능숙하게 발설을 회피하였다. 나는 부득이 수긍하면서도 약간 미적지근한 기분을 안은 채 사에 돌아왔다.

그러나 내가 오후에 다시 출입처로 나가려는 직전, 통신 제5편에 벌써 유피 통신은 정부 수립에 대한 기본 윤곽을 대대적으로 보도하여왔던 것이 아닌가.

편집부에서는 당황하여 이미 마감한 기사의 일부를 삭제하고 조판 계획을 변경하여 그것을 톱기사로 싣는 응급조처를 취하는 등 한참 동안 소란대었다.

나는 무색하기 짝이 없었다. 분하다기보다 국내 기자에 대한 어떤 굴욕감 같은 것이 엄습해옴을 참을 수 없었다.

내가 이번 특파에 별 이견(異見)을 내지 않고 선뜻 출발하게 된 것도 이런 굴욕이나 울분 같은 델리킷한 감정의 소치이기도 한 것이었다.

외근 출입처에서 돌아온 나는 편집 마감 시간이 얼마 남지 않은 것을 보고 총총히 기사를 만들어 내려가고 있었다.

벌써 기사를 끝내버린 동료들은 자리를 비웠고, 몇몇은 테이블에 걸터앉아 담배를 피우면서 잡담들을 하고 있었다.

나는 편집국 정면에 달려 있는 전기 시계를 쳐다보면서 이날 따라 시간 늦게 폭주했던 기사를 하나씩 끝내는 대로 부장 데스크에 내밀었다.

갑자기 방 안이 어수선하여지면서 편집국장 테이블 옆에 국원들이 모여 섰고, 의아스러운 침통한 분위기 속에 부장급을 중심으로 한 편집국 내의 구수회의가 벌어졌다.

백주에 독도(獨島) 근해에 무차별 폭격이 감행되어 무수한 인명의 피해가 있었다는 현지의 무전 급보가 전달되었달 뿐 상세한 내용은 아직 알 길이 없다는 것이었다.

얼마 후 뜻하지 않게 사에서의 현지 특파원으로 결정이 된 나는 어리둥절한 속에서도 어떤 분노와 흥분에 겹쳐 야릇한 호기심마저 솟구침을 걷잡을 수 없었다.

울릉도의 동해안 앙상한 낭떠러지의 바위로만 된 낯선 포구에 닿은 것은 다음 날 저물녘이었다.

바위성칼의 옹졸한 나루터에는 사람들이 하얗게 떼를 지어 웅얼대고 있었다. 그들은 마치 기적 같은 구원의 손이라도 발견한 것처럼 울음 섞인 고함을 터뜨리며 뱃전으로 몰려들었다.

바다에서 방금 들어서는 이 새로운 배에서 그들은 무슨 색다른 소식이라도 얻으려는 듯이 겹겹이 둘러쌌으며 공포와 불안이 찬 눈들이 오들오들 떨면서 상륙자(上陸者)의 입만을 지키고 섰는 것이었다.

나는 착륙 제일신(第一信)의 보도를 장식할 수나자들의 첫인상을…… 하는 직업의식을 혼자 뇌면서 카메라에 손이 갔다. 그러나 순간 이 참혹한 얼굴들을 뉴스 밸류의 구경거리 대상으로 내

걷기 위하여 성급하게 학대하기에는 아직 시간이 너무 이르다는 자책 같은 것이 치밀어 슬그머니 카메라에서 손을 떼었다가 결국 셔터를 누르고 말았다.

배에서 내리는 길로 경찰서를 찾았다. H서장은 도세(島勢)에 대한 개략 설명을 끝낸 다음 괘씸하다는 듯한 표정을 억지로 누르면서 말을 이었다.

"이것도 구사일생으로 살아남은 어부들이 때마침 출어(出漁) 나간 배에 구조되어 돌아왔기에 망정이지 그들까지 없어졌다면 영영 알 길이 없었을 것입니다."

그는 흥분으로 입술에 침을 튀기면서 나의 공명을 구하는 듯한 어조였다.

"언제인가 미군이 독도를 무인도(無人島)라고 해서 폭격 연습 지로 사용한다는 말을 들은 듯한데, 어느 나라 비행기인지는 아직 확실히 알 수 없으나, 하여간 우리나라 섬을 외국 비행기가 폭격 연습지로 사용한다는 것부터가 못마땅한 일입니다."

핏기를 올린 그의 목소리는 약간 떨렸다.

나는 모든 일을 제쳐놓고 우선 이 기적적으로 살아남은 유일한 목격자를 찾기로 하였다.

향나무가 비비 꼬아 얽혀진 비탈길을 더듬어 모시개[苧洞]로 건너갔다. 풀잎의 이슬이 발목을 감아들어 축축하여왔다.

두 사람의 생존자 중에서 늙은 어부는 아직 의식이 완전히 회복되지 못하고 젊은 기관사만이 물음에 겨우 대답할 정도였다.

등잔불의 심지가 타 들어가는 어유 냄새가 매캐하게 코를 찔렀다.

우중충한 방 안에 시력이 익숙하여짐에 따라 누워 있는 젊은이의 모습이 점점 선명하게 드러났다. 어스름한 불빛 속에서나마 거인을 연상시키는 굵직한 골격에 흐트러진 윗도리 사이로 내미는 검붉은 피부가 아직 그렇게 탄력을 잃지는 않았다고 느껴졌다.

눈과 머리에는 온통 붕대가 감겨져 있다. 모로 누워 있는 그의 왼쪽 허벅다리와 궁둥이께로 국방색 작업복 바지에 피가 배어 엉겨져 있다.

간헐적으로 몸을 비틀고 신음하면서도 왼쪽 골반을 관통한 상처 때문에 돌아눕지도 못하고 안간힘만 빠드득빠드득 쓰고 있다.

번열이 난다고 가슴을 헤쳐놓은 환자는 팔을 휘저으면서 물을 찾는다.

나의 안내 격으로 동행했던 이 섬의 단 하나의 의사 R씨는 심각한 표정으로 환자를 응시하고 있다. 그는 탈지면에 물을 묻혀 환자의 입에 물려주었다. 환자는 입술이 경련을 일으키는 것처럼 솜을 빨면서 콧구멍을 뚫고 나오는 신음 소리는 여전히 계속되고 있다.

의사는 한 시간 전에 다녀갔다면서, 환자의 몸 붙이지 못하는 꼴을 보다 못해 진통제를 한 대 더 찔러 놓는다.

숨결은 거칠망정 환자의 몸뚱어리가 약간 고정되어감을 짐작한 의사는 들릴락 말락 하게 내 귓전에 속삭였다.

"관통상이 중상인 데다가 오래도록 한데에 방치해두었으니까 출혈이 너무 심했어요."

그는 담배를 꺼내어 나한테 먼저 권하고 나서 불을 그어 붙여 길게 빨아 내뱉으면서 절망적인 낯빛을 보였다.

"수혈을 하면 어떨까요?"

"하, 여기는 시설이 없습니다."

나의 물음에 의사는 머리를 가로저으며 대답하는 것이었다.

"선생님, 제발 목숨만이라도……"

여인의 목소리는 끝이 흐렸다. 환자의 옆에 핏기 없이 앉아 부은 눈언저리가 눈물로 번들거리는 이 여인이 환자의 아내임을 짐작하면서도 나는 환자의 움직임에 눈을 박고 아직 한 마디도 말을 건네지 않았다.

나는 바닷가로 나갔다.

둥글둥글한 곱돌 자갈이 발을 옮길 때마다 맞부딪는 소리가 고요한 주위에 파문을 던졌다. 거세지 않은 파도가 밀려왔다가 쓸려 나갈 때는 자갈들이 소리내어 울었다.

보름을 지난 지 얼마 되지 않은 달이 수평선에서 머리를 내밀고 있다. 온 바다가 새벽 동이 트는 것처럼 밝아온다. 달빛으로 짜낸 한 폭의 무늬가 끝없는 바다를 거쳐 달에까지 이르렀다.

아득한 세월을 두고 그렇게 수많은 생명을 삼켰으면서도 바다는 알은체를 하지 않고 단조로운 소리만 반복하고 있다.

준구의 붕대로 처맨 얼굴과 작업복에 엉겨 붙은 핏자국이 내 눈앞을 가렸다.

그 다음에는 출입처에서의 취재에 대한 불쾌했던 감정이 다시 솟구쳐 일어났다.

대체 외국 통신에 먼저 알리고, 외인 기자를 국내 기자 몰래 초청하여 제 나라 일의 중대한 이야기를 먼저 토하고, 정작 그 새로운 정책의 직접 관계가 될 자기 나라 기자에게는 은폐하려는 것이 무슨 심정들일까 하고, 나는 명(明)나라 때의 조공(朝貢) 시절이나, 일제 시대의 침략자에 대한 아첨과 자기들끼리의 모함 분열을 되풀이하던 못난 조상들의 지난 일을 곱씹어보는 것이었다.

이번 일은 꼭 이러한 오랜 타성이 가져다준 자업자득(自業自得)의 참변인 것만 같게 여겨졌다.

여사(旅舍)[1]로 돌아왔다.

남녀의 혼성된 유행가가 흥에 겨워 숟가락 장단에 섞여 건너편 음식점에서 들려왔다. 웃음과 박수가 간간이 섞였다. 육지에서 오징어 떼를 찾아온 선주(船主) 패들이라고 한다.

그들의 큰 배들은 섬에서 나는 미역과 오징어를 싣고 육지로 떠나가버린다. 그러면 갯가의 사람들은 그들이 돌아오는 날 다시 고리(高利)의 장리변을 얻어서 한겨울을 난다. 다음 해 봄부터 다시 큰 배에 붙어 품팔이 사공질을 해야 한다.

똑같은 일이 그대로 해마다 되풀이될 뿐이다.

준구도 이 섬에서 나서 그러한 풍토 속에서 자랐다. 그의 소원은 발동선 선장이 되는 것이었다. 선주의 일만을 해주는 것 같은 품팔이 사공을 면하고 싶은 것이었다.

그의 꿈은 지금 첫 단계를 밟아, 그는 징용에서 돌아오자 발동선의 기관사로 제 기술에 자신을 가지고 버티어가는 것이었다.

팔십 년 전 흉년을 만나 어쩔 수 없이 이 섬까지 이민해 왔다는 할아버지의 무능을 나무라고는 섬을 떠나려는 일념으로 이를 깨물고 벌었다.

그러나 그는 지금 죽음 앞에서 몸부림치고 있다.

폭풍우의 천재지변도 아니고, 제 손으로 저지른 잘못도 아닌 포악 속에서 실신 상태로 누워 있다.

허물어져가는 방파제는 해방 후 손을 댄 것 같지 않다. 물결이 밀려와서는 시멘트 조각을 허물고 스르르 부서진다.

아침 일찍 나는 다시 준구의 집을 찾았다.

어제 저녁보다는 경과가 약간 좋아져 혼수상태에서 깨었다고 한다.

눈이 보이지 않아 몹시 갑갑한 모양으로 옆에 앉은 아내에게 바다 물결이 잦았느냐, 날씨가 맑아졌느냐, 바다에 배가 보이느냐 하고 안타까운 질문을 연거푸 계속하며 무엇인가 자꾸만 말하고 싶어 한다.

나는 겨우 때를 만났다 생각되었다.

준구는 물음에 띄엄띄엄 대답하다가는 가끔 격분하는 어조로 몸을 벌떡 일으키려는 듯이 한쪽 팔로 땅바닥을 짚으면서 고함 비슷하게 큰 소리를 외치는 것이었다.

유월의 첫더위가 등을 거세게 쬐던 그날은, 바람이 숨 죽어 맑은 날씨였다. 바다는 무늬마저 잃은 듯 잠잠하고 허공에 맴을 도는 갈매기 떼를 거쳐 하늘과 맞닿은 수평선의 가는 오리가 두드러지게 선명했다.

새벽녘에는 한두 척밖에는 보이지 않던 배가 한낮이 되면서부터 사오십 척의 집단을 이루어 독도 바위섶을 뺑 둘러쌌었다.

준구는 발동을 끄고 기관실에서 나왔다.

수경(水鏡)을 물속에 잠그고 들여다보니 검푸르게 맑은 바다 속에 한 발씩이나 되는 미역 오리가 너울거리고 그 사이로 고기 떼가 유유히 헤엄치고 있었다.

배마다 선소리를 쳐가며 갈퀴로 따 올린 미역을 한 아름씩 안아서는 끌고 온 뗏마선에 싣고 있다.

몇 시간의 작업으로 거의 만선이 된 배들은 새로 딴 미역을 바위 위 양지볕에 펴서 물기를 찌게 하고 있다.

준구는 배의 위치가 이동될 필요를 느낄 때마다 기관실에 내려가 발동을 걸었다. 마스트의 태극기가 부드러운 바람에 펄럭이는 것을 보면서 그는 흐뭇한 기분으로 담배에 불을 댕기었다.

며칠만 이렇게 만선을 해 가지고 들어가면 지난해 진 빚을 물고 오래간만에 여유 있는 살림을 마련할 수 있으리라는 생각이 들었다.

잠시 뒤를 예측할 수 없는 바다 일이기에, 오후에 또 바람길이 어떻게 변할지 몰라 아무 배에서도 누구 하나 쉬지 않고 바닷속에 눈을 파묻은 채 손을 세차게 움직이고 있다.

오랫동안 폭풍우가 계속되다가 겨우 고요한 날씨를 만난 이날이었기 때문이다.

지난해 오징어 철에는 첫추위가 접어들 때까지 신통한 수확이 없이 허탕을 치고 겨우내 죽지 못해 살아왔다.

준구는 얼마 가지 않아 해산(解産)을 하게 될 아내를 생각하여 본다. 가엾기 짝이 없다.

순산이나 하면 포항이나 부산쯤이라도 옮길까 하는 계획을 다시 뒤져본다.

별안간 비행기의 폭음이 들려왔다. 준구는 선뜻 머리를 치켜들었다.

동남쪽에서 비행기 두 대가 이쪽을 향하여 직선으로 날아오고 있다. 삼팔선 쪽으로 가겠거니 하고 등한히 보아 넘겼다.

그러나 폭음이 점점 가까워지면서 비행기는 각도를 돌리지 않고 곧장 이쪽을 향하여 급강하를 하고 있다.

어부들의 시선은 모조리 비행기 쪽으로 쏠렸다.

순간 검은 덩어리가 줄지어 떨어지면서 바위에 와 폭음을 내고 부서졌다.

배꾼들은 당황하여 바위 뒤쪽으로 피하여 흩어졌다.

준구는 얼른 기관실로 내려갔다.

뱃머리를 돌렸다. 파편이 배 왼쪽 옆에 와 부딪쳐 배가 한쪽으로 기울어졌다.

그는 다시 뛰어나왔다. 분명히 총알이 날아왔다. 기총 소사였다. 나가사키에서의 일이 떠올랐다. 연합군 비행기가 까마귀 떼처럼 몰려와서 총알을 퍼붓던 일이 생각났다. 잠자던 두려움이 거센 물결처럼 밀려왔다. 무슨 착각이리라 싶었다.

거의 반사적으로 그는 웃내복을 찢어 벗어 들고 고함을 치며 내흔들었다. 발악 같은 애걸이었다. 막무가내다. 아무 소용도 없다.

비행기 몇 대가 더 오고 있다. 전쟁이 터졌나 싶었다. 본능적으로 물속으로 뛰어들어갔다.

폭풍에 바닷물이 솟구쳐 배겨날 수가 없다. 배가 급작스레 가라앉는다. 헤엄쳐 바위섶으로 나왔다. 동굴로 기어가 엎드렸다. 같은 배의 선장은 땅에 머리를 박고 거꾸러졌다. 콧구멍에서 피가 쏟아지고 있다. 총소리는 그치지 않았다.

성난 파도 위에 몸부림을 치면서 배들은 거의 바닷속으로 까라지고 있다.

숨을 돌리려고 다시 머리를 드는 순간 폭풍이 눈을 휩싸고 달아났다.

앞이 보이지 않는다. 캄캄하다.

아우성 소리만 요란하다. 손으로 더듬어 억지로 기었으나 손에 찬물이 닿았다.

"그 뒤는 모르겠어요. 까무러친 모양이야요."

준구는 콧등에 땀이 배지지 괴었다. 마른 입술을 몇 번이나 빨고 있다.

우는 것인지, 상처에서 나오는 핏기인지 눈을 싸맨 얼룩진 붕대가 더욱 젖어 있었다.

나는 그 이상 물을 용기를 잃었다. 그의 증상이 악화될까 염려되어 더 묻지를 못하였다.

다만 그의 생명이 구출되기만 기원할 따름이었다.

그의 국방색 미군 작업복에 배어 있는 피의 자국, 그리고 내 몸뚱어리에 걸친 탈색 바지와 토마루[2]에 벗어놓은 미제 군용화 등,

모두 다 남의 물건으로 싸여진 자신의 몰골을 대조하여 보면서 나는 허황한 쓴웃음을 씻을 수밖에 없었다.

준구의 신음 소리는 다시금 애처롭게 들려왔다. 전신이 경직해 가는 듯한 경련을 일으키더니 피를 한 사발이나 토했다.

남편의 입을 훔치고 요강을 옮기고 난 아내는 흐느끼고 있다.

쥬구의 머리맡에는 해도(海圖)가 구겨진 채 그대로 뒹굴고 있다.

군데군데에 동그라미, 삼각형, 화살표 따위가 색연필로 진하게 표시되어 있다.

검푸르게 얼룩진 바다 빛깔 위에 좁쌀알이 굴러가듯 섬이 흩어져 있다.

북위 37도 14분

동경 131도 52분

이 땅의 동쪽 한끝에 팽개치듯 떨어져 있는 섬이다.

부둣가 바위 절벽에 역사적인 첫 선거의 낡은 포스터가 폐병(廢兵)의 녹슨 훈장처럼 애잔하게 남아 나의 시선을 쓸쓸히 이끌었다.

깨끗한 한 표를 긁어모은 주인공들이 정말 새로운 정부를 수립하여 우리 모두들 잘살 수 있는 새 나라를 이룩하겠는지 하고 입속으로 뇌면서 막연한 기대를 나는 걸어보는 것이었다.

준구의 붕대로 싼 얼굴과, 만삭이 된 그의 아내의 퉁퉁 부은 얼굴이 나의 눈앞을 다시 가렸다.

나는 참사 현장을 보기 위하여 배에 올랐다.

배 속에서도 준구의 모습은 내 머리에서 떠나지 않았다. 여섯 시간의 항행에 나는 퍽 지쳤다.

동독도와 서독도 두 섬 사이에 배를 대었다. 바위를 띄엄띄엄 건너서 동굴에 들어섰다. 동굴이래야 물이 통하는 수로(水路)에 불과하다.

폭격과 기총 소사로 이끼 낀 바위 조각이 떨어진 자리에 새 돌이 나타난 곳이 여기저기 보일 뿐, 거센 물결에 휩싸여간 바닥에는 아무 흔적도 남아 있지 않다.

동떨어진 암초 위에 물개가 날씬한 몸을 나타냈다가 물속으로 숨어버리고, 하오의 태양 아래 갈매기가 날아다니고 있을 뿐이다.

검푸른 바다가 오히려 곱고 맑기만 하다.

나는 다시 모시개로 돌아왔다. 가슴속이 허전하기만 하였다.

R의사가 준구의 죽음을 알려주었다.

"비행기, 아, 저기 양키 비행기가……"

이것이 그의 마지막 비명이었다는 것이다.

안개가 짙어갔다.

그래도 바람기가 없기에 배들은 언젠가 떠나갈 희망을 품고 닻줄을 감고 있다.

마치 그들의 아버지나 할아버지가 그러했던 것처럼……

GMC

경구는 양쪽 다리 사이에 머리를 틀어박고 참나무 판에 날도끼질로 뚫어놓은 타원형 구멍으로 아득한 밑바닥을 내려다보고 있다.

보현암(普賢庵) 산문(山門) 건너 아름드리 은행나무 밑에 있는 낡은 측간(厠間)¹에서다.

익살꾸러기 뒷집 노인의 징글맞게 털어놓던 어릴 때 이야기가 불현듯 머리에 떠올랐다. 용문산 깊은 골짜기 다래 넝쿨 속에서 찾아낸 낡은 절 뒷간엘 들어가니, 아침에 떨어뜨린 똥 덩어리가 저물녘에야 보이지 않게 까마득한 한끝 바닥에 닿는 소리가 간신히 들리더라는 이야기이다.

일터의 이권(利權)을 싸고도는 분쟁이 복잡하게 벌어진 이래 그에게는 세상이 온통 똥으로만 보였다.

그 소란한 둘레를 벗어나 모든 것을 잠시 잊으려고 하여도 이쯤 생각이 꼬리를 물고 치켜드니 허사가 되고 말았다.

무슨 영문인지 공교롭게도 경구의 아명(兒名)은 똥돌이었다.

삼대 외독자로 내려오는 집안에서 칠순에 첫 손자를 본 할아버지가 더러운 것에 연분을 걸어 명이 길라는 소원으로 일부러 천하게 불러온 이름이었다.

요즈막 그에게는 별달리 깊은 뜻도 없이 지난날에 불려졌던 젖냄새 풍기는 그 이름마저도 자기가 하는 일에 어떤 숙명적인 인과 관계라도 있는 것만 같게 생각되어지는 것이었다.

경구는 휴전 협정이 성립되기 이전에 아직 일선 지구나 다름없는 서울로 올라왔다.

그것은 그가 소속되어 있는 미군 부대가 서울 근교로 이동된 탓도 있었지만 그것보다는 멀지 않은 장래에 환도될 가능성이 엿보인다는 풍설에서 경구 자신이 품고 있는 사업욕이 그의 복귀를 더 다급하게 재촉하였던 것이다.

경구는 미군 부대의 트럭 운전수였다. 좀더 그의 이력을 거슬러 올라가면 그는 사변 나던 날까지 시청 청소차를 몰고 있었다.

말하자면 청소 작업이 그의 생활을 이어주는 일자리였고 그 청소차 덕분으로 그는 1·4 후퇴 시에도 비교적 무난히 피난을 갈 수 있었던 것이다. 이러한 전후 관계가 그 추하고 하찮은 것 같게 보이는 일자리가 그의 생명과 연결되어 어떤 집착이나 매력 같은 것까지도 그의 마음속에 불러일으키게 하는 것이었다.

폐허가 된 서울 거리는 음산하고 쓸쓸하였다. 사람의 그림자는 드물고 군용차만이 제 속력을 다하여 가로를 질주하고 있었다.

이 속에서 경구는 고된 줄 모르고 일을 하였다.

새봄이 되자, 사람은 날로 늘어갔고, 깨끗이 씻기었던 거리는 더러워져갔다.

오백 년래 오래간만에 맑아보았던 청계천은 다시 거무튀튀하게 흐려 구린내를 내뿜기 시작하였다.

환도 얼마 후 미군 부대에서 나온 경구는 폭격에 파괴된 차대(車臺)를 이끌어다가 트럭 하나를 꾸미었다. 오랜 숙망이었던 자기 차를 처음 마련해본 것이다.

이삿짐 날라 들이는 일에 한몫 보다가 그것이 뜸하여지자 다시 돌아 붙은 일이 분뇨차(糞尿車)를 몰고 다니는 청소 작업이었다.

자기 차와 소위 모찌꼬미² 차를 합쳐서 화물차 세 대가 움직였다.

그것이 올봄에 신형 GMC 다섯 대를 새로 대여(貸與)받아 사업은 한층 흥성하여졌다.

이제야 경구는 운전대를 놓고 사업장에 붙어 있어야만 하였다. 그것뿐만 아니라, 시청이니 경찰서니 하는 관계 당국과의 외부적 접촉 관계로 하루 종일 바쁜 시간을 보내야만 하였다.

'GMC' 그것은 하나의 에피소드를 남긴 경구의 별명이었다.

대구 동촌 비행장 미군 부대에 소속되어 있던 때의 일이다.

경구가 몰고 있던 트럭과 미군 장교가 탄 지프차가 좁은 길을 오고 가며 스칠 때 지프차가 한쪽으로 비키다가 논두렁에 뒷바퀴가 빠져버렸다.

엔진이 얼어붙을 정도로 찬 날씨였다.

트럭의 크레인을 풀어 간신히 지프차를 길 위까지 끌어 올렸으나 지프차의 엔진이 말을 듣지 않았다.

조금만 고장 나도 차를 모터 풀에 집어넣지 않으면 현장에 구급차가 와서 고장 차를 끌고 가게 마련인 그들은 당황하여 무전기를 가지고 본대에 연락하느라고 어쩔 줄을 모르고 있었다.

경구는 장교 차의 기관부 뚜껑을 열어젖혀놓고 운전대에 들어가 스위치를 넣고 액셀러레이터를 밟아보았다.

꿈쩍 소식이 없다. 거기에다 배터리의 힘이 퍽 약해져 있었다.

금테 안경 속의 장교의 눈은 호기심에 가득 차 경구의 동작만을 유심히 바라다보고 있다.

푹 내려쓴 방한모 속에서 흰 이빨과 눈알만이 유달리 표 나는 깜둥이 운전수는 진찰실에 들어온 환자의 표정처럼 경구의 움직임에 신뢰와 의아가 뒤섞인 눈길을 던지면서 그의 옆을 지키고 있다.

드라이버, 잭, 하고 경구가 도구의 이름을 부르는 대로 깜둥이는 잽싸게 잡은 것들을 들어다 섬기고 있다.

경구는 손이 곱아서 제대로 움직여지지 않는 것을 억지를 써가면서 엔진 플러그를 하나씩 뽑아서 전기 접속 면을 쇠붙이로 긁어서 구리의 새 금속빛이 나오게 해가지고 입김으로 후 불어 제자리에 꽂았다.

얼마 동안을 승강이를 하다가 차는 겨우 발동이 걸려졌다.

경구는 지프차의 커다란 윗뚜껑을 닫아걸고는 차체 앞쪽을 덥석 들었다가 콱 놓으면서 "오케이!" 하고 통쾌한 웃음을 던졌다.

초조하게 떨고 있던 장교는 "땡큐"를 계속 연발하였다.

"저스트 라이크 GMC(꼭 GMC 같군)."

장교가 악수를 하면서 남기고 간 이 마지막 말이 경구에게 주어진 GMC의 하나의 연유였다.

시청 위생과의 담당 주사로 근무하던 이헌도 이날 트럭에 같이 타고 있었다.

이헌의 입을 통하여 이 이야기는 후일 경구의 작업장까지 퍼져서 운전수, 인부 할 것 없이 모두들 경구를 GMC라고 불렀다.

이헌과의 지금 현재의 미묘한 관계도 어쩌면 경구 자신이 일부러 씨를 뿌려놓은 것 같기만도 한 일이었다.

경구는 대구 시내를 차를 몰고 가다가 우연히 이헌을 발견하였다. 그 꼴이란 말이 아니어서 경구의 알선으로 이헌은 곧 경구의 일하는 미군 부대에 근무하게 됐다.

그 후 이헌은 부산으로 내려갔다가 정부 복귀와 함께 시청의 옛 자리로 돌아왔다.

이헌과 자기의 사이는 청소 작업을 통한 업무적인 연관 이상에 어떤 면에 있어서는 인간적인 정의가 상통하는 관계라고 함이 더 옳을 것이라고 경구는 지금도 생각하는 것이었다.

환도 직후의 아쉬운 살림에 경구는 이헌을 위하여 물질적인 도움은 물론, 접대의 자리마다 술상에는 거의 같이 앉았던 것이다.

그 이헌이 지금 이 청소 작업의 이권을 사이에 두고 경구와 최후의 각축을 겨루고 있는 것이다.

그것도 이제는 직장에 사표까지 내고 본격적으로 사업을 하겠노라고 덤벼들고 있다.

경구는 장덩이를 먹여놓은 뱀에게 발뒤꿈치를 물린 격이라는 생각이 들었다. 기대었던 벽이 무너지는 것만 같은 심정이었다.

"신 형, 좋도록 해봅시다. 잘되겠지요."

그저께 저녁 술자리에 같이 앉아 잔을 주고받으면서도 이헌이 끝내 자기의 진심을 털어놓지 않고 우물쭈물하면서 경구의 속만 떠보려고 이렇게 말하는 것이 얄미워져 경구는 잔을 상 위에 내던진 채 자리를 일어서고 말았다.

작달막하고 다부진 몸뚱이, 그러나 흰 얼굴에 가늘고 오뚝한 코, 탁 트인 목소리, 술 잘 마시고 계집과 농탕 잘 치는 그 이헌이 이러한 간계를 부리리라고는 정말 생각하지 못하였다.

신문에서는 몇 번이나 청소 작업이 큰 노다지나 되는 것처럼 떠들어댔기에 기자들은 매일같이 청소차의 차고로 들락거리고 있다.

그것도 이름이 버젓한 일간 신문의 기자라면 몰라도, 그런 신문이 있는가 없는가도 모를 것이 아니면 주간이니 월간이니 하는 나부랭이 신문 광고원까지도 제법 기자입네 하고 명함을 내대는 데는 이제 견디다 못하여 구역질이 나지 않을 수 없었다.

그렇지 않아도 연말이면 기름이니 부속품이니 하는 거래처의 대차 관계도 일단은 청산해야 하고, 관계 관청에 대한 인사치레도 차려야 하는 군색한 시기에 엎친 데 덮쳐서 벌써 국장이니 주임이니 하는 축에 바쁜 구멍만 메우는 데도 마누라를 동원하여 곗돈을 끌어다가 겨우 땜질하는 형편이었다.

약간이라도 힘이 될 만한 고위층은 모조리 찾아다녔다. 거충[3]으로는 염려 없다는 시원한 대답들을 하면서도 책을 잡히지 않으려고 정확한 언질을 주지 않는다.

하룻밤을 자고 나면 상대편에서는 또 어느 큰 줄을 잡아 움직였다느니 하는 정보가 날아들어오곤 하였다.

경구는 궁여지책으로 고향 출신의 장 의원을 찾았다. 평소 안면 정도의 인사는 있었고, 또 그가 여당으로 원내에서도 알심 있는 자리에서 활약한다기에 심정이나 마음 놓고 토로하고 싶어서였다.

아침 이른 시간임에도 불구하고 응접실에서 오래 순번을 기다려야만 했다.

만나서의 첫 이야기가 똥장수의 이권이고 보니 경구도 잘 떨어지지 않는 입을 열어 겸연쩍은 태도로 말을 시작했다.

"나는 해방 십 년에 똥차만을 끌어온 사람입니다. 실력으로 싸워왔습니다."

장 의원은 똥차 이야기에 약간 냉소 어린 웃음을 흘렸으나 표정이 다시 가다듬어져가는 것을 보고 경구는 말을 이었다.

청소 계약 교체기를 계기로 소위 권력층을 배경으로 하여 실지 일할 수도 없는 오륙 명이 나섰고, 그중에서도 최고의 빽과 거기에 청소 계통 사무 절차의 이면을 알고 있는 이헌이, 십여 년의 경험과 제 주먹 실력만을 믿고 현재 충실히 일하고 있는 자기를 밀치려 든다는 사건의 대충 경위를, 격하는 흥분을 참아가면서 조리 있게 설명하였다.

"어떻게 해봅시다"

하는, 장 의원의 대답에 약간의 힘을 얻으면서 경구는 한마디를 덧붙였다.

"아무리 세상이 다 썩어간다 할지라도 십 년 적공의 실적은 봐주어야 하지 않겠습니까?"

현관을 나선 경구는 이 마지막 말은 공연히 덧붙였다는 후회가 없지 않았으나 다 털어놓고 보니 가슴은 오히려 후련했다.

새벽녘에 차고에서 인부 한 사람이 헐떡이며 찾아왔다.

분뇨차가 후미끼리[4]에서 기차와 충돌하였다는 것이었다.

경구는 홧김에 폭음한 간밤의 취기가 아직도 남아 있는 몽롱한 머리로 현장에 뛰어갔다.

다 타버린 차체 밑에 까만 고깃덩이 같은 해골이 하나 깔렸고, 좀 떨어진 곳에 반이나 타다 남은 송장이 새우처럼 꼬부린 채 뒹굴어지고 있다.

훤히 동이 터왔다. 그러나 가슴속은 까마득히 막혀버렸다. 어떻게 손을 댈 엄두가 나지를 않았다.

현장 검증이 끝나기를 기다려야 하겠기에 부근 목롯집[5]에 들어가 닥치는 대로 술을 들이켰다.

시체의 매장, 유가족의 처리 문제, 그 밖에 검찰국의 소환, 거의 정신을 잃은 복잡한 며칠을 보냈다.

소실된 대여 차의 보상 문제가 가장 큰 일거리로 남았고, 현장 증거에 대한 발언할 사람도 남기지 않고 죽어간 인명에 관한 문제는 자동차 문제보다 오히려 간단하였다.

타버린 차는 그 넘버와 함께 완전히 없어진 것이니 문서상의 처리만을 치르면 될 것이 아니냐고 거듭 절충하였으나, 공용물은 기어코 원상 복구되어야 하는 것이라고 막무가내였다.

며칠 만에 차고에 나타난 경구는 기름 냄새 풍기는 작업복을 걸치고 신소 땜질을 히고 있다. 보디[車臺]만은 간신히 꾸몄으나 이젠 여기에 엔진을 얹고, 타이어를 끼고 하는 부속품이 하나씩 장만되어야만 했다.

다른 운전수와 인부들도 모두 한데 얼려 차를 꾸미는 데 전력을 기울이고 있다.

"춘식이는 죽어서 안 돌아오지마는 자동차는 살아난데이."

전라도 출신의 인부 용팔이의 말이다. 고향에서 농사를 지었으나 비료 값도 되지 않는다고 벌써 가을 제철에 마을을 떠나 서울이라고 왔던 것이 친구 하나를 잃어버리고 거의 울상이 되어 가도 오도 못하고 있는 그였다.

"잘 죽었지, 살았어야 밤낮 똥통만 메라는 팔자에 편안하게 잘 갔지."

옆의 인부가 말을 받았다.

"아따, 이 사람아. 젊은 색시가 불쌍하지 않아?"

장례 때 올라왔던, 아직 신혼 초인 고인의 미망인을 보았던 노총각이 슬그머니 곁들었다.

"그라문 늙은 총각이 물려받지."

폭소가 한꺼번에 터졌다. 경구의 얼굴에도 웃음이 번졌다.

아무튼 이번 싸움은 기어코 이겨야만 하겠다는 생각이 다시금 치밀었다. 자기가 손을 떼고 나면 인부, 운전수 할 것 없이 이 작업장의 관계자들은 거의 다 바뀌어질 것은 틀림없는 일이라 싶었다.

내일이 그믐이라는데 이들에게 지급하여야 할 임금은 전연 마련되어 있지 않았다.

아침에 마누라더러 아무 급전이라도 돌려오라고 다짐을 하고 나왔으나 어떻게 되었는지 그 결과가 궁금하였다.

경구는 산소대와 차광판(遮光板)을 내려놓고 일어섰다. 얼굴의 땀을 씻으면서 담배를 피워 물고선 갑째로 인부들 쪽으로 돌려주었다. 극도에 달한 이 형편에 그들의 웃음은 짜증보다 오히려 괴로웠다.

저물녘에 그들 한 패를 휘몰아가지고 차고 옆 선술집으로 들어갔다.

"오늘은 한번 술 먹고픈 대로 먹어보아."

쭉 둘러앉은 얼굴들을 훑어보며 허탈한 웃음으로 소리를 쳤다.

한 잔 들고 난 술잔을 차례로 돌렸다.

술이 없으면 이런 때는 속이 그대로 타버리기라도 할 것만 같았다.

마누라는 기어코 ××대 측근의 비서나 다름없는 김 씨 집을 찾아갔었다고 한다.

김 씨의 아내와는 전부터 비교적 가까운 사이라고는 하나, 경구는 거기까지는 비굴하고 싶지 않아서 이번 일이 막고비에 들어섰으면서도 마누라의 의사를 끝까지 꺾어왔던 것이다.

그러나 질식할 정도로 막혀만 가는 일의 사태를 옆에서 보고만 있던 마누라는 최후의 용기를 얻어 남편 몰래 행동했던 것이었다. 김 씨의 말이라면 어지간한 장관의 이야기보다 낫다는 것이라고 우겨가며 기어코 찾아간 모양이다.

그러나 아내는 시무룩해 풀이 죽어 돌아왔었다.

연말 인사로 사과 한 궤짝을 들고 갔더니 의외에도 예전에 경구와 함께 집에도 자주 들렀던 이헌이 문간에 앉아서 선물을 기록하여가며 접수를 하고 있더라는 것이다.

몇 마디의 이야기 끝에 김씨와 이헌이 동서라는 내용을 듣고는 거의 현기증을 일으키고 돌아왔다는 것이었다.

"글쎄, 큰 빽이란 그거지 뭐요."

경구는 그저 콧방귀만 치며 듣고 있었다.

어떤 수단 방법도 가리지 않고 이번 일에는 꼭 이겨야만 할 것 같았다.

이것저것 뒷줄을 잡아서 끌어댄다는 것이 오히려 비굴한 시합같이만 여겨졌다.

이헌과 직접 만나 일대일로 최후의 담판을 하리라고 결심하였다.

평생의 사업으로 계획했던 꿈이 송두리째 깨뜨려지는 찰나였다.

엷은 감상 같은 것이 머릿속을 스치면서 아득한 옛 추억이 안개처럼 서려갔다.

중학교 졸업반에서의 일이었다. 일본 수학여행 출발을 사흘 앞둔 시월 초순이었다. 졸업할 때에 입을 신사복을 미리 지어준 누님의 성의가 고마워 자랑스레 거리에 처음 입고 나섰다.

지금 같으면 아무것도 아닌 간단한 일이었다고 생각되었다.

그러나 그것이 결국은 학교를 그만두게 되는 도화선이 되었다. 그 후에 시작된 것이 자동차 학교를 거친 운전수요, 해방과 더불어 잡아 쥔 것이 청소차와의 직업적 연분이었다.

이러한 지난날의 자신에 대한 불충실했던 자책은 그 이후의 경구의 생활 전체를 통하여 자신에게 성실을 채찍질하는 자학(自虐)으로 변하였던 것이다.

다방에서 이헌과 마주 앉은 경구는 지난 일에 대한 배신 같은 것에는 일체 언급하지 않았다.

"이 형, 지금 그 일을 내가 하지 않고 딴 사람이 하고 있다손 치더라도, 남이 전력을 다하여 하고 있는 일을 계약의 교체기를 틈타서 제삼자의 세력을 배경으로 하여 탈취하려는 것은 얼마나 부당한 일이오?"

경구는 될 수 있는 대로 침착하려 하였으나 흥분은 목소리를 떨리게 하였다.

"이제 이 마당에서야 할 수 있어요? 일이 다 결말이 났는데."

경구의 충혈된 눈초리 앞에 앉아 있는 이헌은 부드러운 어조로 태연한 태도를 차리나 불안한 모습이 얼굴 전면을 스치고 있다.

"다 결말이 나다니?"

"지금 계약서에 도장을 찍고 나오는 길이오."

"응!"

경구는 일이 비틀어지기는 쉬우리라고 예측은 하였으나 이렇게 쉽게 거꾸러질 줄은 몰랐다.

담당 주임은 정의에 입각하여 일을 처리하겠노라고 장담을 했고, 국장도 실력 있는 경험자가 계속하겠다는데 누가 마다겠느냐고 자신 있게 언명하기에 어느 정도의 신뢰는 가졌던 것이다.

자기로서는 전력을 다한 일이지만 너무도 시시하게 승패가 결정된 것만 같았다.

"그래, 이렇게까지 친구를 삶아 먹고도 그 똥 장사를 꼭 해야 되겠어?"

노기를 띤 어조였다.

"살자니 별수 있어, 나도 심부름이야. 실권은 배후의 사람들이 쥐고 있는 거야."

"에이, 똥 같은 자식아, 이놈아 제 쓸개로 살아야지."

경구는 이헌의 가슴팍을 콱 질러놓고 밖으로 나와버렸다.

이렇게 될 것이라면 그 소실된 자동차는 보상할 것 없이 그대로 버티었을 것이라는 후회가 거센 분노와 함께 치밀었다.

"에이, 똥 같은 자식들. 똥째로 다 먹어라."

내뱉듯이 누구에게라고 할 것 없이 외치고는 경찰서로 뛰어갔다.

현물 인계, 금전의 대차 관계까지 완전히 끝났으나 경구는 이대로 단념할 수는 없었다. 청춘을 송두리째 바친 직장이었다. 미련이 한꺼번에 북받쳐 올랐다.

지금 경구에게 남은 것은 현장 사고 이후 풍파를 겪는 동안의 적지 않은 부채와 자기 소유였던 GMC 한 대만이었다.

이헌이 새로 맡아 첫 일을 시작하는 날 아침 일찍 경구는 자기의 GMC를 몰고 현장에 나섰다.

이헌은 가죽 잠바에 방한모를 쓰고 차 배치를 하고 있었다. 경구는 차를 세우고 내려서 이헌의 앞에 바싹 다가섰다.

"내 차는 어느 쪽으로 배차되는 거야?"

억지로 부드럽게 하려는 노력이 힘들었다.

어안이 벙벙한 이헌은 말을 못 하고 당황하여 머뭇거리고 있다.

"나도 똑같은 임금을 받고 일을 할 테다. 빨리 배치를 해줘."

"가만……"

이헌은 사무소 쪽으로 슬금슬금 걸어가고 있다. 인부들은 구경거리나 난 듯이 주시하고 있다. 낯선 얼굴들도 있으나 아직은 그들을 다 갈아 붙이지는 못한 모양이다.

"이 자식아, 네 심장에는 철판을 둘렀니? 총알도 구멍을 뚫지 못한다던? 그러지 말고 같이 살자꾸나."

성낸 짐승 같은 고함 소리였다. 이헌은 새파랗게 질렸다. 인부들이 비웃는 것 같은 속닥거림에 얼굴이 간지러웠다.

"아무 데루나 가!"

거의 죽어가는 목소리였다.

"데데한 자식, 중앙청 변소로 간다."

침을 탁 뱉고 경구는 차에 올라 엔진을 걸었다.

자식을 굴복시킨 것 같은 승리감이 치밀었다가 가벼운 서러움이 터져 나왔다. 누구를 대상으로 한 원망에 찬 서러움인지는 자신도 분간하지 못하였다.

경험 없는 저것들이 나자빠지면 일후에는 자기가 기어코 다시 맡아 하리라고 마음을 다져 먹는 것이었다.

광화문 네거리에 다다르자, 도심지의 분뇨는 밤에라야 푸게 되어 있는 것을 그제야 생각하고 혼자 쓴웃음을 지으면서 중앙청 앞에서 안국동 쪽으로 차를 꺾었다.

사수 射手

내가 언제 이런 곳에 왔는지 전연 알 길이 없다.

분명 경희임에 틀림없다. 겨드랑이에서 체온계를 빼려는 손을 꼭 잡았다. 손가락이 차다. 경희의 손은 이렇게 냉랭한 적이 없었다. 따뜻하던 지난날의 감촉이 포근히 되살아온다. 눈을 떴다. 그러나 아직도 머리는 안개가 서린 듯 보야니 흐리멍덩하다.

"정신이 드나 봐……"

경희의 음성이 아니다. 이렇게 싸늘하지는 않았다. 간호원이다. 새하얀 옷이 소복 같은 거리감을 가져온다. 꿈인 것 같다. 그러나 아무리 따져보아도 꿈은 아닌 상 싶다. 내 숨소리가 확실히 거세게 들려온다. 틀림없이 심장이 뛰고 있다.

총소리가—그것도 다섯 방의 총소리가 거의 같은 순간에 울리던 그 총소리가—아직도 고막에 달라붙어 있다. B가 맞은 건지 내가 맞은 건지 분간이 안 간 대로 그 시간이 지금까지 지속되고

있다. B가 거꾸러진 건지 내가 거꾸러진 건지 그것조차 확인할
길이 없다. 승부는 났다. 그러나 내가 이겼는지 B가 이겼는지 알
길이 없다. 귀를 만져본다. 찢어졌던 귓바퀴를 꿰맨 상흔(傷痕)이
사마귀처럼 두툴하다. 그때는 내가 졌다. 아니 계속해서 내가 지
고만 있었다. 지금도 어쩌면 내가 지고 있는지도 모른다.

곰이라는 별명을 가진 뚱뚱보 선생이었다. 좀 심술궂은 성품이
다. 그것이 수업 시간에도 곧잘 나타났다. 아이들의 귀를 잡아끌
거나 뺨을 꼬집어 당기는 것쯤은 시간마다 있는 일이었다. 추석
다음 날이었나 보다. 그날은 나도 B도 숙제를 안 해 갔기에 꾸중
을 듣고 난 뒤였다. 설명 한마디에 '엠' 소리를 거의 하나씩 섞는
그의 버릇은 종내 떨어지질 않았다. 나는 곰의 설명은 듣는 둥 마
는 둥, 공책에다 '엠' 소리 날 때마다 연필로 점을 하나씩 찍어갔
다. 일흔아홉, 여든, 여든하나…… 하학종[1]이 거의 울릴 것만 같
다. 나는 늘 하는 버릇대로 백이 되기만을 기다리는 조바심으로
표를 하고 있었고, 나와 한 책상에 앉아 있는 B는 거기에만 정신
이 쏠려서 한눈을 팔고 있었다. 아마도 곰의 시선은 우리 둘 책상
만을 노리고 있었을 것이다. 아흔아홉…… 하학종이 울렸다. 아
쉬움을 삼키면서 머리를 들었다. 그때다. "엠!" "백!" 하고 내가
혼자 뇌까리는 순간 B가 웃음을 터뜨렸다.
  "왜 웃어?"
  고함 소리에 정신이 바짝 차려졌다. 우리 앞으로 다가오는 곰을
보면서 닥쳐올 벌을 각오했다. 내 공책에서 눈을 뗀 곰은 둘 다

일으켜 세웠다.

"서로 뺨을 때려!"

몇 번 외쳐야 아무 반응도 없다. 이 험악한 공기 속에서도 나는 흘낏 유리창 밑줄에 앉아 있는 경희 쪽으로 눈길을 훔쳤다. 경희는 제가 당하기나 하는 것처럼 불안한 표정으로 이쪽을 지키고 있다. 다른 애들의 눈초리도 그러했겠지만 그때의 내 눈에는 경희의 표정밖에 보이지 않았다.

"이렇게 때리래두!"

곰의 손바닥이 내 뺨에 찰싹 붙었다 떨어졌다. 눈알에서는 불이 튀는 것 같았다. 그것만으로도 끝나는 것이 아니다. 곰의 손은 다시 B의 뺨으로 옮겨갔고, B의 손을 들어서 내 뺨을 때리게 하였다. 나와 B는 하는 수 없이 흉내만을 내는 정도로 서로의 뺨을 쳤다. B의 눈동자는 아무런 악의 없이 나를 건너다보고 있다. 적당히 해치워버리자는 암시의 빛과 같은 것이라고 느꼈다.

"더 세게 때리래두! 자, 이렇게!"

다시 곰의 손이 B의 뺨을 후려갈겼다. 다음에 와 닿은 B의 손바닥은 전보다 훨씬 거세게 내 뺨을 때렸다. 나도 별다른 생각 없이 앞서보다는 좀 세게 B를 때렸다. 이번에는 B의 손바닥에서 오는 탄력이 먼젓번보다 더 거세었다. 내 손도 또 그랬다.

"더, 더!"

하는 곰의 응원 같은 구령에 B의 손바닥과 내 뺨 사이에서 울리는 소리가 더 커지자, 내 손도 거기에 맞대꾸를 했고, 결국에는 슬그머니 밸이 꼴려왔다. 곰에 대한 반감이 어느 사이엔지 B에게로 옮겨져, B에 대한 적의(敵意)를 느끼면서 B를 후려갈겼다.

"이 자식이, 정말이야?"

하며 B는 있는 힘을 다하여 나를 때렸다. B의 눈동자에는 확실히
노기 같은 것이 서리었다. 나도 팔에 온 힘을 주어 B를 후려쳤다.

"너, 다 했니?"

하고 뺨에서 코빼기로 비낀 B의 손바닥이 지나가자마자 잉얼대
던 뺨의 아픔을 넘어 코허리가 저리면서 전신이 아찔했다. 시뻘
건 코피가 교실 널바닥²에 떨어졌다. 내가 다시 B를 치려는 순간
"그만" 하는 곰의 명령 소리가 B를 한 걸음 물러서게 하였고, 내
손은 허공으로 빗나갔다. 아무 근거도 없는 승부는 이것으로 끝
난 것이다. 끝 장면만으로 따진다면 B가 이긴 것임에 틀림없다.

선반 위에 나란히 서 있는 약병들이 눈에 들어온다. 흰 병, 자주
병, 파랑, 초록…… 머리가 흔들린다. 테이블 위 주사기의 알코올
탈지면에 싸인 바늘이 오히려 가슴에 따끔한 자극을 준다. 그렇
다. 그날 그 공기총알의 심장에 짜릿하던 자극 같은 것이다.

B와 나는 중학도 같은 학교였었다. 그것도 한 학급에 편성되었
으니 말이다. 우리 둘은 학교 안에서는 물론 집에 돌아와서도 자
는 시간 외에는 거의 한군데서 뒹굴었다. 아니 B가 우리 집에서,
내가 B의 집에서 자는 일도 번번이 있었다. 성적도 그와 나는 늘
백중³이었다. 초저녁까지는 나와 함께 놀기만 하던 B가, 내가 돌
아온 후부터 밤늦게까지 공부를 한다는 이야기를 듣고 나도 그
방법을 취했다. B와 나는 서로 표면에는 공부를 안 하는 체하면
서 몰래 경쟁을 하였던 것이다. 그러기 때문에 우리 집에서 늦게

까지 놀다가 B가 자고 가게 되거나, 내가 B의 집에서 자는 경우에는 둘의 공부가 합동 작전이 되지 않으면 둘 다 아무것도 하지 않고 자는 날이 되는 것이다.

여기에 경희의 존재는 우리 둘에게 퍽이나 미묘한 것이었다. 나도 B도 경희를 좋아했다. 나는 내가 경희를 더 사랑하는 것으로 생각했고, B는 B대로 자기의 사랑이 더 열렬한 것으로 생각해왔음이 분명하다. 그러나 경희 자신은 B보다는 나와 만나는 것을 더 좋아하는 눈치였다. B는 몇 번씩이나 편지를 해도 답장이 없지만 나에게 대하여는 그때그때 답장이 왔었다.

B와 나는 다른 이야기는 다 털어놓아도 경희에 관한 문제에 한해서는 어느 쪽에서든지 말을 끄집어내는 것을 꺼렸다.

졸업반으로 진급되던 해 봄이다. 그때의 성적은 B가 나를 넘어뛰었다. 표면에는 나타나지 않았지만 내심으로는 약간의 울화 같은 것이 치밀어서 이번에는 졌구나 하는 생각이 들었다. 다음에는 틀림없이 만회하리라는 결심이 복받쳐 올랐다.

그러던 어느 날 우리 집에 놀러 왔던 B는 내 책갈피에 끼여 있는 경희의 편지를 발견하게 되었다. 나는 이쯤하여 경희와의 문제도, 나와 B와의 우정에 여자로 말미암은 금이 가기 전에 내 편에서 솔직한 고백을 하는 것이 좋겠다는 생각이 들어서, 경희와의 약혼 의사를 B에게 솔직히 토로하였다. 나는 은근히 B의 선선한 양보를 기대했던 것이다. 그러나 사태는 의외의 방향으로 벌어졌다. B 편에서 나에게 자기의 그러한 의사를 표시하려고 적절한 기회만을 노렸다는 것이다.

그 먼저 일요일 나와 B는 경희, 경희 친구 하여 넷이서 교외로 나갔다. 공기총으로 참새잡이를 시작하여 내가 까치 두 마리와 참새 두 마리를 잡고, B는 참새 세 마리를 잡았다. 돌아오는 길에 개울가 과수원에 달려 있는 사과를 겨누어 정확률을 시합한 결과 내가 이기게 되었다. 그날 저녁 중국집에서 패배한 B가 자장면을 내면서도 안타까움이 가시지 못하여, 다음 주일에 다시 시합을 하자는 제이차의 대전을 제기하였다. 나도 쾌히 승낙했다.

이날 나와 B 간의 경희를 싸고도는 미묘한 감정에도 약간의 농조⁴는 섞였지만 아무 쪽에서도 시원한 양보는 하지 않았다. 나 자신은 이미 머릿속이 경희로 가득 찼었고, 어느 정도 경희의 마음속도 다짐한 후이기에, 이제 여기서 경희를 빼앗긴다는 것은 내 일생에 대한 중대 문제로 생각되었고, B는 B대로 경희가 보통 다정하게 대하면서도 진심은 토로하여주지 않는 것에 더한층 이성으로서의 매력 같은 것을 느껴왔던 것이다.

"할 수 없지, 또 시합이다……"

B는 내 손목을 이끌고 밖으로 나가는 것이다. 우리 둘은 공기총을 들고 거리를 벗어났다.

이 총으로 상대편을 나무 옆에 세워놓고 귀의 높이 되는 나무통 복판을 정확하게 맞히는 쪽이 경희를 양보받기로 하자는, B의 정말 상상 외의 제안이었다. 나는 처음에는 거절하였으나, B의 너무나 의기양양한 데 비하여 그 이상의 비굴은 보이고 싶지 않아서 하는 수 없이 응낙했다. 이번에는 누가 먼저 쏘느냐는 순번이었다. 그것은 경희의 양보 문제를 제기한 것이 나이니까, 나부터 먼저 쏘라는 B의 일방적인 통고 비슷한 제의였다. 당사자 경희가 알면 참 어처구니없는 일이라고 하겠지만, 그때의 나로서는 어찌하는 수가 없었다.

나는 총을 들어 숨을 크게 들이켜고 나무 옆에 서 있는 B의 귀에 평행으로 나무통 복판에 가늠하여 방아쇠를 당겼다. 총을 내리고 서서히 나무 밑으로 걸어갔다. 총알은 조금 위로 올라갔으나 나무 한복판에 맞았다. 일순 B와 나의 시선은 마주쳤다.

다음은 B의 차례였다. B는 나를 나무 옆에 꽉 붙여 세워놓고는 정한 위치로 갔다. 총을 들어 개머리판을 오른편 어깨에 대고, 바른 뺨을 그 위에 비스듬히 얹고, 한 눈을 쪼그라지게 감으며 조심스레 조준을 맞추는 것이었다. 나는 B의 너무도 심각하게 정성들이는 표정이 우스워서 그만 웃음을 터뜨렸다. 그 순간 방아쇠는 당겨졌다. 나는 '악' 비명을 치면서 뺑뺑 돌다가 푹 주저앉았다. 총알은 내 오른쪽 귓불을 찢고 날아갔던 것이다. 피가 뺨으로 스쳐 흘렀다. 만지고 난 손가락 사이가 찐득거렸다.

이런 일뿐이 아니다. 나와 B의 사고방식이나 행동 속에는 너무나 우연한 일치 같은 것이 많았다. 내가 문득 머리에 떠올라 시작한 일이면, 벌써 B도 나와 때를 거의 같이하여 서로의 상의나 연락도 없으면서 그런 생각을 토로하거나, 그 일에 손을 대고 있는 것이다. 이러한 일들은 자칫하면 본능적인 경쟁의식이나 또는 자기만으로의 우월감 같은 것을 유발하여 둘의 우정에 거미줄 같은 금을 그어놓는 것이었다. 그러한 예들은 B와 나 사이의 동심에서부터의 긴 교우 관계에 있어 너무나도 많았다.

간호원이 머리의 찬 물수건을 갈아 붙이고 있다. 이마의 차가움이 시원하게 느껴진다. 흐릿하던 생각들이 제자리를 찾아 헤매다가 타래못[5]처럼 호비고 막다들어온다.[6] 그러나 눈꺼풀은 아직도 무거워서 팽팽하게 떠지지 않는다.

스리쿼터 속에 실려서 사형 집행장으로 가는 다른 네 명의 사수(射手)들은 어저께 공일날 외출했던 이야기에 흥을 돋우고 있다. 그중의 하나는, 전라도에서 새로 왔다는 열일곱 살 난 풋내기의 육체미에 녹아떨어진 이야기를, 손짓을 섞어 침을 입술에 튀겨가며 자랑하고 있다. 그러나 나에게는 그런 이야기들이 신통한 반응을 주지 않는다. 지금 내 머릿속은 B에 대한 생각으로 가득 차 있다.

만약 경희의 행방을 모르는 대로 B와 다시 만났던들 그렇게 내 머릿속이 뒤헝클어지지는 않았을 것이다. 내가 새로 전속되어 오던 날 부대장에게 신고를 하고 나오던 길에 복도에서 B를 만났다. 서로 생사를 모르다가 기적같이 처음 맞닿은 이 순간, 나는 함성을 올리며 B의 손을 덥석 잡았다. 그러나 B의 표정 속에는 사선을 넘어온 인간의 담박한 반가움보다는 멋쩍고 어쩔 줄 모르는 머뭇거림이 나에게 열적게[7] 감득되었다. 실로 몇 해 만인가! 허탈한 감격밖에 없을 이 순간에 B는 무엇인가 복잡한 생각에 휩싸이는 눈초리를 감추려는 당황함이 엿보이게 하고 있다.

나와 경희는 형식적인 절차는 밟지 않았다 할지라도 약혼한 바나 다름없었고, 주위의 사람들도 또한 그렇게 보아왔던 것이다.

그중에서도 B는 그러한 나와 경희와의 관계를 억지로 부인하려는 자세였지만, 객관적인 조건은 그렇게 시인하지 않을 수 없었던 것이다. 말하자면 나와 경희와의 사이를 가장 정밀하게 측정하고 있는 것이 B의 위치였던 것이다.

사변 전 우리 주변에 있던 사람들의 생사에 관한 안부가 자연히 나와 B의 대화의 주요한 말거리였고, 내가 가장 알고 싶었던 경희의 이야기도 따라 나오게 되었다. 그러나 B가 잘 모른다고 대답하는 그 어감 속에는 그의 표정까지를 보지 않아도 께름칙하고 불투명한 구석이 적지 않게 섞여 있음이 느껴져왔다. B를 아까 처음 만났을 때의 나의 이상한 육감은, 지금 더 굳어져가는 어떤 방향의 시사를 받는 것이 분명하다. 그도 바쁜 시간이어서 그날은 그것으로 끝났다.

그러나 더 결정적인 사태가 정작 내 앞에 벌어지게 되었다. 그것은 내가 휴가 중의 외출에서 돌아올 때 공교롭게도 B의 가족 동반의 기회에 마주친 일이다. 여기에서 오래도록 감추어졌던 모든 자물쇠는 열렸다. B의 옆에는 벌써 어머니가 된 경희가 서 있는 것이 아닌가. 경희는 충격적인 고함 소리 한마디를 치고는 이상하게도 기계라도 정지하는 것처럼 다시 태연해지는 것이었다. 아마도 B에게서 나의 생존을 알고, 이미 결정지어진 과거에 대하여 어쩔 수 없는 체념으로 마음을 다져 먹었지만, 이 불의의 경우에 나와 정면으로 마주치고 보니 격동되지 않을 수 없었던 것 같다. 물론 이것은 과거의 경희를 가장 잘 아는 나 혼자만의 추측에 불과하다. 그리고 그 이상으로 경희의 심정을 내 쪽으로 접근시켜 더욱 높게 추리하고 싶지도 않았으며, 또한 경희를 배신적인 것으로 혐하여 탓할 수도 없는, 말하자면 전란이라는 환경이 주어진 어쩔 수 없는 경우로 극히 평범하고도 관대한 단정을 나는 나 자신에게 내리는 것이다. 그만큼 이 짧은 시간의 착잡한 표정 속의 침묵은 나에게 비길 수 없는 중압감을 덮씌웠던 것이다. 그것은 또한 침묵 뒤의 경희의 표정이 B와 나를 번갈아 곁눈질하는 속에서도 나의 단정은 어느 정도 정확하다는 것을 시인하게 하는 것이었다.

그러나 그 다음 경희의 입으로 터져 나오는 말이 나를 더 놀라게 하였다. 나더러 아기가 몇이냐는 것이다. 결혼은 했느냐는 여부도 없이 선 자리에서 한 단계를 뛰어넘는 것이다. 비범하게 좋았던 경희의 두뇌에서 튀어나올 법한 기지(機智)임에 틀림없다. 그것도 이 무거운 질식 상태의 분위기를 완화하려는 여자의 얇은 재치인지도 몰랐다. 그러나 그 이야기들은 모두 나에 대한 절실했던 애정의 환원이나 회상에서가 아니라, 지금의 자기 남편인 B에 대한 아내로서의 내조적인 협조나, 그렇지 않으면 지난날에 그렇게도 못 잊어 했던 나에 대한 흘러간 추억 속의 동정 같은 값싼 것으로만 나는 여겨지는 것이었다. 나는 어느 말부터 끄집어내야 할지 이야기의 실마리를 잃고 멍추[8]같이 아연할 수밖에 없었다. 둘이서 얼싸안고 실컷 울어도 시원치 않을 이 자리에서……

이 얼마를 두고 머릿속에 감아붙던 B에 대한 적의가 차츰 경희에게로 옮겨져가는 것 같은 미묘한 감정을 의식했다. 그러면서도 나의 경희에 대한 미련 같은 아쉬움은 완전히 가셔지지 않았다.

그것이 다시 B에 대한 적개심으로 이동되었다가 또다시 경희에게로 옮겨졌다가 하는 유동이 얼마 동안 지속되었다. 그러다가는 결국에 가서는 어쩔 수 없이 박탈되어 간 것같이 경희에게 변호가 가게 되고, 나중에는 B에 대한 배신감만이 완전히 고정적인 자리를 차지해가게 되어버렸다.

흐려가던 머리가 또렷해진다. 그러나 그것이 끝끝내 지속되지는 않는다. 반딧불마냥 깜박거린다. 단속적으로 나타나는 장면만은 선명하다.

흰 눈이 쌓인 산록(山麓)의 바람 소리가 시리다. 그것은 바로 사형 집행장에서의 일임에 틀림없다. 나는 권총 사격에 몇 점, 카빈에 몇 점, 엠원 소총에는 몇 점 하는 명사수의 하나로, 나의 소속 부대에서도 알려져 있다. 그러나 나 자신이 이 사형 집행의 사수로 지명될 줄은 몰랐다. 또 그렇게 달갑지도 않은 일이다. 더욱이 일단 지명된 이상에는 피해낼 도리가 없다. 아무도 이런 일을 선두에 서서 하겠다고 좋아하는 사람은 없다. 그것도 전기 장치로 된 집행장에서 단추 하나를 누르면 보이지 않는 곳에서 기계가 스스로 모든 일을 처리하여주는 경우라면 몰라도, 이런 경우는 따분하기 짝이 없는 일이다. 그렇지 않아도 나는 전에 형무소에서 사형을 집행하는 관리들의 고역을 상상해본 일이 있다. 그럴 때마다 소름이 끼쳐 그런 일을 어떤 불우한 사람들이 직업으로 삼고 맡아 할 것인가 하고 동정했던 것이다. 사실 그 경우의 죽는 사람과 죽이는 사람 사이에는, 개인적으로 생명을 여탈(與奪)할 하등의 이해관계가 없는 것이 거의 전부의 경우이기에……

지금 나의 경우는 약간 다르다. B가 오늘 집행되는 수형(受刑)의 당사자라는 것을 알았을 때 나는 순간——그것은 참말 계량할 수 없는 눈 깜짝할 찰나였지만——복수의 만족감 같은 회심의 미소를 지을 뻔했던 것이다. B의 얼굴에 겹쳐 경희의 모습이 떠올랐다. 그러나 그것들이 다 어릴 때부터의 벗이던 순진하고 아름다운 정에 얽매인 인간의 모습이 아니라, 언젠가 가족 동반에서 만난 당황하는 표정들이 점점 혐오를 느끼게 하던 그런 모습들인 것이다.

나는 눈을 떴다.

십 미터의 거리. 전방에는 B가 서 있다. 목사의 기도는 끝났다. 유언(遺言)이 없느냐고 물었다. B는 고개를 가로저었다. 지금까지 한 번도 내 앞에서 졌다고 항복한 일이 없는 B다. 그렇게 서로 대결이 되는 경우는 늘 내가 양보하는 위치에 서게 되었었다. 오늘도 이 숨 가쁜 마지막 고비에서, B의 목숨을 앞에 놓고 B와 나는 여기 우리 둘이 한 번도 같이 와본 적이 없는 눈 덮인 산골짜기에서 이렇게 대결하고 있는 것이다. 나를 알아보는 B의 눈은 조금도 경악의 표정은 없다. 일체의 체념이 나까지도 안중에 없게 하는가 보다. 그러면 나는 벌써 이 마지막 순간에도 이미 B에게 지고 있는 것이다. 만일 내가 이 자리에 사수로 나타나지만 않았다면 B는 무슨 말이든 한마디 남겼을는지도 모른다. 적어도 경희에게만은 무슨 마지막 당부의 한마디를 전하여주고파 했을 것이 아닌가.

다섯 명의 사수는 일렬로 같은 간격을 두고 나란히 횡대로 늘어섰다. B의 손은 묶인 대로이다. 그의 눈은 검은 천으로 가리어졌다. 왼쪽 가슴 심장 위에 붙인 빨간 헝겊의 표지가 햇빛에 반사되어 더 또렷하다. 헛기침 소리 이외에는 아무의 입에서도 말이 없다. 다만 몸들의 움직임이 있을 뿐이다.

B가 이적적인 모반(謀反) 혐의로 구속되었다는 신문 보도를 본 얼마 후 나는 B의 집으로 경희를 찾아갔다. 이 근래의 B의 의식 상태에는 약간의 이상적인 징조가 나타나 발작적인 행동이 집 안에서도 거듭되었다는 사실은 이날 들은 이야기이다. B는 나의 절친한 친구의 한 사람이었다고 나는 지금도 그 생각은 버리지 않는다. 그와의 개인적인 대결이 치열할수록 나는 그를 잊어본 적이 없다. 내 삼십 년의 지나온 세월에 있어서 B는 내 마음속에 새겨진 가장 오랜 친구였고, 접촉된 시간도 가장 긴 인간이기 때문이다. 나와 그는 이해관계를 초월하여 사귀어왔다. 다만 경희의 경우를 비롯한 몇 굽이의 치열한 대결은 B와 나의 의식적인 적대 행위가 아니라, 환경적인 조건이 주어진 불가피한 운명 같은 것이 더 컸다고 나는 생각하고 싶은 것이다. 그러기 때문에 나는 나의 아끼던, 아니 현재도 아끼고 있는 유일한 친구이고, 그와의 어쩔 수 없는 대결이 거세면 거셀수록 그에 대한 관심이 더 강력하게 작용했던 만큼 그의 혐의를 받는 죄상에 대한 내막은 이 이상 더 소상하게 늘어놓고 싶지는 않다.

나를 만난 경희는 시종 울기만 하였다. 그것은 오랫동안 떨어졌다가 만난 육친의 애정 같은 것이어서 그 자리에서는 그와 나 사이에 아무런 장벽도 없는 것만 같았다. 경희는 남편인 B의 구출 문제보다도 나에게 대한 자신의 변명 같은 호소로 일관하였다. 사변 통에 나의 행방은 알 길이 없었고, 수복 후에 우연히 만난 것이 나와 자기와의 과거를 가장 잘 아는 B였기에, 나의 생사에 대한 수소문을 서두르는 사이에 나의 소식은 묘연했고, B와의 결혼이 정식으로 성립되었다는 것이다. 나로서는 지금이라도 경희가 B를 버리고 나의 품으로 뛰어오겠다면 받아들일 수 있는 애정의 여신(餘燼)이나 아량이 없는 바도 아니었지마는, 몇 번이고 죽음에 직면했던 나로서, 경희의 행방에 대한 관심에 얼마 동안 적극적이 되지 못하였던 나 자신에 대한 자책이 이제야 더욱 거세게 싹터 나로 하여금 아무의 힐난(詰難)도 못 하게 만들었고, 오히려 경희에 대한 미안한 생각으로 가슴이 뿌듯해지게 하는 것이었다. 그러나 이미 때는 늦었다. B의 구명 운동이 우리 둘의 긴급한 일로 당면될 뿐이었다.

안전장치를 푸는 쇠붙이 소리가 산골짜기의 정적 속에 음산하다.
나는 무심중 귓바퀴의 상처에 손이 갔다. 호두 껍질처럼 까칠한 감촉이 손끝에 어린다. 지나간 조각조각의 단상들이 질서 없이 한 덩어리로 뭉개져 엄습해온다. B와, 경희와, 곰과, 공기총과, 걷잡을 수 없는 착잡한 감정이다.
"겨누어, 총!"
구령에 맞추어 사수는 일제히 개머리판을 어깨에 대고 B의 심장에 붙인 붉은 딱지에 총을 겨누었다.

순간 나는 내 정신으로 돌아왔다. 최종에는 내가 이긴 것이라는 승리감 같은 것이 가슴쇠 구멍으로 내다보이는 B의 심장 위에 어린다. 그러나 나는 곧 나의 차디찬 의식을 부정해본다. 어떻게 기적 같은 것이라도, 정말 기적 같은 것이 있어 이 종언의 위기에선 B를 들고 달아날 수는 없는 것인가…… 방아쇠의 차디찬 감촉이 인지(人指)의 안 배에 싸늘하게 연결된다. 내가 쏘지 않아도 다른 네 사수의 탄환은 분명 저 B의 가슴의 빨간 딱지 표지를 뚫고 심장을 관통할 것이다.

"쏘아!"

구령이 끝나기가 바쁘게 일제히 '빵' 소리가 났다. 나는 아직 방아쇠를 당기지 않고 있는 것을 깨달았다. 지금 여기 B와의 최후 순간의 대결에서 나는 또 지각을 하고 있는 것이다. 나는 이제나마 그와의 대결의 대열에서 제외되어서는 안 될 것 같다. 방아쇠를 힘껏 당겼다. 총신이 위로 퉁겨 올라가는 반동을 느꼈을 뿐이다. 화약 냄새가 코를 쿡 찌른다. 그때는 이미 B는 다른 네 방의 탄환을 맞고 쓰러진 뒤였다. 그는 넘어지면서도 끝까지 나에게 이겼다고 생각했는지도 모른다. 총소리와 함께 나 자신도 그 자리에 비틀비틀 고꾸라졌다. 극도의 빈혈이었다.

"이제 의식이 완전히 회복돼가는가 봐요."

눈을 떴다.

옆에 경희가 서 있다. 찬 수건으로 내 콧등의 땀을 닦아내고 있다. B와 나란히! 아니, B는 없다. 경희도 아니다. 무표정하게 싸늘한 아까의 간호원이다. 내가 이겼는지, B가 이겼는지, 내가 이 겼어도 비굴하게 이긴 것만 같은 혼몽한 속에서 나는 다시 깊은 잠에 떨어졌다.

크라운장 莊

　분위기가 바뀌어지는 첫날이란 아무 경우에도 얼마간의 어색한 기분은 모면하기 어려운 것이다.

　문호(文湖)에게는 몇 달을 쉬다가 접어든 일자리였다.

　그는 음악에 있어서의 지난날의 이력이라든가, 또는 이 악단에서 가장 연장자라는 조건이 합쳐 단원들에게서 악장(樂長)이라는 칭호로 불리어졌다. 물론 연주는 문호의 첫 리드로 시작되는 것이요, 곡목도 그의 주관으로 선택되는 것이었다.

　흡사 그림의 풍차(風車)를 연상시키는 커다란 선풍기가 구석구석에서 그 특유의 음향을 내면서 돌고 있건만 홀 안은 무더워서 배겨낼 수가 없다.

　수백 개의 자리에 거의 공백이 없이 들어찬 퇴근 시간 직후의 제때를 만난 신장개업의 비어홀은 어시장의 아우성 같은 소음으로 비비 꼬여 어지간한 대화는 옆자리에서도 잘 알아들을 수 없다.

맥주병의 부딪는 소리, 마개를 빼는 소리, 사기그릇의 질그렁거림.

식탁과 식탁의 좁은 사이를 보타이[1]의 머릿기름이 반질한 웨이터가 바쁜 걸음을 치고 오가는가 하면, 첫 시합의 정구 선수같이 새하얀 유니폼으로 감싼 웨이트리스가 종종걸음으로 분주히 싸다니고 있다.

스물 안팎의 여학교를 갓 나온 듯한 아직 세속의 더러운 물에 덜 젖은 싱싱한 얼굴들은 이마마다 땀이 구슬졌다. 어쩌면 그 인조 진주 목걸이와 흰 샌들까지 그렇게 통일된 것인지 인어(人魚)같이, 그 탁한 공기 속을 헤엄치고 있다.

붉고 푸른 네온과 매혹적인 형광등이 아득히 넓은 공간을 뿌야니 불투명하게 밝히고 있다.

홀 한쪽 구석에서 맥주 몇 병을 비우고 난 악사들은 다시 무대 위로 올라섰다. 술을 마시지 않으면 손이 떨리는 문호다. 인생에 대한 자학적인 폭발 수단으로 폭음해온 술이 위장을 녹이고, 이제는 마지막의 생명인 손가락마저 마비시켜오고 있다.

이십여 년 전 동경 히비야[2] 공회당의 공개적인 첫 연주에서 청중을 도취의 도가니로 몰아넣었을 때는 희대(稀代)의 천재라는 평을 받았었다.

지금 마비되어가는 손가락의 신경은 알코올의 자극으로 겨우 그 기능을 지탱하고 있다.

문호는 얼근한 기분으로 첼로를 잡은 채 의자에 걸터앉았다. 활을 들어 연주 때마다 거의 습성화된 손짓으로 음정을 맞추었다.

다섯 자 여섯 치의 키 큰 골격은 악기와 어울렸다.

마음의 구석구석이 거미줄로 얽히고, 관절 마디마디에 좀이 들었지만 외관으로는 아직까지 어엿한 오십 고개의 거구(巨軀)의 의젓한 남성이었다. 입후보의 연단에라도 나서면 첫인상에 관중을 위압할 늠름한 위풍이기도 하였다.

문호는 활을 들어 첫 음을 그었다. 심벌즈가 울리고 트럼펫, 색소폰, 클라리넷의 경쾌한 리듬이 홀 안의 소음을 삼키고 퍼져 흘렀다.

술기운에 광택 흐린 수많은 눈알들이 무대 쪽으로 쏠렸다.

술이 얼근한 탓도 있었지만, 이 둔탁한 공기에 벌써 익숙해졌음인지 문호는 인제, 아까 첫 파트의 첫 곡목처럼 어색한 기분은 완전히 가시어졌다. 엷은 모래밭에서 깊은 물로 뛰어든 물고기처럼 생기를 띠었다.

한 곡목이 끝나자 홀이 송두리째 날아갈 듯한 박수가 폭풍처럼 진폭을 넓혔다. 간간이 함성이 섞였다.

다음 곡이 또 계속되었다. 레코드에서 이미 이름이 팔린 여가수의 노래에 농탕치던 잡어(雜魚) 같은 술꾼들도 일순 정적 속으로 휩싸여 들어가는 것같이 악기와 노래의 음향 이외에는 아무 잡음도 들리지 않을 만큼 고요하여졌다.

박수와 앙코르, 술과 노래의 뒤범벅이 된 도가니는 불을 뿜을 듯이 이글거리고 있다.

이럴 때는 문호도 신이 났다. 어떤 멤버, 어떤 자리, 그런 꼬지꼬지한 구별은 안중에 없었다. 시선의 정력이 말끔히 보표[3]에 못

박혔고 손가락은 나는 듯이 움직여졌다.

며칠 전 이 일거리의 교섭으로 드럼을 담당한 P가 찾아왔을 때 차마 앉아서 죽으면 죽었지, 목롯집과 마찬가지인 비어홀 밴드 악사로까지 전락할 수야 있느냐고 망설이던 멋쩍은 심정은 완전히 가시어진 것만 같았다. 보표와 악기, 그리고 음향 이외에는 아무것도 생각하는 것이 없는 이 순간이 그였다.

미군 부대를 따라다니던 때는 그래도 상대가 군대요 외국인이고 보니, 누군지 알 것이 무어냐 하는 식으로 자존심의 최후의 선을 지킬 수 있다는 뱃심과, 두툼한 호주머니의 자위로 느닷없이 세월을 주름잡아갔던 것이다.

삼십 대, 그것은 문호에게 있어서, 예술 면에서는 물론 인간으로서도 가장 아낌을 받던 행복한 시절이었다.

그의 연주에 있어서의 뛰어난 재질은 악단에서 커다란 촉망이었지만, 특히 그의 동인 그룹이었던 현악 사중주단에서의 그의 인간적인 아량과 주동적인 추진력은 늘 동료들의 존경과 아낌을 받았다.

해방 전해 가을, 그는 처음으로 하얼빈[4]에서 교향악단의 처녀 지휘를 하였다. 그것은 문호에게 있어서 연래의 숙망이 이루어지는 찰나였다. 아니 하나의 예술가로서 거의 불구에 가까운 지금도 그 욕망과 이상은 아직 한 가닥의 향수 같은 미련을 가슴속에 죄어들게 하는 것이었다.

북만의 가을은 한기가 빨리 서렸다. 키타이스카야 메인 스트리트의 M극장 무대에는 백여 명의 악사가 검은 옷에 흰 타이를 하고 마치 출발 신호를 기다리는 장거리 선수처럼 큰 호흡 속에 숨을 삼켜가면서 지휘자의 등장을 대기하고 있었다. 이층 객석 통로 계단에까지 초만원을 이룬 청중들은 기침 소리마저 삼켜가며 개연을 기다리고 있었다.

박수 소리가 장내를 휩쓸었다. 무대 한쪽으로부터 후리후리한 키의 지휘자 문호가 들어오고 있다.

지휘봉을 든 문호가 무대 복판에서 정중한 인사를 하자 객석은 다시 박수의 우레로 화하였다. 문호는 지금도 가끔 이 시간의 감격을 술잔 속에 담아 삼켰다가는 몇 번이고 반추하는 버릇을 가지게끔 되었다.

이날의 곡목은 차이코프스키의 「비창」이었다. 이와 같은 첫 번이자 마지막이었던 처녀 지휘의 곡목이 자기의 일생을 가시밭으로만 이끌어가는 인과가 아닌가 하는 턱없는 억측이 무심중 떠오르기도 하는 것이었다.

마지막 악장의 연주가 끝날 때까지 객석은 무인의 공간 그것이었다. 청중보다 오히려 자기 자신이 더 도취하였는지도 모른다고 문호는 두고두고 아름다운 추억을 곱씹어보는 것이었다.

고막이 터지는 듯한 박수와 환호성 속에서 문호는 퍼스트 바이올리니스트의 손목을 감격에 차 굳게 잡았던 것이다.

이날 밤 문호는 송화강변을 마차로 달리면서 황홀한 꿈속에 잠겼다. 앞으로의 나아갈 길은 망망한 대해처럼 탁 트여 있는 것만 같았다. 백계 러시아인 레스토랑에서 진한 보드카[5] 칵테일을 마시면서 고국으로 돌아갈 꿈, 구라파 만유[6]에 대한 미래의 이상을 더듬으며 하늘로 줄달음질 치는 환희 속에서 밤을 새웠다. 정열의 과잉이었을는지 몰라도 사는 보람은 있었다고 두고두고 뒤져보는 아름다운 회상의 한 토막이었다.

다음 파트가 끝나 악기를 의자 옆에 세워놓고 무대 뒤로 내려왔을 때다. 손수건으로 땀을 씻고 있는 문효의 손목을 덥석 잡는 사람이 있었다.

"아, 여보, 이게 대체 어떻게 된 셈이오?"

중학 동창 김건우(金建宇)였다. 너는 죽어도 그 손만은 떼어놓고 죽으라던 그다.

해방 후 귀국하여 처음 만났을 때에도 첫마디로 한다는 소리가 그 손은 보험에 들었느냐던 익살꾸러기의 털털한 인간이요, 그를 아끼는 친구였다.

말문이 막혀버린 문효의 어쩔 줄 모르는 거동에는 개의할 것 없다는 듯이 건우는 다짜고짜로 자기 좌석 쪽으로 이끌고 갔다.

"살아는 있었군."

혼자 뇌까리면서 연방 문효를 쳐다보는 것이었다.

문효는 오래간만에 만나는 친구요, 돌연한 사태에 어리둥절하여 몸 가눌 바를 몰랐다.

자리에 앉혀놓자 건우는 맥주 컵을 문호 앞으로 내밀었다.

"자, 우선 한잔 들게."

문호는 잔을 받아 들고, 건우의 동행들에게 멋쩍은 생각이 들어,

"참 오래간만일세……"

어정쩡한 한마디를 뱉고는 맥주를 한 모금에 들이켰다. 갈하던 목이 탁 트이는 것만 같았다. 찬 기운이 꿀대에서 내장까지 훑어 내려가는 시원함을 느꼈다.

자기네 악사끼리면 몰라도 손님 자리에 함께 어울린다는 것은 건우의 동행인들에게 실례되는 것만 같아 반배하고는 자리를 일어서려 하였다.

"난 아직 연주가 있으니까 이따 만나지."

"연주는 무슨 연주야, 딴따라두 연주야?"

건우의 취한 목소리가 가슴에 거세게 부닥쳐왔다.

"자네가 이렇게까지 타락하다니…… 자 술이나 듬세."

문호의 말하려는 자세를 가로막고 건우는 다시 꿀컥 들이켠 잔을 문호 앞으로 내미는 것이었다.

"하기야, 예술로 살 땐가, 돈이 제일이지."

건우가 관계의 요직에 앉아 있을 때에도, 문호는 건우의 소식을 들으면서도 별로 찾아가지 않았다.

더욱이 미군 부대의 전용 밴드에 관계하고부터는, 건우는 물론 주위의 가까운 사람에게까지 자기의 소재를 일절 밝히지 않았다. 간혹가다 노상에서 만나는 음악인이 있어도 그 자리만의 적당한 대답으로 회피하여왔다.

해방 직후의 악단 분위기란 그의 처신에 있어서 난처하고도 미묘한 입장을 만들어주었다.

좌우익의 사상적인 대립이 격심할 때에는 이런 문제에 특이한 관심을 가지지 않고, 예술만을 위주로 생각하여온 그에게 평범한 악사의 한자리를 겨우 유지하게 했을 따름이다. 투쟁의 선봉에 서서 적극적인 행동으로 깃발을 높이 들지 않는 그에게 악단의 주요한 위치는 물론이거니와, 간혹 그의 연주에 있어서의 재능까지도 묵살해버리려는 결과를 가져오게 하였다.

이러한 사상적인 문제와 그 후에 생긴 교향악단 간의 대립은 자연히 악계에 있어서의 헤게모니의 쟁탈전으로 변하였고, 여기에 따라 구성 멤버의 규합도 자연히 파벌의 색채를 띠지 않을 수 없었다.

이같이 복잡하고도 미묘한 움직임 속에서 시류적인 파쟁에 초연한 문호는 자연히 방관자의 위치로 물러나게 되었다. 간혹 이 땅 초연(初演)의 곡목을 택하는 연주회에 있어서, 그의 힘을 빌리려는 경우 같은 데 겨우 연관을 가지게 될 정도였다.

그리하여 그는 끝끝내 단 한 번도 조국의 무대에서 컨덕터[7]의 기회를 가지지 못하고 사변을 만났던 것이다.

그러던 것이 운명이라고나 할까, 죽을 고비를 겪던 피난 중에 우연히 유엔군 일선 부대에 위문 순회 연주로 떠난 것이 기연(奇緣)이 되어서 거기에 완전히 발이 빠지고 말았다.

무엇을 좀 해야 되겠다고 뉘우쳤을 즈음에는 이미 때가 늦었다. 악계는 다시 질서가 잡혀갔고, 자기의 타락상은 전문 음악인들 간에 어느덧 야유의 조소로 퍼져갔다. 다시 대부분의 유엔군이 철수하고, 부대의 수가 줄어들게 되자 종군 밴드의 수명도 서로의 격렬한 경쟁 속에서 그 존속조차 힘들게 되었다.

결국 연주 이외의 다른 것을 모르는 주변머리 없는 그는 팔팔

뛰는 젊은 재즈 악사들 속에서 도태될 수밖에 없었던 것이다.

건우의 자리에서 무대로 돌아온 문호는 전신에서의 기력을 탕진한 것같이 풀이 꺾였다.

드럼 악사에게 리드해줄 것을 당부했다. 첼로의 지반(指盤) 위에서 자기 손이 어떻게 움직이는지 거의 감각이 없을 정도였다. 그저 기계적으로 줄을 퉁기었다. 동경, 하얼빈, 삼팔선, 해방 직후의 서울, 피난살이, 일선 부대…… 가지가지의 흘러간 영상들이 아무 순서도 없이 헷갈리며 머릿속에 비비어 들었다.

아무것도 자신을 뉘우칠 건덕지는 없었다. 그렇다고 앞으로 지향할 아무 지표도 없었다. 희망도 이상도 포기된 상태, 그것은 삶이 아니라 죽음에 가까운 것이었다. 또 술을 생각하여보았다. 그것만이 유일의 마비제요, 순간의 위안이라 생각되었다.

문호는 이튿날 건우의 명함에 적힌 사무실 주소로 찾아갔다. 보험 회사의 간판이 현관 대리석에 굵직하게 새겨져 있다. 그는 명함에 적힌 회사 이름과 대조하여 보며 안으로 들어섰다.

마감 시간쯤 되어 꼭 들르라고 하였으니 틀림없이 있을 것이라고 생각하면서 사장실 문을 열었다.

여비서인 듯한 앳된 소녀가 나타났다. 칸막이 선반으로 안쪽은 들여다보이지 않았다.

"사장 계신가?"

"안 계세요."

훑어보던 소녀의 검은 눈동자는 문호의 후줄그레한 보타이에 머물렀다.

"이 시간에 분명 있겠다고 했는데……"

"네! 문 선생님이세요?"

"응."

"기다리라고 하셨어요. 사장님은 손님이 오셔서 잠깐 다방에 댕겨오신댔어요. 여기 외 앉아 기다리세요."

문호는 소녀에게 인도되는 대로 응접 소파에 깊숙이 파묻혔다.

'南北統一' 액자와 태극기가 한쪽 벽에 걸려 있는 것이 첫눈에 띄었다. 소녀가 가져다주는 찬 타월로 목덜미와 이마의 땀을 닦았다. 부채질을 하면서 한숨 돌리고 나서 파이프에 불을 댕기었다. 가슴이 뻐근하게 길게 첫 모금을 들이켜고 나니 속이 후련해왔다.

책상 위에 놓인 세 대의 전화기 중에서 새하얀 전화통이 더 눈에 차 들어온다. 그러나 자기에게는 전화 걸 대상이 아무 데도 없다. 건너편 벽에 붙여놓은 그래프용지의 통계표에 눈이 갔다. 자리에서 일어섰다. 그때에야 주단으로 깔려 있는 폭신한 탄력의 감응을 비로소 느꼈다. '도별 가입자 통계표'니 '월별 징수 상황표'니 하는 것들이다. 붉은 잉크의 곡선이 오선지(五線紙)에 흡사하다는 이 외에는 아무런 감흥도 없다.

창가로 갔다. 저녁볕을 막으려고 내려놓은 블라인드 커튼을 들고 밖을 내다보았다. 밑이 아찔하다. 그러고 보니 엘리베이터를 타고 자기가 올라온 곳은 삼층이었음을 깨닫는다. 페이브먼트[8] 가로 한쪽에 일렬횡대로 늘어선 자동차들의 네모진 위 딱지가 형형

색색으로 어린아이의 장난감을 연상시킨다. 그 윗뚜껑을 순서로 두들겨가면 실로폰 악기의 음향이 나리라는 생각이 든다.

햇살이 이마에 뜨겁다. 들었던 커튼을 놓고 돌아섰다. 벽에 걸려 있는 큰 거울에 상반신이 비친다. 가까이 갔다. 얼굴과 얼굴이 맞섰다. 자연적인 퍼머넌트라고 농을 받던 고수머리에 흰 가락이 많이 섞이었다. 이마도 더 많이 벗어진 것 같다. 그것보다도 깊어진 주름살이 거울 속의 광선에 반사되어 더 뚜렷하게 홈을 긋고 있음에 눈이 따갑다. 이제 정말 다되었다는 생각이 들었다.

찌렁 하고 전화기가 울렸다. 자세를 바꾸었다. 어느 것인지를 모르겠다. 수화기를 놓고 난 소녀가 사장이 곧 돌아오신다고 알려주었다. 다시 소파에 기대어 파이프를 닦아 한 대 피워 물었다.

"아따, 자네가 없으면 크라운장에서 영업을 못 할까 봐!"

건우는 문호의 팔을 이끌어 차에 밀어 올렸다.

"이놈의 세상은 신경이 좀 둔해져야 해. 제 쓸개를 가지고는 못 산다니까."

문호는 하는 수 없이 맥 풀린 웃음만을 헤벌렸다.

"오늘 저녁 같이 한잔하면서 아까 그거나 좀 잘 생각하잔 말이야."

문호는 혈압이 높으니 술을 조심하라는 의사의 경고를 또 입속에서 묵살하여본다. 서로들 잡아먹지 못해 혈안으로 이를 박박 갈고 있는 이러한 세태에 친구의 호의가 뼈에 사무쳤다.

건우는 건우대로 어젯밤 이후의 주판을 다시 놓아본다. 문호를 앞장세워 음악 연구원의 간판이라도 걸게 되면 학교는 등록금으

로 유지될 것이고, 보험 회사는 그 학원 재단으로 면세 조치가 될
것이라는 미래의 설계도를 꼼꼼히 따져보는 것이다.

따라놓은 첫 잔 컵을 마주치고 들면서 건우는

"자 이제부터 재출발이야"

하고 쭉 들이켰다.

문호도 잔을 비웠다.

"더 긴말 안 하겠네. 실무는 안 해도 좋으니 감사역(監査役)' 자
리만 지키고 있으란 말이야. 나도 사업이 이쯤 팽창해지니까 전
부 남의 손에만 맡길 수도 없구, 마음 놓고 의논할 사람이 필요해
진단 말일세. 천하가 도둑놈 판인데 안심하구 맡길 수 있어야지.
중역이라구 앉혀놓으면 제 것으로 이권을 바꿔 챌 생각이나 하
지. 심각할 건 없어. 자 한잔, 여보 색시 술 따라!"

문호는 술을 마시면서도 비어홀의 밴드가 궁금하여졌다. 많지
도 않은 멤버에 하나 빠진다는 건, 더욱이 리더 격인 자기가 빠지
면 지장이 많을 것이라는 생각을 하면서 잔을 들었다.

"나도 자네 생각을 모르겠나? 고맙기는 하지만……"

"그러니까 하잔 말이야. 고맙기는 뭐가 고마워, 나도 잘된 판인
데."

문호는 말하는 것보다는 술 마시는 것으로 거의 대답을 메웠다.
둘 다 흠뻑 취했다.

"자, 직업여성들, 귀빈을 모셨으니까 노래나 부르지."

건우는 술잔을 기생에게로 돌렸다.

"오늘은 음악의 대가가 왔으니까 어디 그 명곡을 뽑아보란 말

이야…… 응, 우선 목을 축이고……"

여자들의 노래가 계속되는 사이에도 문호는 쉬지 않고 주는 잔을 모조리 비웠다.

"이번에는 김 사장님 하나 부르세요."

옆의 기생들도 박수로 보조를 맞추었다.

"응, 그렇지 '유붕자원방래(有朋自遠方來)' 하니 내가 한 곡 부르지 않고 견딜 수 있을쏘냐 말이다. 내 노래는 돈 먹은 비싼 노래야."

건우는 서슴지 않고 일어섰다.

「오 솔레미오」, 그것은 중학 시대부터 건우의 장기의 애창곡의 하나이다.

그도 음악을 전공하려고 했었다. 그러나 지방 관리로 있던 그의 아버지는,

"이 자식아, 사내 녀석이 오죽 못났으면 광대처럼 목통을 팔아 밥 먹구 살겠단 말이냐. 그런 소리는 말고 고등 문관이나 합격하여 군수 한자리라도 하려무나."

완고한 아버지의 우격다짐으로 건우는 법과를 택하였고, 이차의 고등 문관 시험[10]에 실패를 하자, 지방 관청에 그대로 취직했던 것이다.

그것이 해방 이후 급진적인 승진을 하여 국장까지 지냈다. 그러나 독직 사건에 연관되어 권고사직을 당하자 실업계에 투신하여 오늘에 이르렀다.

"돈만 있으면 다 돼. 응, 돈이라니까. 그러문 장관도 되구, 국회

의원두 되구. 문호, 그거 옳소! 국회의원에 대면 내가 자격이 부족되겠나? 나도 한밑천 생기면 입후보하겠네. 제까짓 거 안 될 것이 뭐냐 말이야."

문호는 자기의 너무도 무기력한 데 비하여 패기 있는 건우의 심정에 동조적인 선망을 느끼기도 하였다.

전축에서 흘러나오는 음악에 맞추어 건우는 그 작달막하게 다부진 몸뚱이를 재치 있게 돌리면서 춤도 추는 것이었다.

이 자리에서 병신 구실밖에 못 하는 문호도 권에 못 이기어 노래를 불렀고, 색시들에 이끌려 스텝도 한두 발자국 떼다가 취기를 이기지 못하여 주저앉고 말았다.

한나절이 지나서야 문호는 겨우 눈을 떴다. 노래를 부르고, 기생을 껴안고 춤을 춘 것 같은 흐릿한 기억은 희미하게 되살아오나, 어떻게 집으로 돌아왔는지 알 길이 없다. 다만 T동 파출소 옆집이라고 말했던 그것으로 지프차가 실어다준 모양이다.

갈증이 나고 속골이 아직도 흔들린다. 가슴속도 메스껍게 울렁거린다.

옆방에서 아들 준식의 바이올린 연습 소리가 들려온다. 슬그머니 부아가 치민다.

"야 이 자식아, 사내대장부가 할 일이 없어 깽깽이쟁이를 하겠단 말이냐. 그럴라면 상급 학교구 뭐구 다 집어쳐라."

이것은 삼십 년 전 중학 졸업반에서 입학시험 준비를 할 시기에, 아버지의 문호 자기에 대한 호통이었다.

"아버지, 아냐요. 아버지는 너무 완고하셔요. 사람은 자기가 하고 싶은 길을 걸어가는 것이 가장 보람 있고 행복해요."

"에키, 이놈, 무슨 그따위 대답질을……"

그러나 지금 생각하여도 좀 건방지지만 멋진 대답이었다고 생각하는 것이다.

'인생은 짧고, 예술은 길다.'

이것은 문호의 중학 시절의 한 풍조를 이룬 인생 표어 같은 것이었다. 문호는 이 진리의 선봉적인 실천자라고 자부하고 있었던 것이다.

그러나 사태는 전연 달라졌다. 의과를 하지 않으면 학비를 대어 주지 않는다는 아버지의 강경한 태도였다.

대지주요, 지방 유지인 아버지의 고집도 꺾는 사람이 없었다. 입학 원서 제출 직전에 담임 선생이 아버지를 찾아 간곡히 부탁하였으나 헛수고였다.

일 년 예비 학교를 거쳐서야 난관의 의과대학 예과에 입학하였다.

그러나 이 학년 진급기를 앞두고, 시체 해부실의 실습에서 구역을 느낀 후로는 학교를 팽개치고 아버지 몰래 다시 음악으로 옮겼던 것이다.

문호는 최초의 출발부터 순조롭지 못한 험준한 길을 택하였다고 근래에는 자주 생각하게 되었다.

그러나 자기 자신이 좋아 선택한 길인 만큼 후회는 입 밖에 내지 않았다. 현재의 환경적인 조건에 불만은 없지 않으면서도 그것을 하나의 숙명처럼 꿀꺽 삼켜버리는 것이었다.

바이올린 소리가 귀에 거슬리게 들려온다. 이런 때면 아버지의 이야기가 되살아왔다.

사실 잘되면 예술가요, 전락하면 자기와 같은, 아버지 말대로의 딴따라패다. 그뿐이 아니라 자칫하면 패가망신이다.

오래간만에 일자리가 생겨, 첫 출근이라고 할 때 악기를 들고 나선 문호더러 어디를 가느냐고 아들이 물었었다.

아무 말도 없이 문을 나서려니까,

"아버지도 스타일 버리셨어요."

유행어 조로 지껄이던 아들놈의 말소리가 지금도 귀에 쟁쟁하다. 드럼 악사가 찾아왔을 때의 대화에서 이미 그 기미를 알아챈 녀석의 소리에 뼈가 있다고 생각되었으나 그대로 대문을 차고 나섰던 것이었다.

아들 준식을 불러 냉수를 떠 오라고 시켜 한 사발을 숨도 안 쉬고 들이켰다. 갈증이 좀 풀려온다.

내년에는 저놈도 대학 입학이다. 음악대학을 가겠다는 소원이다. 이 구질구질하게 사는 제 아비의 생애에 무슨 매력이 있어 또 음악을 선택하려는 것일까?

"야 준식아!"

아들을 불렀다.

"너 정말 음악을 전공할 테냐?"

"네, 그러문요."

확고한 대답이다.

"너 음악대학은 시험 준비를 안 해도 된다던?"

"실기가 중점이라나 봐요."

그 생각부터가 자기와는 다르다. 위대한 예술가를 목표할수록 굳건한 지성의 토대 위에서 출발해야 된다고 생각했던 자기다. 그러했던 자기 자신이 지금은 요 모양 요 꼴이다. 시작부터 벌써 틀려먹었다.

"이놈아, 예술에 대한 자기의 줏대가 서고, 이론적인 무장까지 갖추지 않은 단순한 연주가는 놀음쟁이에 불과한 것이다."

이것은 아들에게 주는 말이 아니라 지금의 자기 자신에게 던지는 자학인지도 몰랐다.

"아버지는요?"

이놈의 속에는 아버지에 대한 냉소가 깃들어 있는지도 모른다고 생각되었다.

"아버지 때는 다르다. 그때는 예술이 젊은이의 호프였다. 말하자면 하나의 낭만이…… 해방된 지금엔 젊은 너희들에겐 너무나 할 일이 많다."

"……"

"그때는 고문에 붙어 일제 관리로 편안히 먹고사느냐, 의사로 돈벌이를 하여 잘사느냐, 그런 소극적인 희망이 말이야…… 그러니까 예술이 더욱 위대했다. 하지만 지금은……"

문호는 더 말이 이어지지 않았다. 자기 혼자의 회한이나 자멸적인 넋두리를 아들에게 퍼붓는 것 같은 억지를 느꼈기 때문이다.

"너희에게는 할 일이 더 많아…… 예술보다도, 더욱이 남자에게는…… 하기야 위대한 예술가가 될 수만 있다면야!"

"그래도 저는 해보겠어요."

"이놈아, 해보겠다는 정도가 아니라, 꼭 이루겠다는 신념이 있어야 한다."

"그러면 어떻게 하는 것이 좋아요? 아버지!"

끝까지 제 의지를 버티지 못하는 아들 녀석이 더 못나게 보였다.

"생명과 바꾸려는 신념이 있어도 힘 드는 가시밭인데……"

혼잣말로 중얼거리면서 문호는 아들 쪽을 외면하고 돌아누웠다.

부자는 한참 말이 없었다.

아들은 아버지의 일거일동을 지켜보지만 아버지는 아들의 동작을 알 길이 없다.

"그러지 않아도 나도 다른 생각을 하고 있다."

문호는 비장의 발표라도 하려는 듯이 침을 꿀컥 삼켰다.

"수억대 회사의 감사역으로 바꿔 앉을까 하고……"

아들의 표정이 보이지 않는다.

"친구의 보험 회사에 말이야, 네가 대학으로 들어가면 학자"의 부담도 커질 거구……"

뒤에서 왈칵 아들의 울음소리가 터졌다.

"아버지! 지금까지 살아오신 것은?"

"그러게 말이다. 나도 신중히 생각 중이다."

아들의 탄력 있는 반응이 차라리 믿음직스러웠다.

"그러면 영영 타락이에요."

문호는 그 다음 할 말이 없었다.

인간 오십 년을 통하여 경리나 통계 사무에 대하여는 영영 백지인 자기, 아무리 친구의 우정이라 하기로 의자만 지키고 놀면서 타먹는 월급, 그 호의가 이 난세에 몇 달이나 지속될 것인가. 거기다 자기 호주머니를 털어 투자 한 푼 하지 않은 회사에.

'허수아비, 허수아버지.'

혼자 중얼거렸다.

악기의 포지션[12]을 힘차게 눌러온 왼쪽 손가락 끝이 부르르 떨렸다.

배운 도둑질이란 버리기 어려운 것이라고 새삼스럽게 뼈에 저려왔다.

울타리 그늘이 창가를 가리어왔다. 문호는 첼로 케이스를 들고 집을 나섰다. 어젯밤의 과음이 사지를 떨리게 하였다. 소란한 거리의 아무것도 눈에 들어오지 않았다.

마음은 과거로만 줄달음쳤다. 중학교 일 학년 때 바이올린을 갓 시작하였던 때의 일이다. 같은 읍에 있는 S여학교의 예술제에 갔었다. 그날 밤에 현혹되던 바이올린 소리에 맞추어 자기 또래의 여학생이 무대 위를 날듯이 휘돌던 율동, 그것보다는 그 격동적인 음악에 더욱 감동되었었다. 그것이 드보르작의 「유모레스크」라는 것도 후에 알았다. 그렇게 대단한 곡은 아니면서 자기 가슴에 감동을 일으킨 충격은 그 후의 어느 곡보다도 컸던 것이다.

일생 음악으로 살겠다는 결의는 이날 밤 이후 더 굳어졌다.

밖에 나왔을 때는 초가을의 선들바람이 축축이 젖은 땀에 선뜻하였다.

그 후 첼로를 전공한 음악 선생이, 네 체구와 소질로는 바이올 린보다 첼로가 나을 것이라는 권유로 그 길을 꾸준히 걸어왔다.

그 황홀하던 꿈, 그 피가 끓던 정열, 그 지칠 줄 모르던 끈기, 그 것은 다 어디로 사라진 것일까?

음악은 마지막 파트다. 손님들도 많이 돌아가 빈자리가 많아졌 다. 아무래도 파장이란 싱거워지는 것이다. 역시 고기는 물이 가 득 찼을 때 좋다. 맥주홀의 삼류 악단이라 하여도 사람이 가득 차 박수 소리가 우렁차면 신도 절로 나는 것이다.

손가락의 탄력이 빗나갔다. 어슴푸레 감았던 눈을 떴다. 첼로를 돌려 보았다.

제일 큰 줄이 끊어졌다. 땅바닥에 맥없이 내려 드리운 줄을 끌 어 올렸다. 다른 줄들은 여러 번 끊어져 바꾸어 넣었다. 그러나 이 줄만은 피난지에서 새로 장만한 이래 아직 한 번도 끊어진 일 이 없었다.

자기의 불우한 타락상을 가장 역력히 아는 줄이요, 자기의 손때 가 가장 짙게 묻은 줄이다. 가슴속에 버티던 미래에 대한 요행 같 은 희미한 전망마저 그 종결을 예고하는 것만 같았다. 남은 석 줄 로 곡목이 끝날 때까지의 무료한 시간을 어름어름 맞추어갔다.

아마도 이 줄은 희망과 이상을 잃은 불구의 악사 자기 운명의 상징이라 싶어 자조(自嘲)를 억제할 수 없었다.

홀이 끝나자 문호는 악원(樂員)들과 함께 목롯집으로 들어갔 다. 술을 기껏 들이켰다.

하루살이 벌이. 그날그날 분배하여 가지는 수입. 오늘 일당의

지폐의 감촉이 바지 호주머니에서 꿈틀거렸다.

문호는 드럼 악사를 끌고 다시 술집을 옮겼다. 잔이 나자 바쁘게 주고받았다.

"별수 없습니다. 문 선생님, 인생은 계산하고는 다르니까요. 그날그날 벌어먹는 것이 장땡입니다."

문호의 과거를 어렴풋이 알고 있는 이 친구는 막바지에 전락된 문호에게 위안 조로 말을 건네며 술잔을 권했다.

"사람 팔자 알 수 없어요."

"글쎄, 그것이 전통이 선 나라에서야 어디 그런가? 어제의 거지가 오늘 거부가 되구, 오늘의 졸개가 내일 재상이 되구…… 응!"

문호는 몸을 가누지 못하게 취하여 의자에서 쓰러지려 하였다.

젊은 친구는 문호를 부축하여 술집을 나왔다.

통행금지를 알리는 사이렌 소리가 울려왔다.

의사의 진단은 뇌일혈이었다. 왼쪽 반신을 쓰지 못했다. 간밤 돌아오는 길에 하수도에 빠지면서 머리에 타박을 가져왔다.

하루가 지났다. 의식은 회복되었으나 자유롭게 기동을 할 수가 없다. 문호는 눈을 멀뚱히 뜨고 있다.

그저께 집을 나간 다음에 보험 회사 지프차가 모시러 왔다던 이야기를 들으면서 그는 아무런 반응도 없다. 눈을 스르르 감았다.

"얘 준식아, 네 바이올린을 이리 가지고 오렴."

명료한 발음은 아니다.

아들은 무슨 영문인지 몰라 묵묵히 서 있다.

"글쎄, 가지고 오래두."

손 형용을 섞어 몇 번이고 조르는 아버지의 고집에 버틸 수 없어 아들은 바이올린을 들고 나왔다.

"그「유모레스크」를, 그것 좀 켜주렴."

죽을지 살지, 살아도 완전한 몸이 된 것 같지는 않은 아버지의 핏기 없이 지친 모습을 보고 아들은 허수아비처럼 활을 선에 대었다.

지금 문호는 악원이 가득 찬 큰 무대 한복판에서 지휘봉을 흔들고 있는 자기 자신의 꿈속을 헤매고 있는 것이다.

몸이 크게 꿈틀거렸다. 의욕이다. 살아야겠다. 앞으로 무엇이 꼭 크게 이루어질 것만 같았다. 자기의 의지와 예술을 살릴 방향으로 틀림없이. 그것이 설령 기적 같은 것일지라도. 문호는 큰숨을 내쉬었다.

대문 앞에서 자동차의 멈추는 소리와 함께 클랙슨 소리가 울려왔다.

충매화蟲媒花

그 여인이 올 시각이 가까워왔다.

충은 시험관(試驗管) 속에 담겨 있는 정액(精液)에서 아직 남아 있는 체온의 감촉을 느끼면서 한 방울 슬라이드 글라스에 떨구어 현미경 받침판 위에 올려놓았다. 반사경(反射鏡)의 각도를 맞추고 확대 장치를 조절하면서 렌즈 속을 지그시 들여다보고 있다.

심장의 고동이 주는 충격에서 가벼운 압박감을 느낀다. 여느 때의 실험이나 검사에서처럼 냉정하여지지 않고 문구멍으로 방 속을 엿보는 것 같은 호기심이 호흡을 촉급하게 함을 의식하지 않을 수 없다.

렌즈 속에 도드라지는 원형(圓形)은 선명한 둘레에 비하여 중심부는 보얗게 흐려져 있을 뿐 아무 움직임도 보이지 않는다.

염색체(染色體) 메틸렌 블루로 첨색(添色)하여 커버 글라스를 덮은 다음 다시 렌즈 속을 뚫어질 듯이 응시하고 있다.

초점(焦點) 속에서 유동되는 반응, 충은 왈칵 치밀어 오르는 환희에 가까운 충동에 가벼운 전율마저 느껴졌다. 살아 있는 정충(精蟲)의 충동을 스스로 목격한 안도 그것임에 틀림없다. 자기 자신의 육체적인 불안에 감싸여진 미지의 자물쇠를 열어보는 순간의 조바심이었다.

이 순간 충은 자기가 의사라는 직업의식마저 거의 잊고 있었다.

외톨박이로 외롭기만 하던 자기 자신이 외롭지 않게 많은 자기 속에 싸여 있는 것만 같은 환각마저 느꼈다.

그날 밤은 공교롭게도 정전(停電)이 여러 번 거듭되었다. 여인은 전등이 켜지기 전에 진찰실로 들어왔었다.

타진(打診)¹이나 청진기(聽診器)에 의한 건강 진단 정도의 의무적인 진찰이 대충 끝난 다음 환자를 진찰대 쪽으로 인도했다.

초저녁의 기온은 좀 싸늘했기에 진찰대에 누워 있는 여인의 몸뚱이는 약간 떨리고 있었다.

복부 전면에 걸쳐 압진(壓診)²을 마치고 난 충은 스탠드의 각도를 돌려 고촉의 직사광선을 환자의 노출된 하복부 쪽으로 곧게 비추었다.

이러한 진찰의 경우 언제나 그러는 것이지만 환자의 흉부를 계선으로 하여 내리 드리워진 새하얀 휘장으로 자기와 환자 사이는 차단되어, 피차의 표정이나 몸짓은 서로 알 길이 없는 것이 쌍방에 다 지극히 다행한 일이었다.

천 조각 한 장 사이에서 서로의 외면적인 체면이나 마음속의 겸연쩍음이 엄폐되고 적당히 무마되어진다는 것이 쑥스러워 충 자신도 처음 얼마 동안은 낯간지러운 고소를 금치 못하였던 것이다. 그것이 단순한 세척(洗滌)이나 외부 치료에 그치는 것이 아니라 국부를 확대하여 내진(內診)[3]하는 경우란 더욱 그러한 느낌을 주는 것이었다.

확대기를 집어넣는 순간 가느다랗고 토막 난 신음 소리에 겹쳐 여인의 몸뚱이에서 오는 완곡한 비비 꼬임을 느꼈을 뿐 충은 기계 같은 동작으로 차례차례 진찰을 진행하고 있을 따름이었다.

이 찰나에 불이 꺼졌다.

다시 불이 오기를 기다리는 사이에 여인은 자기 주변에 얽힌 고충의 일단을 토로했다.

촛불을 사이에 두고 충과 여인은 마주 앉았다.

"글쎄요. 지금까지의 진찰 결과로는 별다른 이상은 발견할 수 없는 것 같습니다."

충은 진찰 직전에 기록해둔 환자 카드를 훑어보며 말을 건넸다.

"그래요?"

여인의 말소리는 실망과 의아에 찬 어조였다. 차라리 불치의 무슨 고질이라도 있다는 선언을 바랐음인지도 몰랐다.

"다 얘기들은 같군요."

"무어 말씀이신지요."

"아니, 진찰 결과요."

"여러 군데서 진찰을 받으셨던가요?"

"네."

여인은 무슨 결심이라도 한 듯이 침을 꿀꺽 삼키고 나서 말을
계속했다.

"허지만 참 이상해요."

"무엇이요?"

"고장이 없다는 게 말이에요."

충은 의아심을 가지지 않을 수 없었다. 여인 자신의 입에서 참
고적인 얼마간의 이야기는 들었지만 그 정체를 파악할 수가 없
었다.

도심지에서 약간 떨어진 곳에 새로 병원을 차리고 나온 충이지
만 종합 병원에 있을 때부터 그 역량에 신뢰를 받아온 젊은 의사
의 한 사람이요, 특히 새로운 치료법의 시험적인 성공의 경우가
더욱 그러했다.

"그럼 이상이 없으신 게 좋으시지, 고장이 났다는 것이 좋으시
겠어요."

"그렇지만……"

여인의 말끝에는 아직도 무엇인가 진찰 결과에 만족이 가지 않
는다는 여운이 풍겨져 있었다. 그러나 충은 그 이상 환자에 대해
어찌할 도리가 없었다.

"내일 난자(卵子)의 기능 검사를 끝내야 최종적인 확언을 할 수
있겠습니다만 그 밖의 이상은 현재로선 없는 것 같습니다."

충은 환자가 믿을 수 있게 어느 정도 자신 있는 어조로 말에 힘
을 주었다.

"그 검사도 해보기는 했어요. 괜찮다나 봐요."

"그러세요?"

"네, 그런데 왜 임신을 못 할까요?"

"글쎄요……"

충은 경험에서 얻어지는 암시에 문득 육감에 떠오르는 것이 있어 여인에게서 외면한 대로 말 한마디를 덧붙였다.

"그러나 임신은 혼자서 되는 것이 아니니까요."

짓궂은 대답이었다고 다소 미안쩍은 바도 없지 않았으나 그는 그대로 속이 개운했다.

순간 여인의 얼굴빛이 변하는 것을 충은 놓치지 않았다.

여인은 이튿날 밤 다시 찾아왔다.

"그 미국에서 요새 유행된다는 인공 수태(人工受胎)라는 것이 혹시 가능한가요?"

혈액 검사용의 피를 빼고 소변과 그 밖에 국부의 분비물의 검사 재료를 채취한 다음 소독수에 손을 씻고 돌아서는 충을 보자 대뜸 여인의 입에서 터져 나오는 말이었다.

첫날보다는 구면이 되어서 서로의 대화가 비교적 자유롭게 오고 갈 수 있는 간격은 트였지만 여인의 대담한 말씨에 충은 멈칫하지 않을 수 없었다.

충 자신도 늘 느껴온 일이지만, 한번 자기의 알몸뚱이를 진찰대 위에 내던진 여인들은 대부분의 경우, 다음부터는 수줍음은커녕 돌변하여 대담해지는 것을 수없이 보아왔던 것이다.

체면이고 예절이고 하는 이성 간의 외형적인 간격의 최후의 신비는 성(性) 문제에 그 관건이 있는 것이라고 거의 단정을 내리게 끔 된 충이다. 나체 그대로의 인간 교제 그 속에서는 거의 외부적인 절차나 형식이 필요하지 않을 것이라는 추단까지 내려지기도 했다.

이와 비슷한 견해는 인간 생활의 고초를 모조리 한 몸에 겪은 어머니의 시속적인 이야기 속에서도 찾아볼 수 있었다.

"얘, 아무리 한다 하는 계집치고도 사내 앞에서 요강에 털썩 주저앉게 되면 그때는 벌써 다되는 때다."

일리가 있는 이야기라고 생각한 적이 있다. 성의 노출에는 인간의 허식적인 가면이 완전히 벗겨지는 것이 분명한 성싶었다.

군의관으로 있을 때에도 충 스스로 겪은 경험이 있다. 유엔군 상대의 매춘부들을 검진했을 때의 일이다.

"체, 체면은 무슨 체면. × 팔구 살아가는 년이 오죽해서…… 죽인대두 두려울 것 없어."

그것이 이십 안짝의 단발머리 소녀의 입에서 튀어나왔으니 말이다. 저희끼리 주고받는 농조의 말이었지만, 그 속에는 확실히 인간의 전습적인 계율이나 허식과 부패의 독소로 만신창이가 된 현실을 저주하는 비수가 품어져 있는 것이라고 느껴졌다. 그 같은 삶의 막다른 고역의 경험을 겪지 못한 인간의 입에서는 도저히 나올 수 없는 주문 같은 것이었다.

환자의 자궁 진찰을 할 때마다 아직 미성숙한 그 소녀의 과도한 성교로 기형이 된 국부와 더불어 그 독을 품은 말토막이 섬광처럼 비껴져 충 자신을 몸서리치게 하는 것이었다.

이러한 일들에 못지않게 이 여인의 대담한 제의는 충의 머릿속을 오랫동안 감싸고 돌았다. 너무나 당돌한 제안에 충 쪽에서 오히려 당황하지 않을 수 없었다.

뇌하수체가 장생 불로초 이상이라고 날개 돋쳐 유행되다가 거품처럼 사그라진 것도 바로 작금의 일이요, 안면의 미용 정형 수술이 옷감 빛깔처럼 인기를 끌다가 허다한 애꾸눈의 병신만 만들어놓은 것도 그와 비슷한 경우의 일이었기에 충은 그 말에 별로 흥미나 관심이 가지질 않았다.

"글쎄요, 우리나라에서는 아직 본격적인 실험 단계로 들어가지 않았으니까요. 첫째, 그에 따르는 시설두 완전한 건 아직 없구요."

새로운 약품이고 치료 방법이고 할 것 없이 신문에 광고나 기사가 보도된 것만 보아도, 전문적인 의사를 앞질러 환자 측에서 먼저 서둘러 물어대는 경우를 수시로 접하는 근래의 일이기에 충은 의례적인 대답으로 메워버렸다.

더욱이 인공 수정이란 기술 면에 있어서의 무리 없는 성공 여부도 하나의 난점이려니와, 혈연(血緣)관계에 직결되는 유전 문제를 비롯하여, 윤리 및 도의 면에 직접적인 파문을 야기시킬 중대 문제라고 생각되어, 그것이 의학 전문 잡지에 발표된 것을 처음 보았을 때부터 충에게는 적지 않은 의아심을 품게 한 난문제의 하나였다.

그것은 마치 자기의 분신(分身), 즉 자기와 같은, 핏줄기기 모호한 사회적 기형아를 더 만들어내는 것밖에 되지 않는다는 생각이 들기도 하였던 것이다.

"하려면 안 될 것두 없지 않아요?"

그러한 심각한 문제가 이같이 여성 자체의 입에서 흰 고무신이 싫으니 옥색 고무신으로 바꿔보았으면 좋겠다는 정도의 가벼운 심정으로 토로되고 보니 충은 실색하지 않을 수 없었다.

"글쎄요."

충은 맥 빠진 웃음을 터뜨리고야 말았다.

여인은 더 말을 계속하려다가 너무 대담했던 자기 자신이 무색했던지,

"아무튼 검사 결과도 알 겸 다시 한 번 들르겠어요"

하고, 암시적인 숙제를 남겨놓고 돌아갔다.

사흘 후 여인은 또다시 찾아왔다.

밖에서 다른 환자가 없는 기미를 다지고 들어오는 것인지 몰라도, 번번이 병원 안이 비교적 한산한 시각을 잘 맞추어 찾아오는 것이었다.

"오늘은 좀더 자세한 실토를 해야겠어요."

충에게서 전날 채취한 혈액과 그 밖의 분비물에 대한 반응에 이상이 없다는 검사 결과를 듣고 난 후, 한참 망설이다가 여인은 자못 심각한 표정으로 이렇게 허두를 떼었다.

의사도 하나의 접객업인 만큼 환자에게는 가능한 대로의 친절 제일이어야 한다는 것은 충의 개원 첫날부터의 신조였고, 그는 또한 그것을 자기의 열등의식에 대한 자위책의 하나로서 실천에 옮겨왔던 것이다.

그러나 의사인 자기의 전문적인 부문에 대해서까지 환자가 지나치게 간섭하려 들거나 필요 이상의 봉사를 강요할 때에는 오히려 반발심이 솟구침을 어찌하는 수 없었다.

이 여인의 경우도 그러한 전문 분야에 대한 지나친 간섭의 한 예에 속하는 것이라고 생각되기에 충은 거의 마이동풍 격으로 받아넘겼으나, 상대가 몇 차례씩 거듭하여 내심을 토로하고 그 타개책의 강구를 호소하여오는 데는 전연 아랑곳없다는 태도만을 취할 수도 없다는 심정이 짙어져갔다.

"어서 말씀하세요."

충의 고즈넉이 들으려는 표정에 여인은 적이 용기를 얻었음인지 만족한 표정으로 말을 이었다.

여인은 남편에게 다졌다. 남편이라야 아버지 같은 연배다. 전처가 자식을 낳지 못해 무진 애를 쓰다가 난소 수술을 한 것이 부대염증이 생겨 세상을 떠난 후에 후처로 들어왔었다.

남편은 사변을 전후해서 제분업으로 일확천금을 한 거부의 한 사람이었다. 여인은 대학 출신의 이십 대의 젊은 나이로 신랑감을 찍어 고르듯이 튀기다가 삼십이 넘어서야 제 쪽에서 신물이나 알총각을 찾던 자부심은 간데없이 사라지고 늙은 상처꾼인 강 사장에게 낙착이 되었다.

거기에는 강 사장의 거액의 재물이 이 혼인을 성립시키는 데 적지 않은 매개물이 되기도 했다.

결혼 후 벌써 칠 년. 여인은 눈앞에 사십을 바라보게 되었다.

남편의 자식에 대한 기다림도 컸지만 오히려 여인 편에서 조바심이 나기 시작했다.

새봄에 접어들어 남편의 외박은 부쩍 잦아졌다. 거리에 나선 계집들과의 접촉은 말할 것도 없거니와 어느 여사무원을 남몰래 하숙시켜놓고 밤이면 찾아간다는 어렴풋한 소문도 떠왔다.

여인은 불안해졌다. 여러 군데서 진찰을 받았고 한약 신약 할 것 없이 좋다는 약은 닥치는 대로 써보았다.

관상도 보고 점도 쳤다.

그러나 태기는 없었다. 다만 자기의 건강에 대한 의사들의 증언만이 일루의 희망을 간직하게 해줄 뿐이었다.

남편이 지방으로 출장 간 지 사흘째 되던 날이다. 집안에 급한 일이 생겨 남편에게 연락하여달라고 회사에 전화를 걸었다. 그러나 사장은 자리에 안 계시달 뿐 출장 간 일은 없다는 사환의 대답을 들은 때부터 치민 부아는 좀처럼 가라앉질 않았다.

남편의 정이 자기에게서 떠져가는 것이라는 계산이 점점 비중을 더해갔다. 자기 배를 가르고 나온 자식이 없다는 것이 더욱 허황해졌다.

밤을 꼬박이 새고 아침에 남편이 돌아오기를 기다렸다.

"당신 오늘 병원으로 좀 같이 갑시다."

남편은 객지가 어떻더라고 어리병⁴을 떨면서도 아내의 기색만을 살피고 있는 판에, 그러한 겉수작에는 시치미를 떼고 불쑥 내미는 아내의 말에 좀 무색해졌다.

필경 꼬리를 잡힌 것이라 생각되어 남편은 오히려 태연을 가장

146

하면서도 속으로는 양심이 꼬여옴을 어쩌는 수 없는 눈치였다.

"늘 바쁘게 쏘다니시기만 하니 어디 시간 낼 수가 있어요? 출장 갔다 와 이렇게 숨 돌리는 사이에 병원엘 가봅시다."

아직도 아내 마음속의 과녁은 뚫을 수가 없었다.

"병원에는 또 왜? 가끔가다 그거 이상하군."

남편은 너털웃음으로 어색한 장면을 얼버무렸으나 아내의 기세가 곰곰치 않음을 깨달았다.

여인은 끝끝내 남편의 외박에 대한 마지막 공격의 방아쇠만은 당기지 않고 버티고 있었다. 다만 이 기회에 남편의 약점을 타서 시원히 진단을 받아보는 것이 좋겠다는 오랫동안의 계획을 기어코 실천하리라는 생각만을 굳게 다지었다.

"그러지 말고 한번 같이 가보아요."

"멀쩡한 사람이 병원에는 왜?"

"멀쩡하기는 뭐가요?"

"그럼 멀쩡하지 않고."

육십이 가깝다고는 하지만 머리의 반백에 비하면 듬직한 체구에 불그레한 살결이 아직도 삼십 대를 연상시키는 정력을 발산하고 있어, 오히려 젊은 아내 편에서 이끌려 드는 것이 상례로 되어 있었다.

남편은 앙탈을 하는 아내를 덥석 들어 더블베드 위에 쓰러뜨리고는 한낮의 태양이 부시게 쏘아 드는 유리창에 블라인드 커튼을 내렸다.

어두컴컴한 방 안은 색등 불빛에 엷은 등나무꽃 색깔로 채색되어갔다.

능글맞은 헛웃음이 남편의 기름기 흐르는 얼굴에 감도는 순간 여인의 독기를 품은 듯한 날카로운 눈매는 남편을 도사려 보면서도 어느 사이엔지 입술은 헤벌어져갔다. 남편은 아내의 볼기짝을 한 대 갈기고는 유유히 침대로 올라갔다.

비단 이때뿐이 아니라 세상만사에 능숙한 남편은 자기의 외박을 비롯하여 젊은 아내와의 상호 관계에서 좀 어색하거나 미안한 자책을 느낄 때에는 상투적으로 이런 수법을 써서 그 장면을 수시로 무마하는 것이었다.

"그럼, 오늘은 내가 하자는 대로 다 할래요?"

"응 그래그래."

남편은 아내의 입술을 슴새어 나오는 엷은 웃음에서 가벼운 승리감을 느꼈고, 아내는 아내대로 간밤의 계획 진행에 제대로 마음속의 주판을 놓고 있는 것이었다.

부부는 병원에 나타났다.

충은 진찰실로 들어서는 그들을 보면서 전날 여인이 남기고 간 부탁을 상기했다.

남편에게 여하한 증세가 있든지 본인에게는 직접 알리지 말고 자기에게만 전하여달라는 이야기를.

진찰은 끝났다.

혈액, 요도, 배설물, 엑스레이, 그 전반에 관한 것은 사후 검사가 끝나는 대로 알리기로 하고 남편만 먼저 도망치듯이 병원을 나갔다.

실험 결과를 보고 충은 자기의 추측이 적중되었음을 깨달았다.

"완치는 되었지만 지난날의 악성 성병 관계로 주인의 생식 능력은 완전히 소멸되었습니다."

"그래요?"

여인은 약간 놀라는 표정이었으나, 그네도 또한 자기의 예감과 어느 정도 부합되었다는 심정 속에 그렇게 절망적인 충격은 받지 않은 성싶었다.

"전연 가망이 없어요?"

"기적을 바라기 전에는 거의 가망이 없는 것 같습니다."

"그러면 어떻게 하면 좋아요, 선생님?"

여인의 다그쳐 묻는 말끝에는 선생님 한마디에 힘이 들어 있었다. 무슨 구원의 신에라도 의지하려는 것 같은 애원도 섞여 있었다.

"글쎄요."

충은 담담하게 대답했다.

이러한 부부간의 미묘한 관계에 대한 상의의 대상이 되는 경우마다 느끼는 일이지만, 자기로서는 의사로서의 직책을 다할 뿐 그 밖의 더 깊은 내부 문제에 직접 개입할 수는 없는 일이었다.

또 근래에 허다한 난륜(亂倫)⁵ 관계를 풍문으로나 신문 보도에서 듣고 보는 정도가 아니라, 그 당사자들의 육체에서 직접 목격하는 충으로서는, 그리 대단한 일로 여겨지는 것도 아니었다. 참말 자식이란 그렇게 절실하게 꼭 있어야만 하는 것이라고 느껴

본 적도 없는 그이기에 그 이상 확대해서는 관심을 갖고 싶지도 않았다.

"무슨 좋은 방법이 없을까요, 선생님?"

이번의 선생님에는 애원보다 육친의 친밀감 같은 것이 서려 있음을 느끼면서도 충은 면역체처럼 글쎄요를 되풀이할 뿐이었다.

"원상 복구는 전연 가망이 없지요?"

"현재의 상태로서는 우선 그런 것 같습니다."

"무슨 특수한 치료법이라도 없을까요?"

"글쎄요."

"환자의 생애가 좌우되는 중대한 문제인데 어쩜문 그렇게 태연하세요?"

여인의 말은 약간 힐난하는 어조였다. 그러나 그것은 대다수의 불치의 환자에게서 받을 수 있는 거의 공통적인 호소나 반문이기에 충은 아무 대꾸 없이 그대로 앉아 담배만 피우고 있었다.

"무슨 좋은 수가요?"

"글쎄요."

계속 반응이 없는 무의미한 대답만을 되풀이하는 것이었다.

여인이 돌아간 후도 그 문제는 계속적으로 충의 머릿속에 켕겨들었다. 다른 환자를 진찰할 때에도 그 여인의 모습이 환영으로 겹쳐져 떠올라왔다.

'이 기회에 한번 엉뚱한 실험을 해볼까?'

인공 수정에 대한 학구적인 호기심이 충의 새로운 의욕을 격렬하게 자극해왔다.

집에 돌아온 여인은 자기의 전정을 곰곰이 계산하고 있었다.

'자기가 설령 남편에게 그 무능을 알려준다 해도 남편은 그의 꺾이지 않는 자존심에서 수긍하려 들지 않을 것이 분명하다. 만일 수긍한다 쳐도 그 방탕은 더욱 조장되어 자기에게서는 점점 멀어져가고 새로운 여자에게 열중하게 될 것이 아닌가? 그렇게 되면 자기는 벌써 폐물이나 다름없이 될 것이다. 만약 불행하게도 그 여사무원인가 하는 것이 어떻게 아기를 가지게 되면 남편의 정은 완전히 돌아설 것이고, 그 다음 이 집의 재물도 전부 그리로 넘겨질 것이 아닌가?'

그 이상은 생각하고 싶지 않았다. 침대에 낙타 보료를 뒤집어쓰고 누워도 잠은 좀체 오지 않았다. 앞날에 대한 불길한 생각만이 꼬리를 물고 엄습해왔다.

생각은 점점 비약을 하는 것이었다.

'그들의 어느 하나가, 만일 자기의 경우와 같이 남편의 무능을 알고, 어디에서 받은 씨라도 마음대로 당신의 자식입네 하고 내밀 때 남편은 즐겨서 받을 것이 아닌가?'

"어린애가 날 때까지 우선 고아라도 하나 데려다 기릅시다. 그렇게 선심을 쓰면 그 덕으로 쉬 임신이 되는 경우도 있다는데……"

남편이 취중에 무턱대고 내뱉던 말토막이 거센 힘으로 미리에 휩쓸려왔다. 어쩌면 남편은 자기의 무능을 이미 알고 있었는지도 모른다는 생각이 들었다.

'위기일발, 그 기생이라는 것은 남편의 재산을 노려 무슨 수단을 쓸지도 모른다. 그 여사무원이란 것도, 새파란 계집애가 무엇을 보고 저 늙으대기를 순순히 따랐을 것인가? 결국에는 남편도 빼앗기고 재산도 빼앗기고……'

앞이 캄캄해왔다.

그뿐만 아니라 수위가 허전해서 견딜 수 없었다. 꼭 하나 자기의 피붙이가 곁에 있어야만 할 것 같은 절실한 감정이 곁들였다. 이 외로움에서 벗어나기 위해서라도…… 혼자 중얼거리는 여인의 얼굴에는 결의에 찬 표정이 깃들었다.

여인은 또 병원으로 뛰어왔다. 마음속에는 이미 결심이 되어 있었다.

"그 인공 수태 말이에요, 간단하게 금방 나온 정액을 직접 주입하면 되지 않을까요?"

충은 말문이 막혔다. 식자우환(識字憂患)이라더니, 이거는 정말 몇 푼어치 안 되는 지식이 사람을 곯리는구나 싶었다.

"여하한 희생도 감당하겠어요, 되기만 한다면……"

충은 창밖을 내다보며 묵묵했다. 갈피를 잡을 수 없는 착잡한 생각들이 밀려왔다. 일방적으로 거절만 하기에는 거의 발광하다시피 하는 상대가 가여운 생각이 들었다. 여인이 지불한 치료비도 청구액의 몇 갑절이 된다. 왜 이렇게 내느냐고 거절해도 계속 치료를 받을 것이니 우선 받아두라는 것으로 그대로 맡아두고 있는 셈이다.

그러한 경제적인 문제는 잔액을 반환만 하면 되는 것이지만, 새로운 실험에 대한 호기심은 차츰 짙어가는 동정과 곁들여서 자기 자신을 거듭 유혹하는 것이었다.

"선생님, 꼭 부탁해요."

여인은 충의 옆으로 다가앉으면서, 애원에 어린 눈길로 그를 쏘아보았다.

"되든 안 되든 한번 시험해볼 수는 있으시지 않으세요?"

너는 가능한 시험의 방법을 알고 있으면서 왜 시치미를 떼느냐는 기세로 약간 강압적인 어조로써 다그쳐오기도 했다.

대부분의 경우 비밀한 곳까지를 진찰하고 난 후의 여성이란 이성으로서의 매력이나 애착이 거의 가시어지는 것이 충으로서의 직업적인 체험이었다.

그러나, 이번만은 그러한 문제로 한 환자를 계속하여 여러 차례 접촉하게 됨에 따라, 육체적인 혐오나 호기심을 떠난 인간적인 정다움이 조금씩 싹터옴을 부인할 수 없었다.

애수를 띤 눈동자 속에 깃든 애원하는 표정은 여인의 짙은 화장품 냄새에 삼켜져 풍겨오는 체취와 더불어 충을 조금씩 여인 쪽으로 이끌려가게 함을 어쩌는 수 없었다.

'그 실험을 한번……'

충은 입속에서 혼자 뇌면서 자리에서 일어나 큰숨을 내쉬었다.

"두고 생각해봅시다. 내일 이 시간에 한번 들르시지요."

"고맙습니다. 선생님!"

쇠사슬에서 풀리기라도 한 것처럼 여인은 만면에 웃음을 지으면서 병원 문을 나가는 것이었다.

여인이 다녀간 후 다른 환자가 들어왔다.

"이리 앉으시오."

충은 환자에게 진찰 의자에 앉기를 권했다. 그러나 부인은 몹시
수줍어하며 망설이고만 있었다.

"어디가 나쁘신가요?"

"저……"

부인은 난처한 표정으로 입을 열지 못하고 충의 얼굴만 물끄러
미 쳐다보았다.

"진찰하시지요?"

"네, 사실은 수술을 할까 해서요……"

부인은 말끝을 흐리면서 머리를 숙였다.

"알겠어요. 몇 개월이신가요?"

"두어 달 됐나 봐요."

"몸이 쇠약하신가요?"

"아니요."

이러한 수술의 대부분의 경우, 불의의 씨를 잘라버리려는 불순
한 동기가 많으므로, 충은 가급적 환자의 괴로운 곳을 찌르지 않
기 위해 평범한 질문으로 유도하는 것에 익숙해졌다.

"그러시면 혹 다른 이유라도?"

"사실은 주인이 얼마 전에 실직이 됐어요."

부인의 핏기 없는 얼굴에는 피로에 찬 눈알만이 유독 크게 보였
다. 그네는 숨이 가빠하며 말을 이었다.

"그런데 애들은 칠 남매예요. 위에 다섯이 학교엘 다니구요. 그래서 죄는 되지만……"

"네……"

"다 제 먹을 복은 타고난다지만, 이젠 힘에 겨워서요. 큰애는 학교를 그만두었어요. 제대로 공부도 못 시킬 바에야……"

"네, 알겠습니다. 그런데 참 주인 양반은 집에 계신가요?"

충은 부인의 감정이 격하지 않게, 침착하고도 나직하게 물었다.

"네, 앓고 누워 있어요."

"거기엔 바깥주인의 동의가 필요한데요."

"여기 써가지고 왔어요."

부인은 철이 늦은 옷을 뒤적여 종이쪽지를 꺼내었다.

늘 많은 환자를 대하지만 이같이 정반대의 두 가지 환자를 전후하여 대하고 보니, 직업적으로 거의 만성이 된 자기지만 머릿속이 복잡해지지 않을 수 없었다.

이러한 경우가 아까의 여인에게 생겼다면 서로가 얼마나 좋았을 것인가 하고 전연 무연한 두 가지를 결부시켜보기도 했다.

"경비는 얼마나 드는지요?"

부인은 그것이 몹시 걱정인 성싶어 무거운 입을 열었다.

"그것은 경우에 따라서는 아주 싸게 할 수도 있어요. 다만 소파 수술을 항간에서는 아주 간단한 것으로 착각하고들 있지만, 인공으로 다기시 해산시키는 셈이 되니까 뒤에 조십을 잘해야 합니다."

부인을 수술실로 들여보내고 충은 소독을 끝냈다.

기구를 갖추어놓고 마취제를 놓으려는 순간 환자는 벌떡 일어
났다.

"선생님, 조금만 기다려주세요."

돌발적인 사태에 충은 주사기를 놓고 환자를 붙잡았다.

"왜 이러세요?"

"좀 일어나겠어요."

"왜요?"

"아이, 조금만."

부인은 수술대에 일어나 앉았다.

"집에 가서 좀더 생각해보겠어요. 아무래도 죄 되는 것 같아
서……"

충은 무엇이라고 대답해야 좋을지 몰랐다.

"미안합니다."

부인은 옷을 주워 입으면서 연방 미안하다는 말을 거듭할 뿐이
었다.

"아니, 괜찮아요. 다시 잘 생각해서 오도록 하시오."

충은 멋쩍었다. 짜증을 낼 수는 물론 없었다. 오히려 가여운 생
각이 들어 타이르듯이 달래었다. 살아가는 현실의 복잡한 축도가
자기 진찰실 속에 그대로 부조되는 것만 같은 절박감을 느끼며,
진찰료로 내어놓는 지전을 부인의 손에 억지로 쥐여 돌려보냈다.

노크 소리에 충은 현미경에서 눈을 떼었다.

"시간이 다급해 미장원에도 들르지 못하고 이렇게……"

여인은 이마에 흘러내린 머리카락을 추슬러 올리며 권하는 대로 진찰대에 걸터앉았다.

"특수 시설도 없이 저것을 오래 방치해두면 안 되니까, 이리로 오세요."

여인은 충을 따라 수술실로 들어갔다. 자기 집에서 잠자리에라도 들듯이 여인은 술술 속옷을 벗어젖히고, 속치마로 하반신을 가린 채 수술대에 누웠다.

"이거, 원시적인 실험입니다만, 그저 소원이나 풀어드릴까 하구 한번 해보는 겁니다."

반듯이 누워 있는 여인은 사이에 막혀 있는 휘장 한쪽에서 아무 대답도 없이 혼자 미소를 지었다.

관장기에 넣은 액체는 여인의 자궁 깊숙이 주입되었다. 이날 여인은 사뭇 만족한 표정에 아무 말도 없이 수줍어하면서 가버렸다.

충은 아버지를 본 일이 없이 자랐다. 어머니의 말대로 한다면 유복자로 태어났다는 것이다. 이밖에 직접 어머니의 입에서 얻어들은 것은 없다. 그 어머니마저 세상을 떠났다. 거슬러 올라갈 족보가 그것으로 끊어졌다.

대학은 해방 후여서 그것이 결정적인 치명상은 주지 않았으나 합격 후에 제출해야만 하는 호적 등본 때문에 교무과에서 얼마 동안 말썽거리가 되나가, 어머니와 누이 오빠로 지내는 언론 기관의 중진인 김 선생의 힘으로 간신히 해결된 형편이었다.

외가(外家)라고 뚜렷한 명색을 붙일 곳도 없는 것을 보면, 어머니도 자기와 같은 사생아(私生兒)의 동기(童妓)로서 인생을 출발한 것이나 아닌가 하고 충은 자기 자신이 장성해감에 따라 추측하는 것이었다.

사생아.

이것이 충에게 있어서 이가 갈리도록 저주스러운 이름이었다.

국민학교 입학은 아직 철들기 전이어서 그 자세한 사단은 알 길이 없다. 중학교 입학에서 처음으로 그 쓰라림을 호되게 맛보았다.

아버지가 분명치 않은 아들, 이것은 당시의 소위 일류 중학교에서는 허용되지 않았다. 하는 수 없이 겨우 이류 학교에 입학했다. 이러한 충이 대학에서 의학을 전공으로 택하는 데는 그럴 만한 이유가 있었다.

그것은 장안의 손꼽는 명기(名妓)였던 어머니가 만년에 최후로 몸을 의지한 남편, 즉 충의 계부가 노경에 든 고참 의사로 어머니의 말대로 한다면 자식에게 남겨줄 이렇다 할 유산도 없을뿐더러 문벌이니 권력이니 하는 세속적인 바탕이 될 만한 것이라곤 하나도 없는 바엔, 그 시설이나마 살리자는 심정이 아들의 마음을 움직이는 데 얼마간의 구실은 되었었다.

그러나 충에게는 또 하나의 다른 운명이 휘감고 있었다.

소아마비(小兒痲痺).

뚜렷한 병명을 달아 확실하게 진단이 붙여진 것은, 다리가 거의 고질화되어 걸음이 자유롭지 못하게 된 뒤의 일이었다.

처음에는 육체적인 불구에서 오는 열등감이 교실이나 거리에서의 외톨박이를 만들었고, 나중에는 자기의 모호한 혈통에 대한 비굴감이 여기에 겹쳐 이중으로 자기 자신을 괴롭게 졸라매어 들었다.

중학교에 입학이 된 얼마 후 신입생 환영을 겸한 소풍날이었다. 무척 망설이던 끝에 정복 정모의 대열에 끼여 교외를 벗어나 십리 길을 걸었다. 심하게 절룩거리는 것은 아니었지만 동급생들의 모든 눈총이 멸시의 덩어리로 한데 엉겨 자기에게 쏘아지는 것만 같게 느껴졌다.

신입생으로서 입학 후의 첫 행사에 억지로 참가한 것도 하나의 자기 반발이었지만, 그러한 무모한 반발의 결과가 오히려 제 자신을 더 나무라는 증오로 들끓어 올랐다.

충의 이 같은 행동들은 심각한 고뇌의 결과에서 오는 것이기도 했지만 단순한 감정의 충격적인 반발, 이러한 것도 적잖이 포함되었었다.

그날 밤 충은 다량의 금계랍(金鷄蠟)[6]을 마셨다. 이때부터 그의 자학적인 집착은 점차로 적극적인 행동으로 나타났다. 신음 소리에 어머니가 눈을 뜨고, 급히 의사를 불러 미수로 끝났다.

그러나 그 후 충은 늘 신변의 위협이 절박해지는 경우, 안온한 도피보다는 도전적인 자세를 취해왔다. 말하자면 해방 다음 해, S 국립대학 창립에 대한 국대안(國大案) 반대 운동[7]이 각 대학에 파급되었을 때 그 선봉에 나섰다든가, 6·25 사변이 발발되었을 때 첫 고비에서 군의관으로 나갔다든가 하는 것은 그러한 자기 학대의 연장이기도 했다.

자기를 둘러싸고, 자기에게 야유나 멸시의 눈총을 보내는 모든 사람들을 증오하고, 결국은 자기 이외의 사회적인 인간관계의 모든 것이 적같이 느껴지는 순간, 그는 또한 자기 자신에 대한 증오가 급격히 치밀어 대외적인 적의가 그대로 자기 자신에 대한 학대로 변하고, 그것이 또다시 죽음에 대한 반발로 급변하는 미묘한 심리의 움직임을 어떤 이론적 근거에서보다도 체험의 과정에서 의식하는 것이었다.

자살 미수, 모험에서의 생환(生還), 이러한 거듭되는 생명에의 강인성은 악착하게 살아보겠다는 반대 의욕을 유발하게까지 만들었다.

문학 서적만 탐독하던 중학 시절, 사지가 자유롭지 못한 불구자에게는 앉아서 일하고 살아가는 방법, 그러한 서글픈 희망이 예술에 대한 취미나 기호를 넘어서 더 강렬하게 작용했었다.

한때는 신분 관계에 대한 사회의 기성 관념에 반발하여 법률이나 경제학을 택하려는 반항적인 의지가 얼마 동안 충의 머릿속을 사로잡기도 했었다.

그러나 대학에 진학할 무렵에는 급박한 삶에 대하여 미적지근한 방관자적인 문학보다는, 그리고 관념에 휩싸이기 쉬운 법학이나 경제학보다는, 차라리 직접 인간의 육체적인 생명과 대결하는 의학, 이런 것에, 더 피부에 부딪는 마력(魔力)을 느껴, 결국 그의 전공 선택에 하나의 박차를 가하기도 했던 것이다.

이성의 문제, 이것도 충에게는 애정보다는 적대적인 반발이 하나의 정복욕으로 변화하는 경우가 더 많았다.

그러기에 그는 굳이 매춘부의 소굴로 찾아갔다. 거기에서 성적

욕망을 충족한다기보다 차라리 상대자를 쾌락 속에서 마음대로 학대하고, 그 반응을 자기의 감관 속에 직감하는 것…… 그는 자기의 흥분보다는 상대의 흥분 과정을 감응 측정하는 것으로써 오히려 만족을 느꼈다. 상대자의 숨소리, 심장의 고동, 경련 같은 안면 근육의 수축, 눈동자의 흐려져가는 과정, 사지의 긴장, 오히려 흐느낌이나 울음에 가까운 기성 같은 데서……

여러 차례의 혼담도 있었다. 이쪽에서 거절한 횟수보다는 저쪽에서 거부해온 경우가 더 많았다. 육체적인 불구와 사생아라는 혈통의 불순, 이것이 결국 모든 승패의 최후 분기점이 되었었다.

진정으로 어떤 부대조건이 없이 서로가 사랑하는 경우, 그러한 때 이 두 개의 큰 장벽은 무너뜨려질 가능성은 있다고 생각해왔다. 그러나 현실적인 치열한 생활 여건 속에서는 풋내 나는 그러한 낭만쯤은 거품처럼 묵살하여버리는 것을 충 스스로 너무도 뼈저리게 느껴왔고, 사실 충에게 있어서는 그러한 계산 없는 사랑이란 실지로 있어질 수도 없는 일이었다.

대학 연구실에 있을 때의 일이다. 병동마다 만원이 되어 누워 있는 각종 병환의 입원 환자들, 진찰실과 복도에까지 우글거리는 외래 환자들, 가슴 속이나 뱃속이나 입 안, 골속, 심지어 생식기에 이르기까지 보이지 않는 곳의 병신 아닌 놈이 별로 없다고 느껴졌다. 다만 자기처럼 밖에 나타나는 딱지 붙은 병신이 아닐 따름이지…… 이렇게.

네거리로 나왔다.

앞을 스쳐 바쁘게 쏘다니는 사람, 신형 승용차에 점잖게 기대어 달아나는 기름덩이, 다방에서 의젓하게 나오는 신사 숙녀, 그 어느 하나도 벌레 먹은 날도둑놈 같은 소갈머리를 가지지 않은 것이 별로 없는 것만 같게 여겨지는 순간, 다만 밖에 나타나지 않을 뿐이지 모두가 병신투성이인데 하고, 충은 이런 때에 한 가닥의 초라하고도 서글픈 자위를 가져보는 것이었다.

선희와의 혼담은 비교적 순조롭게 진행되어왔다.

김 선생이 선희의 아버지와 절친한 사이에 있고, 또한 김 선생 자신이 이 혼담의 직접 매개의 위치에 있다는 것이 좋은 조건의 하나였지만, 그보다는 당사자인 선희 편에서 충의 불구에 이해를 가지고 있었다는 것이 그 중요한 관건(關鍵)이기도 했다.

또 다른 각도로 생각하면, 선희의 전공한 약학이 충의 직업과 연관된다는 점이 관계자들 간에 유리한 조건으로 계산되었는지도 모를 일이었다.

충과 선희는 만나는 횟수가 거듭됨으로써 서로의 의사는 소통되어갔고, 피차의 이해도 깊어갔다.

충에게서 인간에 대한 적의나 반감이 다소나마 감축되어가는 경향이 의식되어진 것은 선희와의 인간관계에서 얻어진 오랜 상처의 회복이 그 직접 계기였다고 할 수 있을 만큼, 충의 심리에는 선희로 말미암아 대인 관계의 변화가 점차적으로 일어나고 있었다.

충이 선희와 만나는 기회에 가능한 한 걷는 시간을 단축하고 차를 이용하는 것도, 모처럼의 호의로 접해주는 선희의 심정에 불

쾌나 비굴감을 가급적으로 연장시키지 않기 위한 세심한 배려에
서였다.

그 선희에게서 긴급히 만나야만 되겠다는 속달이 왔다.

충은 여인에게 인공적으로 주입된 정액의 그 후 반응에 대하여
궁금증을 반복하고 있는 때였다. 과연 그러한 실험이 성공적인
결과를 가져올 것인가 하고.

임신이란 쌍방의 생리적 계기가 필수 조건으로 되어 있고, 그것
이 모체에 있어서는 배란기를 기준한 시간 제약이 거의 절대적
키포인트가 되어 있기 때문에 충은 그 가능적인 확률에 큰 기대
는 갖지 않고 있었다,

충은 진찰 카드를 뒤적거리며 여인의 월례적인 생리 변화에서
수태 가능 기간을 다시 한 번 측정해보았다.

그 후 벌써 삼 개월이 지났다. 수태가 되었다면 지금쯤은 모체
에 확실한 변이가 일어나고 있을 시기임에 틀림없다.

그러나 여인은 그 일이 있은 후 아직 한 번도 나타나지 않았다.

자기의 원시적 실험 결과에 대한 엽기적인 호기심이 여인을 만
나고 싶은 충동을 자극하고 있음을 부인할 수 없었다.

그러나 만일 임신이 되는 경우, 그 윤리적 책임은 어떻게 할 것
인가. 여인은 자기 자신이 수단 방법을 가리지 않고 고의로 강요
하여 저지른 성과에 대해서 만족한 희열을 느낄지도 모른다. 그
러나, 남편은…… 생각이 여기에까지 미치지 충은 왈칵 치미는
구역질 같은 자책을 그대로 되삼킬 수는 없었다. 태어나는 산아
의 경우는 어떠할 것인가. 피 · 핏줄기 · 혈통, 그런 것이 그렇게

소중할 것인가. 그것이 그렇게 삶의 필수 조건이라면 과학에 의한 또 하나의 사생아는 태어나는 시간부터 자기처럼 슬픈 운명의 그물 속에 감겨 있을 것임에 틀림없다고 생각되자 머리가 아찔해졌다.

충 자기는 아버지를 모르고 태어났고 아버지를 모르며 성장해 오지 않았던가.

혈통에서의 고아…… 아니 인간으로서의 고아. 충은 혼자 뇌까리며 건 가래침을 휴지에 뱉어 아무렇게나 뭉쳐 던졌다.

그러나 순간 충은 실험 결과에 대한 해답의 반응에 겹쳐, 자기 피에서 싹틀 하나의 생명에 대한 본능적인 관심에 엷은 조소를 짓궂게 날려 보내고야 마는 것이었다.

진찰실 소독장 속에 늘어놓은 표본들이 담배 연기를 거쳐 충의 시야로 차례차례 모여들어왔다. 일 개월, 이 개월, 삼 개월……의 유리병에 표시된 딱지들. 사지를 웅크린 틈바구니에 머리를 틀어박고 요동을 못 하는 태아들이 알코올 속에 담겨져 절어가고 있다. 그것들이 적출된, 모체의 영상들이 어슴푸레 망막을 스쳐가고 있었다.

큰아들이 대학을 졸업하는데 이제 임신은 무슨 망령이냐면서 말리는데도 듣지 않고 간신히 수술이 끝난 것은 오 개월의 카드가 놓인 병, 대학에서 영문학을 전공했다는 반도호텔 여사무원인가 하는 것이 다량의 수면제를 먹고 사산한 것은 팔 개월의 병, 맨 끝의 자궁 균종(菌腫)을 보자 충은 머리를 홱 돌렸다. 저 무거운 혹을 뱃속에 달고 다녔으니…… 그러나 오십 대의 비대한 여인은 기적으로 살아났다.

전쟁고아인 혼혈아 삼십 명을 실은 비행기가 김포 공항을 떠났다는 석간 보도의 사진 기사를 보면서 충은 혈연과 애정, 혈통의 순수성, 이런 문제를 다시 곱씹어보는 것이었다.

"급한 일이라도 생겼나 보군요. 속달까지 뗀 것을 보면……"

충은 선희의 약간 초조 어린 눈매를 돌아보면서 말을 건넸다.

"조용히 말씀드릴 일이 있어서요."

다방에서 나와 자동차 쿠션에 기대어 어깨를 맞닿아 앉은 선희에게서 풍겨오는 체취에 충은 자기를 만나려는 용건의 궁금증보다는 오히려 전에 없이 이성의 친근감 같은 것을 느낄 수 있는 마음의 여유 속에 놓여 있었다.

조용한 음식점의 외딴 방에 들어와 앉을 때까지 둘은 별로 말이 없었다.

충은 술을 청하여 큰 컵으로 계속 몇 잔 들이켰다. 닥쳐올 사태의 예감에 대한 고의적인 항변이기도 했다.

"집안에 돌연한 사태가 벌어졌어요."

선희는 침착한 어조로 또렷또렷이 말을 시작하였다.

"무슨 사태가요?"

충은 자기의 예감이 적중되어가는 첫마디에 대하여 가벼운 반문을 딘졌다.

"저 선생님의 일신상에 관한 문제예요."

"무어 족보를 따지자는 건가요?"

닥쳐올 이야기의 실마리가 훤한 것이기에 충은 앞질러서 선수를 썼다.

"말하자면 그렇죠."

"그게 대체 어떻단 말이오?"

"아니, 아버지께서 무슨 들은 얘기가 있었기에 김 선생에게 따진 모양이에요. 그러니까 김 선생님께서 내용 이야기를 실토하셨나 봐요."

"그래 선희는 그 문제를 어떻게 생각해요?"

반문하는 충의 목소리는 낮았으나 꽤 거센 어조였다.

선희는 빤히 충을 응시하고만 있었다. 최후의 단안을 내리려는 판관의 날카로운 눈동자와도 같이.

"원래 혼담이 김 선생을 통해서 아버지에게 전달되었으니까요."

"그럼 선희 자신도 아버지 의사에 동조한다는 말이지요?"

"글쎄, 우선은 그러한 각도로 생각해보았어요. 하지만……"

선희는 머리를 떨구었다. 충은 술을 또 한 컵 들이켰다. 자기 자신이 저지른 행동 이외의 책임, 특히 자기 자신이 세상에 나오기 이전의 선대(先代)의 죄과에까지 소급해 혈통의 책임을 혼자 져야 한다는 것, 이것은 너무나 가혹한 부담이라고 생각되었다.

충은 침통한 모습으로 입을 열었다.

"모든 것은 선희 자신의 결정에 달렸소. 내 자신이 결혼이라는 것을 그렇게 방관하다가, 이 경우에만 이렇게껏 적극적인 이유를 나 스스로도 모르겠소."

한동안 침묵이 흘렀다. 충은 긴장 속에 선희의 대답을 기다렸다.

"지금 저의 좁은 소견으로는 갈피를 잡을 수가 없어요. 좀더 생각할 시간의 여유를 주세요."

다급한 자리를 회피하려는 여자의 잔꾀가 아닌가 하고 의아심이 품어지면서도 충으로서는 어쩌는 도리가 없었다.

그러나 충 자신으로도 이러한 마당에 구걸하다시피 하여 이 혼인을 성립시키고는 싶지 않았다. 다만, 지금껏 겪여왔던 자기의 자존심이 이때만은 거세게 머리를 치켜들고 일어나옴을 의식했을 따름이었다.

이러한 반발과 자존심, 그것마저 좌절되려는 분기점에서 충은 선희의 의사대로 다음 날 다시 만나겠다는 제의를 호의로 승낙했다.

거리에 나선 충은 선희를 차에 태워 보내고도 얼근한 술기운 속에서 좀처럼 흥분이 가라앉질 않았다. 그저 막 통곡하고 싶었다.

병원에 돌아오니 뜻밖에도 그 여인이 찾아와 기다리고 있었다.

충은 상기되는 술기운을 누르면서 서 있는 여인에게 앉기를 권했다.

"선생님, 태기가 있나 봐요."

자기 주위에 별로 거리낌 없는 여인의 성격 그대로였다.

충이 무슨 말부터 먼저 끄집어내어야 할까 하고 생각을 더듬고 있는 동안, 선손[8]을 쓰는 여인의 태도는 차라리 자연스러웠다.

"네, 그러세요?"

충은 거센 쇼크를 받으면서도 극히 담담한 어조로 여인의 말을 받았다.

"선생님도, 어쩌문 그렇게 무관심하세요?"

"무엇이 무관심이란 말입니까?"

"어린애가 생겼다는데두요."

여인의 눈길은 충을 뚫어질 듯이 주시하고만 있었다.

"……"

"임신이 됐어요."

충은 실험 결과에 대한 종합 보고에 마음이 끌렸으나 너무도 능동적인 여인에게 오히려 지질려 외면을 하고 진열장 유리병 속에 들어 있는 태아 쪽으로 눈을 돌렸다.

"어쩌문 선생님은 아무 반응도 없으세요."

이것은 분명 남의 속을 꿰뚫어 보며 꼬치꼬치 캐는 눈치임에 틀림없었다.

"잘되셨군요."

역시 맥 빠진 대답이었다.

"주인도 퍽 기뻐하세요."

충은 흥 하고 코웃음이 나가려는 것을 참았다.

"오늘은 제가 초대할 테니 저녁 식사나 하러 나가십시다."

"저녁은 먹었는걸요."

충은 공격에 대한 수비 태세가 될 수밖에 없었다.

"그러면 약주나 좀 하시지요."

"술도 웬만큼 했어요."

거절은 하면서도 이 허탈하고 당돌한 여인에게는 악의가 가지지 않는 것이 이상하다고 느껴졌다. 어쩌면 이 여인은 그 실험으로 벌써 둘 사이에는 육체적인 결합이 이루어진 것이나 마찬가지의 결과로 착각하고 있는지도 모를 일이라고 생각되었다.

"그러지 말고 같이 나가십시다. 환자도 없구 한데……"

충의 팔을 잡아끄는 여인의 동작이 오랜 지기라도 되는 듯한 친숙감을 느끼게 자연스러웠다.

충은 문득 아까 선희와의 장면이 떠오르자, 괴었던 불쾌와 증오가 솟구쳐, 여인에게 팔을 잡힌 채로 자리에서 일어나 밖으로 나오고 말았다.

간밤 일을 더듬어보아야 기억이 몽롱하다. 커다란 두 가지의 일이 한데 얽혀 선희의 환상 위에 그 여인의 모습이 겹쳐서 머릿속을 휩쓸고 지나갈 뿐이다.

그 여인과 함께 술을 진탕 마신 기억까지는 비교적 선명하다. 맥주, 양주 할 것 없이 되는대로 마셔댔다.

얼마나 시간이 흘렀을까? 심한 갈증에서 눈이 뜨였을 때는 자기 옆에 여인이 누워 있었다.

"이제 정신이 좀 나세요?"

여인은 잠이 들지 않고 있었다. 슈미즈 하나만의 여인의 몸뚱이가 푸른 전등 불빛 속에 부드러운 곡선으로 포개져 있었다.

"누우세요."

"대체 여기가 어딘데?"

"글쎄, 누우시래두요."

이제는 거의 명령조다. 여인은 충의 목을 끌어 자리에 도로 눕혔다. 여인의 팔은 충의 목을 점점 거세게 죄어왔다.

"선생님, 좀더 확실하게 임신을 하고 싶었을 뿐이에요."

충은 약간 정신이 맑아져왔다. 유리로 된 시험관과 주사기를 통하여 수태가 되는 경우, 그것은 육체적인 교접으로 생기는 산아와의 사이에 어떠한 윤리적 차이가 생길 것인가 하고, 충은 전등 스위치가 이미 틀어진 베드 위에서 생각하는 것이었다.

결국 쾌락의 유무의 차이밖에 떠오르는 것이 없었다.

생식의 기계화. 인간은 그러한 책임을 현대 과학에 떼밀고 자기 합리화를 꾀한 것임에 틀림없을 성싶었다.

저만이 살겠다는 것, 제 좋은 각도로 해석하는 것, 저만의 목적을 위하여서는 제멋대로의 수단 방법을 가리지 않는 것, 극도의 메커니즘에서는 모든 인간은 사생아임에 틀림없다고 느껴졌다.

"자, 옷이나 벗고 누우세요."

처음에 충은 기계처럼 여인이 시키는 대로 따라 움직였다. 그러나 그는 갑자기 발작을 일으킨 것처럼 창문을 열어젖히고 밖으로 뛰쳐나왔다.

훤히 먼동이 터왔다.

충은 창 앞의 활짝 핀 꽃 덩굴에 엉겨드는 나비와 벌 떼를 물끄러미 바라보면서 아침놀에 비낀 하늘을 향하여, 큰숨을 내쉬었다.

다리에 흩날리는 꽃가루가 어느 꽃술에서 어느 꽃으로 옮겨지는지조차 깨닫지 못하는 벌 나비의 세계는, 잉잉 소리 그대로 환희의 난무와 찬가에 충일된 그것임에 틀림없는 양 싶었다.

모든 것을 백지로 환원해달라는 선희의 최후통첩이 전신에 감겨들어 좀처럼 분노가 가라앉질 않았다.

자기 이외의 모든 인간에 대하여 반감과 적의를 가졌던 자기에게서, 세상사에 순종하려는 평범성, 특히 미워하던 모든 대상에 관용이 대치되고, 그러한 일들을 선의의 각도로 해석하려던 마음의 싹이 순간 완전히 모진 구둣발에 짓밟혀지고 만 것 같았다.

'행여 내 울부짖은들, 뉘라 천사들의 계열에서 내 소리를 들으리……'

「두이노의 엘레지」 첫 구절이 떠오르는 대로 충은 읊조려보았다.

그러나 역시 가슴속은 개운치 않았다.

중태의 환자가 찾아왔기에 충은 다시 진찰실로 들어갔다.

앳된 여학생 환자를 진찰실에 눕혔다. 괴롭게 신음하면서도 치켜 올려진 제복 스커트 자락을 반사적으로 내리려는 것을 보고 충은 고소를 머금었다.

"키니네를 먹었어요."

숨을 헐떡이며 같이 온 남학생은 설명했다.

"왜? 자살하려구?"

"아니요, 사실은……"

"사실은 뭐야?"

말끝을 흐리는 남학생의 교복 단추를 쏘아보며 충은 반문했다.

"임신을 했어요."

"임신!"

충의 말 속에는 경악에 겹쳐 증오가 서려 있었다.

그러나 급히 응급 치료를 가한 다음 태아의 맥을 짚어보았다. 태아는 이미 죽어 있었다.

이제는 모체를 구출하는 길밖에 없다. 환자의 기력이 극도로 쇠약하여졌으므로 수술 후의 생사를 보장할 수가 없었다.

"모체를 구하려면 부득이 인공 유산을 시켜야겠어."

"네?"

"태아가 죽었으니까 끄집어내야겠단 말이야."

"아무튼 살려만 주세요."

"어린애 아버지는 누군가?"

충도 짐작은 하면서도 확인하지 않을 수 없었다.

"수술 도중에 환자가 죽을지도 모르겠으니, 부모나 누구 책임 있는 사람이 입회해야겠어."

"제가 책임지지요."

동정은 가면서도 당돌한 것이 얄미웠다.

"이 여학생의 부모를 불러오란 말이야."

"부모님께 알리면 안 돼요."

"왜?"

"저희들끼리만……"

인생으로서 충은 이들에게 졌다는 생각이 들었다. 곧 뒤를 이어 한 대 갈겨주고 싶은 반발적인 분노가 치솟았다.

그러나 위급한 환자를 앞에 놓고, 자기의 책임 회피에 예비적인 절차로 시간을 지연시킬 수는 없었다. 그는 간호원에게 준비를 시켜놓고 자기도 소독을 하기 시작했다.

수술이 한창 진행되는 도중이었다. 진찰실 쪽에서 그 여인의 목소리가 들려왔다.

간밤 호텔을 탈출하는 순간은 자기의 용감성에 쾌재를 불렀으나, 지금 여인의 목소리를 듣고 나니 혼자 도주한 사실이 비굴감과 함께 여인을 모독한 죄의식을 불러일으켰다.

지금 빈사의 상태에서 누워 있는 여학생도, 그 상대인 남학생도, 그리고 선희도, 그 여인도 떳떳하게 제 의지로 살아가는데, 자기 혼자만이 세상을 꼬여 보고 비뚤어지게 생각하고, 결국에는 열등의식의 테두리 속에서 수음적인 방법으로 혼자 몸부림치고 있는 것만 같게 여겨졌다.

남들이 둘러놓은 울타리 속에 스스로의 장벽 하나를 더 치고 자기 혼자 웅크리고 있는 것만 같았다.

수술이 끝나 환자가 떠나간 후까지도 충은 멍하게 수술대 옆에 서 있었다.

핏줄이나 자기의 불구에 대하여 멸시를 보내는 바깥 세계보다는 먼저 자기 자신이 애써 고수하는 자기의식의 한정된 장벽부터 헐어버려야 되겠다는 생각이 들었다. 의외로 바깥 세계에서 자기에게 둘려진 아성은 자기 자신의 내적 장벽보다 더 여린 것인지도 모를 일이기에……

"어젯밤은 죄송했어요."

깜짝 놀란 충은 비로소 자기의식으로 돌아왔다. 여인이 자기 곁에 와 서 있었다.

충매화 173

"아무 불순한 동기도 없었어요. 기실은 좀더 정확하게 애기를 갖고 싶었을 뿐……"

충의 가슴속에는 새로운 감정이 이글거리고 있었다.

'애정도, 유혹도 아닌 생산체로서의…… 말하자면 종모우(種牡牛)' 같은……'

그러나 그는 발에 힘을 주어 버티었다. 계속해 일어나는 일들에 심신이 피로하여서였다.

"선생님, 지난번 인공 수정이 사실은 수태가 안 됐나 봐요. 어저께는 거짓말을 했었어요."

"뭐요?"

"꼭 어린애를 낳고 싶은 그것뿐이에요."

여인은 충의 가슴에 머리를 박고 흐느껴 울기 시작했다.

충의 머릿속은 헷갈리는 여러 갈래의 생각으로 가득 찼다.

'참 제비도 더럽게 뽑았지, 하필 나 같은 것의 종자(種子)를 받으려구……'

그는 중대한 결의라도 한 것처럼 입술에 경련을 일으키고 눈에도 살기가 등등했다.

'피동 아니라 능동으로, 이 여인에게 정확한 수태를 시켜야지.'

충은 성난 이리처럼 여인을 끌어안고 절름거리는 다리에 힘을 주어 침실로 통하는 도어를 박차고 방 안으로 들어섰다.

초혼곡 招魂曲

나는 지금 어디로 향하여 걸어가고 있는 것인가. 잡다한 상념이 단속적으로 엄습하여 쇠약한 몸뚱이가 스스로의 체중과 충격적인 신경의 자극을 몸소 감당해낼 수가 없다. 거의 내던지다시피 하는 나의 발길은 M병원이 있는 쪽으로 향하여 움직여지고 있음은 틀림없다. 머리와 가슴이 육중한 쇳덩이로 눌리고 있는 중압감에 겨워 있는 탓일까. 저녁놀에 비낀 가을 하늘마저 검은 구름에 휩덮인 무더운 여름날 오후처럼 나를 질식하게 억누르고 있다.

영희 어머니가, 아니 영숙이 어머니가 나를 찾아왔다. 핏기를 잃은 창백한 얼굴이다. 나에게 동양화의 한 폭 그림을 연상시키던 귀골풍의 예전 모습은 거의 찾을 길 없고, 고분에서 발견되는 깨어진 청자기처럼 조촐하면서도 어딘가 초췌한 인상을 금할 길 없다.

상록수가 우거진 정원은 꽤 높은 돌담으로 둘러싸여 있었다. 나는 적어도 하루 두 번은, 거의 열려 있는 때를 볼 수 없는 이 듬직한 대문 앞을 스쳐 담쟁이 낀 돌담을 돌아서 학교를 다녀야만 했다. 아무리 발돋움을 하여도 깊숙이 안쪽으로 들어박힌 기와집 용마루 끝과 그 옆 양옥 이층 베란다밖에 보이지 않는 이 집 앞을 지날 때마다, 나는 서해안 작은 반도의 구가곡(九家谷), 나의 집의 초라한 모습과의 대조적인 인상이 떠오름을 억제하는 수가 없었다.

골짜기 이름이자 마을 이름인 구가곡이라는 명칭이 언제 생겼는지는 확실히 알 길이 없다. 그러나 구곡지수(九曲之水)에 아홉 가구 사는 골짜기라서 구가곡이라고 불렀다는 연유는 어렴풋이 알고 있었다. 이상하게도 내가 철을 차렸을 때 분명 아홉 집이던 이 마을에서 단 하나의 유학생인 내가 서울로 드나들기까지에도 그 수는 붇지도 줄지도 않았다는 것이 이상할 따름이다. 나는 중학도 이십오 리의 산길을 걸어 읍내로 통학했다. 단 한 번의 특혜의 은전을 받은 적이 있다면 그것은 졸업을 앞둔 고등학교 마지막 학기에 시골 막바지에서 서울 일류 학교에 한 명이라도 합격시켜보겠다는 어떤 방법적인 호의의 덕분으로 학교 숙직실에 기거할 수 있었던 얼마 동안의 기간일 것이다. 최초의 영예라고 하여 나의 등록금은 모교에서 보내주었다. 이 시기의 나는 끝없는 꿈을 품고 망망한 창공을 나는 것과 같은 심정이었다.

고향에 돌아간 방학 동안의 나의 일과는 서울 생활과는 전연 판이한 것이었다. 은백색 배지를 달고 우쭐거리던 교복을 벗어 팽

176

개치고 베잠방이로 갈아입었다.

주위의 모든 사람들이 땀투성이가 되어 헐레벌떡이고 있는 속에서 나 혼자 안온할 수가 없었다. 서울을 떠날 때는 보따리 속에, 이거 이거는 끝내야 하겠다고 사전류에 겹쳐 책 몇 권이 뭉뚱그려졌지만 손이 모자라 허둥대는 바깥 모습을 목격하면서 그런 것으로 유유 한적하기에는 주위가 너무도 고달팠다. 아침 이슬이 지기 전에 소먹이 꼴을 베고, 낮에는 기음을 매고, 저녁에는 멍석 짜는 일을 거들었다. 집안 식구들도 나의 존재에 희망을 걸었고, 나 자신도 끝없는 앞길에 대한 이상에 불탔다.

서울을 머릿속에 그리기만 하여도 가슴이 고동쳤다. 그러나 온 식구의 한 달 계량이 될 쌀 한 가마가 겨우 한 달 하숙비…… 이런 것을 생각하면 우울했다.

모기를 몰려던 모닥불도 밤이슬을 받아 제풀에 그늘어갔다. 별이 총총한 밤, 박꽃을 찾아 넘나드는 바퀴벌레의 그림자에 엇갈려 반딧불이 거름 무더기 쪽으로 싸리 울타리를 넘어가면 개도 짖지 않는 산골짜기의 밤은 숨 죽어 깊어갔다. 모닥불 찌꺼기에서 슴새어 나오는 쑥냄새가 굴뚝 허리를 스쳐 감돌아 나오는 하늬바람에 실려 코끝을 향긋게 했다. 이런 밤에는 굳이 등잔불 켜기도 열적어 말똥한 눈으로 열어젖힌 창문을 거쳐 멀리 별을 헤며 잠을 청했다.

나는 지금 M병원을 향하여 걷고 있음에 틀림없다. 붉은 벽돌담 양옥에서 피아노 소리가 들려온다.

단풍이 든 높은 돌담 담쟁이덩굴에 가을 햇볕이 비끼는 저물녘 상록수 깊숙한 정원을 거쳐 들려오던 피아노의 그 음향이다. 영희를 처음 만난 것은 이런 날 저물녘이다. 이 어마어마한 대문—그 시절 나에게는 그렇게 생각되었다—앞에서 서로의 시선이 맞부딪친 제복의 소녀는 그 육중한 대문 속으로 삼켜지는 듯이 빨려 들어갔다. 다시 닫혀진 문은 내 앞을 절벽처럼 가로막았다.

맞부딪치는 순간 불티가 튀는 듯하던 눈동자, 당황 어린 모습으로 총총히 각도를 돌리던 반사적인 동작, 문 속으로 길게 뻗은 정원 속의 통로, 대문 빗장의 신경질적인 불협화음, 대문을 거쳐 새로운 향수는 깃들기 시작하였다.

다음부터 이 대문 앞을 스칠 때마다 느끼는 막연한 기대와 초조 어린 두근거림, 홀로 붉어지는 얼굴 속에 돌담을 다 지날 때까지 마냥 걸음은 빨라졌다. 엉뚱한 혼자만의 도취인지도 몰랐다.

소녀가 대문을 막 나오는 찰나에 마주치는 일도 있었다. 눈이 맞닿는 순간, 소녀는 평범하게 나를 보아 넘겼는지도 모른다. 그러나 나의 가슴에는 뭉클하는 충격이 와 부딪고, 뒤에 걸어오고 있을 소녀의 발자국 소리를 등줄기에 느끼면서 온 신경을 뒤쪽으로 모으고 걷고 있는 것이었다.

하루 종일 책 위에는 소녀의 윤곽이 맴을 돌고, 노트 뒤쪽은 낙서로 가득 찼다.

뒤에서 보아도 소녀의 모습을 분간할 수 있었다. 그럴 때면 나의 빠른 걸음은 그 속도를 제한하여 소녀와의 거리에 용수철 같은 탄력을 가지고 간격을 조절하면서 흐뭇한 기분 속에서 소녀를 조종하는 기세로 걷게 되는 것이었다.

소녀도 내 얼굴을 기억할까, 어떻게 느끼고 있을까, 이러한 계산은 지금 생각하면 유치하기 짝 없는 일이지만, 이 시기의 나에게는 소녀와 나의 거리가 좀처럼 그 사이를 연결시킬 수 없는 까마득한 것으로 계산되었고, 그러한 단정의 태반의 근원은 나의 환경적인 조건의 비굴감에 유래되는 것이었다.

학교에서 학우들 간에 있어서도, 서울의 이름난 명문거족이나 세상에 널리 알려진 거부의 자녀들에 대하여도 나의 이 같은 열등감은 그대로 연장되어 나는 그들과 터놓고 사귀지를 못하였거니와, 그들도 떼거지로 밀려들어온 아무 고등학교 출신의 간판을 내걸고 텃세를 하는 판국에 나 같은 외톨박이 시골 출신으로는 그들과의 친숙한 교류란 엄두도 낼 수 없었다.

그들이 나한테 대하여 외형적이나마 자진하여 호의의 표식을 나타낸 것은 호국단[1]의 운영위원장인가 하는 선출에 있어서 서울의 일류 학교 출신끼리 서로 각축전이 벌어졌을 때 그 매수공작으로 지방 출신을 규합하여 자파로 이끌겠다는 그러한 학내의 미묘한 시기의 일이었다.

이러한 때 평소의 나의 그들에 대한 비굴감 내지 위축감은 반발의 형태로 나타나, 나는 외면적으로 반대나 동의의 표정을 나타낸 일은 없었지만 지방 출신의 입후보자에게 나의 표를 던지고 말았던 것이었다.

M병원 입구의 은행잎 낙엽으로 한 겹 깔린 포도[2]를 걸으면서

나는 자꾸만 그날의 기적 같은 사실을 더듬어보는 것이다.

은행잎처럼 멋진 낙엽은 없다고 나는 생각하여왔다. 봄에 가장 늦게 움이 트는 대신에 가을에 접어들어 서리가 내릴 때까지 가장 늦게 단풍이 드는 나무, 부채마냥 뚜렷한 윤곽에 벌레 자국 하나 없이 탄력을 지닌 잎은 어린이의 뺨을 비비는 듯한 보들보들한 감촉을 주었다. 오렌지색으로 곱게 채색된 잎들은 플라타너스 백양 잎처럼 흐지부지 시시하게 떨어지지 않고, 늦가을까지 힘껏 버티다간 함박눈 오듯이 시원하게 떨어져 마지막 한 잎도 남기지 않고 말끔히 져버리는 것이 깨끗하고 속시원하게 느껴졌다.

그런 은행잎 낙엽을 깔고 앉아 가을의 낙일에 등을 쬐면서 추수기의 고향 사람들을 생각하고 있을 때 과 주임인 T교수의 부름을 받았다.

방학에 시골에서 돌아오자 곧 나는 연구실로 T교수를 찾아가서 나의 과거와 현재의 환경을 상세히 아뢰고 하숙비를 비롯한 학비의 조달책을 논의하였던 것이다.

가정 교사는 어떻겠느냐는 T교수의 질문에 나는 가능한 한 비교적 자유롭게 자기 시간을 활용할 수 있는 방책으로 야간 학관 같은 곳에 강사로 나갔으면 좋겠다는 의견을 말하고, 아울러 가정 교사일 경우에는 침식을 한데서 하기보다 학생이 나의 하숙으로 직접 배우러 올 수 있는 경우를 택하는 것이 피차에 효과적이겠다는 솔직한 의향도 덧붙였다.

그에 대한 T교수의 중간 연락이었다. 야간 직장은 아직 쉬 발견되는 곳이 없고 사정이 급할 테니 우선 아쉬운 대로 드난살이[3] 가정 교사로 들어가 있다가 차차 조건이 좋은 곳으로 옮기면 어떻 겠느냐는 의견이었다.

형편이 점점 각박하여갔던 나는 더 취사선택의 여유도 없이 즉석에서 응낙하고 말았다.

T교수는, 주인이 전공 부문은 다르지만 자기의 대학 동창이라면서, 실업계의 거물로 인품도 좋다는 등 나에게 안도적인 허두를 떼고 나서, 삼 남매에 국민학교 다니는 막둥이 외아들이 그 지도의 중요 대상이고, 위의 딸 둘은 그들의 질문에 응하여주는 정도면 될 것이라는, 말하자면 나의 새로운 아르바이트의 개요를 설명하여주는 것이었다.

T교수의 명함에 적은 주소를 더듬어 큰 대문 앞에 이른 나는 당황하지 않을 수 없었다.

이럴 수도 있을까. 나는 얼굴이 화끈 달아옴을 느꼈다. 서울 장안 그 많은 집들 속에서 하필이면 이 집일까. 나는 보석이 감추어진 비밀 굴의 암호와 행운의 열쇠를 한꺼번에 발견한 것처럼 격한 충동에 사로잡히기까지 했다.

그러나 그것은 극히 순시였고, 이 어마어마한 저택 속의 보잘것없는 고용인이라는 자기 비굴이 더 거세게 자신의 몸뚱이를 휘어감음을 어찌하는 수 없었다. 이 같은 잠재의식은 지금 현재에도 나의 심중에서 완전히 뿌리 빼어진 것은 아니다.

나의 거실로 배정된 정원 동쪽이 구서진 방은 말끔히 치위져 있었다.

나는 나의 소지품 전체에 해당되는 엷은 트렁크만 한 이부자리와 책이 든 보루상자를 옮겨 왔다. 나는 이때까지 사과 궤짝을 책상으로 썼고 책은 한쪽 구석에 그대로 쌓아놓았기 때문에 외형을 갖춘 책상이나 책장이라는 것도 들고 올 만한 것이 없었다.

이미 준비되어 있는 목욕탕에 들어가 혼자 탕 속에서 땀을 흘리면서도 나는 안도인지 불안인지 모를 큰숨을 바투 쉬었다.

사면 타일로 된 목욕탕이나 수세식으로 된 양식 변소나 모든 것이 나에게는 어울리지 않는 것 같은 불안감을 자아내었다.

소변을 보는 데도 처음에는 조심이 갔고 세숫물조차도 큰 소리로 청할 수가 없었다.

이러한 소극성은 시간이 갈수록 차츰 가시어는 갔지만 그러나 그러한 자기 협소증에서 완전히 탈각할 수는 없었다.

빈번히 세탁물을 내놓으라고 독촉을 받고서야 겨우 벽장 구석에 꼬깃꼬깃 틀어박아두었던 땀내 풍기는 내의나 양말 쪽을 내어주면서도 나는 속팬츠만은 끝끝내 목욕할 때 몰래 빨아서 내 방에 걸어 말려서는 그대로 주워 입는 것이었다. 그러므로 이것만은 태양의 직사광선으로 말려지는 때가 거의 없었다.

내가 맡은 이 집 아들 영식은 영리한 편이었으나 책과 마주 앉는 것은 질색이었다. 억지로 붙잡아 앉혀놓으면 얼마 동안 순종하다가는 무슨 구실을 꾸며가지고는 자리를 뜨는 것이었다.

나는 이 아이에 대한 단순한 학과의 가정 교사라기보다는 일종의 훈육 주임[4]을 겸한 꼴이었다.

조숙한 이 아이는 영화관의 출입이 잦았고, 성적이 우수하지 못한 반면에 발표력은 있어, 학교에서의 학예회 사회 같은 것에는 늘 뽑히는 괴벽한[5] 일면이 있었다.

저녁에 자기 전에 물그릇을 들여놓는다든가 공부하는 도중의 밤참으로 과일이나 과자를 가져온다든가 하는 내 방의 심부름은 주로 이 집 작은딸인 영숙이가 맡아 했다.

영숙이는 내가 이 집으로 옮겨 온 첫날부터 명랑한 표정으로 기쁘게 나를 대해주었고 순진하게 어리광도 피웠다.

여학교 2학년인 영숙이는 말하자면 문학소녀여서 그때 주로 소설만을 밤을 새며 읽고 있었다.

저녁 후 정원 못가에 있는 벤치에 나가 앉으면 영숙이는 으레 내 옆에 와서, 선생님은 어느 학교를 다니시느냐, 무엇을 전공하시느냐, 고향은 어디시냐 하는 등, 제 이야기 끝에 간간이 섞어 나의 주변적인 이야기도 묻는 것이었다.

나도 유쾌하게 그를 응대하여주었지만 그는 나에게 이 집의 누구보다도 각별한 친절을 베풀어주었다.

어떤 때는, 선생님 결혼하셨어요, 하고 엉뚱한 질문을 생글생글 웃어가며 슬쩍 던지기도 하고, 그러할 때 내가 고개를 가로저으면, 거짓말, 시골서는 일찍 결혼한다는데요, 하고 깔깔 웃어대기도 했다.

나는 이렇게 말괄량이지만 우리 언니는 참말 얌전해요, 하고는 나의 표정에서 오는 반응을 노리듯이 훑어보기도 하는 것이었다.

이 집 맏딸, 언젠가의 최초의 부딪침에서 내가 심장에 직격탄을 맞은 듯이 충격이 컸던 영희는 내가 처음 이 집으로 옮겨 온 날은 나의 시야에 나타나지 않았다.

이튿날 밤 주인아주머니가 자녀 셋을 응접실에 불러놓고 나에게 차를 권하면서 차례로 그들을 인사시키는 자리에서 나는 영희와 이 집 안에서의 최초의 대면을 하게 되었다. 그는 그 맑은 눈으로 나를 잠깐 쳐다보고는 미소를 머금은 얼굴을 창 쪽으로 돌렸다.

나는 이 집에 들어온 이상 어느 구석에선가 우연히 만나질 것이라고 예측했으면서도 이 자리에서는 약간 당황했음을 고백하지 않을 수 없다. 상대방은 아마도 어제 저녁에 이미 내가 이사 오는 것을 보고 처음에는 의외의 일에 놀랐겠지만 지금쯤은 그런 우연한 사실에 대한 호기심이 가라앉았거나, 그렇지 않으면 나에게 대하여, 내가 지금껏 그에게 대한 관심과는 정반대의 심정에서 태연한 것인지도 모른다고, 나는 내 깐으로의 자유로운 해석을 해보는 것이었다.

시간이 경과되고 한집 안에서 어떤 의미의 한 식구로 자주 만나게 됨에 따라, 나와 그는 서로 목례를 하는 정도의 인사치레는 하였지만 오랫동안 그 이상 서로 말을 건네거나 행동으로 의사가 표시된 일은 거의 없었다.

그러나 나의 가슴속에는 두 가지의 평행되는 상념이 뚜렷하게 공존하여 자리 잡혀가는 것이었다. 그 하나는 영희라는 이성의 그림자가 자꾸만 내 가슴의 깊은 곳으로 파고들어가는 것이었고, 다른 하나는 둘의 현격한 환경적인 조건의 차이에서 오는 비굴감이 내 머릿속에 더 두껍게 차곡히 포개져가는 일이었다.

영숙이는 영어나 수학의 모르는 것이 있으면 서슴지 않고 들고

와서는 물어보고 저녁에 자러 갈 때에는 곧잘 굿바이 써 하고는 영어 회화의 몇 마디를 굴려보기도 하는 것이었다.

그러나 언니 영희는 고등학교 졸업반이어서, 그것도 음악을 전공하겠다는 그의 의사에 어머니도 동조하는 편으로, 노 양옥 이층에 있는 피아노에만 매달려, 나에게는 학과에 대한 단 한 마디의 질문도 가져오는 일이 없었다.

나는 어떤 의미에서는 유쾌하고도 희망에 찬 나날을 보낼 수 있었다. 다만 고향의 내 집과의 대조적인 장면이 떠오를 때만은 문득 찾아들었던 비굴감과 이상야릇한 시기심이 솟구쳐 자기혐오에 빠지게 되는 것이었다.

이런 경우 단 하나의 나의 무기, 요행히도 전통 있는 학교에 적을 두었다는 그 지질찮은⁶ 한 가지가 꺼져가는 나의 최후의 자존심의 방파제로 되어지는 것이기도 했다.

나는 지금도 그때의 나를 멸시하는 적이 있다. 너는 네 마음속에 확실히 너 이상의 무엇을 나타내려고 하는 가식이나 공허한 과장이 있었다고…… 왜 너는 떳떳하게 인간 일대일로서 알몸뚱이를 내대고 자기의 속심대로 떳떳하게 대결하지 못하였는가고……

그러나 그것은 죽음의 아슬아슬한 고비를 몇 번이나 겪고 난, 지금의 나로서의 과만한 비판이지, 오죽해야 남의 집에 들어가 밥 얻어먹고 몇 푼 안 되는 교통비를 얻어 쓰는 정도의 품팔이에 지나지 않는 일을 자존심을 꺾어가면서 치러야 했겠느냐고, 거기에 무슨 떳떳하게 내세울 인간이니 일대일이니 하는 따위가 감히 성립이나 될 것이냐 하고, 스스로의 자위도 하여보는 것이다.

운명이 나에게 지워준 행운의 찬스. 방바닥에 드러누워 높은 천장을 쳐다보면서 나는 이러한 실없는 푸념을 되풀이하기도 했다. 어쩌면 이것은 나의 비굴한 무기력을 채찍질하려는 적극적인 행동으로의 밑받침이 되는 반발이었는지도 모른다.

어쩌다가 찾아오는 친구들은 사실 나더러 행운아라고 떠들어대었다. 나와 같은 농촌 출신인 K는, 너 참 호박 굴러들어왔구나, 너 하나 나 하나 나누자꾸나, 너는 다 익은 걸 택하구 나는 익혀서 먹을게, 하고 험구[7]를 늘어놓기도 했다.

그러나 나는 친구들이 찾아오는 것이 퍽 난처했다. 여럿이 어울려 떠들고 나면 자연히 공부를 지도할 시간이 지연되게 되고, 외설한 음담들이 방약무인으로 흐트러지면 나의 만류쯤은 아랑곳없다는 듯이 더 기세들을 올리고, 저녁상에 여럿이 둘러앉아 자아류[8]의 음식 감상론이 퍼지다간, 결국에는 짓궂게 나의 곤경에 부채질하듯이 나를 억지로 끌고 밖으로 나가는 것이었다.

이러한 때 나의 심리적인 위축은 말할 나위도 없이 극도에 달하거니와, 늦게 돌아와서 대문의 전령[9]을 누를 때의 망설임, 창문을 소리나지 않게 밀고 방에 들어서는 때의 조바심, 그러한 것은 그 경우를 겪어보지 못한 사람에게는 이해될 수 없는 절박한 경지에 놓이는 것이었다.

그 후 나는 방학에도 오래 집에 가 있질 못했다. 입학시험을 앞에 둔 부모의 심정이란 물불을 가리지 않는 것이어서, 늘 아이 옆에 붙어 있어주었으면 하는 심사였고, 나 또한, 이왕이면 보람 있는 성과를 올려야 하겠다는 의무감에서 나의 있는 힘을 다하여 정성을 기울이는 것이었다.

대학에 진학하여 머리 모습이 달라지고, 규격에 얽매인 제복을 벗어버린 영희는 그 육체의 자유로운 선에서 풍기는 감각이 갑자기 더 성숙하여진 것처럼 나에게는 느껴졌다.

졸업이니 입학시험이니 하는 복잡하고도 뒤숭숭한 절차들이 엇갈려 진행되는 동안 나와 영희 사이에는 좀더 친숙할 수 있는 계기가 마련되었었다.

나 자신의 경우에는, 졸업이건 입학이건 그런 것이 하나의 유쾌하고도 축복되는 행사로 맞아지기보다는, 새로운 걱정과 시련이 한 겹씩 더 거세게 내 심신을 들볶는 무거운 짐으로 과해졌지만, 영희의 경우는 그와는 정반대로 하나하나가 즐거움이요 축복이요, 그리고 새로운 행복의 구름다리가 무한히 뻗는 희열로 넘쳐흘렀었다.

나 때에는 공교롭게도 졸업식이 입학시험과 중첩되어 식에 직접 참석도 하지 못하였거니와 합격 발표도 나 혼자만의 즐거움을 속으로 삼켜버리는 수밖에 없는 그러한 얄궂은 형편이었다. 같이 수험한 몇 사람 중에서 간신히 나 혼자만이 합격되었기에 시골서 같이 온 다른 동창들을 보고 위로를 한대야 오히려 주제넘은 일이었고, 그렇다고 나 혼자 함성을 질 수도 없이 그저 난처한 표정으로 그 감격적인 시간을 어리멍덩[10]하게 흘려보내는 수밖에 없었다.

그러나 영희는 졸업을 전후하여 거의 매일같이 동무들과 한데 얼려 쏘다니면서 파티니 축하니 선물이니 하고 극성스러울 정도로 그들 말마따나 젊음을 마음껏 엔조이 하는 것이었다.

합격 발표장에는 그의 가족 전원에 섞여 나도 같이 갔었지만, 발표되는 순간 영희는 체면이고 뭣이고 없이 껑충껑충 뛰면서 모녀가 얼싸안는 것이었고, 온 식구가 소리를 지르며 즐거워했다. 나도 나의 일에 못지않게, 아니 그 이상으로 즐거워서, 저 자신도 모르는 사이에 영희의 어깨를 치면서 기쁨의 환성을 소리 높이 외쳤던 것이다.

말하자면 영희는 비옥한 토양에서 태양열과 영양분을 양껏 받고 스콜"을 맞으면서 자란 싱싱한 파초 같은 것이라면, 나는 척박한 돌각담 속에서 메마르고 짓밟히면서 억지로 비비고 버티어 나온 끈질긴 띠풀 같은 것이라는 생각도 없지 않았다.

이날 저녁 영희의 친구와 함께 어울린 자리에서 나는 그들이 희희낙락하는 모습을 보고, 강물 속에서 유유히 헤엄치는 고기 떼를 어항 속의 외로운 붕어가 내다보는 것 같은 환각마저 일으켜 이방인 같은 나의 고독을 뼈저리게 삼켰던 것이다.

영희 어머니의 나를 아껴주는 고마움은, 그것이 값싼 동정이든 또는 자식과 같은 절실한 애정이든 간에 날이 갈수록 두터워졌고, 물질 면에서의 혜택도 과분할 정도였다. 나는 내의나 양말도 전처럼 꾀죄죄하지 않고 언제든지 말끔한 것으로 갈아입을 여유를 가졌었고, 학자를 비롯한 용돈에도 그렇게 궁하지 않아도 좋았기에 보고 싶은 책들도 한두 권씩 차츰 사들일 수 있었다.

이것은 나의 과도한 아전인수 격의 해석인지는 몰라도 나와 영희와의 관계에 있어서 서로 가깝게 접할 수 있는 기회가 자연스럽게 마련되도록 영희 어머니의 의식적인 노력이 배려되는 것같이 느껴지는 때도 있었다.

여름 방학에 영식이 지도에는 선생님도 함께 따라가셔야 한다고 하여 그들의 별장이 있는 바닷가로 함께 피서를 가게 하였고, 그러한 자연환경에서 서로의 심리가 평시보다 활달하여지고 야성적이 되기 쉬운 지대에서의 숨김없는 얼마 동안의 공동생활은, 영희와 나와의 인간관계를 훨씬 접근시키는 계기가 되기도 했다.

이제 나는 영희의 이름을 자유롭게 부를 수 있고, 영희도 해수욕복 그대로의 몸가짐으로 내 옆에서 아무 거리낌 없이 서로의 이야기를 주고받게끔 되었다.

이러한 계기가 거듭되고 시간이 흘러갈수록 나의 영희에 대한 정은 종래의 편벽된 결벽성의 아성을 조금씩 무너뜨리고 자꾸만 영희에게로 접근해가는 것이었고, 한편 영희의 언행에서, 그가 나에게 대하여 지니고 있는 호감을 어느 정도 직감하게도 되어지는 것을 부인할 수 없었다. 점차 내 가슴속에 용솟음치는 감정을 제어할 수 없어, 그와의 결혼 가능의 최단 거리를 모색하여보기도 하는 것이었다.

이 시기부터 영희에 대한 나의 감정은 단순한 호감이 아니라 분명 강렬한 애정이라는 것을 나는 기의 단정하면서도 그것을 외면으로 솔직하게 표현하지는 못했었다.

나는 차츰 혼자서의 내적 번민을 일으키기 시작했다. 이러한 번민의 도가 거세어지면 질수록 이미 잠재하고 있는 비굴감은 그 몇 갑절로 나의 의욕을 반대 방향으로 억압하고, 결국에 가서는 나의 의사 표시가 상대자의 거역으로 실패로 돌아갈 때의 자존심의 파멸에 대한 최악의 경우의 격심한 충격까지도 예기하게 되어, 그러한 상상은 나 자신을 위축과 공포의 도가니로 더욱 휘몰아넣는 것이었다.

앞으로 헤쳐나갈 인생의 모든 거센 물결에 대한 투지는 나의 결의를 더욱 공고히 하여주는 것이었지만, 영희와의 애정 문제에 관한 한 나의 용기와 의욕은 자꾸만 소극적으로 비꼬아져가는 것이었다.

삼월은 나에게 있어서는 액운의 달이었다.

영식의 입학시험이 목전에 박두했다. 학교 선택에 있어서 나는 나대로의 견해를 가졌지만 그것은 거의 용납되지 않았다. 영식의 실력을 누구보다도 잘 아는 것은 나라고 나는 스스로 자처하여도 좋았다. 나는 일 년 반이나 그와 침식을 같이하고, 하루의 삼분지 일에 가까운 시간은 그와 마주 앉아 담판 씨름 같은 대결을 하지 않으면 안 되었으니까……

그러나 부모들은 그들의 생각대로 거의 나의 의견은 도외시하고, 아니 담임 선생의 충고까지도 묵살하고, 학교 측의 진학 계획에 거역하여 원서를 제출했었다. 물론 그러한 경위에 이르기까지에는 최악의 경우에 금력으로 치르는 보결[12]의 뒷구멍까지 계산에 넣었다는 것을 나는 모르는 바 아니었지만 나로서는 괴롭기 짝이 없는 일이었다.

중간 경로는 어떻게 되었든, 지금껏 아이의 성적이 그 정도밖에 되지 못하였다는 태반의 책임은 결과적으로는 무조건 내가 혼자서 지지 않으면 안 되게 되었으니만큼 나는 끝끝내 우겨대는 수가 없었다.

다만 나는 그동안의 나의 노력이 아이에게 반영된 결과가 너무도 미미함에 대하여 자책감에 휩싸여 혼자 안타까워할 따름이었다.

설령 최후에 어떤 비상수단을 써서 보결 구멍을 찾아낸다 하여도 일차에서 합격되지 못하는 경우 그 모든 책임은 나한테 돌아올 수밖에 없는 일이었다.

그러나 나는 하는 수 없이 그들 가족에 휩싸여 요행을 바라는 비겁한 대열에 서지 않을 수 없었다.

시험에서 발표 사이의 얼마 동안 나는 거의 안정된 잠을 이루지 못하였다.

발표 날이 왔다. 방이 나붙는 시간 내가 시험을 치고 그 하회[13]를 기다리는 것보다 더 초조했었다.

그러나 기적은 이루어지지 않았다. 나의 예기대로 영식이는 불합격되었다. 이 시각에 있어서의 나의 초라한 꼴이란 단두대를 향하여 걸어가고 있는 사형수 그것이었다.

영식이는 울고 있었고, 어린애를 달래는 그의 어머니의 눈 가장자리도 젖어 있었다. 나는 그들을 똑바로 바라볼 수 없었다. 영식이를 위로할 방법도 없었다. 오히려 나 자신이 누구에게라도 부축되어 꺼져가는 듯한 내 심신을 의지하고 싶었다.

아무리 눈을 비비고 명단 속의 번호를 다시 찾아보아야 영식의 번호는 없다. 확실히 꿈이 아니라 현실이다.

나는 몰매를 얻어맞고 발가벗겨져 한길 복판에 내던져진 것만 같은 아찔한 심정에서 몸 가눌 바를 몰랐다.

그런 시각에도 나는 뒤에서 나의 초라한 모습을 응시하고 있을 영희의 시선을 척수에서 의식하는 것이었다. 영희에 대하여 으쓱하게 과시할 수 있는 개선장군 같은 절호의 기회를 나는 박탈당하고 무자비하게 그들에게 짓밟히고 있는 것이다.

그들이 초상집 상주들의 대열처럼 맥이 풀려 교문 쪽으로 돌아섰을 때 나는 날갯죽지가 떨어져 흙탕물에 젖은 병아리 시늉으로 그들을 따르는 수밖에 없었다.

병동 복도에서 풍겨지는 약냄새가 매캐하게 코를 찌른다.

내 머리에는 내가 어깨에 관통상을 입고, 일 년 가까이 입원하였던 육군 병원의 인상이 후각을 거쳐 되살아온다.

나는 영식의 합격 발표되던 날 저녁 그 집 식구들의 만류에도 불구하고 오죽잖은 내 보따리를 꾸려가지고 변변한 인사치레도 하지 못한 채 그 어마어마한 대문을 아주 나와버렸었다.

며칠 후 나는 징집영장을 받았다. 다른 친구들은 연기 신청 수속으로 분주하게 뛰어다니기도 하고, 연기 기간이 만료된 사람은 숨어서 집 밖으로 나오지 못하기도 하였지만, 나는 운동 시합이라도 나가듯이 담담한 기분으로 입대했었다.

그때의 나의 심정으로는, 그렇게라도 하여 그 절박한 경지에서 무슨 탈출구를 발견하여야만 견딜 것 같은 그런 자의식에 억압되어 있었던 것이다.

일선에 배치된 이후 전투는 소강상태였으나 시간에 쫓기다시피 하는 나날의 근무에 심신이 피로하여 나는 다른 잡념을 가질 겨를이 없었다.

나는 자기 자신의 속죄 의식 같은 강박관념에 사로잡혀 어떠한 힘든 일에도 자진 선두에 서서 내 육신을 아끼지 않았다. 이것은 어떤 면으로 보면 나 자신에 대한 자기 학대의 시초였는지도 모른다.

간혹 자유로운 틈이 생겨 양지바른 관목 사이에 누워 지난 일을 거슬러 올라가다가 그 육중한 대문 안에서의 최후 국면이 떠오르면, 전신의 피가 역류하는 것 같은 섬찟함을 느끼며 가벼운 경련으로 몸을 떠는 것이었다.

비단 이런 경우뿐이 아니라, 나의 이십수 년의 과거를 더듬어 올라갈 때 아름다운 추억이란 거의 찾을 길 없고, 모두가 험악한 가시밭에서 힘에 겨운 억지의 몸부림을 지속하여온 영상만이 단속(斷續)되어, 그러한 회상들이 쓰디쓰고 불쾌하여 등줄기에 한 기가 서리는 것이었다.

추억은 아름다운 것이라고 하나 나에게는 모든 것이 간난의 역정, 고투의 불연속선 그것이어서 징글맞은 구역질이 솟구칠 뿐이다.

무모한 자학, 이런 것으로 쓰디쓴 추억은 메워질 수 없었다. 그 후 나는 격렬한 전투에서 여러 번 사경을 넘었으나 결국 부상을 입고 왼쪽 어깨에 파편이 남아 있는 대로 육군 병원에 후송되었다.

지루할 정도의 입원 기간을 통하여 나의 비굴감은 좀더 떳떳한 각도로 풀려져가기 시작했다.

부드러워지고 약하여지는 감정의 틈을 타서 센티한 애수는 조금씩 침식하여 드는 것이었다.

나는 오래도록 나 혼자만의 자물쇠 속에 폐쇄하였던 열등감의 문을 열어젖히고 영희에게 편지를 썼다. 한 분위기에서 일 년 이상 지내면서도 단 한 번 나는 너를 좋아한다거나 사랑한다는 의사 표시를 하지 못하였던 그 영희에게 말이다.

이때까지도 내 마음속에 간직되었던 영희에 대한 애착은 미라 모양 변하지 않고, 오히려 더 순결한 애정으로 결정이 되어 엉기고 있는 것이었다.

이제 퇴원하여도 좋다는 의사의 확인을 받은 얼마 후였다.

나는 처음으로 내 가슴에 사무친 사랑이라는 말을 이성에게 토로할 기회를 가졌고, 그것은 모든 계산을 초월한 순정의 발로이기도 했었다.

그러나 얼마 후 나에게 찾아온 답장은 영희의 것이 아니라 동생 영숙의 필적이었다.

어머니도 언니도 자기도 무심히 떠나간 나의 행방을 찾았다는 것, 영식이는 보결로 입학이 되어 학교를 잘 다니고 있으나, 아버지가 뇌일혈로 갑자기 세상을 떠나 말이 아니라는 것, 언니는 지난가을에 결혼하였다는 것, 그리고 끝으로 자기는 몸이 약하여 휴양 중이며 선생님이 몹시 보고 싶어 기회를 보아 면회를 가겠다는 사연이 적혀 있었다.

나는 그 편지를 몇 번이고 돌쳐 읽으면서 그 육중한 대문 안도 내가 있던 그 시절이 최절정이었나 하는 회고적인 감개에 잠기었다.

그러나 영희에 대한 나의 은폐되었던 미련은 좀처럼 가셔지지 않는 것이었다.

'면회 사절 주치의'

병실 도어 앞에서 나는 발을 멈추었다. 환자의 중태가 더욱 거세게 직감되어왔다. 영숙이 어머니는 담당 의사의 양해를 구하러 갔다. 나는 도어 옆 흰 벽에 꽂혀 있는 김영숙이라는 검은 나무쪽의 환자 명패를 바라보면서, 내가 제대 직후 우연히도 노상에서 만났던 때의 영숙이의 모습을 더듬어본다.

나와 영숙이는 거의 같은 찰나에 서로의 얼굴을 알아볼 수 있었다. 영숙이도 머리며 몸매가 많이 변하였지만 나는 아직 제대할 때에 입고 온 낡은 군복을 그대로 걸쳤으므로 그러한 몰골에 눈익지 않은 사람으로는 알아보기 힘든 차림이었지만 영숙이는 쉬 나를 알아차렸다.

아, 박 선생님 어쩌문…… 그는 주위의 사람들이 돌아볼 정도로 큰 소리를 외치며 경이에 찬 눈동자로 나를 보고 반가워했다.

그러나 그때 이미 그의 얼굴에는 씻기 힘든 짙은 병색이 뿌리박혀 있음을, 나는 그 반기는 얼굴 속에서도 첫눈에 놓칠 수 없었다.

둘은 함께 차에서 내렸다. 나는 영숙이 이끄는 대로 사양도 거부도 하지 않고 그를 따라 걸었다.

그러나 그 육중한 대문 앞에 다다랐을 때 나는 순간 가위에 눌릴 때처럼 첫날의 그 중압감에 억눌리던 역겨운 악몽을 다시 곱씹는 것이었다.

가꾸지 않은 넓은 정원에는 잡초가 우거졌고, 한쪽 귀퉁이가 무너진 놀담도 임시변통으로 시멘트 땜질을 하여 황폐한 인상을 주었다. 사철 깔끔히 손질을 하던 향나무 전나무 등 상록수도 자라는 대로 내팽개쳐 제멋대로 통로를 가로막아, 기둥이 될 주인을 잃은 저택은 고궁같이 쓸쓸했다.

나는 못가의 페인트가 퇴색한 벤치에 걸터앉아 나대로의 상념에 잠기면서 영숙이의 이야기를 듣는 것이었다.

언니는 미쳤어요. 응? 하고 나는 반문했다. 정신 이상으로 죽었어요. 나는 담담히 앉아서 들을 수가 없었다. 왜? 하고 몸을 돌이키며 영숙이의 눈동자를 쏘아보았다.

그는 비탄에 어린 큰 한숨을 내쉬었다. 왜 하고 나는 다시 되쳐물었다. 그는 침을 꿀꺽 삼키고 나서, 어쩌면 그 책임은 선생님께도 조금은 있을는지 몰라요. 나를 쏘아보는 영숙의 눈동자는 차갑게 흐려 있었다.

언니는 미국 유학을 하고 돌아온 의사와 결혼했어요. 졸업한 후에 천천히 하겠다고 버티었지만, 아버지가 여자의 혼기란 시기가 있는 것이니까 적당한 혼처가 나섰을 때 기회를 놓치면 안 된다고 우겨댔어요. 가문도 좋고, 자립할 능력도 있고, 당사자도 좋으니까 이럴 때 해야 된다고요……

가문, 자립, 능력, 이러한 어휘들은 가시 끝으로 속속들이 내 머리를 찌르는 것이었다. 이제 모든 문을 다 열어놓았다고 생각되었던 내 열등감은 이러한 때 또 한 번 감추었던 머리를 치켜드는 것이었다.

그러나 형부는 미국에 있을 때 교제한 사람이 있었나 봐요. 그 사람이 혼인 후에 찾아왔어요. 그 중간에 복잡했던 건 다 얘기하고 싶잖아요. 오랫동안 누워서 신음하던 언니는 첫애기를 낳고 정신 이상이 됐어요. 그리하여 뇌병원에 입원하였다가 발광하여 세상을 떠났어요……

나는 묵묵히 듣고만 있었다. 이러한 때 무어라고 대꾸할 말이 없었다. 나와 영희와의 관계란 다만 마음속의 영상이지 아무것도 제시할 물적 증거는 없다. 다만 있다면 그것은 내가 병원에 입원 중에 발신하였던 편지 한 장 그것뿐이다. 그것도 결혼한 후였다니까. 다만 아까 영숙의 말대로 나도 영희의 죽음에 대하여 얼마간의 책임을 분담하여야 한다면 그 속에 담은 나의 고백이 영희의 발광을 촉진하는 하나의 소인이 되었다는 말일까?

미치고 나서도 가끔 제정신으로 돌아오는 때가 있었어요. 그런 때는 선생님의 이야기를 했어요. 그렇게 무심하게 떠나버리는 일이 어딨느냐고요. 자기에게는 시간의 흐름이 필요했던 것이라고요……

나는 연못에 조약돌을 던졌다. 퐁당 하고 물방울이 튀었다. 예전에 맑갛던 물은 검푸르게 흐려서 전연 바닥이 들여다보이지 않았다. 그렇게 많던 금붕어는 다 어디로 사라졌는지, 전면을 덮은 뜬풀[14]과 물때로 찾아볼 길이 없다.

허지만 언니보다 제가 선생님을 더 좋아했는지도 몰라요……
영숙이는 말끝을 웃음으로 흐렸지만, 눈 가장자리에는 엷은 애수
가 스치고 있었다. 나는 영숙이를 건너다보면서 덤덤하게 멋쩍은
웃음을 웃었다. 사실 나에게는 이러한 말들이 예전처럼 큰 충격
을 줄 수는 없었다. 거센 고비를 너무도 겪은 나의 가슴은 녹슨
철판으로 가려져 있는 것이었다.

다만 나에게는 핏기 없는 영숙의 얼굴빛에서 느껴지는 불안감
이 자꾸만 불길한 예감만을 자아내게 하는 것이었다.

어른 같은 소리 말고 영숙이는 자기 건강에나 조심을 해야
지…… 나로선 제법 어른다운 훈시를 하지만, 나 자신도 지금 현
재 스스로의 막연한 불안에서 완전히 헤어나지 못하고 있는 것
이다.

언니는 결국 자기 손으로 목숨을 끊었지만, 저는 그런 비굴한
짓은 하잖아요. 끝끝내 살래요…… 선생님, 그렇잖아요? 나는 대
답할 말을 잃었다. 지금의 나에게 영숙이의 건강을 회복시킬 무
슨 복안이나 능력이 있는 것인가. 그래 굳세게 살아야지. 나는 지
극히 막연한 한마디 인사조의 대꾸를 하고 말았다.

선생님만 계셔주시면 저는 살아요. 나는 병이 쇠약하여진 환자
의 감상으로 받아넘기고 될수록 그의 신경을 자극할 만한 말을
쓰지 않았다. 다만 아직도 이 꾀죄죄한 나에게 예전 맨 첫날과 다
름없이 각별한 호의를 가져주는 영숙이의 때 묻지 않은 순정이
고마웠다.

영숙이 어머니가 의사를 모시고 병실 도어 앞으로 돌아왔다.

절대로 흥분되는 대화를 삼가시오. 의사는 내 얼굴을 힐끗 보고는 앞장을 서서 병실로 들어섰고 나는 맨 나중에 따라섰다.

침대에 반듯이 누워 있는 환자는 발자국 소리에 눈을 떴다.

움푹 파인 눈언저리는 맥이 풀려 주름이 갔지만, 그 속에 담겨 있는 눈동자는 나를 보는 순간 확대되어 광채를 띠었다.

나는 이불깃 위에 내던지듯이 올려놓은 가느다란 영숙이의 손을 내 손으로 꼭 쥐고, 다른 한 손으로 그의 눈귀로 굴러떨어지는 눈물 자국을 닦으면서, 아까 그의 어머니가 나를 찾아와서 죽기 전에 꼭 한 번만 선생님을 뵈었으면 좋겠다고 하더라는 말을 생각하여본다.

환자도 흥분되었고 나도 격하였다. 나는 환자를 흥분시키지 말라던 의사의 주의를 그제야 되새기면서 살며시 쥐었던 손을 놓았다. 얼마 동안 영숙이도 말이 없고 나도 말이 없었다.

의사가 희망이 없다는 최후 선고를 내렸다는 것이 믿어지지 않는다. 끝끝내 살겠다고 하던 영숙의 의지가 그 육신을 버티어 지탱하고 있는 한 영숙이는 절대로 죽지 않을 것이라고 나는 확신하여본다.

선생님 고마워요. 입술만을 오물거리는 모기 같은 소리다. 나는 괴어 오르는 눈물을 참을 길이 없다. 간질긴길한 눈까풀을 꽉 감았다 떴다. 눈물방울이 영숙이 손등에 떨어졌다. 이 긴박한 자리에서 무엇이라 줄 말이 없다.

의사의 말대로 한다면 심장의 고동이 이십사 시간을 지탱해낼 것 같지 않다는 것이라고 한다. 만약 그대로 믿는다면 마지막 시간이 될지도 모르는 이 숨 가쁜 고비에서 나는 그에게 과연 무슨 말이나 행동을 표시할 수 있는 것일까. 다만 그를 살리는 길이 있다면…… 그러나 나에게는 아무 능력도 없다. 아무 걱정 말고 안심하고 누워 있어요. 선생님 말씀이 차츰 좋아진다는데…… 기껏 이런 말을 하다니, 이게 무슨 맥 빠진 허위의 잠꼬대인가, 라고 나는 자신을 나무랐지만 그 이상의 아무것도 찾아낼 길이 없다.

저는 선생님이 정말 좋아요…… 나는 묵묵했다. 나도…… 하는 대답을 못 했다.

나는 영숙이의 죽음을 앞에 둔 이 절박한 시간에도 나 자신의 비굴한 자기 테두리에서 벗어나지 못하는 것인가.

아직 눈물 자국이 번질거리는 영숙이의 여윈 뺨에 나는 찬 이마를 대었다.

갑자기 참았던 울음이 왈칵 치밀어 올라왔다. 걷잡을 수 없다. 나는 영숙이를 위해 우는 것이 아니라, 나를 위해 우는 것임에 틀림없다.

육중한 대문 속에서 생겼던 가지가지의 일, 아니 내 지금까지 살아온 과거의 축도가 한꺼번에 물밀어오는 것이다.

나는 체면도 염치도 없이 목 놓아 통곡하고 있다. 그것은 영회의 혼을 부르는 울음도 아니요, 영숙이를 안타까워 우는 눈물도 아니다. 다만 자기 자신의 줏대 없는 왜소하고도 소극적인 자기 비굴에 대한 나 스스로의 새로운 넋을 부르는 통곡임에 틀림없는 것이다.

나는 아직도 스스로의 무덤에 항거하여 새로운 의지와 행동을
마련할 흘러간 역사에 대한 최후의 호곡(號哭)을 하는 것이다.

면허장 免許狀

울타리 밑에 개나리가 한두 송이, 비 온 뒤의 물기를 머금고 노랗게 봉오리를 벌렸다. 마치 새봄의 화사한 교향악의 서곡이라도 장식하려는 것만 같다.

꽃과 더불어 흘러간 일들이 되살아온다. 현숙(賢淑)은 그 격심한 경쟁률 속에서도 대학의 새로운 배지[徽章]를 달고 의기양양하던 감격이 불현듯 벅차오름을 느꼈다.

그럴수록 가슴속의 공허는 더욱 그 구멍이 커지는 것만 같았다.

목욕탕에서 돌아온 현숙은 경대에 마주 앉고 있다.

머릿속은 여전히 개운하지 않다. 좌우로 머리를 흔들어본다. 골속이 흔들리지는 않으나, 텁텁한 기분은 도무지 가라앉질 않는다.

간밤 수면 부족의 탓도 있겠지만, 그보다도 어저께의 일이 머릿속에 감아붙어 헝클어진 실뭉치가 꽉 차 있듯 헷갈리는 답답증을 가셔낼 수가 없다.

1

곰곰이 따져보아야 약학과(藥學科)를 전공으로 택했던 것은, 어머니의 권유에 순종했던 결과만은 아닌 것 같다. 확실히 선택의 결과는 너무 공리적(功利的)이었음에 틀림없다. 그 책임은 또한 자신에게로 돌릴 수밖에 없는 것이라는 생각도 곁들었다.

대학 지원을 앞두고, 자기는 얼마나 남몰래 고민하여왔던 것인가…… 어쩌면, 남자들과 한자리에 얼려 똑같은 조건 속에서 여자라는 핸디캡 없이 서로 겨루어보겠다는 부질없는 경쟁심이 선행(先行)하였는지도 모를 일이다.

과외 공부를 마치고 난 현숙은 영희(英喜)와 함께 교문을 나섰다. 찬 바람이 목덜미를 스쳐 지나간다. 며칠 후면 겨울 방학이 시작된다지만, 그런 것에 관심을 돌릴 겨를도 없이 마음속은 조바심으로 설레었다.

"얘, 현숙아……"

나란히 걷고 있던 영희가 현숙을 건너다보며 말문을 열었다.

"응……"

현숙은 대답과 동시에 고개를 영희 쪽으로 돌렸다.

"넌 대체 무슨 과(科)를 할 테냐?"

"뭐 말이냐?"

현숙은 영희의 말을 알아듣지 못한 것은 아니면서 일부러 능청을 부려보았다.

"애두, 어느 과를 지원하겠냐 말이야?"

"응, 그거……"

"그거가 다 뭐야. 뻔히 알면서두……"

"글쎄……"

빤히 쳐다보는 영희의 눈동자를 바라보면서, 사실 현숙이로선 즉석에서 똑 잘라 대답할 답변을 마련하지 못하고 있었다.

"기어코 약학과를 할래?"

"아직은, 몰라."

"그럼?"

"좀더 생각해봐야겠어."

"음, 아직 심사숙고의 단계에 있단 말씀이군."

"그런 것도 아니지만……"

"그럼 입학시험이 다 끝난 다음에 정할 작정이야?"

"애두, 넌 늘 빈정대기만 하니."

싱글벙글하는 영희를 건너다보면서 현숙은 일부러 눈을 흘겼다.

"그걸 가지구 큰 비밀이나 되는 것처럼 감추니까 그렇지."

"감추기는 누가 감춰…… 넌 어디로 했니?"

"내가 체육과(體育科)를 간다는 건 온 반 안이 다 알고 있는 건데, 뭐……"

"참, 그랬던가……"

그제야 현숙은 얼마 전 담임 선생이 물으실 때 체육과라고 대답하던 일이 생각났다.

"그렇게 힘들이면서 대학 공부를 해선 뭐허니?"

"그럼……"

"여자에게는 그저 대학이 해방의 마지막 시절이야. 어차피 시집만 가면 고생 구멍이 훤한걸."

"하지만, 놀자구만 대학을 갈 수 있니?"

"그야 생각할 나름이지…… 재학 중에 우등을 하구, 무슨 상을 타구, 장안이 법석하던 우리 언니두 시집가고 나니 별수 없더라. 집 안에 틀어박혀 어린애 기저귀 주무르기는 매한가지구……"

현숙은 아무 대답할 말이 없었다. 영희의 현실적인 논법(論法)이 수긍되지 않는 바도 아니지만, 그러한 관점 한 가지로 모든 척도(尺度)를 삼을 수만은 없을 것 같았다.

"체육과에 들어가 율동이나 하구 춤이나 실컷 추다가 쓸 만한 놈팽이나 얻어걸려 시집가면 그만이지…… 그 다음부터 다 뻔한 코스야."

영희는 말뚱히 쳐다보며, 내 주장이 어떠냐는, 마치 동의를 구하는 듯한 표정을 짓고 있다.

"글쎄 그것도 살아가는 한 방법이겠지만……"

"하기야 너 같은 수재의 갈 길이야 따로 마련돼 있지 않겠니……"

영희의 말속에는 얼마간의 비꼬임이 섞였다고 현숙에게는 느껴졌다.

현숙은 낮에 담임 선생인 심(沈) 선생이 하시던 말을 되새기고 있다.

"어때, 인젠 결정됐어?"

"아니요, 아직도……"

"뭘 그렇게 주저하구만 있어."

"오늘 다시 집에 가 상의해봐야겠어요."

"글쎄 상의하는 것도 좋지만, 본인의 의사는 어떤가 말이야?"

"저, 자신으로도 아직 명확한 방향을 세우지 못했어요."

"시원 마감도 임박했는데, 아직도 머뭇거리고 있으면 어떻게 해."

"저, 선생님 생각은 어떠세요?"

현숙은 긴장됐던 기분을 늦추면서 선생님의 입술을 지키고 있다.

김 선생은 현숙의 얼굴을 훑듯이 말끄러미 쳐다보다가 입을 열었다.

"현숙의 경우같이 특별히 뛰어나는 특질이 없이 모든 과목이 평균적으로 좋은 경우가 전공(專攻)을 가려내기 가장 힘들단 말이야……"

현숙은 묵묵히 듣고만 있다. 김 선생은 담배 한 모금을 길게 빨고 나서 다시 말을 이었다.

"어때, 그 속에서도 비교적 소질이 엿보이는 문학을 전공하면?"

김 선생은 현숙의 의향을 기다리며 말끔히 쳐다보고 있다.

"글쎄요……"

맥 빠진 이런 대답밖에 나오지 않았다. 그밖에 단안을 내릴 만한 자기 마음의 준비가 되어 있지 않기도 하였기 때문이었다.

"아무튼 집에 가서 상의도 하고 본인으로도 잘 생각해봐요. 누가 뭐라 해도 본인의 의사가 가장 중요한 것이니까……"

"네, 알겠어요."

"창창한 앞길이야 쉬 예단할 수는 없지만, 우선 소질이 좀 나은 쪽으로 택하는 것이 가장 무난할 거야."

복도로 걸어 나오면서도 현숙은 도무지 마음의 갈피를 잡을 수 없었다.

그러나, 한평생을 세속적인 명리(名利) 영달(榮達)에 초탈(超脫)하여 자기의 자존(自尊)을 고수하면서 문필 생활을 일관하여 온 아버지의 말년에서 받은 바 충격이 너무나 컸기에 현숙으로서는 선생님의 권유에 그대로 추종할 수만은 없다는 생각이 들었다.

경제적인 부담 능력에 꿀려서 어머니의 승강이질 앞에 가장(家長)으로서의 체모마저 유지될 수 없는 아버지, 그 아버지의 현실적인 생활상을 뼈저리게 느끼며 목격해오지 않았던가.

이제는 자기 깐의 세상을 보는 안목(眼目)이 어느 정도 기준이 서간다고 스스로 자부하고 있는 현숙으로서는, 이제 다시 계속하여 아버지의 전철을 밟고 싶지 않았다.

어머니 또한 그러한 세습적인 상속은 이제 진절머리가 난다는 듯한 태도가 거의 노골화되어가고 있지 않은가. 그보다도 혼자서 자활(自活)할 수 있는 실리적(實利的)인 과를 택하라는 어머니의 생각도 일리가 없는 바는 아니라는 생각이 들기도 했다.

2

집에 돌아온 현숙은 아버지와 어머니 앞에서 최종 결정을 내리려고 마음먹었다.

"아버지……"

"응……"

아버지는 보고 있던 석간신문에서 눈을 돌리며 이쪽을 건너다
보고 있다.

"저, 학교에서 지망 학과를 빨리 결정하라는데……"

"글쎄, 네 생각은 어떠냐?"

"제가 뭘 알아요."

현숙으로서는 우선 이렇게 대답하는 수밖에 없었다.

"너, 엄마는 뭐라든?"

"어머니……"

현숙은 아버지 물음에는 곧장 대답을 하지 않고 옆방에 있는 어
머니를 불렀다.

"왜들 갑자기 호출이냐."

어머니는 방으로 들어서며 남편과 딸을 번갈아 둘러보고 있다.

"어머니, 나 대학 어디로 가면 좋아?"

"글쎄, 그런 건 너 아버지더러 의논하렴."

어머니는 아버지의 눈치를 살피면서 자리에 앉았다.

"모두, 서루 미루기만 하면 어떻게 해. 내일까지 꼭 결정지으라
는데……"

"대체 너 담임 선생은 뭐라 하시든?"

어머니가 먼저 물었다.

"문과(文科)를 하면 어떠냐구요."

"글쎄, 그것도 괜찮겠다만, 그건 선천적 재질을 타고나야만 한다. 노력도 노력이지만……"

"애, 그런 궁상 띤 소리 좀 작작해라."

아버지의 말에, 어머니가 거센 목소리로 불쑥 사이에 끼어들었다.

"괜한 소리……"

"괜한 소리긴…… 그래 기집애가 할 일 없어 제 애비같이 허구헌 날 그 바둑판 같은 원고지만 메꾸어가겠니, 누구 하나 장하다는 사람도 없이……"

"이 사람은 척하면, 왜 그 죄 없는 원고지만 들구 나서는 거요."

아버지는 시무룩해서 신문을 뒤적이며 어머니 쪽은 보지도 않고 말한다.

"그저 자식새끼 굶어 죽이게 꼭 알맞지."

어머니는 발끈 상기되어 대꾸를 하고 있다.

"사람두…… 그래 이 집에서 누가 길거리에 나앉게 됐어?"

"에구, 그저 깡통 차지 않은 것만도 다행이지……"

"또 저런 밥버러지 같은 소리를……"

어머니와 아버지의 대화를 들으면서 현숙은 그 새에 끼여 어쩔 바를 몰라 했다.

"애, 여자란 별수 없느니라."

아버지는 현숙이를 바라다보며 말을 또박또박 이어갔다.

"시집만 가면 남편 덕으로 먹고살아야지 그래도 아무개의 부인이랄 때가 여자로선 행복할 수 있는 거야……"

"에이구, 선화당 서겠소."

아버지는 어머니의 옆 찌르는 말은 듣는 둥 마는 둥 말을 계속했다.

"그저, 누구의 남편이라고 부인 위주의 가정이 된다면, 남 보기엔 허울좋아도 집안 살림이란 엉망이 되기 일쑤고…… 그나 그뿐인가, 남편이란 주눅이 들어 제구실도 바루 못하게 되면 빛 좋은 개살구처럼 겉만 빈지르르하고 안속은 엉망이 되기 일쑤란 말이야. 봐라, 신문에도 가끔 나지 않니……"

"얘, 느 아버지 생각은 이젠 아주 낡아빠진 구식이다. 요샌 부부간이 같이 벌어서 서로들 잘살기만 하드라…… 여자도 이젠 자활할 수 있는 기술 하나씩은 배워둬야지."

"글쎄 주부는 역시 집 안에 있어야 한대두……"

"당신, 그런 호랑이 담배 먹던 때 이야기 좀 작작 해요…… 여자두 밖에 나가 활동을 해야지……"

"그게 바루 집안 망치는 시초라니까……"

"망치긴…… 그래두 집 안에 틀어백혀 골골 창자를 쥐어짜는 것보담야 낫지."

"음……"

아버지는 큰기침을 하며 돌아앉는다. 그러나 어머니는 조금도 양보가 없다.

"얘, 그저 아무 말두 말구, 약학과를 해서 면허장(免許狀) 하나라두 타놓아라…… 바쁜 목에라도 써먹게……"

"글쎄, 너 모녀 생각대로들 해라만, 여자란 남들이 보통 하는 가정과(家政科)나 택하여 대학 맛이나 보다가, 재학 중에라도 좋은 혼처가 있으면 결혼하는 게 그저 상책이니라."

"에구, 그 고생살이를 그렇게 일찍 시키면 뭐하겠수. 시집가는
날부터 그 꼴인데……"

"그럼, 평생 데리구 있구려……"

아버지는 참다못해 농이 어린 웃음을 터뜨리고야 만다.

"그럴 수도 없지만……"

어머니도 그 이상 더 버티어나가지는 못하는 것만 같다.

현숙은, 아버지나 어머니가 다 한국 여성이 처한 현실적 조건을
몸소 체득하고 거기서 우러나는 의견을 얘기하는 것이라고 느껴
졌다.

그러나 어찌 보면 아버지는 기성 생활의 타성을 이어받은 소극
적인 생각이고, 거기 비하면 어머니는 현대적인 직업여성을 가장
이해할 수 있는 적극적이고도 실용적인 의견을 가지고 있다는 생
각이 없지 않았다.

아무튼 이러한 집안에서의 상반되는 양친의 견해에다 자기로서
의 생에 대한 자세라 할까, 적어도 자기 삶의 미래의 지표를 냉철
히 응시하는 계산이 종합된 현명한 답으로 채택된 것이, 지원 마
지막 날에 입학 원서에 기록된 약학과의 전공 선택이었다.

현숙이도 자기 나이 또래의 다른 친구들이 예사로 하는 것처럼,
재학 중의 혼담에는 일절 귀를 기울이지 않았다.

아버지의 친구가 어쩌다가 농조로 좋은 신랑감이 있다는 이야
기를 집안 식구의 분위기에서 예사롭게 끄집어내어도 아랑곳하지
않았다.

오히려 그 혼담이라는 것을 마치 불순하고 추잡한 일같이만 여기어, 어떤 때는 내심 모욕감과 더불어 혐오증까지 느껴가며 반발하였던 것이다.

그만큼 결혼이라는 것이 당시의 자기로는 직접적인 연관성을 가진 절박한 것으로는 여겨지지 않았었다. 동창생 중 누가 약혼을 하였다 해도 그저 그렇거니 하고 남의 일처럼 한쪽 귀로 흘려보냈던 것이다.

또한 그러한 태도가 고고하고 자랑스럽게만 여겨지기도 했었다.

어머니처럼, 그 시절에는 여자로서는 드물게 다닌다는 전문학교를 졸업하고도, 자기의 전공이나 기능은 살릴 길 없이 남편의 시중을 들고 자식들의 치다꺼리에 얽매이고, 극단으로 말하면 거의 노예처럼 집안 살림을 꾸려가는 데 혹사되어 심신이 지쳐가는 것을 보면, 결혼이라는 데 대한 염증마저 솟구치는 것이었다.

그러나 현숙의 마음속에도 시간의 흐름에 따라 변화가 일어나기 시작했다.

아버지 말대로, 결혼이란 반드시 하여야 할 것인가, 결혼을 하지 않고서는 살 수 없는 것일까, 그러한 문제와 대결하여 적극적으로 생각하게 된 것은 대학 졸업 이후의 일이었다.

3

자기가 좋다고 택하여 들어간 대학이지만, 학창 생활의 환희를 마음껏 느낄 수는 없었다.

처음에는 일류 고등학교의 우수한 남학생들과의 격심한 경쟁에서 몇 안 되는 여학생 속에 끼여 입학하였다는 것이 자랑스러워, 세상의 모든 것이 자기 마음대로 될 것으로만 느껴졌다. 자기가 하는 일에는 불가능이라는 것이 없을 것같이 푸른 하늘을 훨훨 날고만 싶은 희망에 찬 꿈에 잠겼었다. 부모들도 자기를 더한층 대견스럽게 여겨주는 것으로 마음에 겨울 정도의 만족을 느끼기도 했다.

그것이 차츰 남학생에게 지지 않겠다는 암암리의 경쟁심리 속에서 고된 강의를 지탱해나가기에는 벅찬 감이 느껴져왔다. 아무래도 여자로서는 힘에 달리는 경우를 체험하지 않을 수 없게끔 되었다.

약냄새가 코를 찌르는 실험실에서 신경이 지칠 정도의 실험 과정을 감내해나가는 사이에, 간혹 이렇게 고된 학창 생활이 종국에 가서 자기에게 무엇을 가져다줄까 하는 데 생각이 미칠 때는 한 가닥의 회의가 싹트지 않을 수 없었다.

오히려 심한 경쟁률도 없이 자기가 가고 싶은 과를 마음대로 택하여 학과에 대한 과중한 부담도 없이 가벼운 기분으로 학교엘 다니는 영희가 부러웠다. 마음 맞는 친구들끼리 얼려서 영화 구경이니 음악 감상이니 파티니 하고 경쾌한 심정으로, 마치 꽃동산의 나비처럼 기분 내키는 대로 몰려다니는 그들을 볼 때마다 번져오는 선망감을 느끼지 않을 수 없었다.

말하자면, 그들이 말하는 청춘의 엔조이 대열(隊列)에서 자기만 동떨어져 예외자로 따돌림을 받는 것 같은 고독감마저 느껴지는 것이었다.

나는 분명 여자다. 그리고 남들과 같은 평범한 여자임에 틀림없다. 남들보다 다소라도 뛰어난 것처럼 생각되었던 자긍(自矜)도 날이 갈수록 엷어지고, 자기가 아는 것이란 보잘것없는 적은 것이라는 심정이 자꾸만 앞을 가려왔다.

장차 내가 무엇을 하려고 이러는 것일까, 그는 스스로의 마음속에서 버둥대고 있었다.

거기다, 졸업반에서는 약제사 면허 시험 때문에 일반 대학생의 졸업 시험 준비 이외의 힘든 고비를 하나 더 치러야만 했기에 코피를 쏟으면서까지 남모르는 고생을 하였었다.

무엇 때문에 하필 이런 코스를 인생의 초입에서부터 택하였을까 하고, 제 자신에게 반문하기도 했다.

자신을 더 쓰라리게 채찍질하는 것이 좀더 진지한 삶을 이룩하려는 인간으로의 성실한 태도라고 자위하기도 했다. 그러나 그것은 곧 남성들에게나 필요하지, 자기 의사보다는 남편의 의사에 추종하여 살기 마련인 현실적인 조건 아래에선 여자에게 그것이 무슨 소용인가 하는 반발이 치솟아옴을 어쩌는 수 없었다.

그러나 이미 들어선 길을 이제 방향을 바꾸기에는 시간이 너무 늦다. 이제는 이왕 정해진 길이니 좌절하지 말고 골인하여 자격증(資格證)을 탈 때까지는 우선 제일 단계의 최선을 다하여야 한다. 그것이 지금의 자기로서의 삶의 보람이다. 그 다음은 또 그때에 맞다다라 할 일이다. 이렇게 자기 자신을 격려하기도 했다.

주위의 쉽게 학교를 다니는 친구들을 볼 때마다, 이러한 자기 독려(自己督勵)는 점차 도를 가하는 자학(自虐)으로 이끌려졌다.

4

졸업 증서에 겹쳐 약제사 자격증을 수여받은 순간은, 그사이의 모든 숨은 쓰라림이 한꺼번에 풍선처럼 가셔져가는 것을 가슴 시원히 의식했다.

중도에서 굴하지 않고 초지일관하여 자기가 지향하였던 제일 목표에 도달하였다는 것, 그것은 비길 바 없는 삶의 보람 같기만 했다.

현숙은 무거운 짐을 푼 것처럼 거뜬한 기분으로 거리에 나섰다.

졸업식이 지난 후 친구들이 모인 댄스파티에 참석하여도 춤을 출 줄 모른다거나 자기만이 보이 프렌드 없이 왔다거나 하는 문제에 대하여는 아무 비굴감도 느끼지 않았다.

오히려 가장 충실하게 학창 생활을 지속하여온 자기의 인생에 대한 성실성의 반영이라고 해석하여, 자위 이상의 자긍을 스스로 느끼기도 했다.

그러나 여학교 성적도 신통치 않았고, 대학에서도 쉬운 방향으로만 살아가려는 방법으로 일관한 몇몇 친구들이 재학 중에 사귄 남성들과 사랑이 깊어지고, 그 연분으로 자기들의 안목에 따르는 조건이 구비되어 재빨리 시집가는 것을 볼 때마다, 그렇게 다져

먹은 마음속에서도 허전한 감정이 움터 나옴을 막는 수가 없었다.

거울 속에 비친 모습을 물끄러미 들여다본다. 풀어뜨린 머리는 아직 물기를 머금은 채 윤기가 번지르르하다.

얼굴은 양 뺨의 토실한 탄력과 더불어 여학교 때보다 별로 변한 것이 없는 것 같으면서도 눈 가장자리에 가는 주름이 서리기 시작하고, 이마가 더 벗어진 것이 유난히 거슬리게 눈에 뜨인다.

루주나 아이섀도는 물론 짙은 화장이라곤 거의 한 일이 없지만, 한두 줄의 엷은 주름을 메우기 위하여 화장도 짙게 하고 싶고, 이마의 머리카락도 앞쪽으로 슬쩍 내려 빗어야겠다는 생각이 얼핏 머릿속을 스쳐간다.

한참 잊었던 어제 일이 또 뭉클 가슴속으로 치켜 오른다.

5

결혼 문제, 그것은 아무리 무관심한다 해도 인간 일생의 중대한 일임에 틀림없다고 생각하게끔 되어온 자신을 현숙은 거의 부정할 수 없게끔 되었다. 졸업이라는 것이 그러한 사고 방향으로 이끌어오는 가장 큰 분수령이 되었는지도 모른다고 생각하기도 했다. 결혼을 한다면 하는 그것대로 대상의 선택 문제가 벅찬 마음의 부담으로 느껴져왔다. 왜냐하면 운명입네 하고 자기 앞에 주어지는 조건 그대로 수동 태세를 가지거나, 그렇잖으면 제비 뽑

듯이 소극적인 관여로서 체념할 수는 없는 문제라고 생각되었기 때문이다.

한편, 결혼을 하지 않으면 않는 대로 무슨 뚜렷한 지표가 있고 필연적인 이유가 천명되어야 할 것만 같았다. 무턱대고 안 간다는 식의 안가'하고도 막연한 삶의 방도는 이제 취하고 싶지 않았다.

그러고 보면, 결국 자기 자신도 아버지의 사고방식대로, 계집이란 나이 차면 으레 시집을 가서 남편을 섬기고 아기를 낳고 그저 그렇게 사느니라는 지극히 평범한 방법 그것을 되풀이하는 무난한 코스에 이미 무의식중에 접어든 것이 아닌가 하는 스스로에 대한 질문을 던지고 싶은 충동도 야릇한 불안과 함께 겹쳐지는 것이었다.

그런데 실지에 있어서는, 그러한 중대 문제의 당사자인 자기 자신보다 왜 주위의 사람들이, 아니 자기 자신이 아닌 남들이 더 서둘러대는 것일까.

설령 살을 갈라 난 부모라 할지라도 이 문제에는 궁극에 가서는 남인 것이다. 그것은 죽음을 여하히 가까운 자기 자신 이외의 남도 대신할 수 없듯이, 결혼 생활도 아무리 분신(分身)과 같은 육친이라 할지라도 대신하여 치러줄 수는 없는 문제이기 때문이라는 생각에서였다.

주위의 모든 것이 거추장스럽게만 느껴진다. 그저 혼자 있고만 싶다. 아무도 자기의 사생활을 간섭하지 말았으면 하는 심정이다.

졸업 후 삼 년의 세월이 흐르는 사이에 스물일곱의 고개를 자기도 의식하지 못하는 사이에 넘겨버렸다. 이제는 자기 자신보다

부모들이, 아니 집안이니 근족[2]이니 하는 이웃들이 더 서둘러대고 걱정들을 하고 있다.

　그것보다는 만나는 사람마다 농인지 진실인지 몰라도, 지나가는 말결으로 마치 생사에나 관계되는 것 같은 심각한 표정으로 시집 참견을 해주는 데는 참말 고마운 생각이란 눈곱만치도 없고, 성가시고 귀찮기 짝이 없는 일만 같게 여겨졌다.

6

　영희의 결혼식에 참석하고 돌아오던 날의 일이다. 고등학교 졸업반 담임 선생이었던 김 선생을 그 자리에서 만나 뵙게 되었다.

　식이 파한 후 오래간만에 만난 은사를 모시고 다방엘 들어갔다. 학교나 동창생에 관한 이야기가 자연히 화제에 오르게 되었다.

　누구는 어디에 취직해 있고, 아무개는 이미 결혼해서 아이가 몇이고 하는 주변적인 이야기로 번지었다.

　"그래 현숙인 결혼 안 해?"

　김 선생의 담담한 말은 현숙의 가슴을 쿡 찔렀다. 또 걸렸구나 하는 생각이 들었다.

　하도 같은 질문을 자주 받기에 상대는 평범하게 한 말인지 몰라도 듣는 쪽은 성가시고도 귀찮은 일이었다.

　"왜 안 해요……"

　대답은 본의 아니게 뾰로통하게 나왔다.

"그럼 언제 할 작정이야?"

숭굴숭굴한 김 선생은 아무 악의 없이 그대로 말을 이어가지만, 현숙은 그러한 이야깃거리에서 피하고만 싶었다. 그러나 묻는 말에는 싫어도 대답하지 않을 수 없었다.

"상대가 있어야 하죠."

"그래, 대학을 졸업하구 몇 해씩 있어도 상대가 없다면, 원 말이 돼야지……"

"사실이 그런걸요."

현숙은 되는대로 그저 받아넘겼지만, 김 선생은 점점 진담으로 듣는 것만 같았다.

"그래도 나이 있는데 결혼은 제때에 해야지……"

"누가 시집보내주는 걸 안 가나요?"

현숙의 어조는 태연한 것 같으면서 가시가 돋쳐 있었다.

"그럼 내가 보내줄까?"

김 선생은 또 그대로 받아넘긴다.

"참말, 어디 보내주세요."

"그게, 진심이야?"

"그러믄요."

"그럼 보내주지……"

이쯤 되면 현숙이도 그대로 웃어넘길 수밖에 없다.

"가만있자……"

김 선생은 머릿속에서 무엇을 찾는 표정을 짓다가 말을 이었다.

"좋은 후보자가 있어, 아주 좋아."

"······"

"병역은 끝내고······ 직장도 있고······ 내가 곧 서로 만나두룩 연락해보지."

이야기는 그것으로 끝났다.

현숙은 예사로 있는 이러한 경우이기에, 그날 이후 그대로 깡그리 잊고 있었다. 그러던 것이 김 선생에게서 좀 만나자는 연락이 왔기에 어저께 나갔던 것이다.

낯선 젊은이와 나란히 앉아 있던 김 선생은 자기를 반기면서 건너편 자리에 앉기를 권했다.

현숙은 육감에 스쳐지는 것을 느끼며, 언젠가 김 선생을 만났을 때의 농담 같은 이야기를 회상하는 것이었다.

김 선생은 두 사람을 소개하며 인사시켰다. 그러나 젊은이의 성명은 듣는 순간으로 잊혀졌고 김 선생이 연신 이(李) 군이라고 부르는 데서 이씨라는 것밖에 기억에 남지 않았다. 서로의 대화는 대체로 김 선생이 사이에서 유도하였다.

현숙은 젊은이의 질문에는 답변하면서도 자기 편에서 직접으론 아무것도 묻지 않았다.

다만 김 선생의 소개로, 대학 재학 중에 군에 입대하였다가 제대하여 대학을 마치고는 국영 기업체에 직장을 가지고 있다는 정도의 윤곽을 들었을 뿐이다.

아무 마음의 준비도 없이 나온 걸음이지만, 첫인상이 비교적 괜찮았고 저쪽도 적잖은 호의를 가지는 것이 느껴졌다. 그러나 그 젊은이의 마지막 한마디가 자꾸만 귀에 거슬려왔다.

한다는 이야기가, 순조로이 진행되어 만약 결혼을 하게 되면 자기는 직장에 있고 이쪽은 약제사 면허장을 가지고 있다니까 약방을 내어, 서로 같이 벌면, 비록 박봉일지라도 우선 경제 문제는 타개될 것이 아니냐는 이야기다.

현숙은 순간, 가슴에 뭉클 치밀어 오르는 것을 느꼈다.

지극히 솔직 담백한 성격이라고 우선은 어느 정도 선의의 해석이 갔다. 그러나 곱씹어 생각할수록 그 말 속에 담겨 있는 꾀죄죄한 남성의 메스꺼움을 금할 길 없었다.

'이건 나하고 결혼하자는 것이 아니라, 면허장 대상으로 하자는 건가.'

자기의 부질없는 결벽성의 탓이라고 불쾌한 감정을 억누르려고 하였으나 도무지 개운하지 않았다.

현숙은 김 선생에게 인사도 하는 둥 마는 둥 다방 문을 나서고야 말았다.

7

졸업 직후, 약제사 면허증은 약방에 명의를 빌려주었었다. 달마다 이만 환씩 받는 돈으로 동생들의 등록금에 보태왔었다.

지난가을에는 집칸살이를 줄여서 마련한 차액으로 약방을 차려 놓았다. 어머니와 함께 노상 거기 나앉아 구겨져가는 집안 살림을 메워가는 데 여념이 없었다.

그러나 이러한 자질구레한 집안 사정을 소위 맞선 자리에서 토로할 수는 없는 노릇이어서, 오히려 남자 쪽의 너무 섬세한 타산이 뻔뻔스럽게만 여겨졌다.

대학에서 국민학교까지 줄지어 다니는 동생들의 학비나마 이 약국의 덕분으로 비교적 쉽게 타개되어, 어머니는 적잖이 숙원(宿願) 달성의 안도를 보이고 있는 요즈음에, 현숙으로서는 않는 상처에 손이 닿는 것 같은 괴로움을 느끼지 않을 수 없었다.

현숙은 다시 경대 속의 자기 얼굴을 물끄러미 들여다보고 있다. 볼수록 자기 자신이 가엾게만 여겨졌다.

딸에게 약학을 전공시켜 이제 의젓한 약방까지 내어 소원 성취한 어머니의 만족한 웃음 띤 얼굴이 가증스러워지는가 하면, 그 면허장을 큰 밑천으로 알고 혼인의 미끼처럼 생각하는 신랑 후보자의 타산이 더욱 얄밉게만 여겨졌다.

그보다는, 인생을 공리적인 계산으로 따져서, 그것이 더욱 여자가 만일 불행하게 되어도 자기 혼자 자립할 수 있어야 한다는 미래의 인생 계산서까지 적으나마 염두에 두고 전공을 선택한 데 지나지 않는 자기 자신이 미웁고 역겹기만 했다.

결국 아버지가, 여자란 제 손으로 벌 생각을 하지 말고 남편의 품속에서 편안하게 살 것을 생각해야지, 아직 닥쳐오지도 않은 미래의 불행을 예측하고 전공을 택한다는 것은 얼마나 인생을 불안하게 보고, 공리적으로만 생각하는 것이냐고, 그 특유의 유머로 이야기하던 것을 새삼스러이 되새기지 않을 수 없었다.

현숙은 풀어진 머리대로 경대 앞에서 불끈 일어섰다. 아직 순결하고도 적나라해야만 하는 삶의 출발 지점에서부터 약삭빠르게 이해타산으로만 자를 대고 인생을 계산한 옹졸한 자기 자신이 얄미워 입술을 꽉 깨물었다. 두 손으로 머리를 움켜쥐고 책상 위에 엎드러졌다.

복받치는 울음을 참을 길 없다. 아직 꽃도 활짝 피기 전에 봉오리 때부터 너무 세파의 폭풍에 대한 공포증을 스스로 과도히 예기한 자기 자신을 비웃는 조소가 터져 나왔다.

현숙은 밖으로 나왔다.

'흥, 인간 거래의 매개장(媒介狀)……'

그는 코웃음을 퉁겼다.

얼마 후, 존귀한 가보(家寶)처럼 아담한 유리 액자에 넣어 현숙의 방 뒷벽에 소중히 걸려 있던, 그의 조그만 사진이 한 귀에 붙은, 약제사 면허장은 유리가 산산조각이 난 채 뜰 구석에 내동댕이쳐져 있었다.

꺼삐딴 리

　수술실에서 나온 이인국(李仁國) 박사는 응접실 소파에 파묻히
듯이 깊숙이 기대어 앉았다.

　그는 백금 무테안경을 벗어 들고 이마의 땀을 닦았다. 등골에
축축이 밴 땀이 잦아들어감에 따라 피로가 스며왔다. 두 시간 이
십 분의 집도(執刀). 위장 속의 균종(菌腫) 적출. 환자는 아직 혼
수상태에서 깨지 못하고 있다.

　수술을 끝낸 찰나 스쳐가는 육감 그것은 성공 여부의 적중률을
암시하는 계시 같은 것이다. 그러나 오늘은 웬일인지 뒷맛이 꺼
림칙하다.

　그는 항생질(抗生質) 의약품이 그다지 발달되지 않았던 일제
시대부터 개복 수술'에 최단 시간의 기록을 세웠던 것을 회상해
본다.

　맹장염이나 포경(包莖) 수술, 그 정도의 것은 약과다. 젊은 의

사들에게 맡겨버리면 그만이다. 대수술의 경우에는 그렇게 방임할 수만은 없다. 환자 측에서도 대개 원장의 직접 집도를 조건부로 입원시킨다. 그는 그것을 자랑으로 삼아왔고 스스로 집도하는 쾌감마저 느꼈었다.

그의 병원 부근은 거의 한 집 건너 병원이랄 수 있을 정도로 밀집한 지대다. 이름 없는 신설 병원 같은 것은 숫제 비 장날 시골 전방처럼 한산한 속에 찾아오는 손님을 기다리고 있는 형편이다.

그러나 이인국 박사는 일류 대학 병원에서까지 손을 쓰지 못하여 밀려오는 급환자들 틈에 끼여 환자의 감별에서 각별한 신경을 쓰고 있다.

그것은 마치 여관 보이가 현관으로 들어서는 손님의 옷차림을 훑어보고 그 등급에 맞는 방을 순간적으로 결정하거나 즉석에서 서슴지 않고 거절하는 경우와 흡사한 것이라고나 할까.

이인국 박사의 병원은 두 가지의 전통적인 특징을 가지고 있다.

병원 안이 먼지 하나도 없이 정결하다는 것과, 치료비가 여느 병원의 갑절이나 비싸다는 점이다.

그는 새로 온 환자의 초진(初診)에서는 병에 앞서 우선 그 부담 능력을 감정하는 데서부터 시작한다. 신통치 않다고 느껴지는 경우에는 무슨 핑계를 댄든, 그것도 자기가 직접 나서는 것이 아니라 간호원더러 따돌리게 하는 것이다.

그렇게 중환자가 아닌 한 대부분의 경우 예진(豫診)은 젊은 의사들이 했다. 원장은 다만 기록된 진찰 카드에 따라 환자의 증세에 아울러 경제 정도를 판정하는 최종 진단을 내리면 된다.

상대가 지기[2]나 거물급이 아닌 한 외상이라는 명목은 붙을 수 없었다. 설령 있다 해도 이 양면 진단은 한 푼의 미수나 결손도 없게 한 그의 반생을 통한 의술 생활의 신조요 비결이었다.

그러기에 그의 고객은, 왜정 시대는 주로 일본인이었고 현재는 권력층이 아니면 재벌의 셈속에 드는 측들이어야만 했다.

그의 일과는 아침에 신찰실에 나오자 손가락 끝으로 창틀이나 탁자 위를 훑어 무테안경 속 움푹한 눈으로 응시하는 일에서 출발한다.

이때 손가락 끝에 먼지만 묻으면 불호령이 터지고, 간호원은 하루 종일 원장의 신경질에 부대껴야만 한다.

아무튼 단골 고객들은 그의 정결한 결백성에 감탄과 경의를 표해 마지않는다.

1·4 후퇴 시 청진기가 든 손가방 하나를 들고 월남한 이인국 박사다. 그는 수복되자 재빨리 셋방 하나를 얻어 병원을 차렸다. 그러나 이제는 평당 오십만 환을 호가하는 도심지에 타일을 바른 이층 양옥을 소유하게 되었다. 그는 자기 전문의 외과 외에 내과, 소아과, 산부인과 등 개인 병원을 집결시켰다. 운영은 각자의 호주머니 셈속이었지만 종합 병원의 원장 자리는 의젓이 자기가 차지하고 있다.

이인국 박사는 양복 조끼 호주머니에서 십팔금 회중시계를 꺼내어 시간을 보았다.

2시 40분!

미국 대사관 브라운 씨와의 약속 시간은 이십 분밖에 남지 않았다. 이 시계에도 몇 가닥의 유서 깊은 이야기가 숨어 있다. 이인국 박사는 시계를 볼 때마다 참말 '기적'임에 틀림없었던 사태를 연상하게 된다.

왕진 가방과 함께 삼팔선을 넘어온 피란 유물의 하나인 시계. 가방은 미군 의사에게서 얻은 새것으로 갈아 매어 흔적도 없게 된 지금, 시계는 목숨을 걸고 삶의 도피행을 같이한 유일품이요, 어찌 보면 인생의 반려(伴侶)이기도 한 것이다.

밤에 잘 때에도 그는 시계를 머리맡에 풀어놓거나 호주머니에 넣은 채로 버려두지 않는다. 반드시 풀어서 등기 서류, 저금통장 등이 들어 있는 비상용 캐비닛 속에 넣고야 잠자리에 드는 것이었다. 거기에는 또 그럴 만한 연유가 있었다. 이 시계는 제국대학을 졸업할 때 받은 영예로운 수상품이다. 뒤쪽에는 자기 이름이 새겨져 있다.

그 후 삼십여 년, 자기 주변의 모든 것은 변하여갔지만 시계만은 옛 모습 그대로다. 주변뿐만 아니라 자기 자신은 얼마나 변한 것인가. 이십 대 홍안을 자랑하던 젊음은 어디로 사라진 것인지 머리카락도 반백이 넘었고 이마의 주름은 깊어만 간다. 일제 시대, 소련군 점령하의 감옥 생활, 6·25 사변, 삼팔선, 미군 부대, 그동안 몇 차례의 아슬아슬한 죽음의 고비를 넘긴 것이다.

'월삼 십칠석.'[3]

우여곡절 많은 세월 속에서 아직도 제 시간을 유지하는 것만도 신기하다. 시간을 보고는 습성처럼 째각째각 소리에 귀 기울이는 때의 그의 가느다란 눈매에는 흘러간 인생의 축도가 서리는 것이었다. 그 속에서도, 각모(角帽)[4]와 쓰메에리[5] 학생복을 벗어버리고 신사복으로 갈아입던 그날의 감회를 더욱 새롭게 해주는 충동을 금할 길 없는 것이었다.

이인국 박사는 수술 직전에 서랍에 집어넣었던 편지에 생각이 미쳤다.

미국에 가 있는 딸 나미. 본래의 이름은 일본식의 나미꼬(奈美子)다. 해방 후 그것이 거슬린다기에 나미로 불렀고 새로 기류계[6]에 올릴 때에는 꼬(子) 자를 완전히 떼어버렸다.

나미짱! 딸의 모습은 단란하던 지난날의 추억과 더불어 떠올랐다.

온 집안의 재롱둥이였던 나미, 그도 이젠 성숙했다. 그마저 자기 옆에서 떠난 지금, 새로운 정에서 산다고는 하지만 이인국 박사는 가끔 물밀어오는 허전한 감을 금할 길이 없었다.

아내는 거제도 수용소에 있을 때 죽었고, 아들의 생사는 지금껏 알 길이 없다.

서울에서 다시 만나 후처로 들어온 혜숙(惠淑). 이십 년의 연령차에서 오는 세대의 거리감을 그는 억지로 부인해본다. 그러나 혜숙의 피둥피둥한 탄력에 윤기가 더해가는 살결에 비해 자기의 주름 잡힌 까칠한 피부는 육체적 위축감마저 느끼게 하는 때가 없지 않았다.

그들 사이에서 난 돌 지난 어린것, 앞날이 아득한 이 핏덩이만이 지금의 이인국 박사의 곁을 지켜주는 유일한 피붙이다.

이인국 박사는 기대와 호기에 찬 심정으로 항공 우편의 피봉을 뜯었다.

전번 편지에서 가타부타 단안은 내리지 않고 잘 생각해서 결정하라고 한 그 후의 경과다.

'결국은 그렇게 되고야 마는 건가……'

그는 편지를 탁자 위에 밀어놓았다. 어쩌면 이러한 결말은 딸의 출국 이전에서부터 이미 싹튼 것인지도 모른다는 생각이 들었다.

대학에서 영문과를 택한 딸, 개인 지도를 하여준 외인 교수, 스칼라십을 얻어준 것도 그고, 유학 절차의 재정 보증인을 알선해준 것도 그가 아닌가, 우연한 일은 아니다.

그러한 시류에 따라 미국 유학을 해야만 한다고 주장한 것은 오히려 아버지 자기가 아닌가.

동양학을 연구하고 있는 외인 교수. 이왕이면 한국 여성과 결혼했으면 좋겠다던 솔직한 고백에, 자기의 학문을 위한 탁월한 견해라고 무심코 찬의를 표한 것도 자기가 아니던가. 그것도 지금 생각하면 하나의 암시였음이 분명하지 않은가.

이인국 박사는 상아로 된 오존 파이프를 앞니에 힘을 주어 지그시 깨물며 눈을 감았다.

꼭 풀 쑤어 개 좋은 일을 한 것만 같은 분하고도 허황한 심정이다.

'코쟁이 사위.'

생각만 해도 전신의 피가 역류하는 것 같은 몸서리가 느껴졌다.

'더러운 년 같으니, 기어코……'

그는 큰기침을 내뱉었다.

그의 생각은 왜정 시대 내선일체의 혼인론이 떠돌던 이야기에까지 꼬리를 물었다. 그때는 그것을 비방하거나 굴욕처럼 느끼지는 않았다. 오히려 당연한 것으로 해석했고 어찌 보면 우월한 것으로 생각하지 않았던가. 그런데 이 경우는……

그는 딸의 편지 구절을 곱씹었다.

'애정에 국경이 있어요?'

이것은 벌써 진부하다. 아비도 학창 시절에 그런 풍조는 다 마스터했다. 건방지게, 이제 새삼스레 아비에게 설교 조로…… 좀더 솔직하지 못하고……

그러니 외딸인 제가 그런 국제결혼의 시금석이 되겠단 말인가.

'아무튼 아버지께서 쉬 한번 오신다니 최종 결정은 아버지의 의향에 따라 결정할 예정입니다만……'

그래 아버지가 안 가면 그대로 정하겠단 말인가.

이인국 박사는 일대 잡종(一代雜種)의 유전 법칙이 떠오르자 머리를 내저었다. '흰둥이 외손자,' 생각만 해도 징그럽다.

그는 내던졌던 사진을 다시 집어 들었다.

대학 캠퍼스 같은 석조전의 거대한 건물, 그 앞의 정원, 뒤쪽에 짝을 지어 걸어가는 남녀 학생, 이 배경 속에 딸과 그 외인 교수가 나란히 어깨를 짚고 서서 웃음을 짓고 있다.

'흥, 놀기는 잘들 논다……'

응, 신음 소리를 치며 그는 자리에서 일어섰다. 아무튼 미스터 브라운을 만나 이왕 가는 길이면 좀더 서둘러야겠다. 그 가장 대우가 좋다는 국무성 초청 케이스의 확정 여부를 빨리 확인해야겠다는 생각이 조바심을 쳤다.

　그는 아내 혜숙이 있는 살림방 쪽으로 건너갔다.

　"여보, 나미가 기어코 결혼하겠다는구려."

　"그래요……"

　아내의 어조에는 별다른 감동이나 의아도 없음을 이인국 박사
는 직감했다.

　그는 가능한 한 혜숙이 앞에서 전실 소생의 애들 이야기를 하는
것을 삼가왔다.

　어떻게 보면 나미의 미국 유학을 간접적으로 자극한 것은 가정
분위기의 소치라는 자격지심이 없지 않기도 했다.

　나미는 물론 혜숙을 단 한 번도 어머니라고 불러준 일이 없었다.

　혜숙 또한 나미 앞에서 어머니라고 버젓이 행세한 일도 없었다.

　지난날의 간호원과 오늘의 어머니, 그 사이에는 따져서 표현할
수 없는 미묘한 감정들이 복재[7]되어 있었다.

　"선생님의 일이라면 무엇이든지 돕겠어요."

　서울에서 이인국 박사를 다시 만났을 때 마음속 그대로 털어놓
은 혜숙의 첫마디였다.

　처음에는 혜숙이도 부인의 별세를 몰랐고, 이인국 박사도 혜숙
이의 혼인 여부를 참견하지 않았다.

　혜숙은 곧 대학 병원을 그만두고 이리로 옮겨왔다.

　나미는 옛정이 다시 살아 혜숙을 언니처럼 따랐다.

　이들의 혼인이 익어갈 때 이인국 박사는 목에 걸리는 딸의 의향
을 우선 듣기로 했다.

딸도 아버지의 외로움을 동정하고 있었다. 자기 자신 아버지의 시중이 힘에 겨웠고 또 그사이 실지의 아버지 뒤치다꺼리를 혜숙이 해왔으므로 딸은 즉석에서 진심으로 찬의를 표했다.

그러나 시간이 흐를수록 혜숙과 나미의 간격은 벌어졌고, 혜숙도 남편과의 정상적인 가정생활에 나미가 장애물이 되는 것 같은 느낌을 차츰 가지게 되었다.

혜숙 자신도 처음에는 마음 놓고 이인국 박사를 남편이랍시고 일대일로 부르진 못했다.

나미의 출발, 그 후 어린애의 해산, 이러한 몇 고개를 넘는 사이에 이제 겨우 아내답게 늠름히 남편을 대할 수 있고 이인국 박사 또한 제대로의 남편의 체모[8]로 아내에게 농을 걸 수도 있게끔 되었다.

"기어쿠 그 외인 교수하군가 가까워지는 모양인데."

이인국 박사는 아내의 얼굴을 직시하지는 못하고 마치 독백하듯이 뇌까렸다.

"할 수 있어요, 제 좋다는 대로 해야지요."

마치 남의 이야기를 하는 것처럼 이인국 박사에게는 들려왔다.

"글쎄, 하기는 그렇지만……"

그는 입맛만 다시며 더 이상 계속하지 못했다.

잠을 깨어 울고 있는 어린것에게 젖을 물리고 있는 아내의 젊은 육체에서 자극을 느끼면서 이인국 박사는 자기 자신이 죄를 지은 것만 같은 나미에 대한 강박관념을 금할 길이 없었다.

저 어린것이 자라서 아들 원식(元植)이나 또 나미 정도의 말상

대가 되려도 아직 이십여 년의 세월이 흘러야 한다.

그때 자기는 칠십이 넘는 할아버지다.

현대 의학이 인간의 평균 수명을 연장하고, 암(癌) 같은 고질이 아닌 한 불의의 죽음은 없다 하지만, 자기 자신이 의사이면서 스스로의 생명 하나를 보장할 수 없다.

'마누라는 눈앞에서 나는 새 놓치듯이 죽이지 않았던가.'

아무리 해도 저놈이 대학을 나올 때까지는 살아야 한다. 아무렴, 때가 때인 만큼 미국 유학까지는 내 생전에 시켜주어야지.

하기야 그런 의미에서도 일찌감치 미국 혼반을 맺어두는 것도 그리 해로울 건 없지 않나. 아무렴 우리보다는 낫게 사는 사람들인데. 좀 남 보기 체면이 안 서서 그렇지.

그는 자위인지 체념인지 모를 푸념을 곱씹었다.

"여보, 저걸 좀 꾸려요."

이인국 박사의 말씨는 점잖게 가라앉았다.

"뭐 말이에요?"

아내는 젖꼭지를 물린 채 고개만을 돌려 되묻는다.

"저, 병 말이오."

그는 화장대 위에 놓은 골동품을 가리켰다.

"어디 가져가셔요?"

"저 미 대사관 브라운 씨 말이야. 늘 신세만 졌는데……"

아내가 꼼꼼히 싸놓은 포장물을 들고 이인국 박사는 친친히 현관을 나섰다.

벌써 석간신문이 배달되었다.

아무리 생각해도 그것은 분명 기적임에 틀림없는 일이었다. 간헐적으로 반복되어 공포와 감격을 함께 휘몰아치는 착잡한 추억. 늘 어제 일마냥 생생하기만 하다.

1945년 팔월 하순.

아직 해방의 감격이 온 누리를 뒤덮어 소용돌이칠 때였다.

말복(末伏)도 지난 날씨언만 여전히 무더웠다. 이인국 박사는 이 며칠 동안 불안과 초조에 휘몰려 잠도 제대로 자지 못했다. 무엇인가 닥쳐올 사태를 오돌오돌 떨면서 대기하는 상태였다.

그렇게 붐비던 환자도 하나 얼씬하지 않고 쉴 사이 없던 전화도 뜸하여졌다. 입원실은 최후의 복막염 환자였던 도청의 일본인 과장이 끌려간 후 텅 비었다.

조수와 약제사는 궁금증이 나서 고향에 다녀오겠다고 떠나갔고 서울 태생인 간호원 혜숙이만이 남아 빈집 같은 병원을 지키고 있었다.

이층 십 조 다다미방에 훈도시[10]와 유카다[11] 바람에 뒹굴고 있던 이인국 박사는 견디다 못해 부채를 내던지고 일어났다.

그는 목욕탕으로 갔다. 찬물을 퍼서 대야째로 머리에서부터 몇 번이고 내리부었다. 등줄기가 시리고 몸이 가벼워졌다.

그러나 수건으로 몸을 닦으면서도 무엇인가 짓눌려 있는 것 같은 가슴속의 갑갑증을 가셔낼 수가 없었다.

그는 창문으로 기웃이 한길 가를 내려다보았다. 우글거리는 군중들은 아직도 소음 속으로 밀려가고 있다.

굳게 닫혀 있는 은행 철문에 붙은 벽보가 한길을 건너 하얀 윤곽만이 두드러져 보인다.

아니 그곳에 씌어 있는 구절.

'親日派, 民族反逆者를 打倒하자.'

옆에 붉은 동그라미를 두 겹으로 친 글자가 그대로 눈앞에 선명하게 보이는 것만 같다.

어제 저물녘에 그것을 처음 보았을 때의 전율이 되살아왔다.

순간 이인국 박사는 방 쪽으로 머리를 홱 돌렸다.

'나야 원 괜찮겠지……'

혼자 뇌까리면서 그는 다시 부채를 들었다. 그러나 벽보를 들여다보고 있을 때 자기와 눈이 마주치는 순간, 일그러지는 얼굴에 경멸인지 통쾌인지 모를 웃음을 비죽거리면서 아래위로 훑어보던 그 춘석(春錫)이 녀석의 모습이 자꾸만 머릿속으로 엄습하여 어두운 밤에 거미줄을 뒤집어쓴 것처럼 꺼림텁텁하기만 했다.

그깟 놈 하고 머리에서 씻어버리려도 거머리처럼 자꾸만 감아붙는 것만 같았다.

벌써 육 개월 전의 일이다.

형무소에서 병보석으로 가출옥되었다는 중환자가 업혀서 왔다.

휑뎅그런 눈에 앙상하게 뼈만 남은 몸을 제대로 가누지도 못하는 환자, 그는 간호원의 부축으로 겨우 진찰을 받았다.

청진기의 상아 꼭지를 환자의 가슴에서 등으로 옮겨 두 줄기의 고무줄에서 감득되는 숨소리를 감별하면서도, 이인국 박사의 머릿속은 최후 판정의 분기점을 방황하고 있었다.

입원시킬 것인가, 거절할 것인가……

환자의 몰골이나 업고 온 사람의 옷매무새로 보아 경제 정도는 뻔한 일이라 생각되었다.

그러나 그것보다도 더 마음에 켕기는 것이 있었다. 일본인 간부 급들이 자기 집처럼 들락날락하는 이 병원에 이런 사상범을 입원시킨다는 것은 관선 시의원이라는 체면에서도 떳떳지 못할뿐더러, 자타가 공인하는 모범적인 황국 신민(皇國臣民)의 공든 탑이 하루아침에 무너지는 결과를 가져오는 것이라는 생각이 들었다.

순간 그는 이런 경우의 가부 결정에 일도양단하는 자기 식으로 찰나적인 단안을 내렸다.

그는 응급 치료만 하여주고 입원실이 없다는 가장 떳떳하고도 정당한 구실로 애걸하는 환자를 돌려보냈다.

환자의 집이 병원에서 멀지 않은 건너편 골목 안에 있다는 것은 후에 간호원에게서 들었다. 그러나 그쯤은 예사로운 일이었기에 그는 그대로 아무렇지도 않게 흘려버렸다.

그런데 며칠 전 시민 대회 끝에 있은 해방 경축 시가행진을 자기도 흥분에 차 구경하느라고 혜숙이와 함께 대문 앞에 나갔다가, 자위대 완장(腕章)을 두르고 대열에 끼인 젊은이와 눈이 마주쳤다.

이쪽을 노려보는 청년의 눈에서 불똥이 튀는 것 같은 살기를 느꼈다.

무슨 영문인지 모르고 어리벙벙하던 이인국 박사는, 그것이 언젠가 입원을 거절당한 사상범 환자 춘석이라는 것을 혜숙에게서 듣고야 슬금슬금 주위의 눈치를 살피며 집으로 기어들어왔다.

그 후 그는 될 수 있는 대로 거리로 나가는 것을 피하였지마는 공교롭게도 어제 저녁에 그 벽보 앞에서 마주쳤었다.

갑자기 밖이 왁자지껄 떠들어대었다. 머리에 깍지를 끼고 비스듬히 누워서 갈피를 잡을 수 없는 생각에 골몰하던 이인국 박사는 일어나 앉아 한길 쪽에 귀를 기울였다. 들끓는 소리는 더 커갔다. 궁금증에 견디다 못해 그는 엉거주춤 꾸부린 자세로 밖을 내다보았다. 포도에 뒤끓는 사람들은 손에 손에 태극기와 적기(赤旗)를 들고 환성을 올리고 있었다.

'무엇일까?'

그는 고개를 갸웃하며 다시 자리에 주저앉았다.

계단을 구르며 급히 올라오는 발자국 소리가 들려왔다. 혜숙이다.

"아마 소련군이 들어오나 봐요, 모두들 야단법석이에요……"

숨을 헐떡이며 이야기하는 혜숙이의 말에 이인국 박사는 아무 대꾸도 없이 눈만 껌벅이며 도로 앉았다. 여러 날째 라디오에서 오늘 입성 예정이라고 했으니 인제 정말 오는가 보다 싶었다.

혜숙이 내려간 뒤에도 이인국 박사는 한참 동안 아무 거동도 못하고 바깥쪽을 내다보고만 있었다.

무엇을 생각했던지 그는 움찔 자리에서 일어났다. 그러고는 벽장문을 열었다. 안쪽에 손을 뻗쳐 액자 틀을 끄집어내었다.

'國語常用의 家'

해방되던 날 떼어서 집어넣어둔 것을 그동안 깜박 잊고 있었다.

그는 액자 틀 뒤를 열어 음식점 면허장 같은 두터운 모조지를 빼내어 글자 한 자도 제대로 남지 않게 손끝에 힘을 주어 꼼꼼히 찢었다.

이 종잇장 하나만 해도 일본인과의 교제에 있어서 얼마나 떳떳한 구실을 할 수 있었던 것인가. 야릇한 미련 같은 것이 섬광처럼 머릿속을 스쳐갔다.

환자도 일본말 모르는 축은 거의 오는 일이 없었지만 대외 관계는 물론 집 안에서도 일체 일본말만을 써왔다. 해방 뒤 부득이 써오는 제 나라 말이 오히려 의사 표현에 어색함을 느낄 만큼 그에게는 거리가 먼 것이었다.

마누라의 솔선수범하는 내조지공도 컸지만 애들까지도 곧잘 지켜주었기에 이 종잇장을 탄 것이 아니던가. 그것을 탄 날은 온 집안이 무슨 큰 경사나 난 것처럼 기뻐들 했었다.

"잠꼬대까지 국어로 할 정도가 아니면 이 영예로운 기회야 얻을 수 있겠소" 하던 국민총력연맹[12] 지부장의 웃음 띤 치하 소리가 떠올랐다.

그 순간, 자기 자신은 아이들을 소학교부터 일본 학교에 보낸 것을 얼마나 다행으로 여겼던 것인가.

그는 후 한숨을 내뿜었다. 그러고는 저금통장의 잔액을 깡그리 내주던 은행 지점장의 호의에 새삼 고마움을 느끼는 것이었다.

그것마저 없었더라면…… 등골에 오싹하는 한기가 느껴왔다.

무슨 정치가 오든 그것만 있으면 시내 사람의 절반 이상이 굶어 죽기 전에야 우리 집 차례는 아니겠지. 그는 손금고가 들어 있는 안방 단스¹³를 생각하면서 혼자 중얼거렸다.

이인국 박사는 무슨 일이 일어나도 꼭 자기만은 살아남을 것 같은 막연한 기대를 곱씹고 있다.

주위가 어두워왔다.

지축이 흔들리는 것 같은 동요와 소음이 가까워졌다. 군중들의 환호성이 터져 나왔다. 만세 소리가 연방 계속되었다.

세상 형편을 알아보려고 거리에 나갔던 아내가 돌아왔다.

"여보, 땅꾸 부대가 들어왔어요. 거리는 온통 사람들 사태가 났는데 집 안에 처박혀 뭘 하구 있어요……"

"뭘 하기는?"

"나가보아요, 마우재¹⁴가 들어왔어요……"

어둠 속에서 아내의 음성은 격했으나 감격인지 당황인지 알 길이 없었다.

'계집이란 저렇게 우둔하구두 대담한 것일까……'

이인국 박사는 엷은 어둠 속에서 마누라 쪽을 주시하면서 입맛을 다셨다.

"불두 엽때 안 켜구."

마누라가 전등 스위치를 틀었다. 이인국 박사는 백 측 전등이 너무 환한 것이 못마땅했다.

"불은 왜 켜는 거요?"

"그럼 켜지 않구 캄캄한데…… 자, 어서 나가봅시다."

마누라의 이끄는 데 따라 이인국 박사는 마지못하면서 시침을 떼고 따라나섰다.

헤드라이트의 눈부신 광선. 탱크 부대의 진주는 끝을 알 수 없이 계속되고 있다.

이인국 박사는 부신 불빛을 피하면서 가로수에 기대어 섰다. 박수와 환호성, 만세 소리가 그칠 줄 모르는 양안(兩岸)을 끼고 탱크는 물밀듯 서서히 흘러간다. 위 뚜껑을 열고 반신을 내민 중대가리의 병정은 간간이 '우라아' 하면서 손을 내흔들고 있다.

이인국 박사는 자기와는 아무 관련도 없는 이방 부대라는 환각을 느끼면서 박수도 환성도 안 나가는 멋쩍은 속에서 멍하니 쳐다보고만 있다. 그는 자기의 거동을 주시하지나 않나 해서 주위를 두리번거렸다.

그러나 아무도 그에게는 관심을 두는 일 없이 탱크를 향하여 목청이 터지도록 거듭 만세만 부르고 있지 않는가.

"어떻게 되겠지……"

그는 밑도 끝도 없는 한마디를 뇌면서 유유히 집으로 들어왔다.

민요 뒤에 계속되던 행진곡이 그치고 주둔군 사령관의 포고문이 방송되고 있다.

이인국 박사는 라디오 앞에 다가앉아 귀를 기울였다.

시민의 생명 재산은 절대 보장한다, 각자는 안심하고 자기의 직장을 수호하라, 총기(銃器), 일본도(日本刀) 등 일체의 무기 소지는 금하니 즉시 반납하라는 등의 요지였다.

그는 문득 단스 속에 넣어둔 엽총(獵銃)에 생각이 미치었다. 그러면 저것도 바쳐야 하는 것일까. 영국제 쌍발, 손때 묻은 애완물 같이 느껴져 누구에게 단 한 번 빌려주지 않았던 최신형 특제품이다.

이인국 박사는 다이얼을 돌렸다. 대체 서울에서는 어떻게들 하고 있는 것일까.

거기도 마찬가지다. 민요가 아니면 행진곡이 나오고 그러다가는 건국준비위원회[15] 누구인가의 연설이 계속된다.

대체 앞으로 어떻게 될 것인가 궁금증을 해결할 방법이 없다.

해방 직후 이삼일 동안은 자기도 태연하였지만 뻔질나게 드나들던 몇몇 친구들도 소련군 입성이 보도된 이후부터는 거의 나타나질 않는다. 그렇다고 자기 자신이 뛰어다니며 물을 경황은 더욱 없다.

밤이 이슥해서야 중학교와 국민학교를 다니는 아들딸이 굉장한 구경이나 한 것처럼 탱크와 로스케[16]의 이야기를 늘어놓으며 돌아왔다.

그들은 아버지의 심중은 아랑곳없다는 듯이 어머니, 혜숙이와 함께 저희들 이야기에만 꽃을 피우고 있었다.

이인국 박사는 슬그머니 일어나 이층으로 올라와 다다미방에서 혼자 뒹굴었다.

앞일은 대체 어떻게 선개될 깃인지 뛰어넘을 수가 없는 큰 바다가 가로놓인 것만 같았다. 풀어낼 수 있는 실마리가 전연 더듬어지지 않는 뒤헝클어진 상념 속에서 그대로 이인국 박사는 꺼지려는 짚불을 불어 일으키는 심정으로 막연한 한 가닥의 기대만을 끝내 포기하지 않은 채 천장을 멍청히 쳐다보고만 있었다.

지난 일에 대한 뉘우침이나 가책 같은 건 아예 있을 수 없었다.

자동차 속에서 이인국 박사는 들고 나온 석간을 펼쳤다.

일면의 제목을 대강 훑고 난 그는 신문을 뒤집어 꺾어 삼면으로 눈을 옮겼다.

  北韓 蘇聯 留學生 西獨으로 脫出

바둑돌 같은 굵은 활자의 제목. 왼편 전단을 차지한 외신 기사. 손바닥만 한 사진까지 곁들여 있다.

그는 코허리에 내려온 안경을 올리면서 눈을 부릅떴다.

그의 시각은 활자 속을 헤치고 머릿속에는 아들의 환상이 뒤엉켜 들이차왔다. 아들을 모스크바로 유학시킨 것은 자기의 억지에서였던 것만 같았다.

출신 계급, 성분, 어디 하나나 부합될 조건이 있었단 말인가. 고급 중학을 졸업하고 의과 대학에 입학된 바로 그해다.

이인국 박사는 그때나 지금이나 자기의 처세 방법에 대하여 절대적인 자신을 가지고 있다.

"얘, 너 그 노어 공부를 열심히 해라."

"왜요?"

아들은 갑자기 튀어나오는 아버지의 말에 의아를 느끼면서 반문했다.

"야 원식아, 별수 없다. 왜정 때는 그래도 일본말이 출세를 하게 했고 이제는 노어가 또 판을 치지 않니. 고기가 물을 떠나서 살 수 없는 바에야 그 물속에서 살 방도를 궁리해야지. 아무튼 그 노서아말 꾸준히 해라."

아들은 아버지 말에 새삼스러이 자극을 받는 것 같진 않았다.

"내 나이로도 인제 이만큼 뜨내기 회화쯤은 할 수 있는데, 새파란 너희 낫세"로야 그걸 못 하겠니."

"염려 마세요, 아버지……"

아들의 대답이 그에게는 믿음직스럽게 여겨졌다.

이인국 박사는 심각한 표정으로 말을 이었다.

"어디 코 큰 놈이라구 별것이겠니, 말 잘해서 진정이 통하기만 하면 그것들두 다 그렇지……"

이인국 박사는 끝내 스텐코프 소좌의 배경으로 요직에 있는 당 간부의 추천을 받아 아들의 소련 유학을 결정짓고야 말았다.

"여보, 보통으로 삽시다. 거저 표 나지 않게 사는 것이 이런 세상에선 가장 편안할 것 같아요. 이제 겨우 죽을 고비를 면했는데 또 재까지 그 '높이 드는' 복판에 휘몰아넣으면 어쩔라구……"

"가만있어요, 호랑이두 굴에 가야 잡는 법이오. 무슨 세상이 되든 할 대로 해봅시다."

"그래도 저 어린것을 어떻게 노서아까지 보낸단 말이오."

"아니, 중학교 애들도 가지 못해 골들을 싸매는데, 대학생이 못 가 견딜라구."

"그래도 어디 앞일을 알겠소……"

"괜한 소리, 쟤가 소련 바람을 쏘이구 와야 내게 허튼소리 하는 놈들도 찍소리를 못 할 거요. 어디 보란 듯이 다시 한번 살아봅시다."

아들의 출발을 앞두고, 걱정하는 마누라를 우격다짐으로 무마시키고 그는 아들 유학을 관철하였다.

'흥, 혁명 유가족두 가기 힘든 구멍을 친일파 이인국의 아들이 뚫었으니 어디 두구 보자……'

그는 만장의 기염을 토하며 혼자 중얼거리고는 희망에 찬 미소를 풍겼다.

그 다음 해에 사변이 터졌다.

잘 있노라는 서신이 계속하여 왔지만 동란 후 후퇴할 때까지 소식은 두절된 대로였다.

마누라의 죽음은 외아들을 사지로 보낸 것 같은 수심에도 그 원인이 있었다고 그는 생각하고 있다.

이인국 박사는 신문 다찌끼리[18] 속에 채워진 글자를 하나도 빼지 않고 다 훑어 내려갔다.

그러나 아들의 이름에 연관되는 사연은 한 마디도 없었다.

'이 자식은 무얼 꾸물꾸물하느라고 이런 축에도 끼지 못한 담…… 사태를 판별하고 임기응변의 선수를 쓸 줄 알아야지, 맹추같이……'

그는 신문을 포개어 되는대로 말아 쥐었다.

'개천에서 용마가 난다는데 이건 제 애비만도 못한 자식이야.'

그는 혀를 찍찍 갈겼다.

'어쩌면 가족이 월남한 것조차 모르고 주저하고 있는 것이나 아닐까. 아니 이제는 그쪽에도 소식이 가서 제게도 무언중의 압력이 퍼져갈 터인데…… 역시 고지식한 놈이 아무래도 모자라……'

그는 자동차에서 내리자 건 가래침을 내뱉었다.

'독또오루 리, 내가 책임지고 보장하겠소. 아들을 우리 조국 소련에 유학시키시오.'

스텐코프의 목소리가 고막에 와 부딪는 것만 같았다.

자위대가 치안대로 바뀐 다음 날이다. 이인국 박사는 치안대에 연행되었다.

시멘트 바닥에 무릎을 꿇고 앉은 그는 입술이 파랗게 질려 있었다. 하반신이 저려오고 옆구리가 쑤신다. 이것만으로도 자기의 생애를 통한 가장 큰 고역이라고 그는 생각하고 있다. 그러나 그것보다는 앞으로 닥쳐올 예기할 수 없는 사태가 공포 속에 그를 휘몰았다.

지나가고 지나오는 구둣발 소리와 목덜미에 퍼부어지는 욕설을 들으면서 꺾이듯이 축 늘어진 그의 머리는 들릴 줄을 몰랐다.

시간만이 흘러가고 있었다.

그의 머릿속에는 짓눌렸던 생각들이 하니씩 꼬리를 치켜들기 시작했다.

'이럴 줄 알았더면 어디든지 가 숨거나, 진작 남으로라도 도피

했을걸…… 그러나 이 판국에 나를 감싸줄 사람이 어디 있담. 의지할 만한 곳은 다 나와 같은 코스를 밟았거나 조만간에 밟을 사람들이 아닌가. 일본인! 가장 믿었던 성벽이 다 무너지고 난 지금 누구를……'

'그래도 어떻게 되겠지……'

이 막연한 기대는 절박한 이 순간에도 그에게서 완전히 떠나버리지는 않았다.

'다행이다. 인민재판의 첫코에 걸리지 않은 것만 해도. 끌려간 사람들의 행방은 전연 알 길이 없다. 즉결 처형을 당하였다는 소문도 떠돈다. 사흘의 여유만 더 있었더라면 나는 이미 이곳을 떴을는지도 모른다. 다 운명이다. 아니 그래도 무슨 수가 있겠지……'

"쪽발이 끄나풀, 야 이 새끼야."

고함 소리에 놀라 이인국 박사는 흠칫 머리를 들었다.

때도 묻지 않은 일본 병사 군복에 완장을 찬 젊은이가 쏘아보고 있다. 춘석이다.

이인국 박사는 다시 쳐다볼 힘도 없었다. 모든 사태는 짐작되었다.

이제는 죽는구나, 그는 입속으로 뇌까렸다.

"왜놈의 밑바시,[19] 이 개새끼야."

일본 군용화가 그의 옆구리를 들이찬다.

"이 새끼, 어디 죽어봐라."

구둣발은 앞뒤를 가리지 않고 전신을 내지른다.

등골 척수에 다급한 충격을 받자 이인국 박사는 비명을 지르고 꼬꾸라졌다.

그는 현기증을 일으켰다. 어깻죽지를 끌어 바로 앉혀도 몸을 가누지 못하고 한쪽으로 쓰러졌다.

"민족과 조국을 팔아먹은 이 개돼지 같은 놈아, 너는 총살이야, 총살……"

어렴풋이 꿈속에서처럼 들려왔다. 그러나 그에게는 그 말도 아무런 반향을 일으키지 못했다.

시간이 얼마나 흘렀을까, 자기 앞자락에서 부스럭거리는 감촉과 금속성의 부닥거리는 소리를 듣고 어렴풋이 정신을 차렸다.

노란 털이 엉성한 손목이 시곗줄을 끄르고 있다. 그는 반사적으로 앞자락의 시계 주머니를 부둥켜 쥐면서 손의 임자를 힐끔 쳐다보았다. 눈동자가 파란 중대가리 소련 병사가 시곗줄을 거머쥔 채 이빨을 드러내고 히죽이 웃고 있다.

그는 두 손으로 있는 힘을 다해 양복 안주머니를 감싸 쥐었다.

"흥…… 야쁜스끼……"

병사의 눈동자는 점점 노기를 띠어갔다.

"아니, 이것만은!"

그들의 대화는 서로 통하지 않는 대로 손아귀와 눈동자의 대결은 그대로 지속되고 있다.

병사는 됫박만 한 손으로 이인국 박사의 손을 뿌리치면서 시계를 채어냈다. 시곗줄은 끊어져 고리가 달린 끝머리가 이인국 박사의 손가락 끝에서 달랑거렸다.

병사는 밖으로 나가버렸다.

'죽음과 시계……'

이인국 박사는 토막 난 푸념을 되풀이하고 있다.

양쪽 팔목에 팔뚝시계를 둘씩이나 차고도 만족이 안 가 자기의 회중시계까지 앗아 가는 그 병정의 모습을 머릿속에 똑똑히 되새겨갈 뿐이다.

감방 속은 빼곡히 찼다.

그러나 고참자와 신입자의 서열은 분명했다. 달포가 지나는 사이에 맨 안쪽 똥통 위에 자리 잡았던 이인국 박사는 삼분지 이의 지점으로 점차 승격되었다.

그는 하루 종일 말이 없었다. 범인 속에 섞여 있던 감방 밀정이 출감된 다음 날부터 불평만을 늘어놓던 축들이 불려 나가 반송장이 되어 들어왔지만, 또 하루 이틀이 지나자 감방 속의 분위기는 여전히 불평과 음식 이야기로 소일되었다.

이인국 박사는 자기의 죄상이라는 것을 폭로하기도 싫었지만 예전에 고등계 형사들에게 실컷 얻어들은 지식이 약이 되어 함구령이 지상 명령이라는 신념을 일관하고 있었다.

그는 간밤에 출감한 학생이 내던지고 간 노어(露語) 회화책을 첫 장부터 곰곰이 뒤지고 있을 뿐이다.

등골이 쏘고 옆구리가 결려온다. 이것으로 고질이 되는가 하는 생각이 없지 않다. 아침저녁으로 기온이 사뭇 내려가고 있다. 아무리 체념한다면서도 초조감을 막을 길 없다.

노어 책을 읽으면서도 그의 청각은 늘 감방 속의 이야기를 놓치지 않고 있다. 그들이 예측하는 식대로의 중형으로 치른다면 자기의 죄상은 너무도 어마어마하다. 양곡 조합의 쌀을 몰래 팔아먹은 것이 칠 년, 양민을 강제로 보국대에 동원했다는 것이 십 년, 감정적인 즉결이 아니라 법에 의한 처단이라고 내대지만 이 난리 판국에 법이고 뭣이고 있을까, 마음에만 거슬리면 총살일 판인데……

'친일파, 민족 반역자, 반일 투사 치료 거부, 일제의 간첩 행위……'

이건 너무도 어마어마한 죄상이다. 취조할 때 나열하던 그대로 한다면 고작해야 무기 징역, 사형감일지도 모른다.

그는 방 안을 둘러보며 후 큰숨을 내쉬었다.

처마 밑에 바싹 달라붙은 환기창에서 들이비치던 손수건만 한 햇살이 참대자처럼 길어졌다가 실오리만큼 가늘게 떨리며 사라졌다. 그 창살을 거쳐 아득히 보이는 가을 하늘이 잊었던 지난 일을 한 덩어리로 얽어 휘몰아오곤 했다. 가슴이 찌릿했다.

밖의 세계와는 영원한 단절이다.

그는 눈을 감았다. 마누라, 아들, 딸, 혜숙이, 누구누구…… 그러다가 외과계의 원로 이인국 박사에 이르자, 목구멍이 타는 것같이 꽉 막혔다.

그는 헛기침을 하고 짐을 삼켰다.

'그럼, 어쩐단 말이야, 식민지 백성이 별수 있었어. 날구뛴들 소용이 있었느냐 말이야. 어느 놈은 일본 놈한테 아첨을 안 했어.

주는 떡을 안 먹은 놈이 바보지. 흥, 다 그놈이 그놈이었지.'

이인국 박사는 자기변명을 합리화시키고 나면 가슴이 좀 후련
해왔다.

거기다 어저께의 최종 취조 장면에서 얻은 소련 고문관의 표정
은 그에게 일루의 희망을 던져주는 것이 있었다. 물론 그것이 억
지의 자위(自慰)일지도 모른다고 생각되었지만.

아마 스텐코프 소좌라고 했지. 그 혹부리 장교. 직업이 의사라
고 했을 때, 독또오루 하고 고개를 기웃거리던 순간의 표정, 그것
이 무슨 기적의 예시 같기만 했다.

이인국 박사는 신음 소리에 놀라 눈을 떴다.

복도에 켜 있는 엷은 전등불 빛이 쇠창살을 거쳐 방 안에 줄무
늬를 놓으며 비쳐 들어왔다. 그는 환기창 쪽을 올려다보았다. 아
직도 동도 트지 않은 깜깜한 밤이다.

생똥 냄새가 코를 찌른다. 바짓가랑이 한쪽이 축축하다. 만져
본 손을 코에 갖다 댔다. 구역질이 난다. 역시 똥냄새다.

옆에 누운 청년의 앓는 소리는 계속되고 있다. 찬찬히 눈여겨보
았다. 청년 궁둥이도 젖어 있다.

'설산가 부다.'

그는 살창문을 흔들며 교화소원을 고함쳐 불렀다.

"뭐야!"

자다가 깬 듯한 흐린 소리가 들려왔다.

"환자가…… 이거, 이거 봐요."

창살 사이로 들여다보는 소원의 얼굴은 역광 속에서 챙 붙은 모자 밑의 둥그스름한 윤곽밖에 알려지지 않는다.

이인국 박사는 청년의 궁둥이께를 손가락으로 가리키며 들여다보고 있다.

"이거, 피로군, 피야."

그는 그제야 붉은빛을 발견하곤 놀란 소리를 쳤다.

"적리[20]야, 이질……"

그는 직업의식에서 떠오르는 대로 큰 소리를 질렀다.

"뭐, 적리?"

바깥 소리는 확실히 납득이 안 간 음성이다.

"피똥 쌌소, 피똥을…… 이것 봐요."

그는 언성을 더욱 높였다.

"응, 피똥……"

아우성 소리에 감방 안의 사람들은 하나 둘 눈을 뜨며 저마다 놀란 소리를 쳤다.

"적리, 이거 전염병이오, 전염병."

"뭐 전염병……"

그제야 교화소원이 문을 열고 들어왔다.

얼마 후 환자는 격리되었고 남은 사람들은 똥을 닦느라고 한참 법석을 치고 다시 잠을 불러일으키질 못했다.

이튿날 미결감 다른 감방에서 또 같은 증세의 환자가 두셋 발생했다. 날이 갈수록 환자는 늘기만 했다.

이 판국에 병만 나면 열의 아홉은 죽는 길밖에 없다고 생각한 이인국 박사는 새로운 위협에 사로잡히기 시작했다.

저녁 후 이인국 박사는 고문관실로 불려 나갔다.

"동무는 당분간 환자의 응급 치료실에서 일하시오."

이게 무슨 청천벽력 같은 기적일까, 그는 통역의 말을 의심했다.

소련 장교와 통역관을 번갈아 쳐다보는 그의 눈동자는 생기를 띠어갔다.

"알겠소 엥⋯⋯?"

"네."

다짐에 따라 이인국 박사는 기쁨을 억지로 감추며 평범한 어조로 대답했다.

'글쎄 하늘이 무너져도 솟아날 구멍은 있다니까.'

그는 아무 표정도 나타내지 않으려고 이를 악물었다.

죽어 넘어진 송장이 개 치우듯 꾸려져 나가는 것을 보고 이인국 박사는 꼭 자기 일같이만 느껴졌다.

"의사, 이것은 나의 천직이다."

그는 몇 번이고 감격에 차 중얼거렸다. 그는 있는 힘을 다해 자기 담당의 환자를 치료했다. 이러한 일은 그의 실력이 혹부리 고문관의 유다른 관심을 끌게 한 계기를 만들어주었다.

사상범을 옥사시키는 경우는 책임자에게 큰 문책이 온다는 것은 훨씬 후에야 그가 안 일이다.

소련 군의관에게 기술이 인정된 이인국 박사는 계속 병원에 근무하게 되었다. 그러나 죄상 처벌의 결말에 대하여는 알 길이 없었다.

그는 이 절호의 기회를 최대한으로 활용하고 싶었다. 이제는 죽어도 한이 없을 것만 같았다.

어떻게 하여 이 보이지 않는 구속에서까지 완전히 벗어날 수는 없을까.

그는 환자의 치료를 하면서도 늘 스텐코프의 왼쪽 뺨에 붙은 오리알만 한 혹을 생각하고 있었다.

불구라면 불구로 볼 수 있는 그 혹을 가지고 고급 장교에까지 승진했다는 것은, 소위 말하는 당성(黨性)이 강하거나 그렇지 않으면 전공(戰功)이 특별했음에 틀림없다는 생각이 들었다.

그것 하나만 물고 늘어지면 무엇인가 완전히 살아날 틈바귀가 생길 것만 같았다.

이인국 박사의 뜨내기 노어도 가끔 순시하는 스텐코프와 인사말을 주고받을 수 있을 정도로 진전되었다.

이 안에서의 모든 독서는 금지되었지만 노어 교본과 당사(黨史)만은 허용되었다.

이인국 박사는 마치 생명의 열쇠나 되는 듯이 초보 노어 책을 거의 암송하다시피 했다.

크리스마스를 전후하여 장교들의 주연이 베풀어지는 기회가 거듭되었다.

얼근히 주기를 띤 스텐코프가 순시를 돌았다.

이인국 박사는 오늘의 이 기회를 놓치지 않겠다고 마음먹었다.

수일 전 소군 장교 한 사람이 급성 맹장염이 터져 복막염으로 번졌다.

그 환자의 실을 뽑는 옆에 온 스텐코프에게 이인국 박사는 말 절반 손짓 절반으로 혹을 수술하겠다는 의사를 표명했다.

스텐코프는 '하라쇼'[21]를 연발했다.

그 후 몇 번 통역을 사이에 두고 수술 계획에 대한 자세한 의사를 진술할 기회가 생겼다.

이인국 박사는 일본인 시장의 혹을 수술하던 일을 회상하면서 자신 있는 설복을 했다.

'동경 경응대학 병원에서도 못 하겠다는 것을 내가 거뜬히 해 치우지 않았던가.'

그는 혼자 머릿속에서 자문자답하면서 이번 일에 도박 같은 심정으로 생명을 걸었다.

소련 군의관을 입회시키고 몇 차례의 예비 진단이 치러졌다.

수술일은 왔다.

이인국 박사는 손에 익은 자기 병원의 의료 기재를 전부 운반하여 오게 했다.

군의관 세 사람이 보조하기로 했지만 집도는 이인국 박사 자신이 했다. 야전 병원의 젊은 군의관들이란 그에게 있어선 한갓 풋내기로밖에 보이지 않았다.

그는 수술을 진행하는 동안 그들 군의관들을 자기 집 조수 부리듯 했다. 집도 이후의 수술대는 완전히 자기 전단하의 왕국이라고 생각되었다.

그러나 아까 수술 직전에 사인한, 실패되는 경우에는 총살에 처한다는 서약서가 통일된 정신을 순간순간 흐려놓곤 한다.

수술대에 누운 스텐코프의 침착하면서도 긴장에 찼던 얼굴, 그 것도 전신 마취가 끝난 후 삼 분이 못 갔다.

간호부는 가제[22]로 이인국 박사의 이마에 내맺힌 땀방울을 연방 찍어내고 있다.

기구가 부딪는 금속성과 서로의 숨소리만이 고촉의 반사등이 내리비치는 방 안의 질식할 것 같은 침묵을 헤살[23] 짓고 있다.

수술은 예상 이상의 단시간으로 끝났다.

위생복을 벗은 이인국 박사의 전신은 땀으로 흠뻑 젖었다.

완치되어 퇴원하는 날 스텐코프는 이인국 박사의 손을 부서져 라 쥐면서 외쳤다.

"꺼삐딴 리, 스바씨보."[24]

이인국 박사는 입을 헤벌리고 웃기만 했다. 마음의 감옥에서 해 방된 것만 같았다.

"아진, 아진……[25] 오첸 하라쇼."[26]

스텐코프는 엄지손가락을 높이 들면서 네가 첫째라는 듯이 이 인국 박사의 어깨를 치며 찬양했다.

다음 날 스텐코프는 이인국 박사를 자기 방으로 불렀다.

그가 이인국 박사에게 스스로 손을 내밀어 예절적인 악수를 청 한 것은 이것이 처음이었다.

'적과 적이 맞부딪치면서 이렇게 백팔십도로 전환될 수가 있을 까, 노랑 대가리도 역시 본심에서는 하나의 인간임에는 틀림없는

것이 아닌가.'

"내일부터는 집에서 통근해도 좋소."

이인국 박사는 막혔던 둑이 터지는 것 같은 큰숨을 삼켜가면서
내쉬었다.

이번에는 이인국 박사가 스텐코프의 손을 잡았다.

"스바씨보, 스바씨보."

"혹 나한테 무슨 부탁이 없소?"

이인국 박사는 문득 시계가 머리에 떠올랐다.

그러면서도 곧이어 이 마당에 그런 이야기를 꺼낸다는 것은 오
히려 꾀죄죄하게 보이지 않을까 하는 생각이 뒤따랐다. 그러나
아무래도 그 미련이 가셔지지 않았다.

이인국 박사는 비록 찾지 못하는 경우가 있더라도 솔직히 심중
을 털어놓으리라고 마음먹었다.

그는 통역의 보조를 받아가며 시간과 장소를 정확히 회상하면
서 시계를 약탈당한 경위를 상세히 설명했다.

스텐코프는 혹이 붙었던 뺨을 쓰다듬으면서 긴장된 모습으로
듣고 있었다.

"염려 없소, 독또오루 리. 위대한 붉은 군대가 그럴 리가 없소.
만약 있었다 하더라도 그것은 무슨 착각이었을 것이오. 내가 책
임지고 찾도록 하겠소."

스텐코프의 얼굴에 결의를 띤 심각한 표정이 스쳐가는 것을 이
인국 박사는 똑바로 쳐다보았다.

'공연한 말을 끄집어내어 일껏 잘되어가는 일에 부스럼을 만드

는 것은 아닐까.'

그는 솟구치는 불안과 후회를 짓눌렀다.

"안심하시오, 독또오루 리, 하하하."

스텐코프는 큰 웃음으로 넌지시 말끝을 막았다.

이인국 박사는 죽음의 직전에서 풀려나 집으로 향했다.

어느 사이에 저렇게 노어로 의사 표시를 할 수 있게 되었느냐고
스텐코프가 감탄하더라는 통역의 말을 되뇌면서……

차가 브라운 씨의 관사 앞에 닿았다.

성조기(星條旗)를 보면서 이인국 박사는 그날의 적기와 돌려
온 시계를 생각했다.

응접실에 안내된 이인국 박사는 주인이 나오기를 기다리면서
방 안을 둘러보았다. 대사관으로는 여러 번 찾아갔지만 집으로
찾아온 것은 이번이 처음이다.

삼 년 전 딸이 미국으로 갈 때부터 신세 진 사람이다.

벽 쪽 책꽂이에는 『이조실록(李朝實錄)』 『대동야승(大東野乘)』
등 한적(漢籍)이 빼곡히 차 있고 한쪽에는 고서(古書)의 질책(帙
冊)[27]이 가지런히 쌓여져 있다.

맞은편 책장 위에는 작은 금동 불상(金銅佛像) 곁에 몇 개의 골
동품이 진열되어 있다. 십이 폭 예서(隸書) 병풍 앞 탁자 위에 놓
인 재떨이도 세월의 때 묻은 백자기다.

저것들도 다 누군가가 가져다준 것이 아닐까 하는 데 생각이 미
치자 이인국 박사는 얼굴이 화끈해졌다.

그는 자기가 들고 온 상감진사(象嵌辰砂) 고려청자 화병에 눈길을 돌렸다. 사실 그것을 내놓는 데는 얼마간의 아쉬움이 없지 않았다. 국외로 내보낸다는 자책감 같은 것은 아예 생각해본 일이 없는 그였다.

차라리 이인국 박사에게는 저렇게 많으니 무엇이 그리 소중하고 날샵게 여겨지겠느냐는 망설임이 더 앞섰다.

브라운 씨가 나오자 이인국 박사는 웃으며 선물을 내어놓았다. 포장을 풀고 난 브라운 씨는 만면에 미소를 띠며 기쁨을 참지 못하는 듯 댕큐를 거듭 부르짖었다.

"참 이거 귀중한 것입니다."

"뭐 대단한 것이 아닙니다만 그저 제 성의입니다."

이인국 박사는 안도감에 잇닿는 만족을 느끼면서 브라운 씨의 기쁨에 맞장구를 쳤다.

브라운 씨의 영어 반 한국말 반으로 섞어 하는 이야기를 들으면서 이인국 박사는 흐뭇한 기분에 젖었다.

"닥터 리는 영어를 어디서 배웠습니까?"

"일제 시대에 일본말 식으로 배웠지요, 예를 들면 '잣도 이즈 아 도' 식으루요."

"그런데 지금 발음은 좋은데요, 문법이 아주 정확한 스탠더드 잉글리시입니다."

그는 이 말을 들을 때 문득 스텐코프의 말이 연상됐다. 그러고 보면 영국에 조상을 가진다는 브라운 씨는 아르(R) 발음을 그렇게 나타내지 않는 것 같게 여겨졌다.

"얼마 전부터 개인 교수를 받고 있습니다."

"아, 그렇습니까."

이인국 박사는 자기의 어학적 재질에 은근히 자긍을 느꼈다.

브라운 씨가 부엌 쪽으로 갔다 오더니 양주 몇 병이 놓인 쟁반이 따라 나왔다.

"아무거라도 마음에 드는 것으로 하십시오."

이인국 박사는 보드카 잔을 신통한 안주도 없이 억지로라도 단숨에 들이켜야 속 시원해하던 스텐코프를 브라운 씨 얼굴에 겹쳐 보고 있다.

그는 혈압 때문에 술을 조절해야 하는 자기 체질에 알맞게 스카치 잔을 핥듯이 조금씩 목을 축이면서 브라운 씨의 이야기를 기다렸다.

"그거, 국무성에서 통지 왔습니다."

이인국 박사는 뛸 듯이 기뻤으나 솟구치는 흥분을 억제하면서 천천히 손을 내밀어 악수를 청했다.

"댕큐, 댕큐."

어쩌면 이것은 수술 후의 스텐코프가 자기에게 하던 방식 그대로인지도 모른다는 생각이 들었다.

이인국 박사는 지성이면 감천이라구, 나의 처세법은 유에스에이에도 통하는구나 하는 기고만장한 기분이었다.

청자 병을 몇 번이고 쓰다듬으면서 술잔을 거듭하는 브라운 씨도 몹시 즐거운 기분이었다.

"미국에 가서의 모든 일도 잘 부탁합니다."

"네, 염려 마십시오, 떠나실 때 소개장을 써드리지요."

"감사합니다."

"역사는 짧지만, 미국은 지상의 낙토입니다. 양국의 우호와 친선에 도움이 되기를 바랍니다."

"댕큐······"

다음 날 휴선선 지대로 같이 수렵하러 가기로 약속하고 이인국 박사는 브라운 씨 대문을 나섰다.

이번 새로 장만한 영국제 쌍발 엽총의 짙푸른 총신을 머리에 그리면서 그의 몸은 날기라도 할 듯이 두둥실 가벼웠다. 이인국 박사는 아까 수술한 환자의 경과가 궁금했으나 그것은 곧 씻겨져 갔다.

그의 마음속에는 새로운 포부와 희망이 부풀어 올랐다.

신체검사는 이미 끝난 것이고 외무부 출국 수속도 국무성 통지만 오면 즉일 될 수 있게 담당 책임자에게 교섭이 되어 있지 않은가? 빠르면 일주일 내에 떠나게 될지도 모른다는 브라운 씨의 말이 떠올랐다.

대학을 갓 나와 임상 경험도 신통치 않은 것들이 미국에만 갔다 오면 별이라도 딴 듯이 날치는 꼴이 눈꼴사나웠다.

'어디 나두 댕겨오구 나면 보자!'

문득 딸 나미와 아들 원식의 얼굴이 한꺼번에 망막으로 휘몰아왔다. 그는 두 주먹을 불끈 쥐며 얼굴에 경련을 일으키듯 긴장을 띠다가 어색한 미소를 흘려보냈다.

'흥 그 사마귀 같은 일본 놈들 틈에서도 살았고, 닥싸귀[28] 같은

로스케 속에서도 살아났는데, 양키라고 다를까…… 혁명이 일겠
으면 일구, 나라가 바뀌겠으면 바뀌구, 아직 이 이인국의 살 구멍
은 막히지 않았다. 나보다 얼마든지 날뛰던 놈들도 있는데, 나쯤
이야……'

그는 허공을 향하여 마음껏 소리치고 싶었다.

'그러면 우선 비행기 회사에 들러 형편이나 알아볼까……'

이인국 박사는 캘리포니아 특산 시가를 비스듬히 문 채 지나가
는 택시를 불러 세웠다.

그는 스프링이 튈 듯이 복스[29]에 털썩 주저앉았다.

"반도호텔로……"

차창을 거쳐 보이는 맑은 가을 하늘은 이인국 박사에게는 더욱
푸르고 드높게만 느껴졌다.

* '까삐딴'은 영어의 Captain에 해당하는 노어(露語)다. 8·15 직후
소련군이 북한에 진주하자 '까삐딴'이 '우두머리'니 '최고'라는 뜻
으로 많이 쓰였는데, 그 발음이 와전되어 '꺼삐딴'으로 통용되었다.

곽 서방 郭書房

다도해(多島海)!

그 음향 속에는 미지의 신비와 꿈이 서리는 낭만이 깃들어 있다.

그것은 이름 그대로 몇백 몇천의 섬들이 이마를 맞조이듯 비비고 복닥거리면서도 옹기종기 의좋게 제자리를 지키며 거센 태풍과 해일에도 끊임없이 버티어온 남쪽 바다.

백만분지 일의 지도를 펴면 땅콩·팥·보리·수수·벼·조…… 온갖 낟알을 되는대로 뿌려놓은 것만 같은 크고 작은 섬들이 마치 밤하늘의 별처럼 가물거리는 해역(海域).

그러나 아직 그 누구도 이 섬들의 수효를 정확한 낱셈으로 헤아려내지 못하듯이, 이 섬들은 또한 고을[郡]을 이루는 큰 섬에서부터 이름 없는 무인도(無人島)에 이르기까지, 스스로가 간직하고 있는 숨은 이야기를 흘러가는 역사 속에 파묻어가면서 새로운 아침의 사연들을 기다리고 있다.

그 속에서도 파 씨만큼 한 점으로밖엔 나타날까 말까, 짐짓 그 지도상에서 묵살되어버린 섬 경도(鏡島).

밖은 아직 완전히 동이 트지 않았다. 짙은 안개가 자욱했다. 베 잠방이에 습기가 기어들고 덜미가 선뜻했다.

'이젠 좀 비가 오려나……'

곽 서방은 혼자 중얼거리면서 농구(農具)가 담긴 지게를 지고 개펄 쪽으로 내려가고 있었다.

머리를 들어 하늘을 쳐다보아야 보얀 안개의 장막, 몇 발자국 앞쪽이 내다보이지 않았다. 풀잎의 이슬이 정강이에 감아붙었다.

그는 시들어 말라가는 보리밭께로 돌아서서 자고 난 오줌을 줄 기차게 내갈겼다. 등골이 오싹했다. 붙은 김에 두 손가락으로 바 꿔 눌러가며 코를 풀어젖혔다. 온몸이 거뜬해짐을 느꼈다. 그제서 야 큰기침에 가래침을 실어 내뱉으면서 바지 허리춤을 추스렸다.

곽 서방은 간척지(干拓地) 갯둑에 지게를 내려놓았다. 햇부리 가 올려 미는지 주위가 환해왔다. 그러나 사방을 둘러보아야 아 무것도 눈에 들어오는 것은 없었다. 다만 자기 자신이 깊은 안개 의 숲 속에 파묻혀 헤어나지 못하고 지질려 있는 것 같은 답답증 을 느낄 뿐이었다.

물때가 되어 밀려들어오는 밀물 소리가 회색 장막의 숨 죽은 개 펄을 스쳐 발 아래쪽에서 들려오는 것만 같게 느껴졌다.

둑에서 내려선 곽 서방은 논두렁을 으스러지게 밟으며 벼 묘판 (苗板) 머리에 다다랐다.

안개 속을 거쳐 눈이 닿는 끝까지 누벼보아야 이젠 발자국에 고인 한 움큼의 물조차 찾아볼 수 없었다. 이대로 팽개치면 며칠이 안 가서 갈라질 것이 뻔한 노릇이었다.

권 노인(權老人)의 선산(先山) 골짜기에서 실오라기만큼 흐르던 도랑물은 이미 말라붙었고, 저 건너 당산(堂山) 밑 습지에서 솟아 나오던 샘물도 아주 밑창이 났다.

주위를 한 바퀴 돌래야 한나절 남짓 걸리는 작은 섬, 물줄기를 대어줄 만한 깊은 골짜기 하나 있을 리 없었다. 그나마 나무라고 이름이 붙는 것은 모조리 비로 쓸다시피 할퀴어 갔으니, 내린 빗물이 고이기는커녕 지하수가 솟을 바닥까지 훑어버린 셈이었다.

그러나 간밤의 이슬을 맞은 볏모는 잎에 구슬을 담고 아침 한때만이라도 싱싱한 것이 적이 마음에 윤기를 부어주었다.

곽 서방은 여기저기 내솟은 돌피¹에 눈이 갔다. 그러나 벼 잎에 해갈도 안 될 이슬 방울 그것마저 떨어질까 아쉬워 논바닥에 들어서지 않고 두렁을 돌면서 허리를 길게 빼고 손 닿는 것만 골라 뽑아갔다.

물 없는 바닥, 끈질기게 내린 뿌리가 굳어가는 땅에 감아붙어 빠지지 않고 대궁²이가 끊어질 뿐이었다.

"젠장······"

곽 서방은 상을 찡그리며 혀를 찼다.

신문에서는 양수기(揚水機)라도 써서 빨리 제때에 모를 심으라고 야단들이지만 이런 콩알만 한 섬에 그런 기계가 차례에 올 리도 없었지만, 설령 온다손 치더라도 밑물이 없는데 무엇으로 퍼

올리느냐는 생각이 앞섰다.

우물을 파서라도…… 곽 서방은 생각에 잠겼다.

그러나 그것도 어림 반푼어치 없는 일이었다. 이 섬에 벼 심는 논이라고는 고작 권 노인의 재 너머 한 섬지기 그리고 여기 곽 서방의 아직 소금기가 다 빠지지도 않은 간척지 닷 마지기가 있을 뿐이다.

곽 서방은 허리를 펴며 다시 하늘을 쳐다보았다.

아까보다는 안개가 훨씬 엷어져서 동녘 수평선에 동그란 윤곽이 붉게 물들어 아른거리는 것이 보였다.

"에익 또 틀려먹었군."

그는 맥 빠진 소리를 홀로 내었다.

"농사야 아무래도 사람 힘보다 하늘 덕이 더 크게 마련이지!"

곽 서방은 언젠가의 권 노인의 말을 되씹어보았다. 이것은 권 노인뿐만 아니라 천수(天水)[3]만을 태산같이 믿고 땅을 파온 이 섬 사람들의 한결같은 심정이었다.

그러나 그때 김운산(金雲山)은 그것을 끝내 반대하지 않았던 가. 권 노인의 발의로 마을 사람들이 정성들여 당산에서 부친 기우제(祈雨祭)에 고축(告祝)[4]만이라도 해달라고 그렇게 간구하는데도 끝까지 거절한 그가 아닌가. 이제는 권 노인의 눈에 거슬리던 운산마저 가고 없다.

며칠 전 집집마다 독 밑을 긁어모은 추렴[5] 쌀로 돼지를 비어치성을 올렸건만 아직도 비 올 기색은커녕 하늘은 심술궂게 더 말똥하기만 했다.

"땅 위에는 저수지가 생기고 하늘에서는 인공 강우(人工降雨)를 퍼붓게 하는 과학 시대에 그깟 기우제 같은 미신이 될 말이오."

분명 운산은 그때 이렇게 서슬을 돋쳐 외쳤었다.

곽 서방은 그때에도 우리네 살림에야 언제 인공 강우며, 이런 손바닥만 한 섬에 어디 저수지 막을 데나 있느냐고 속심 찬동은 안 샀었다. 나만 운산이 이 심살이 몇 해 동안에 남겨놓은 채소(菜蔬)의 새로운 재배법에 영향 된 바 컸기에 그의 주장에 그럴듯한 점이 없는 바도 아니라는 생각이 들었을 뿐이었다.

곽 서방은 당장 목이 타게 말라가는 못자리에서 시선을 돌려 원망스러운 눈초리로 하늘을 쳐다보았다.

곽 서방은 갯둑으로 돌아왔다.

초갈이[6]한 논바닥은 습기를 잃어 소금기가 보얗게 내돋고 있었다.

이 둑에만 나오면 그는 '사라'호 태풍을 연상하게 된다. 반농반어(半農半漁)의 이 조그만 마을에도 예상 외로 피해가 컸었다. 논밭이 흘러 나가고 배가 깨뜨러지고…… 그뿐인가, 순돌네 부자는 배와 더불어 영영 돌아오지 못하고 말았다. 그러나 곽 서방에게는 생각지도 않았던 떡이 굴러들어온 경우였다.

순돌네는 몇 해를 온 식구가 씨름하여 제방을 쌓아 갯논 다섯 마지기를 만들었다. 그것이 겨우 소금기가 빠져 이제부터는 얼마간 수확을 내겠다고 웃음 짓던 바로 그해에 태풍으로 둑이 터졌다. 푸른 논벌은 하룻밤 사이에 송두리째 물에 잠겨 옛 개펄로 돌아가고 말았다. 그것을 몇 푼 안 주고 넘겨받은 것이 곽 서방이었다. 그는 품을 사가면서 끊어진 제방을 다시 쌓아 올렸다. 집안 식구들은 한겨울을 그 일로 몽땅 바쳤다.

논을 처음으로 소유한다는 심정, 그것은 곽 서방 자신밖에 모르는 숨은 기쁨이었다.

둑이 다 된 날 밤, 그는 아무도 모르게 마누라와 둘이서 돼지 두족[7]을 사다가 고사를 올렸다. 그들 부부는 몇 번이고 바다와 둑과 당산을 향하여 절을 했다. 당산에 모신 용왕(龍王)은 이들에겐, 우주 만상(萬象)을 섭리하는 절대적인 대상으로 믿어졌다. 농사가 잘되는 것도, 바다의 노여움도, 모두 여기에 달렸다고 여겨졌다. 이 치성이 있기 전에는 물론 그 후로 얼마 동안 곽 서방은 부정(不淨)을 꺼려 마누라의 옆에 가까이하지 않았다.

잠자리에 들기 전 그는 꼭 갯둑을 한 바퀴 돌고야 마음 놓고 잠을 청할 수 있었다. 바람이 거세거나 비 오는 밤에는 몇 시간이고 바다 쪽에 눈을 박고 둑을 지키는 것이었다.

지성(至誠)이면 감천(感天)이라, 이것은 평생 일하는 것밖에 자기 직분은 없다고 생각해온 그에게 삶의 철칙이요 신조였다.

그는 새해의 논갈이 철을, 첫아들 기다릴 때보다 더 초조하고 희망에 차 고대했었다.

뱃사공인 아버지가 환갑이 넘을 때까지 배를 타다가 이 섬에 정착하여 자기에게 남겨준 것은 조그마한 전마선[8] 한 척, 그것도 언젠가의 폭풍에 피선을 당하고, 거우 생명만 부지하여 맨손으로 나앉게 되었다.

배꾼, 머슴살이, 몸을 아끼지 않고 손톱이 닳게 일해온 보람으로 장가를 들고 얼마 안 되어 산비탈의 박토 나절갈이[9]를 얻게 되었다.

처음으로 밭을 내 것으로 소유하던 때의 기쁨, 그것은 지금 생각해도 자다가 이불을 차 던지며 뛰어 일어나고 싶은 격한 환희를 불러일으키는 것이었다.

그러나 이번엔 새로 논을 장만하게 된 것, 그것도 이 섬에서 두 뙈기밖에 안 되는 것 중의 하나, 마을의 으뜸인 권 노인 다음에 논을 가져보는 자기, 그는 밭을 얻을 때에 못지않게, 아니 그보다 더한 기쁨과 자랑을 느꼈다.

그 후 삼 년, 이제는 논의 염분도 거의 다 빠졌다. 잘하면 금년부터는 논에서 제 소출을 다 낼 수도 있을 것만 같았다.

큰딸은 무식한 대로 출가를 시켰고, 다음 딸은 간신히 국민학교만 졸업을 시켰다. 내년 봄이면 아들놈은 국민학교 졸업이다. 이 놈만은 무슨 일이 있어도 중학교에 입학을 시켜야 하겠다. 아비는 학교는 고사하고 서당 문 앞에도 가본 일이 없다. 다행히 자기 이름 석 자를 쓸 줄 알 정도로 면무식이나 된 것도 자기 스스로의 이를 간 억지와, 끈덕진 노력의 덕분이었다고 생각되었다.

안개가 완전히 걷혔다. 하늘은 맑아지고 바람기 없이 후덥지근했다. 바다는 만조(滿潮)가 되어 둑 중턱까지 물결이 밀려오고 있었다. 섬 너머 섬, 산 끝에 산모롱이 겹쳐, 굴곡진 병풍으로 둘러친 듯한 내해(內海), 그러나 뱃길로 떠나면 그 틈 사이를 용케도 누비어 아득히 수평선이 보이는 큰 바다로 잇따랐다. 고요한 바다, 그것은 섬사람들에게는 평화로운 삶의 보금자리였다. 그러나 폭풍을 머금은 성낸 바다는 죽음의 무덤이기도 했다. 가슴이 탁 트이게 늠름하고 시원하면서도 언제나 불안과 두려움을 숨 가쁘게 안겨다 주는 바다……

찰랑거리는 잔물결에 새로 쌓은 둑의 모래알 하나라도 흘러내리는 것이 곽 서방에게는 몹시 아쉬웠다.

곽 서방은 다시 논바닥의 진흙을 파 갯둑에 퍼 올리기 시작했다. 둑의 아래 절반은 큰 돌을 쌓아 올렸기 때문에 씻길 염려가 덜했지만, 위쪽은 아직 완전히 다져지지 않은 흙이어서 늘 조심이 갔다. 제방 경사면에 풀뿌리가 엉킨 곳은 모진 비에도 씻기지 않았지만, 거센 바람목이어서 알맹이 흙바탕은 가랑비에도 모래가 드티었다.

그는 빗물이 홈 져 흐른 자국에 흙을 얹고는 삽 등으로 두들겨 다져갔다.

'아무렴. 그해 비가 그해 안에 오지 않구서야……'

가뭄이 목 질기게 버티는 꼴이 이제 진짜 장마철에 들기만 하면 기어코 홍수 사태를 내고야 말 것이라는 예측이 가끔 그를 불안감에 싸이게 했다.

그러면서도 그의 가슴은 희망에 벅차기도 했다. 누런 논벌, 알알이 야무지게 익은 벼 이삭이 고개를 숙이고 갈바람에 황금물결을 이룰 가을. 한 마지기에 한 섬씩 쳐도 닷 섬. 그는 이마에 줄지어 흐르는 땀을 흙 묻은 손등으로 훑어 내리면서 흰 이빨을 드러내놓고 히죽이 웃었다.

곽 서방은 둑 위에 올라와 궁둥방아를 찧듯이 털썩 주저앉았다. 큰숨을 돌리고 난 그는 시멘트 종이 담배쌈지를 끄집어내었다. 짓눌려 잠이 잔 풍년초[10] 오리, 그는 신문지 조각에 담배를 말아 침으로 붙여 불을 댕겼다. 양 볼이 오므라지게 빨아 길게 내뿜었다.

땀이 배어 등에 찰싹 달라붙은 베적삼이 부드러운 바닷바람에 흔들릴 때마다 등줄기가 간지러우며 선뜻했다. 그는 등 뒤에 손을 넣어 적삼을 들었다 놓았다. 한결 시원했다.

해풍 길목을 막아 골짜기 옴폭한 곳에 자리 잡은 마을. 곽 서방은 불현듯 마을 쪽으로 시선을 옮겼다.

다닥다닥 붙어 앉은 초가집들. 그 속에서도 두 개의 색다른 것이 두드러지게 눈에 띄었다. 맨 뒤쪽 나무가 우거진 높은 곳에 자리 잡고 마을을 굽어보듯이 의젓한 기와집이 권 노인네, 아래쪽에 조금 떨어져 널찍한 뜰 한복판에 함석지붕을 한 새집, 파랑 대문이 유별히 표 나는 것이 구장네 집.

마을 사람들의 살림은 이 둑에서 올려다보는 한눈 속에서 이미 분간이 서진 것이나 다름없다는 생각이 곽 서방에게 새삼 떠올랐다.

자기 집은? 뒤뜰에 서 있는 큰 느티나무 덕택으로 고만고만한 집들 속에서나마 쉽게 찾아낼 수 있는 것만으로도 곽 서방은 기뻤다.

'아무렴 겉치레보다 실속이 있어야지.'

흐뭇한 기분에 그는 담배 한 대를 다시 말아 붙였다.

운산이 와 있을 때 자주 이 둑에 앉아 마을과 바다 쪽을 번갈아

보면서 이야기를 나누었었다.

아니 좀더 정확히 말하면, 운산은 이야기하고 자기는 들었다는 편이 옳을지도 몰랐다.

"곽 형⋯⋯"

나이 하나 아래인 운산은 자기를 늘 이렇게 불렀다.

"결국 농사꾼은 제 힘으로 살아야 합니다. 남의 원조나 후원을 받는다는 것은 의뢰심만 늘게 되는 것이지 실지의 보탬은 안 됩니다."

어떻게 하면 농민도 잘살 수 있겠느냐는 기다란 이야기 끝막음에 덧붙인 말이었다. 곽 서방은 이때도 역시 토론하거나 의견 교환하는 대상이 아니라 듣기만 하는 상대였다.

"해방 십오 년에 정부가 농민에게 해준 것이 무엇이 있습니까. 아니 눈곱만치라도⋯⋯ 속담에 부조를 못 한대두 제상이나 치지 말라는 말이 있지 않습니까. 그저 그 꼴입니다. 보태어주지 못해도 뜯어가지나 말았으면⋯⋯"

그 말에는 곽 서방의 귀도 솔깃했다. 누구한테 평생 손 내밀어본 일이 없는 그였다. 그저 혼자 두더지처럼 일만 해왔다.

그는 광대뼈가 앙상하게 말랐으면서도 불꽃이 튈 듯이 광채가 나던 운산의 눈동자를 그리면서, 끝까지 타는 종이 냄새가 매캐하게 나는 담배꽁초를 입김으로 확 뱉어버리면서 일어섰다.

곽 서방은 지게에 담겨진 흙을 갯둑 바다 쪽 경사면에 쏟아붓곤 발로 다져갔다. 가파른 둑 섶으로 굴러 내려가는 흙덩어리는 감물[11] 속에 잠기자 장덩이처럼 풀어져 수면을 흙물로 적시며 번져갔다.

여느 때도 일손을 붙잡으면 지치는 줄 모르는 그였지만, 이 신답(新畓) 벌에만 나오면 더욱 시간 가는 줄을 몰랐다.

둑에서 얼마 떨어지지 않은 바다 쪽에서 전마선 한 척이 이쪽으로 오고 있었다. 노 젓고 있는 사람의 '헬멧'이 마을에 단 하나밖에 없어 동네 아이들이 '바가시'라고 부르는 그 표 나는 모자로 보아 아마 구장이 어디 갔다 오나 보다 하고 그는 생각했다.

논바닥에 내려온 곽 서방은 내리박은 삽을 발목이 시도록 밟아서는 흙덩이를 떠 지게에 담았다. 아득한 옛날부터 몇천 몇만 년이고 모르게 쌓여온 매태[12] 흙, 그는 흙덩이를 억센 손아귀에 움켜쥐고 뿌드득 소리가 나도록 비볐다. 반죽한 콩고물이 부서지듯이 매끄럽게 비벼지는 검붉은 흙은 모래 한 알 없이 보드라웠다. 그는 마치 첫날밤의 신방 자리에서 마누라의 젖가슴을 더듬던 때의 부드러움을 되살려 느끼는 것만 같은 헷갈림에 사로잡혔다.

곽 서방은 또 비시시 슴새어 나오는 엷은 웃음을 참지 못하다가 주위에서 누가 보지나 않는가 하고 두리번거렸다.

"곽 서방!"

그는 흠칫하며 소리나는 쪽으로 몸을 돌렸다.

둑 위에는 벌써 구장이 와 서 있지 않는가. 눈이 마주치는 순간 곽 서방 얼굴에는 겸연쩍은 웃음이 번져갔다.

"곽 서방은 쉼도 없구만."

"……"

대답 대신 곽 서방은 그대로 웃고만 있었다.

"몸 좀 돌보며 해야지, 그렇게 밤낮을 가리지 않구서야……"

"어디 구장님같이 팔자가 펴야지요."

그는 구장이 메고 있는 낚싯대와 투망에 눈길을 보내면서 대꾸했다.

"이제 새 부자가 됐으니 쉬엄쉬엄 해가야지."

"어데요."

사실 구장의 말 속에는 농담 아닌 진담이 섞여 있다고 곽 서방은 생각이 갔다.

범선(帆船) 한 척에 부속선인 전마선을 곁들여 소유하고 있는 구장이다. 거기에 농토도 권 노인 다음가는 많은 면적을 경작하고 있다. 그러나 아직 논만은 가져보지 못한 그다.

수원(水源)이 짧은 섬엔 밭을 엎어 신답을 일굴 자리라곤 거의 없다. 기껏 간석지(干潟地)를 막아 염분을 빼고 논을 만들어야 하지만, 개인의 사소한 자금으론 어림도 없는 일이다. 그것은 구장뿐만 아니라 곽 서방 자신도 잘 알고 있다.

곽 서방은 흐뭇이 밀려 오르는 만족감을 금할 길 없었다.

이 논뙈기만 하더라도 그때 조금만 손을 늦게 썼으면 구장 차례로 돌아갈 뻔했었다. 일이 다 결말난 것을 알고 구장이 갑절의 대가를 치를 터이니 자기에게로 넘겨달라고 당부하는 것을 코웃음 치고 뿌리쳤다. 처음 얼마 동안은 피차의 감정이 묘했지만 이젠 소유권도 옮기고 둑까지 다시 수축했으니, 마을 사람들의 이목이 두려워서도 구장은 그 이상 벋대지 않고 체념해버린 눈치였다.

곽 서방은 흙짐을 져다 둑에 붓고는 지게를 벗으며 허리를 폈다. 그는 구장이 권하는 궐련을 받아 불을 붙이곤 둑 위에 마주 앉았다.

"이 논두 올부터는 제 소출이 나겠는걸."

구장의 눈길은 논벌에 쏠리고 있었다. 곽 서방은 구장을 건너다 보던 시선을 논 쪽으로 옮겨 외면하면서 입을 열었다.

"웬걸요, 아직 소금기도 다 빠지지 않은 데다 이렇게 못자리까 지 바닥이 갈라질 판에 어림도 없겠는걸요."

"염분이야 인제 다 빠졌지. 비도 아직 한 열흘은 더 기다릴 수 있으니 전연 가망이 없는 것두 아닐 테지."

"하지만 모판이 견디어날라구요."

구장은 담배를 길게 빨고 나서 콧수염 사이로 연기를 내뿜으며 곽 서방을 건너다보았다.

"참 그렇잖아두 한번 만나려는 참이었는데……"

구장은 말끝에 침을 삼키며 숨을 돌리고 있었다.

곽 서방은 무슨 소리가 나오느냐 하고 구장의 동이 난 말끝을 기다렸다.

"실은 이번 배를 수리하는 데 의외로 비용이 많이 들어서 어망 (漁網)을 준비할 자금이 좀 부족하단 말이야. 많지도 않은 돈인 데……, 곽 서방 어디 한 삼천 원만 돌려줄 수 없겠어? 이번 며루 치 철만 지나면 곧 돌릴 터이니, 어디 구멍 좀 메워주구려."

곽 서방은 예상 외의 청탁을 받고 우선 당황하지 않을 수 없었다.

"지난번 고리채 정리 후, 권 노인의 주머니는 홀딱 잠겼으니 잔돈 한푼 어쩌는 수 있어야지."

곽 서방은 어떻게 대답했으면 좋을지 몰라 망설였다.

사실 자기에게는, 전번 박람회 구경을 단체로 가면 경비가 적게 든다고 권유를 받았을 때 아들놈이 라디오를 사내라고 조르기에 눈을 딱 감고 단념한 덕분에 남겨진 돈이 없지 않았기 때문이었다.

"가뭄에는 씨가 남아도 수해에는 씨도 못 찾는다는데."

처음 듣는 말은 아니었지만, 곽 서방은 구장이 남기고 간 여운을 혼자 입속에서 되뇌면서 기대와 갈망에 찬 눈매로 하늘을 쳐다보았다.

맑게 갠 하늘, 그러나 비를 머금을 전조인지 새파랗게 트이지 못하고 젖빛처럼 뿌얀 하늘이었다. 뭍의 동북쪽 먼 산봉우리 위에 뭉게구름이 꿈틀거리고 올리미는 것이 눈에 띄나, 그것으로 비를 바라기엔 너무도 아득한 것만 같았다.

흙을 몇 짐 더 지고 난 곽 서방은 지게를 팽개치고 잠방이를 활활 벗어 던졌다.

숨 막히는 무더움을 간드러진 실바람 정도로 그 이상 견디어낼 수는 없었다.

그는 둑 위에서 바닷물 속으로 첨벙 뛰어들었다. 물은 차지 않았지만 땀 밴 몸이라 사타구니께가 약간 저려올랐다. 둑 갓[13]으로 슬슬 돌던 그는 바다 쪽으로 한참 나갔다가 다시 돌아 천천히 헤엄쳐 들어오고 있었다.

바다에서 나서 바다에서 자란 그였지만 아무리 물결이 잔 날이라도 그에게는 조심이 갔다. 이렇게 혼자 바닷속에 들어갔을 때는 더욱 그러했다.

'배도 한 척 가졌으면……'

평소에 품었던 소원이 다시 그의 머리를 비비고 되살아났다.

"토지 개혁을 열 번 하면 무엇해, 원래 농토가 좁은데. 아무리 경작자에게 준다손 치더라도 영세농은 면할 수 없거든."

운신의 말이 띠올랐다.

"적어도 지금 농사짓는 사람의 삼분의 일만 남기고 삼분의 이는 공장으로 가든가, 어디 다른 직업을 택하기 전에는 아무리 농사를 개량해도 농민이 다 잘살 수 있다는 것은 거짓말이야."

운산은 이런 말도 가끔 터뜨렸다.

사실 곽 서방 자신도 그렇게 생각되었다. 다만 자기는 운산같이 그런 이론이 밝은 이야기는 할 수 없어도, 지금까지의 경험으로 보아 그 이야기에 머리가 끄덕여지지 않을 수 없었다.

자기 마을에 70호나 되는 농가가 있다 해도 그것으로 일 년 계량이 지탱되는 집이라곤 몇 집 안 된다. 적어도 그 속의 2, 30호가량만 남아서 그 토지를 경작해야 겨우 자급자족이 될까 말까 한 정도가 아닌가. 이 작은 섬에서 기껏 토지를 팔고 사고 해보았댔자, 그저 다람쥐 쳇바퀴 돌리듯이 뻔한 면적이 아닌가 하는 생각이 없지 않았다.

"거기에 자식을 학교에 보내고 중병이 나면 병원에 가서 치료를 받을 수 있는 정도까지 되려면, 죽도록 일해도 이 좁은 농토론 안 된다니까요."

운산의 이러한 이야기는 곽 서방에게는 한 귀로 듣고 한 귀로 흘려지기 일쑤였다.

그러나 아들을 당장 내년 봄에 진학시켜야 할 경우에 다다르고
보니 시답잖던 그런 이야기가 자기를 두고 한 말이었는지도 모른
다는 생각이 들기도 했다.

'여기에다 이제 배 한 척만 갖추었으면……'

그는 서서히 헤엄을 치면서 저쪽 갯가 언덕 밑 고목에 매어놓은
구장네 전마선에 눈이 갔다.

'전마선쯤이야 있으나 마나 한 거구, 그 범선을 하나 장만해야
지……'

그는 입속에 들어온 감물을 내뿜으면서 생각은 여전히 배에서
떠나지 않았다.

박토 한 평 유산으로 물려받은 것이라곤 없었다. 처음부터 끝까
지 자기 손으로 이루어놓은 그야말로 자수성가(自手成家)였다.
그러나 아버지가 남겨놓은 유일한 재산이었던 쪽배, 그것만은 여
태껏 복구하지 못했다.

"여보!"

어느 틈에 왔는지 마누라가 점심 바구니를 이고 둑에 와 서 있
었다.

곽 서방은 얼굴의 감물을 훔쳐 내리면서 둑께로 나왔다. 그는
몸의 물기를 대강 닦아내고 잠방이를 주워 입었다.

몸이 시원하고 기분은 훨씬 가뜬했다.

산 밑 도랑 옆 버드나무 아래에 그들은 자리를 잡았다.

숟갈 목이 부러질 듯이 소담하게 퍼 넣는 남편을 바라보면서 아

내는 입 가장자리에 엷은 웃음을 여물리고 있었다.

내리쪼이는 뙤약볕을 맞으며 쉼 없이 일을 하고 있는 남편에게 신통한 대접을 못 하는 것이 아내에게는 미안한 생각이 들었다.

"비가 오지 않으니까 고추도 호되게 독이 들었군."

곽 서방은 풋고추에 된장을 찍어 문덕 잘라 씹다가 매움에 못 이겨 물을 마시었다.

"생선이라군 별로 잡히지도 않지만, 제값이 가는 건 다 대처로 실어가니, 그것도 얻어먹기 힘들군요."

"괜한 소리, 이만하면 어떻다구……"

보리밥에 호박 된장찌개. 마을 사람의 대부분은 끼니를 거의 고구마로 때우는데, 그것만으로도 대견하다고 곽 서방은 생각했다.

담배에 불을 댕겨 빨면서 트림에 입맛을 다시는 남편의 만족한 듯한 모습을 바라보면서 아내는 어지간히 마음이 피어갔다.

한낮이 기울어도 오후의 태양은 서슬을 꺾이지 않고 더욱 거세게 내리쬐었다.

한 숨 돌리고 난 곽 서방은 밭일로 달라붙었다. 밭이래야 두렁을 둔 대로 논바닥을 갈아엎은 이모작(二毛作) 채원(菜園)[14]이다.

언덕을 끼고 바람길을 막아 앉은 완만한 계단식 경사지, 양파[玉葱]밭 너머는 당근, 그 바로 옆은 캬베츠, 그리고 맨 아래쪽 습한 질땅에는 극조생(極早生) 신종(新種) 봄배추를 심었다.

이런 것은 예전에는 심어볼 엄두도 내보지 못했던 종류들이다. 특히 '장강 교배(交配) 이호백채(二號白采)'란 기다란 수입종(輸入種)의 명칭은, 곽 서방으로서는 들어보지도 못한 이름이지만,

운산의 권에 못 이겨 심었고, 온상(溫床)[15]이라는 것도 그의 덕으로 처음 시험해본 재배법이었다.

사실 첫해 여름 이 극조생 배추 수확기에는 즐거움보다 놀라움이 더 컸었다. 봄배추야 어디 굳어지는 걸로 알고 심어왔던가. 깊지는 않지만 연한 고갱이 맛으로였다. 겨울 김장이 끝나면 그 뒤를 이어 대는 향긋한 풋김치, 그것이 아니면 기껏 토장국 건더기로 쓸 정도로 생각해왔었다. 이것이 보릿고개로 메마른 철의 돈값이 되리라고는 꿈에도 생각해보지 못한 일이었다.

그러던 것이 가을배추에 못지않게 단단한 배추, 어떤 것은 온통 고갱이만으로 차곡히 박혀 돌처럼 단단한 것이 굴려도 찌그러지지 않고 새하얀 속살이 입맛을 건드리는 신선미를 풍겨주었다.

서당 개 삼 년에 풍월을 읊는다는 속담은 자기를 두고 한 말이라고 곽 서방은 그때 이래 생각해온 것이었다. 그것도 자기와 운산의 경우를……

운산이 가솔을 거느리고 이 마을에 온 것은 칠 년 전의 일이다. 좁쌀 알같이 뿌려진 섬들 속에서 하필이면 이 섬에 왔을까 하는 것은 곽 서방이 운산에게 품은 오랜 수수께끼였지만, 그것은 운산의 깡마른 얼굴을 스치는 간간의 너털웃음에 섞여 나오는 푸념 속의 '그도 다 곽 형과의 연분이지……' 하는 알쏭달쏭한 한마디로 덮어져 가버렸다. 그러나 그것이 참말 개운하게 풀려진 것은, 운산이 이 섬살이를 끝내고 떠나는 때였었다.

돌산(突山) 섬에서의, 그것도 얼마 동안의, 살림살이가 여의치 않아 다시 육지로 돌아가려던 운산이, 새벽 나룻배를 기다리기 위해 이 마을에 머물렀을 뿐이라는 극히 예사로운 노순(路順)의 뱃길 때문이었음을 알고 난 후에도, 운산 말마따나 연분임에 틀림없다는 생각을 곽 서방은 버리지 못했다.

저녁 어스름, 운산 일가는 곽 서방네 툇마루 앞에 보따리를 내렸다.

육지에 가야 조상 전래전(傳來田)의 농토가 기다리고 있는 것도 아닌 운산…… 짧은 봄밤은 그들의 이야기 속에 더욱 빠르게 새어갔다.

곽 서방의 묵직하고 누그러진 성질과 대 곧은 인품은 운산의 강직한 성격에 어울렸다.

"인간도처(人間到處)에 유청산(有靑山)이라니 어디 또 짐을 풀어봅시다."

체념인지 포기인지 모를 운산의 이 한마디는 곽 서방의 호의에 합류되었다.

곽 서방은 운산이 가시밭길을 걸어오면서 농사 개량의 새로운 방법에 반생을 바쳤다는 체험담에 귀가 솔깃하면서도, 이게 정말 농사꾼인가 하는 반신반의를 완전히 씻을 수는 없었다.

그러나 그는 운산의, 대상을 꿰뚫는 듯이 쏘아보는 눈동자 속에 사람 됨됨이의 진실을 느낄 수 있었고, 실제 농가의 경험담 속에서 그것을 뒷받침하는 실천력을 넘겨다볼 수 있었다. 하지만 운산의 그러한 노력이 참말 보람찬 열매를 맺기 시작한 광양 두메 산골의 운산농장(雲山農場) 개척 실기가 이 봄에 대대적으로 신문에 보도된 후에야, 곽 서방도 자기의 사람 보는 안목에 틀림이 없다는 자신을 더욱 굳게 하고, 무릎을 치면서 제 일처럼 기뻐했던 것이다.

곽 서방이 내놓은 오백 평 정도의 밭과 권 노인에게서 빌린 서 마지기 논으로 운산의 새로운 농사는 시작되었다.

수십 년래, 아니 수백 년래 조상들이 가꾸어오던 재래식 그대로, 그것도 보리니 감자니 하는 판에 박은 농사로만 일관해오던 마을 사람들은 농사꾼 같지 않은 운산의 출현을 비웃음에 겹친 가느다란 호기심으로 바라보았다.

그러나 곽 서방은 운산이 시키는 대로 설사 마음에 내키지 않는 일이 있어도 그 성의와 열성을 저버릴 수 없어 그대로 따랐었다.

"지금 식으로 밤낮을 가리지 않고 피땀을 흘려야 잘살 구멍은 없어요."

온상에 퇴비를 밟아 넣고 땀방울이 번진 얼굴에 미소를 띠면서 넌지시 건네는 운산의 말을 들으면서도, 곽 서방은 그가 시키는 대로 자꾸만 밟아 다질 뿐 대꾸할 말을 찾아낼 수 없어 같이 웃음으로 대할 뿐이었다.

"자급자족이란 원시적인 방법밖에 안 돼요. 그저 제 털을 뽑아 제 구멍에 박는 격이거든요."

곽 서방은 계속 퇴비(堆肥)를 퍼 넣고는 밟아 다질 뿐 대답이 없이 듣고만 있었다.

"비철[16]에 손쉽게 현금으로 바꿀 수 있는…… 그것도 비싼 값으로 바꿀 수 있는 물건을 생산해야 한단 말입니다."

물을 뿌려가며 두 자가웃이나 깊이 밟아 다진 퇴비 위에서는 김이 무럭무럭 나고 있었다. 그 위에다 흙을 덮어 다지고 온상 속이 얼마간 잠이 잔 후에야 극조생 배추 씨를 뿌렸다.

흙 속에 손을 넣으면 후끈하게 더운 기가 번져왔다.

곽 서방은 운산이 하라는 대로 일을 거들면서도 신기한 생각만 들었다. 이른 봄이라고는 하지만 바깥 날씨는 차가운 이월 하순, 다른 밭농사는 아직 씨를 뿌릴 엄두도 내지 못하는 계절에 그것도 추위에 가장 약한 배추를 심다니…… 이것이 자라 볼만한 물건이 될까 하는 의혹과 기대가 한데 겹쳐왔다.

"남의 것보다 내 것, 구경하는 것보다 직접 자기가 해보는 것, 그것이 중요한 일이거든요."

자기 온상 일이 끝난 다음 억지로 권유하여 그 옆에 나란히 만들어놓은 곽 서방의 온상 안에서 씨를 뿌리며 운산이 넌지시 던진 말이었다.

"나야 뭘 알아요. 보구 들은 것이 있어야지!"

곽 서방은 이마의 방울진 땀을 씻을 염도 않고 웃음을 흘리며 대꾸했다.

운산이 뿌려진 씨앗 위에 흙을 덮고 물을 바가지에 떠서는 손가락으로 흩어 뿌리는 것을 유심히 바라보는 곽 서방의 눈동자는 호기와 희망에 차 있었다.

"인제 물뿌리개도 하나 장만해야겠는걸…… 모종을 하구 난 뒤까지 이런 원시적 방법을 쓸 수는 없으니까?"

군색스럽게 바가지 물을 흩어 뿌리는 것을 바라보면서 곽 서방도 같은 심정이었다.

"시작이 반이라지만 아직 초입인걸. 이제부터 매일 신경을 쓰고 게을리하지 말아야 해요."

곽 서방과 함께 담배에 불을 붙이고 난 운산은 첫 모금을 길게 빨아 삼키면서 허리를 폈다. 그러나 그의 시선은 온상 속에서 떨어지질 않았다.

"싹이 돋아 잎이 일고여덟이 될 때까지, 십이삼 도의 온도를 유지해가야만 해요."

"……"

곽 서방은 말이 없었다. 도대체 농사짓는 데 온도 몇 도라니 처음 듣는 이야기였다. 우순풍조(雨順風調)라는 문자는 일찍이 들은 풍월로 귀 익은 말이었다. 봄이 오면 씨를 뿌리고, 풀이 나면 김을 매고, 모종이 자라면 옮겨 심고, 똥오줌 거름을 주고, 그것도 암모니아니 과인산석회니 하는 금비(金肥)"가 나온 후 훨씬 쉬워졌다. 그리하여 가을이 되어 거두어들이면 그만이었다.

홍수가 나면 무너진 둑을 쌓고, 가뭄이 길면 있는 물이나 대어주고, 그것만으로 족했다. 기껏해야 김 몇 번을 더 매어, 아무개네 밭이 풀이 없다는 마을 공론이 돌면, 그것이 부지런한 농군과 게으른 농군의 구분으로 되었었다.

언제 종자 개량을 해보았던가. 새로운 농작물을 시험 재배해보았던가. 꽤 까나곱세 한다는 축이, 겨우 이른 봄이면 옆의 섬까지 배를 타고 가서 종자를 바꾸어 오는 일 정도였다. 그나 그뿐인가, 상처가 나면 장덩이를 붙이고, 배가 아프면 풀뿌리를 달여 먹고,

고뿔 정도는 억지로 참아가며 날짜를 보내면 되었다. 맹장염이든 복막염이든 위궤양이든 몸을 땅에 붙이지 못하게 앓다가 죽어도 다 속탈이나 속병 한마디로 단정했었고, 결핵이든 늑막염이든 고질이 되게 몇 해고 누워 신음해도 가슴앓이로 통했다. 병세가 위독하여, 다 글러질 무렵에야 억지로 빚을 얻어 큰 섬 한방의를 찾아가거나 육지에 있는 도립 병원으로 끌고 간댔자 이미 승패가 날 무렵, 기적이 없는 한 송장으로 돌아오게 마련이었다. 그저 하늘을 믿고 땅을 의지하고만 살아왔다. 어쩌면 그것이 아쉬운 대로 무식이 태평이라는 식의 안이한 평화였는지도 몰랐다.

"배춧잎이 예닐곱 났을 때 온도가 내리면 쫑[18]이 나게 마련이거든요. 그러면 배추가 굳어지지 않고 그대로 쫑에 씨가 앉게 되니까 하룻밤 사이에 십 년 공부 나무아미타불이 된단 말이오."

온도가 내리면 하룻밤 사이에 쫑이 나다니……, 곽 서방으로서는 알쏭달쏭한 일 같으면서도 아무튼 신기하기만 했다.

"짐작으로도 어느 정도 맞추어갈 수 있지만, 정확하게 하자면 한란계(寒暖計)[19]를 달아두어야 해요."

한란계, 그것도 곽 서방으로서는 지금까지의 자기 농사법에서는 한 번도 써본 일이 없는 기물[20]이었다.

곽 서방은 매일 아침 눈을 뜨면 곧 온상으로 달려갔다. 이것은 꼭 첫 태아의 커가는 짐작을 마누라의 배를 훑어 어루만지면서 느끼던 첫 기쁨의 시절과도 같은 심경이라는 생각이 없지 않았다.

그는 해가 어지간히 높이 솟아 기온이 더워지면, 온상 위에 덮은 짚 멍석을 말아 거둔 다음, 네모진 기름종이를 슬며시 들고 온

상 속 송이송이 솟은 새싹들을 들여다보는 것이었다.

"비, 비다!"

잠꼬대 모양 외치며 곽 서방은 잠자리에서 소스라쳐 일어났다.

뚝, 뚝, 뚝뚝.

한두 방울 떨어질 때 이미 그의 잠은 깨었었다. 이것이 꿈이 아닌가, 그는 빗방울 소리를 들으면서도 자기의 귀를 의심했다.

창살을 울리며 쫙 퍼붓는 소리를 듣고야 그는 함성을 쳤다.

일어나는 대로 곽 서방은 창문을 발길로 냅다 차고 어둠 속으로 고개를 쑥 내밀었다. 이마에 스쳐오는 시원한 찬기. 오랫동안 깡말랐던 땅에서 풍겨 오르는 흙냄새, 새벽의 숨 죽은 세상을 헤살 짓고 통쾌하게 퍼붓는 빗소리……

"여보, 비가 와, 비가……"

그는 깊은 잠에 곯아떨어진 마누라를 흔들어 깨워놓고 잽싸게 밖으로 뛰어나왔다. 참말 춤이라도 추고 싶도록 기뻤다.

갑작스런 충격 탓에 그는 엉겁결에 마당 쪽으로 뛰어내렸다. 머리를 치켜들어 하늘을 쳐다보았다. 그러나 아무것도 보이지 않았다. 얼굴에 떨어지는 빗방울이 선뜻 시원할 뿐이었다.

그는 옷이 젖는 줄도 모르고 낯을 가리는 빗물을 훔칠 염도 않고 서 있었다.

'고마우신 하늘.'

살았다는 안도와 무엇엔가 모르게 고마워지는 심정으로 뻐근한 가슴……

그는 맨발 그대로 축축히 젖어가는 땅의 부드러움을 밟으며 서
서히 헛간 쪽으로 걸어갔다.

헛간 속은 더욱 캄캄했다. 무엇인가 해야 되겠다는 조바심 속에
서성거리면서 금세 해야 할 일이 선뜻 떠오르지 않았다.

그는 헛간 앞에 우두커니 서서 빗소리에만 스스로 취해가고 있
었다.

'참말 무엇부터 해야 할 것인가?'

비는 계속 줄기차게 쏟아지고 있었다. 그대로 빗속에 서서 흠뻑
젖어가며 동이 트기를 기다려도 흡족할 것만 같은 심정이었다.

방에 불이 켜지며 마누라의 움직이는 그림자가 창문에 어른거
렸다.

그는 다시 토방 마루 쪽으로 철벙철벙 걸어갔다.

또 멍청히 서서 어둠 속, 비의 장막을 꿰뚫어지게 쏘아볼 뿐이
었다. 흙 범벅이 된 발 때문이 아니라 정말 그대로 방 안에 들어
가 앉고는 못 배길 심정이었다.

'무엇이든 해야겠는데……'

그러나 쉬 머리에 떠오르는 것이 여전히 없었다.

다시 뜰 한가운데 장승 모양 서서 비를 실컷 맞아보았다.

얼마 동안의 시간이 내리갈기는 빗소리 속에서 흘러갔다. 그제
서야 굴뚝 옆에 그대로 팽개쳐둔 멍석이니 가마니니 하는 것들이
생각났다. 지금껏 자기는 묘판 모내기와 꿈 같은 비만을 줄잡아
생각했지, 정작 뜰 안의 손 가까운 것들은 잊고 있었음에 틀림없
다고 다그쳐 느껴졌다.

멍석을 비 안 맞는 처마 밑으로 다가놓는데 마누라가 등불을 들고 나왔다. 마누라의 얼굴을 돌아보려는 순간 등불은 비바람에 까물거리다가 찍찍대며 꺼져버렸다.

마누라가 다시 불붙이러 안으로 들어간 사이, 곽 서방은 손짐작으로 비 맞을 만한 것들을 생각키는 대로 대충 옮겨놓았다. 그러나 그것만으로 도무지 들뜬 가슴을 가라앉힐 수는 없었다.

곽 서방은 헛간 속을 더듬어 삽을 찾아 들고 사립문을 나섰다. 그제서야 마을 개들이 서로 맞받아 짖어대고 여기저기 깜박이는 등불 속에 사람들의 중얼거리는 소리가 빗속을 뚫고 들려왔다.

'인제 됐어, 됐어……'

어둠 속을 비에 흠뻑 젖어 걸으며 그는 몇 번이고 기쁨에 찬 외마디 감격을 되풀이했다.

곽 서방은 삽을 짚고 갯둑에 섰다. 밀물 때여서 바다 쪽도 캄캄했다. 그는 논두렁에 내려섰다. 비는 더욱 세차게 퍼부어댔다. 옷은 몸에 찰싹 달라붙었다. 하지만 그까짓 건 마음에 둘 여유도 없었다.

콸콸 흐르는 도랑물 소리, 빗소리. 그 속에 간간이 섞이는 개구리 울음소리. 곽 서방은 어림짐작으로 물이 흘러들어갈 논꼬를 삽에 힘을 주어 깊숙이 따갔다.

초갈이 논바닥도 질척질척해왔다. 그러나 모를 내려면 아직 몇 시간 더 퍼부어야만 할 깃 같았다.

물이 괴기 시작한 묘판에 들어선 그는 흘러들어온 물이 빠지지 않게 논두렁 가를 돌면서 손질하기 시작했다.

멈출 줄 모르는 거센 빗속에 어슴푸레 먼동이 터오는 것이 느껴졌다. 흥건히 물이 괴어가는 논벌이 훤한 빛으로 눈어림되어왔다.

물에 빠졌다 나온 것처럼 홀랑 젖은 곽 서방은 그대로 젖은 줄도 추운 줄도 모르고 삽으로 높은 쪽의 흙을 낮은 물탕 쪽으로 퍼던지기 시작했다.

날은 훤히 밝아왔다.

낮부터 모내기를 시작해야겠다고 벼르는 곽 서방의 가슴은 새 아침과 더불어 더욱 희망에 찬 기쁨으로 벅차갔다.

모내기는 비를 맞아가면서도 즐거움 속에 계속되었다.

마누라, 아들, 딸 할 것 없이 식구가 동원되었을뿐더러, 이웃의 품앗이꾼까지 한데 어울렸지만 처음 솜씨라 여간 서투른 게 아니었다. 권 노인네 농터에서 손이 다져진 경험자라고는 곽 서방 자기와 앞집 삼돌이뿐이었다.

곽 서방은 또 멀리 떨어져 있는 운산을 생각하는 것이었다.

"무엇 하나 남보다 새롭게 해보겠다는 생각들이 있어야지⋯⋯"

다음에 무슨 말이 계속될지 곽 서방은 운산의 입을 지키고 있었다.

"글쎄 일본 놈들의 그 사나운 등쌀에도 모내기 정조식(正條植)[21]을 보급시키는 데 십여 년이 걸렸다고들 하니까⋯⋯"

모 심고 난 푸른 논벌이 아무 쪽으로 보아도 벼 포기가 족족 곧게 줄이 간 그것이 정조식이라는 것도 그때에 얻어들은 이야기다.

육지에 들를 때마다 눈에 띄어지는 그 시원스럽게 줄이 곧은 벼 포기의 싱싱한 논벌을 바라보면서도 그저 논 몇 마지기 가졌으면 하는 욕심뿐이었지, 그렇게 모내기하는 방법에까지 마음이 가지는 않았었다. 사실 몇 해를 두고 권 노인네 모내기를 거들었지만 기껏 한쪽만 줄을 치고 그 줄에 박힌 붉은 점에다 그대로 심는 식의 한 줄 맞춤으로 했으니 그런 것에 생각이 미칠 까닭이 없었다.

정조식을 하면 기음매기[22]를 비롯한 모든 손품이 덜 들고 거기다 수확도 많이 난다고 운산이 얘기했지만, 그때 곽 서방은 남의 일같이 그대로 귀 밖으로 흘려 넘기고 말았다. 그러나 막상 지금 자기 논에 모내기를 하게 되니 지나갈 바람으로 여겼던 운산의 말이 새삼 떠올랐다.

곽 서방은 노끈을 장만하여 붉은 천으로 같은 간격의 표지를 해 들고 나왔지만, 이 서투른 패들을 거느리고는 한쪽 줄만 맞추며 심는 것도 여간 품이 가는 일이 아니었다.

그는 한줄 한줄 넘기며 비뚤게 심는 사람에게 잔소리를 해가면서도, 제 발등에 불이 떨어진 이제야 겨우 운산의 덤덤한 이야기를 되새기는 자기를 생각하며 솟구쳐오는 미안감을 금할 길 없었다.

그런 것이야 어찌 되었건 아무튼 곽 서방은 기뻤다. 깡말랐던 논에 질편히 물이 괴고 엉성하던 흙탕 바닥이 한 배미 한 배미 푸른 벌로 변해가는 것이 다른 어느 일보다도 즐거웠다. 선친의 제삿날이나 명절 이외에는 쌀밥이라곤 구경해본 일이 없었다. 그것도 제상에 놓는 메[23] 한 그릇이 고작이고 음복할 때는 고구마나 보리를 섞게 마련이었다. 올해 농사만 제대로 되면 어린것들에게 그렇게 먹고 싶어 하는 쌀밥을 생일날만이라도 푸짐하게 한번 먹이고 싶은 생각으로 가득 찼다.

그러나 곽 서방은 곧, 그런 먹는 문제보다 남의 논이 아닌 제 논에 자기 스스로 모를 심는다는 그것만으로 가슴이 벅차도록 감격에 열띠어갔다.

새봄에는 기어코 아들놈을 중학교에 입학시켜야 한다. 다달이 생돈으로는 학자금을 대낼 도리가 없다. 우선 한 달에 쌀 한 가마니씩 보내면 되지 않을까. 방학을 빼면 열 가마, 거기에 등록금, 어떻게 열다섯 가마의 소출만 났으면 일은 저절로 틔어질 것만 같았다.

집에서 먹는 거야 이 논이 없을 때에도 그대로 살아오지 않았던가.

그는 꼬리에 꼬리를 무는 생각을 이어가면서 한 포기 한 포기에 정성을 부어 심어갔다.

거기에 극조생 배추의 수입 조가 있지 않은가.

훤한 천지가 바로 앞에 펼쳐진 것만 같은 환희 속에서 곽 서방은 남몰래 웃음을 지어갔다.

"하, 수고들 하는군. 곽 서방더러 살라구 오는 비야……"

돌아다보지 않아도 털털한 구장의 말투임을 곽 서방은 알아차렸다.

"웬걸요, 어디 이 논에만 오는 비라구요……"

모내기 줄을 넘겨 몇 번 추어 고르잡아 꼬챙이를 논두렁 섶에 박은 다음 곽 서방은 얼굴을 돌이켰다.

"어디, 신답 가진 사람이야 곽 서방밖에 또 누구 있는가."

악의 없는 농조의 말이었지만, 곽 서방은 논을 사들일 때의 일이 생각나 가슴이 뭉클함을 느꼈다.

"아니, 밭곡식도 다 말라 죽게 됐는데……"

"하기야 그렇기두 하지만, 그깐 밭농사야 어디 논에 댈라구."

곽 서방은 입을 헤벌린 채 웃음으로 대꾸를 버무려갔다.

"참, 그렇지 않아두 저녁엔 마을에다 알릴려구 했는데, 내일 서울서 손님이 오기루 돼 있어."

"……"

곽 서방은 머리도 끝도 없는 이야기에 멍하니 구장을 쳐다보고만 있었다.

"그 자매 부락(姉妹部落)이라구, 신문에 자주 나지 않아? 그것이 이번엔 우리 차례로 온 모양이야……"

신문이라고는 가끔 구장 댁에 들렀을 때 아는 글자나 대충 주워 보는 정도의 곽 서방으로는 그 이상의 상세한 사연은 알 길이 없었다.

모내기를 끝낸 곽 서방은 분무기(噴霧器)와 소독약 통을 들고 극조생 배추밭으로 나갔다.

무엇인가 두고두고 벼르던 대사를 치르고 난 것 같은 거뜬한 기분이었다.

가뭄이 오래 계속되는 사이에 배춧잎이 오그라들게 벌레가 끼었지만 그대로 말라버릴까 봐 약을 치지 못하고 미루어왔었다.

곽 서방은 마누라가 길어 온 물을 물통에 퍼붓고 소독약 유제(乳劑)[24]를, 병 갓에 그어 있는 분량 금을 보아가면서 따라 풀었다. 엷은 갈색 빛깔을 머금은 약물 통에 분무기를 집어넣고 마누라를 채근했다.

"여보, 이거 빨리……"

마누라가 펌프질을 하고 곽 서방은 고무호스를 이끌면서 안개 발같이 뽀얗게 뿜어 나오는 약물을 배춧잎에 차례로 쳐갔다.

이 분무기도 운산이 떠날 때 남겨놓고 간 기물이다. 곽 서방은 얼마 전 백운산 중턱에 자리 잡은 개척 농장에 틈을 보아 꼭 한번 찾아오라는 운산의 편지를 받고도 여태 답장도 내지 못한 데 대한 미안한 생각을 곱씹었다.

'배추 추수나 끝나면 이번에는 어김없이 운산을 찾아야지. 이대로 순조롭게 가면 이 주일 안에 뽑게 될 테지……'

그는 속으로 다짐하면서 약을 쳐갔다. 약물이 바닥이 났는지 분무기 꼭지에서 찍 소리가 나며 흰 김만 뿜어져 나왔다. 그는 다시 약물을 풀었다.

문득 하늘을 쳐다보니 비 온 뒤라 시원하게 저녁놀이 섰다. 벌써 해가 졌느냐 싶게 그제서야 주위가 어두워졌음을 느꼈다.

저녁 후 곽 서방은 구장네 집으로 내려갔다.

벌써 뜰 안에는 마을 사람들이 가득히 모여 웅성대고 있었다. 등불이 여러 개 켜 있지만 먼 데 사람의 얼굴은 확실히 알아볼 수

292

가 없었다.

멍석이 넓게 깔린 안쪽에는 양쪽 가에 구장과 권 노인이 앉아 있고 그 사이에 낯모를 세 사람이 자리 잡고 있었다.

그 앞에는 라디오와, 종이로 웃판을 싼 재봉틀이 놓여 있는 것이 곽 서방의 눈에 들어왔다. 다른 사람들도 그 재봉틀과 라디오에 신기한 눈길을 보내고 있는 것이라고 곽 서방에게는 느껴졌다.

좌석을 정돈시킨 다음 구장이 자리에서 일어났다.

"에……, 이번 우리 마을과 자매 부락을 맺기 위하여 서울 ×× 대학에서 두 분 선생님이 내려오시고 이분들을 안내하기 위하여 면에서 또 계장님이 일부러 나오셨습니다."

앉았던 손님들은 구장의 소개가 끝나자 일어서서 부락민에게 인사를 했다. 장내에서는 일제히 박수 소리가 터졌고 곽 서방도 덩달아 손바닥이 아프게 박수를 쳤다.

면에서 온 계장의 기다란 인사가 있은 다음, 서울서 왔다는 학생과장인가 하는 분의 이야기가 계속되었다. 이번 변변치 못한 물건을 가져왔지만 오늘 이 자리에서 이 마을과 자매 관계를 맺었으니 앞으로는 차츰 공회당도 짓고 그 밖에 있는 힘을 다하여 마을 일을 돕겠다는 진정 어린 이야기를 들으면서 곽 서방은 코허리가 시큰해옴을 느꼈다.

눈만 없으면 산 사람의 코라도 베어 가려고 하는 험한 세상에 남을 돕겠다는 이러한 정성 어린 일이 또 어디 있을까 싶어, 곽 서방은 가슴이 벅차올라 헛기침을 삼켜갔다.

"저건 뉘 집에 둘까……"

옆에 발돋움을 하고 서 있는 삼돌이 처의 혼자 중얼거리는 말을 들으면서, 사실 곽 서방 자신도 그것이 궁금했던 자기 속을 들여다보는 것 같아 얼굴이 화끈해왔다.

이튿날 손님이 돌아간 후, 공회당을 지을 때까지는 우선 재봉틀은 방 안이 널찍한 구장네 집에 두고, 라디오는 노인이 잘 간수한다고 공론이 되어 권 노인의 집으로 옮겼다는 이야기를 듣고 곽 서방은 으레껏 그럴 법하다고 생각했다.

그러나 삼돌이 처의 중얼거리던 말이 마치 마을 사람 전체의 염려처럼 목에 걸려, 곽 서방 자신도 그 처사가 개운하질 않게 느껴졌다.

극조생의 돌같이 굳은 배추 포기를 골라 뽑아 다듬어가지고 전마선에 실은 곽 서방은, 첫닭이 울자 나루를 떠났다. 여수(麗水)의 아침장에 맞추어 가야 하기 때문이었다.

뱃전에 와 닿는 물결과 노 젓는 소리밖에 들리지 않는 고요한 바다.

그는 새벽바람에 담배 연기를 뿜어 날리며 호주머니 깊숙이 헝겊에 싸 넣은 돈뭉치를 만지면서 혼자 뇌까렸다.

'하기야 고맙지, 이러한 세상에 남을 도와주겠다는 심정이야…… 그렇지만 가난 구제는 나라도 못 한다는데, 남을 의지하고 사느니보다 제 힘으로 기껏 살아나가야지……'

그는 여수 시내 큰 거리 점방에 들러, 아들놈이 그렇게도 원하는 라디오를 사고, 마누라에게는 장터에서 치마 한 감 떠 와야겠다는 생각을 하면서 다시 한 번 갯둑 밑 퍼런 논벌을 눈앞에 그리는 것이었다.

　동녘 하늘은 곽 서방의 희망에 찬 가슴처럼 훤하게 동이 터왔다.

남궁 박사 南宮博士
―의고당 실기(擬古堂實記)

분명 착각이나 환각은 아닌 것 같다. 내가 읽은 문학 작품 속에서 간혹 나 자신의 분신, 또는 나의 주변을 재현해주는 것만 같은 심경에 사로잡히는 그런 충격적인 순간의 경우……

나는 가끔 햄릿도 되어보고 돈키호테로도 자처해보는 것이다.

굳이 투르게네프의 예증을 들 것도 없이, 그 두 개의 타입은 서구의 전형적인 인간형의 양극이라니까, 나 같은 범부에게 고스란히 적용될 리도 만무하겠지만, 그 어느 하나도 아닌 양쪽에 아직 인생의 초년병인 나를 적용시켜 본다는 것은 자기도취의 만용으로도 이만저만한 오산이 아닌 환각임에 틀림없는 것 같다.

그나 그뿐인가? 나는 스탕달의 『적과 흑』을 읽었을 때에는 마치 나 자신이 쥘리앵 소렐이라도 된 것처럼 신이 나서 공명하고, 격한 흥분마저 느끼며 기고만장하는 내 깐의 기염을 토했었다.

이것은 아마도 설익은 나의 인간성이나 의식이 하룻강아지 범

무서운 줄 모른다는 격으로, 그 성숙해가는 과정에서 무엇이고 자기에의 적용될 가능성을 함부로 계산해보는 미숙이나 치졸에서 오는 결과인지도 모른다.

대학에 처음 입학했을 때에는 온 천하가 내 것인 것만 같았고, 학년이 높아질수록 그것은 점차 어떤 확정된 좌표의 방향으로 집중되어갔었고, 졸업을 앞둔 시기에는 그 지정석 같은 좌석이 보얗게 안개에 덮여 초조해졌고, 막상 졸업을 치르고 나니 아무 데도 나앉을 자리는 없는 허황한 공백으로 화해지던 심리적인 변천도, 어쩌면 이 성숙 과정의 한 단면이었는지도 또한 모를 일이다.

아무튼 문학 작품의 전형적인 어떤 인물에 자기 자신의 투영을 발견한다는 것은 그만큼 나 자신의 개성이 아직 기틀을 잡지 못하고 포부니 희망이니 이상이니 하는 걷잡을 수 없는 막연한 기대가 무한대로 확대된 시기였음을 방증하여주는 일면도 될 것이다.

다른 한편 아직 개성이 뚜렷이 자리 잡지 않은 젊은이들에게, 적용 관용도를 넓게 가진 인간을 창조한 작품들이 또한 후세에 남는 걸작의 계산 속에 들어갈 수 있는 조건의 하나로 되는지도 모른다.

이것은 어디까지나 작품상의 허구적인 인간상에 나 자신을 아전인수 격으로 적용시켜 보려는 환영 같은 것이지만, 그와는 전연 다른 별개의 경우가 또 나의 가슴속에 파생되어왔다.

그것은 나와 남궁(南宮) 선생과의 상관관계에서 추려진 아주 다른 각도, 작품이 아닌 현실 면에서의 나의 투영을 발견하는 일이다.

그리고 이러한 상관관계는 시간의 경과에 따라 그 농도가 더욱 짙게 내 가슴에 엄습해오는 압력을 의식하지 않을 수 없으니 말이다.

나는 대학원에 입학시험만 치르고 군대에 들어갔었다.

훈련소에서의 소위 학도병에 대한 기간 사병들의 적대, 그에 따르는 기합 그리고 전방 초소 수색대에서의 위기에 휩쓸린 고된 근무, 그런 것은 누구나 겪는 일이기에 정상의 건강 수준을 유지하고 있는 갑종 합격자 나에게라고 굳이 더 격무랄 수는 없었다.

그러나 나를 가장 아끼는 남궁 선생이나, 나만 믿는 보람으로 세상을 죽지 못해 살아오는 홀어머니에게 편지 쓸 여가조차 얻기 어려울 정도로 분망한 신병의 군대 복무에서 간간이 섬광처럼 스쳐가는 나의 의구와 고민은 연구실 동창들에 얽힌 착잡한 문제였다.

멀쩡한 몸뚱이든 아니든 간에 수 좋게 병종이나 무종으로 낙착된 친구들은 말할 것도 없거니와, 버젓한 갑종으로도 요리조리 묘하게 새어 빠져 끝내 입대를 미루고 제자리를 착착 고정시켜가는 축들을 생각할 때, 나는 몇 번이고 거센 충격과 고지식한 순종에 대한 회한에 몸을 떨었던 것이다.

좀더 융통성 있게 유들유들하지 못하고 외줄박이 고집으로 단도직입하려는 내 결벽성이, 주위의 친구들이 어디 좀 두고 보자는 관망의 태세에 동조하지 않고 저돌적으로 미래에 대한 아무런 타산도 없이 발작 같은 순간적 욱기[1]로 입대하게 되었지만, 그것도 어머니의, 늘 자식은 남편만 못하다는 거의 관습화된 푸념에 반발하여 한시라도 그 질식할 것 같은 분위기에서 해탈해보겠다는 충동이 자극된 바도 없지 않았다.

그간의 복잡한 곡절이야 어찌 되었든, 아무튼 나는 일 년 반의 병역 복무를 무사히 마치고, 육체적인 기능에 아무 장애도 없을 뿐더러 정신 면에도 재기 일신하여 학교로 돌아왔고, 대학원이 끝나는 대로 연구실 조교로 근무하게 되었었다.

무급 조교, 그건 사실 아무것도 아닌 존재다.

그러나 연구실에 파묻힌다는 일 그것은 나 스스로의 삶의 자세에 있어서의 제일차적인 지표였다. 거기다 아버지의 유업에 대한 계승을 갈구하는 어머니의 소망, 그리고 아버지의 절친한 친구이며 나의 은사인 남궁 선생의 학문적인 정열에 찬 권유, 이러한 배경적 조건이 나의 결의와 실천에 박차를 가해준 것은 부인할 수 없는 사실이다.

이리하여 곰팡이 냄새 풍기는 책 더미에 둘러싸인 정적과 고독의 분위기 속에서, 지극히 평범하고도 단조로운 반복의 세월이 흘렀다.

그러는 사이 나는 모교의 시간 강사로 강의 하나를 담당하게 되었다. 아니 물려받았다는 표현이 더 정확할지도 모른다. 입학 당초만 해도 이러한 일은 하늘의 별따기보다 더 어려운 일로 생각되었다.

이처럼 삶의 보람찬 숭고하고도 진실한 일은 없다고 우러러 동경하던 그 영예가 바로 나 자신 앞에 의외의 시기에 펼쳐졌으니 말이다.

"죽었는지 살았는지 모르지만, 이젠 네 아버지를 만나도 정말 떳떳할 것 같구나. 내 혼자의 적공^{2}이 얼마나 대견하냐구……"

어머니는 울고 있었다. 그러나 그 눈물은 내가 십수 년래 보아온 그런 슬픔이나 악에 받친 궁상맞은 울음이 아니라, 진정 감격과 희열에 찬 막을 길 없는 격정에서였다.

어머니는 처음으로 아버지가 살아서 돌아온 것만 같이, 구겨진 손수건처럼 주름진 얼굴에 행복한 듯한 화색을 띠고 기뻐하였다.

그날 밤 우리 모자는 시간 가는 줄 모르고 아버지의 이야기로 꽃을 피웠다.

그때까지는 어머니가 좀처럼 입 밖에 내지 않았던 아버지의 이야기, 간혹 내쏟는 경우가 있어도 그것은 정해진 뻔한 때였다.

나의 학자금을 위시하여 집안 살림이 옹색해졌을 때나, 남들이 주인이 없는 과부댁이라고 얕잡아 보고 어머니에게 하대할 때, 어머니는, 흥 네 아버지만 있었으면 이럴 수야 있겠니, 하고 혼자 자탄하는 것이었다.

그렇지 않으면 나의 하는 일이 못마땅하게 느껴질 때, 툭하면 아버지를 빗대놓고 나를 나무라는 일들이다.

가장 가슴 아팠던 일은, 내가 군대에 입대할 때 어머니는 좀더 기다려 형편을 보라고 한사코 말리다 못해, 오히려 그에 대한 반발로 올림픽 선수로라도 나가는 양 열기 떠 날뛰는 나를 쏘아보며, 흥 남편 덕 못 입은 년이 언제 자식 덕 보겠니 하고 통곡을 하던 일이다.

그러나 강사 발령장을 받아 가지고 온 그날 밤은 우리 집안은 십여 년 전으로 복귀라도 한 것처럼 화기에 찬 분위기였다.

"애 참 아버지 책이 그대로 남았더면 네 하는 일에 얼마나 도움이 되겠니……"

이렇게 말하는 어머니는 참말 그 오래 때 앉았던 수심을 걷고 순간이나마 기쁨과 희망에 찬 웃음을 띠며 아쉬워하는 것이었다. 전연 없어져버린 아버지 책 이야기를 끄집어내기만 하면, 그간 책 아무리 하면 사람 목숨보다 더하겠니 하던 모습과는 전혀 판이한 오래간만의 피붙이의 정이 얽힌 장면이었다.

그러나 내가 남궁 선생에 대하여 나 자신의 초상화 같은 영상을 더 절실히 느끼게 된 것은 바로 이때부터였다.

남궁 선생이 담당했던 강의의 하나가 내 차례로 돌아왔다는 운명적인 사실이, 나를 자기 회의에 빠지게 한 직접적인 도화선이 되기도 했다.

그 후 풀브라이트 장학금[3]에 의한 나의 도미 수속 절차가 진행됨에 따라 나는 자신에게 강인하게 덤벼드는 이러한 강박관념을 더 이상 지탱할 수가 없을 정도로 착잡한 심정에 사로잡혔다.

나는 연구실에 들락날락하는 군상 속에서 나에게 깊은 영향을 주거나 적잖은 관심거리가 되는 몇몇 모습을 더듬어 보지 않을 수 없었다.

고질이 해수병[4]으로 한 학기 강의의 절반 정도밖에 치르지 못하는 K교수는 허리가 약간 구부러지고 수척한 얼굴이 연령에 비해 훨씬 늙어 보인다. 그래도 예과 시절에는 스포츠맨이었다는 관록의 덕분인지, 한번 강의를 시작하면 노 손수건을 입에 대고 기침을 막아가면서도 시간을 꼬박 채운다. 아직 난로를 놓지 않은 초겨울 끝 시간 같은 때는 듣고 있는 쪽이 오히려 민망할 정도로 버티는 모습은, 존경이 가면서도 처량한 동정 같은 것을 금할 길 없는 때가 적지 않았다.

그래도 그가 호탕하고 분방하던 대학 시절을 회상하는 추억의 비화를 쏟을 때는, 그러한 정열이 어디서 솟았느냐 싶게 눈동자에 빛나는 광채가 서리는 것이었다.

큰 키에 체중이 이십팔 관의 늠름한 체구를 과시하는 Y부교수는 늘 건강색이 과잉한 홍조를 띠고, 기름기가 번지르르하다. 그에게는 혈압이 자꾸만 높아진다는 새로운 걱정거리가 생겨 늘 거기에 신경을 쓰고 있다.

주변 사람들은 그를 무역 회사 사장이나 여당의 당수 격에 알맞는 풍채라고 하며 그 누그러진 인품을 건드린다. 그는 몸집 그대로 정력적이어서 가장 많은 논문을 발표하여 중견 학자로 학계에서 가장 촉망을 받고 있다. 그의 문장이 가끔 전후의 가락이 잘 맞지 않게 논리적인 비약이 있는 것도, 모두들 옥에 티 정도로 그의 생긴 성품의 탓에 돌리고 그를 아끼고들 있다.

이에 비하면 전임 강사 M선생은 날씬한 몸매에 너무 깔끔하다. 언제나 머리는 갓 이발한 듯 반질하게 빗자국이 나 있고 바지의 주름 하나 별로 구겨진 것을 발견할 수 없다.

신혼 초기인 부인의 세심한 덕이기도 했지만, 미국 유학에서 돌아온 지 얼마 안 되는 이국적인 체취의 여운이라고 해석할 수도 있는 양키이즘의 일면도 없지 않다. 그는 별로 논문 발표를 하는 것은 없지만, 말끝마다 외국어 실력을 앞장세워 허세를 재지 않으면, 새로운 연구 방법론을 입버릇처럼 내세우고 있다.

이 밖에 내 후임으로 들어온 박 조교는 몇 해 선배 아닌 나에게 까지 고분고분하며, 과 안에 행사가 있을 때마다 족보 흐른 큰집 맏며느리처럼 뒤치다꺼리에 자기 몸을 아낄 줄 모르는 헌신적인 인간으로, 과 내의 지보[5]적인 존재로 공인되고 있다.

그런가 하면 새로 선출된 졸업반의 과 회장 안 군은, 학생회장에 입후보했다가 낙선된 전력도 있어, 하급생의 통솔력은 그만이지만, 큰 벼슬자리라도 차지한 것처럼 으쓱대며 매사를 입으로 지휘하기만 하고 자기가 손수 하려고는 들지 않는 특성이 있다.

그 밖의 학생들이야 그 새파란 나이에 어울리지 않게 너무 얌전을 빼는 영감 투의 능청맞은 군이 있는가 하면, 선머슴같이 건들거리는 패, 여학생 옆이라면 없는 기세를 더욱 부채질하여 자기 존재를 시위하려는 축, 그렇지 않으면 남들이 책을 보고 있는 속에서 마치 신문사의 노련한 기자처럼 담배를 꼬나문 채, 책상 위에 구둣발을 올려놓고 제 마음대로 지껄여대며 강사 선생들이 어쩌다가 들러도 거들떠보지도 않는 안하무인 격인 족속, 그런가 하면 한쪽 구석에서 너희들 네 멋대로 해라 나는 절간에 들어왔다 하는 식으로 벌레처럼 하루 종일 책에 붙어 있는 독실가, 아무튼 각인각색이다.

이러한 만화경 속에서 대부분의 교수 강사들의 은사가 되는 남궁 선생은 대웅전의 본존(本尊) 불상처럼 주변의 군소 보살에 둘러싸인, 학문으로나 인격으로나 존귀하고도 거룩한 존재였다.

나뿐만 아니라 졸업생의 누구든지 남궁 선생의 제자라는 것을 스스로의 자랑으로 여길뿐더러, 어느 좌석에 나서든지 한몫 덤을 보고 들어서는 자긍이기도 했다.

하도 값싼 말로 전락되었기에 국보라는 어휘는 외람되어 남궁 선생에게 쓸 수 없는 말이지만, 사학계의 선구자로 그는 자기의 학설을 그렇게 고집하면서도 국내는 물론 외국에서 발표된 새로운 학설에는 지금도 시간을 놓치지 않고 치밀한 관심을 기울이고 있는 것이다.

좀 깡마르기는 했으나, 강철같이 단단한 그의 체질은 그대로 그 자신의 의지와 신념을 상징하는 것같이 강인하고 다져진 인상을 주고 있다.

의학을 공부하여 돈벌이를 하든가, 법학을 전공하여 고등문관에 패스하여 군수 자리 하나 얻는다든가, 그렇지 않으면 정치 경제를 적당히 택하여 손쉬운 월급자리를 마련해 그대로 평범하게 살아가려는 어쩔 수 없는 왜정 시대에, 남궁 선생은 역사학을 택했고, 굳이 조선사를 전공했다는 그 시발점에서부터, 그의 삶의 자세나 학문에 대한 태도에는 확고한 지표가 있었던 것이다.

물론 남궁 선생 자신은, 자기의 학문을 남들이 애국심이니 항일 투쟁이니 하는 데 연결시켜 찬양하는 것을, 그리 달갑지 않게 여기고 극히 불순한 것처럼 생각하고 있다.

다만 내가 하고 싶은 것을 했을 뿐이지 그 밖의 무엇이 있겠소, 이것은 예나 이제나 거의 일관된 대답이요, 또한 태도였다.

일제 시대 그의 연구에 의한 새로운 학설은, 일본인의 왜곡된 선입감에서 이루어진 기성 학설을 근본적으로 전복시킨 것도 한두 가지가 아니지만, 그는 이것을 순수한 학문 면에서 그들을 전복시킨 쾌재를 불렀지, 겨레니 나라니 하는 시류에 결부시키는 것을 꺼렸고, 자기 스스로도 그것으로 만족했었다.

그 남궁 선생이 참말 예상도 하지 않던 시기에 일선에서 물러나게 되고, 학문에서 노후자(老朽者)의 취급을 받게 되었으니 말이다.

나는 거울을 마주 앉아 나 스스로의 모습을 뚫어지게 쏘아본다. 거기에는 거듭 남궁 선생의 모습이 겹쳐옴을 어찌하는 수 없다.

인생 장송곡(葬送曲)!

내가 느낀 그날의 솔직한 소감이란 흡사 이런 테두리에 속하는 한마디로 표현될 수밖에 없었다.

구월 초순의 강당 실내는 아직 후덥지근하게 땀내가 풍겼다. 홀 안을 빼곡히 메운 뭇 시선은 무대 쪽으로 쏠려지고 있었다.

단 위에 가로 나란히 앉아 있는 정년(停年)퇴직 교수들. 그 속에 끼어 있는 남궁 선생의 무표정한 모습.

신문 보도반의 플래시가 연속 섬광을 비낄 때마다 그 얼굴들은 천고의 풍상을 겪은 석불마냥 더욱 두드러지게 음영을 나타내었다.

뉴스 사진반의 거센 조명등 촉광은 그들의 눈을 부시게 광선을 퍼붓건만 폐허 속의 촉루(髑髏)[6]를 연상시키는 그들의 표정에는 아무 반응도 발견할 수 없었다.

남궁 선생은 손을 마주 포개어 무릎 위에 얹고, 눈을 살며시 내리감은 채 묵묵히 앉아 있었다.

숱이 엷어진 반백의 대머리. 앞이마에 비치는 전광이 이날따라 유난히 반사되어 흘러간 인생과 학문에 대한 얽히고설킨 사연들을 그대로 말해주는 것만 같게 여겨졌다.

새로 다려 입은 통 넓은 구식 바지의 앞 주름은 사모님의 정성 어린 자국을 남기건만 개조한 양복 오른쪽 가슴에 옮겨 붙인 윗 포켓과 퇴색된 넥타이는, 그의 삶의 자세라고만 보기에는 너무도 초라하다 못해, 청빈한 삶의 이면을 연상시키지 않을 수 없게 했다.

지금 이 자리에서 생래의 그 강건한 성격과 체질에도 불구하고 남들이 굳이 늙었다고 하기에 스스로 늙음을 자처하지 않을 수 없는 스승은 대체 무엇을 생각하고 있는 것일까?

나라!

조국!

겨레!

아니 절박한 이 순간엔 그런 건 너무나 사치스러운 이야긴지도 모른다.

그러면 자기 자신의 흘러온 세월을 회고하고 있는 것일까.

조선 사람들끼리는 십몇 대 일의 격심한 경쟁률을 뚫고 들어가야만 했던 고등학교 입학, 그땐 확실히 남들 입에 수재라고 오르내렸다.

대학에서의 전공 선택. 얼마나 진실하고 값있는 일이라고 생각했었던가.

일인들이 가장 적대시하던 역사학, 그중에서도 조선사 연구, 사위는 온통 적에 둘러싸인 것 같은 상아탑의 분위기……

그러나 새로 발표하는 논문 하나하나에 얼마나 삶의 보람을 느꼈던가.

지질려 살던 연륜 속에서 예상은 했지만, 너무나 일찍 다가온 해방. 이제 참말 네 활개를 치고 큰숨을 쉬면서 일할 수 있는 때가 왔다고 감격과 흥분에 젖었던 시기. 있는 것 가졌던 것이라곤 아낌없이 다 털어주고 싶던 순수하고도 적나라하던 심정.

사상적인 대립, 남북 협상 문제로 들끓던 연구실이 겨우 자리 잡혀가던 무렵 태풍처럼 휩쓴 사변, 가장 아끼던 동료와 지기가 납치되고 계속되는 피난살이, 수복된 폐허에서의 재기……

육십 평생을 고집과 신조로 지켜온 상아탑이라고 하지만, 가족에게는 단 한 번도 이것이 사람이 살아가는 모습이니라고 떳떳이 보여줄 사이 없이 지나온 생애……

자기가 스스로 선택한 길을 자기 깐의 방법으로 성실하게 살아오노라고 했지만, 지금 이 자리는 나에게 또 무슨 색다른 레테르를 붙이려는 절차의 순간인가.

아니, 어쩌면 이것은 스승에 대한 나의 자아류의 착각이거나 감상(感傷)일지도 모른다.

정작 장본인인 남궁 선생은 태연자약히 현실을 체념하고 허탈한 공배 상태에서 무념무상의 경지에 있는 일인지도 모를 일이다.

'참 잘 살아왔다고……'

장내를 울려대는 박수 소리에 비로소 나는 제정신을 가다듬었다.

남궁 선생이 표창장과 함께 기념품을 받고 있었다.

그제서야 뒤늦게 박수를 치고 있는 나의 눈언저리는 저려왔다. 이것은 내 자신의 먼 훗날을 견주는 자화상에서가 아니라, 분명 남궁 선생 자신의 흘러온 역정(歷程)이, 철 이른 돌개바람을 맞는 것 같은 낙화유수첩(落花流水帖)의 낙질(落帙) 같은 것이었기 때문일지도 몰랐다.

'……별로 한 일도 없이 세월만 보낸 이 사람에게 이런 기념품까지 주셔서……'

교정에 나온 나는 남궁 선생의 답사에서 그 이상의 구절을 계속 더듬을 수 없을 정도로 격하고도 허황했다.

나는 학생들과 비슷한 나이의 젊은 교수가, 실존주의니 현대 철학이니 하며 벤치에 앉아 있는 모습에 겹쳐, 아덴의 수풀을 백발이 성성한 노교수가 지팡이에 의지해 젊은 제자들의 부축을 받아가며, 인생의 심오한 진리를 더듬더듬 이야기하며 걸어가는 전설 같은 장면을 엇갈아 생각하면서, 자신의 허전한 마음속에 때 묻지 않은 백지를 덮어갔다.

불광동 종점 합승 정류장에서 내린 나는 신작로를 비껴 나간 교외의 들길을 걸어가고 있었다.

맑게 갠 가을 하늘, 나의 부푼 젊음을 그대로 튕겨 올려 보내고만 싶은 그런 날씨건만, 나는 한쪽 구석이 텅 빈 것 같은 허전한 감을 금할 길 없었다.

어저께 이임식장에서 본 남궁 선생의 그 위엄 있는 기품으로도,

도저히 감싸지 못하고 터뜨려버린 초라한 모습, 그것만으로도 아닌 것 같았다.

오히려 그것은 나의 주관적인 해석이 더 그렇게 보게 했는지도 모른다고 생각되기도 했다.

그보다는 차라리 그러한 영상이 나 자신의 골수를 비비고 들어차, 스스로의 자화상을 그리는 선입감의 탓인지도 몰랐다.

나는 자신이 가고 있는 목적지가 명확하면서도 정처 없이 방황하는 양 맥없는 걸음을 옮기고 있었다. 이슬이 갓 내린 아침나절, 벌써 잠자리의 날개는 삼복 뙤약볕 속의 그 팔팔하던 솜씨는 옛일인 양 축 처져, 격전장에 다시 돌아온 패전 병사처럼 기력이 풀려 보였다.

현재의 남궁 선생의 위치란 저런 것이나 아닐까……

그러나 밖에서 보는 뭇 시선이 그렇게 일방적인 판정을 하고 있는 것인지, 정작 본인 남궁 선생은 정력으로나 사고 면으로나 훨씬 젊은 세대를 자부하고 있음에 틀림없었다. 오히려 모든 객관적인 판단이라는 것이, 이 경우는 지극히 피상적이고 타성이나 관례에 얽매인 왜곡된 판정인지도 몰랐다.

나는 그날의 남궁 선생 옆에 자리 잡았던 정신병리학의 권위 P교수의 답사를 곱씹어보았다.

'……여러분이 지금 이 자리에서 나를 늙었다고 하지만 나는 아직도 젊습니다. 의약이 발달하여 생리적으로 늙지 않고, 정신 연령이 엄청나게 젊어지는데 내가 늙었다니…… 아직 얼마든지 일을 할 수 있습니다. 만일 앞으로 내 주변에 변화가 온다면 연구

나 수업이나 그런 것에는 아무 변동도 없고, 다만 수입이 줄어진
다는 일일 것입니다……'

오랫동안 체취에 밴 과묵과 겸양의 품격 그대로, 공손히 물러가
는 남궁 선생과는 너무나도 대조적인 의사 표시였지만, 이러한
심경은 남궁 선생뿐만 아니라 그날의 모든 사람들에게 공통되는
심정이기도 했다.

나지막한 산 언덕 경사지에 계단식으로 터를 닦고 정연하게 자
리 잡은 후생주택[7] 담 너머로 한길 가를 내려다보던 남궁 선생은
나를 발견하자 만면에 웃음을 띠고 손짓하는 것이었다.

대부분 일년생의 화초지만 꽃 속에 파묻힌 뜰에서 남궁 선생은
국화분을 어루만지며 잎사귀 하나하나를 가제로 닦아내고 있는
참이었다.

나를 반기는 사모님, 목소리를 듣고 뛰어나오는 난이, 옥, 철,
경, 이들은 거의 내 몸에 매달리듯 응석을 부리며 기뻐했다.

나는 웬지 모르게 눈시울이 뜨거워졌다. 대학에서부터 국민학
교까지에 이르는 이들은 이적 남궁 선생에게는 무거운 짐이 되지
않을 수 없었다.

조롱조롱 그만하게 따라 자라는 이들 사 남매, 의무 장교로 출
전했던 장남 훈만 있어도 남궁 선생의 어깨는 좀 가벼워졌으리라
는 생각이 반사적으로 떠올랐다.

중년(中年) 상처(喪妻), 그것은 단밥에 재라는 어른들의 이야
기를 다 체득할 수 있는 세월을 겪은 나도 아니지만, 나는 지난
봄 학교 등록금을 계기로 문안의 자리 잡힌 구옥을 처분하고 이

곳으로 나오던 때의 남궁 선생의 낙향 기분이라는 말을 회상해
보았다.

'그래도 빚이 없으니 마음은 한결 편해.'

남궁 선생의 이 말 속에는 참말 거뜬한 심정의 소치에서가 아니
라 어쩔 수 없는 체념이 서린 독백이었다고 나는 그때도 생각했
었다.

연구에 지치면 서예(書藝)나 화초(花草)로 시간을 보내는 남궁
선생, 그 밖에 그에게 피로를 푸는 약이 있다면 그것은 이미 세상
에 알려진 애주(愛酒)다.

나는 들고 간 술병을 사모님에게 드리면서도 무어라 인사를 드
려야 할지 이 경우의 적합한 말을 찾지 못해 그대로 엄벙덤벙으
로 때웠다.

"이 무거운 것을 일부러 들고 오시느라고······"

"뭐 아무것도······"

나는 말끝을 맺지 못했다. 사모님의 눈에 방울이 맺혀 있었기
때문이었다.

겉으로는 나에게 웃음으로 대해주지만, 초상집 분위기나 다름
없는 한적한 변두리의 이 집에, 아직 나밖에 찾아온 사람이라곤
없는 탓만도 아닐 것이다.

"저것들 데리고 어떻게 살아갈지 앞이 캄캄해요······"

나를 서재로 인도하며 나직이 중얼거리는 사모님의 목소리는
흐려 있었다.

"어떻게 되겠지요."

나는 이러한 지극히 무책임한 대꾸를 할 수밖에 없이 궁하고도 옹졸한 처신밖에 하지 못했다.

쌍룡사(雙龍寺)를 지나 맑은 계곡 널바위 위에서 한숨 돌리고 난 우리 일행은, 가파른 산길을 향해 다시 걷기 시작했다.

선봉은 여전히 남궁 선생, 그 뒤가 딸 난이, 다음이 나, 비대한 Y교수는 뜸뜸이 이어가는 일렬종대의 대열에서 거리가 벌어지기 일쑤였다.

간밤에 내린 서리 탓인지, 돈암동 종점을 출발할 때는 좀 쌀쌀한 기분이었지만 한낮으로 접어들자 기온은 훨씬 풀렸다.

Y교수는 골짜기 초입에 들어설 때 이미 잠바는 벗었지만, 이젠 스웨터까지 벗어젖히고 러닝셔츠 바람으로도 연신 이마의 땀을 훔치며 헐떡거렸다.

나는 Y교수가 따라오기를 기다려 그의 옷을 받아 내 짐짝에 걸어매었다.

선두에 선 남궁 선생은 같은 속도로 걸어가고 있었고, 난이는 개울섶의 들꽃을 꺾어가며 가끔 우리 쪽에 시선을 돌리곤 활짝 편 얼굴에 웃음을 머금었다.

단풍이 한창이어서 난이의 경이에 찬 탄성은 연발되었고, Y교수는 여전히 고역의 표정 속에 하마 모양 허우적거리기만 했다.

미끄러지는 언덕길을 일착으로 올라선 남궁 선생이 뒤를 한 번 돌아보더니, 뒤처진 Y교수에게 손짓을 하면서 자작나무 밑에 쉼터를 마련했다.

급경사 진 돌길에서 엉기적대는 Y교수의 궁둥이를 난이가 밀고 올라가는 뒤를 따라, 나도 숨을 바투 쉬면서 언덕 위에 올라 등쪽이 찍찍해오는 륙색[6]을 내려놓았다.

온 산이 붉고 노란 단풍에 묻혀, 채색으로 단장한 병풍에 둘러싸인 듯한 황홀한 속에서, 우리는 서로의 홍조 띤 얼굴을 바라보면서 흐뭇한 미소를 주고받았다.

"오늘은 김 군이 제일 수골 하는군……"

마도로스 파이프의 연기를 사뭇 맛있는 듯 들이삼켰다가 길게 내뿜으면서 남궁 선생은 건너편 능선에 눈길을 박은 채 나를 걱정했다.

"아녜요……"

말소리는 들릴락 말락 웃음으로 대답하면서도, 기실 나는 무거운 짐에 짓눌렸던 어깨를 좌우로 뒤틀어보는 것이었다.

하기야 일행의 식사와 음료가 끈이 겨우 매어질 정도로 내 륙색에 들어 있으니 근량도 적잖은 편이었다.

그러나 나는 무언지 모르게 기뻤다. 내가 남궁 선생 댁을 방문한 후 얼마 안 되어 선생을 찾고 돌아온 Y교수와의 느껴진 심정이 똑같았기에, 이날의 등산도 누가 먼저 제안한 것도 없이 거의 동시에 의견의 일치를 보았었다.

갑자기 주위가 적적해진 것만 같은 남궁 선생의 심경에 하루의 소풍의 기회라도 마련하여 조그마한 위로라도 되게 하고픈 심정……

남궁 선생은 즉석에서 쾌락했고 아버지 옆에 기대고 있던 난이가 더 좋아서 어쩔 줄을 몰라 했다.

Y교수는 축축이 젖은 내의 속에 타월을 넣어 땀을 닦아내면서
도, 마치 어린애같이 싱글벙글하면서 남궁 선생과 난이를 번갈아
보고는 나에게 잘했다는 듯한 의미있는 시선을 보냈다.

나는 륙색에서 사과와 배를 끄집어내어 둘러앉은 가운데에 내
놓았다. 난이가 재빨리 사과를 들어 껍질을 벗기기 시작했다.

"괜찮아. 나는 그대로 주어……"

남궁 선생은 한 알을 덥석 쥐어 손바닥으로 껍질을 쓱쓱 문대고
는 그대로 한 입짝 뚝 떼어 넣는 것이었다.

나는 젊은 나이에 벌써 충치 하나를 금니로 쌌지만, 남궁 선생
의 치아는 총총히 그대로 있는 것이 이날은 유달리 눈에 띄었다.

"이렇게 좋을 줄 알았더라면 억지루라도 강 선생을 끌고 올
걸……"

바야흐로 제철인 단풍 속에 하루를 혼자 즐기는 것을 애석해하
는 것만 같은 남궁 선생의 어조에 나는 기뻤다. 더욱이 아버지가
노 서재에만 들어앉고 바깥출입이 덜한 요즈음의 난이의 얼굴에
는 그 밝은 눈동자에 무엇인가 티가 비낀 것 같게만 여겨지던 나
에게, 이날의 하늘처럼 밝은 산속의 난이를 보는 것이 더욱 즐거
웠다.

K교수도 좀더 억지로 강권했더라면 이 아름다운 분위기에 한데
어울릴 수 있었을걸 하는 아쉬움도 없지 않았다.

난이는 언덕 밑 바위틈에서 솟는 샘으로 물 뜨러 내려갔다.

"윤 선생은 역시 몸집 값이 있어 땀을 갑절 흘리는군……"

Y교수는 너털웃음으로 대꾸하면서도 어색한 때의 습성 그대로 머리카락을 쓰다듬고 있었다.

"선생님은 비탈길을 올라오시는 게 우리 젊은이보다 더 기력이 좋으세요……"

"흥, 이 사람아, 이 나이에도 아직 잠자리에는 이상이 없다네……"

세 사람은 함께 건넛산에 메아리치도록 웃어제꼈다. 가슴이 후련했다.

난이가 떠 온 이 시린 산수를 마시고 우리 일행은 다시 망월사(望月寺)를 향해 오르막을 걸었다.

등반 차림의 완전 장비를 한 학생 사오 명의 부대가 우리 일행을 앞질러 나가고 있었다.

"무어 무어 해도 인생에는 젊음이 첫 자본이야……"

남궁 선생은 그들 젊고도 씩씩한 부대에 선망의 눈길을 보내면서 뒤에 선 Y교수를 돌아보았다.

"윤 선생, 사십 고개를 넘어서면 벌써 달라요……"

사십 줄에 갓 들어선 Y교수는 그 뒤에 무슨 말이 계속될지 귀기울이는 자세로 천천히 남궁 선생의 뒤를 따르고 있었다.

나는 한쪽이 비탈진 바위 섶을 난이의 손목을 쥐고 부축하면서 뒤를 따랐다.

"공자는 사십을 불혹(不惑)이라고 했지만 그것은 비로소 인생을 바루 볼 수 있다는 지능 면에서겠고, 역시 사십 고개는 육체에 금이 가고 내리막길이 시작되는 때야……"

"저야 몸이 좀 부해서 그렇지, 선생님은 아직도 젊은이 못지않게 정정하신데요……"

Y교수는 남궁 선생의 말을 받아넘기면서도 여전히 헐떡거렸다.

"아니, 눈에서부터 먼저 온다니까……"

중학교 때부터 안경을 썼다는 Y교수는 그 말에 반응이라도 주는 듯이 안경테를 들고는 콧등의 땀을 훔쳐내고 있었다.

아까 우리가 쉬고 있을 때 옆을 스쳐 올라온 젊은 쌍쌍이, 개울에 발을 담그고 히히덕거리면서 물방울을 튀겨댔다.

그들 옆에 놓여 있는 트랜지스터는 숨 가쁜 게임의 야구 중계방송을 이 산속까지 옮겨오고 있었다.

"아니, 이 외진 산속에까지 저 도시의 소음을 싣고 올 건 무어람…… 산도 속도 아니란 말야……"

중얼거리듯이 나직이 말하는 남궁 선생의 표정 속에는 자연 속의 유수한 흥마저 깨뜨린다는 아쉬움이 서렸는지도 모른다고 생각하며, 나는 그 분위기 훼방의 쌍쌍 주인공들을 쏘아보았다.

그들은 주위의 시선에는 아랑곳없이, 이번에는 광분하는 재즈곡에 맞추어 서로 마주 서 몸뚱이를 비비 꼬는 흉내를 내는 것이 아닌가.

"세상도 많이 변했군…… 이제 나 같은 건 정말 쓸모가 없는 폐물이야."

질책인지 자탄인지 모를 남궁 선생의 이 한마디는, 상아탑에서까지 추방당한 이방인의 체념같이 나에게는 확대 해석이 되어지는 것이었다.

망월사에 다다른 일행은 절간 약수에 목을 다시 축이고 땀을 들인 후 서쪽 언덕 양지쪽에 점심참을 폈다.

남궁 선생을 위하여 마련한 양주 병뚜껑을 빼고 Y교수는 선생에게 첫 잔을 권했다.

"이거 요새 세상에는, 진품이군……"

남궁 선생은 단모금에 쪽 들이켜고는 입맛을 다셨다.

"고 송진 냄새가 감칠맛이 있단 말이야……"

남궁 선생의 만면에 넘치는 만족한 듯한 웃음을 보면서 우리 일행은 모두 다 즐거웠다.

"벌써 십 년이 넘었군…… 이 사람 아버지 석계(石溪)와 그리고 피난 중에 작고한 박 교수와 셋이서 여기로 온 것이…… 그때도 아마 가을 이맘때였지……"

나는 아버지의 아호(雅號)를 부르는 남궁 선생의 눈언저리에서 덧없는 인생의 추억을 느끼면서, 나 스스로도 사변 전의 세월로 돌아가는 것이었다.

평소에는 나의 신경을 건드리지 않기 위해 아버지에 대한 이야기는 별로 하지 않는 남궁 선생이 이날은 흐뭇한 기분 속에 약간의 감상도 섞인 듯이 흘러간 일들을 더듬더듬 이야기하는 것이었다.

"십 년이면 강산도 변한다는데, 그들이 가고 난 후 나만 살았으니, 지금까지의 십여 년을 덤으로 산 셈이야…… 부정목(不正木)'이 산(山)을 지킨다고, 나 같은 것이…… 이젠 연구실에서도 쫓겨났지만……"

퇴직 이후 좀처럼 이런 이야기는 하지 않던 남궁 선생이, 이날은 유달리 자탄에 찬 침울에 잠기는 데에, 나는 더욱 마음의 동요를 누를 수 없었다.

그럼 대체 나는 무엇인가. 사변으로 많은 유능한 인재들이 없어지고 폐허에서 다시 일을 시작하게 됐으니 나 같은 것이 대학의 시간을 맡지……

나는 지난 주일 처음으로 강단에 섰던 첫 시간의 수업을 생각하며 자책감에 얼굴이 화끈 달아올랐다.

해가 거의 질 무렵에야 우리 일행은 망월사를 떠났다. 지난날 셋이서 왔던 자운봉(紫雲峰) 아래 마루턱을 넘어 천축사(天竺寺) 계곡으로 빠지자는 남궁 선생의 고집 센 우격다짐으로 우리는 그 노정(路程)을 택하는 데 이의나 불만이 없었다.

"저 달을 보아. 그날 밤도 이러했어……"

감탄에 찬 남궁 선생의 말소리에 나는 동녘 하늘을 쳐다보았다.

멀리 불암산(佛岩山) 등성이로 열나흘달이 떠올라오고 있는 것이 아닌가. 인적이 그늘어져 차츰 정적에 잠겨가는 산길을 우리는 남궁 선생의 뒤를 따라 걸었다.

"그때처럼…… 저 아래 신작로 어귀에서 막걸리 추렴이나 하세."

이 밤의 남궁 선생은 확실히 십여 년 전으로 돌아가고 있었다.

남궁 선생이 일선 교직의 전임(專任) 자리에서 물러난 지 일 년. 나는 지난봄까지는 자주 찾아뵈었지만, 나의 복잡한 여권(旅

券) 수속의 절차에 얽매여, 이 몇 달 동안 천천히 자리를 같이할 기회를 가지지 못했다. 간혹 방문했대야 잠깐 인사만 여쭈고 돌아오는 형편이었다.

그간 남궁 선생은 줄곧 서재에만 틀어박혀 있었다고 한다.

교과서나 고시(考試) 관계 참고 서적 하나 출간하지 않고 외곬으로 학술 논문만 집필해온 그에게, 여러 권의 귀중한 논문집이 있지만 그 가치와는 별개로 전문 분야의 수요자에 한계가 있는 그들 저서에서 윤택한 인세(印稅)의 혜택을 입으리라고는 생각되지 않는 일이었기에, 그 생활은 점점 쪼들려만 들어갔을 것은 뻔한 일이었다.

나는 도미 수속을 진행하는 사이에 몇 번인가 그만 중단해버릴까 하는 충격적인 사태에 접했었다.

신체검사는 그것대로 지정된 병원 이외에서는 절대로 받을 수 없는 제약이 되어 있어, 외국인 원장이 직접 진단하는 때를 맞추느라고 몇 번 헛걸음을 했는지 몰랐다.

그것도 마지막에는 뢴트겐[10]에 나타난 호흡기 사진에 반점(斑點)이 나타난다는 것으로 육 개월 후에 다시 사진을 찍어 그동안 하등 변화가 없이 원상일 때에는 용인할 수 있다는 난관에 봉착하게 되었다.

그러나 내 마음대로 출발 일자가 결정되는 것이 아니라, 저쪽에서 정한 기일까지에는 내가 도착해야 될 날짜의 제약에 나는 몹시 초조했다. 결국은 홍콩에 있는 병원에 그 사진을 보내어 그쪽의 확인을 얻어 최종 단안이 내려졌다. 그나 그뿐인가. 문교부는 문교부대로, 외무부는 외무부대로, 그 밖에 신원 조회의 복잡성, 마지막에는 한국은행의 달러 교환, 지정된 비행기 회사의 출항 일자, 이런 것까지에 신경을 써야만 했다.

만나는 사람마다 언제 떠나느냐는 인사를 받기에 부끄러울 지경이었고, 짓궂은 친구들은, 아니 여태 떠나지 않았느냐고 능청을 부리는 데는 참말 민망할 정도였다.

막판에 가서는 나 스스로도 이게 정말 가지는 건가, 이러다가 흐지부지되는 거나 아닌가 하고 어리벙벙하게까지 되었다.

서류 절차의 진행 정도는 아랑곳없이 자기들끼리 날짜를 정해 환송회를 해준 동창들을 얼마 후 길거리에서 만났을 때는 쥐구멍에라도 들어가고 싶은 민망한 심정이었다.

그럭저럭 출국증을 받고 비행기 예약까지 되어 출발을 이틀 앞둔 날 저녁, 나는 떠나는 인사를 여쭈러 남궁 선생 댁을 찾아갔다.

남궁 선생은 서재 한가운데 서가(書架)의 책을 내려 산더미처럼 무져"놓고, 무엇인가 골라내고 있는 것 같았다.

창만을 남기고 좁은 방 사면을 꽉 메운 서가. 부문별로 다 분류되어 책꽂이에 정돈되어 있는 책들을 새삼스럽게 왜 이러시는가하는 의아심이 없을 수 없었다.

"아! 김 군인가, 이거 오래간만일세……"

나는 그동안 찾아뵙지 못한 미안한 생각이 앞질러 그대로 공손히 인사만 했다.

"여기는 먼지투성이가 돼서…… 저 방으로 들어가세……"

남궁 선생은 손의 먼지를 털고 내 손을 덥석 쥐면서 건넌방으로 인도하는 것이었다.

"선생님, 갑자기 왜 책을 정리하세요?"

내 질문에는 확실히 의아스러운 어조가 어렸다고 스스로도 느껴졌다.

"글쎄…… 좀 그럴 일이 생겼어……"

그는 말을 더듬더듬 이어가면서 억지스러운 웃음으로 말끝을 흐려버렸다

"어서 앉게……"

어딘가 서먹한 심정을 누를 길 없으면서도 나는 자리에 앉았다. 잠깐 이웃에 나갔던 사모님도 난이의 뒤를 따라 들어왔다.

"참 오래간만이군요……"

자주 찾아오지 못한 이유가 분명하면서도 사모님이 다시 이렇게 첫인사로 물을 때에 나는 아침저녁으로 제집처럼 드나들던 예전 일을 생각하여 양심의 가책을 금할 길 없었다.

"벼슬이 떨어지면 친구도 떨어진다구…… 어디 어엿한 벼슬자리나 한번 하시구…… 저렇게 사람이 그리워 적적해하신다우……"

나는 얼굴이 화끈 달아올랐다. 이것이 다 지금까지의 나에 대한 애정의 소치라고 여겨지면서도 나는 괴로워 견딜 수 없었다.

"그래 미국 가는 수속은 어떻게 되었는가……"

남궁 선생이 이 미묘한 분위기를 전환이라도 시키려는 듯이 사모님의 말문을 가로채어 건너다보며 말했다.

"인제 수속이 다 돼서 내일모레 떠나게 됐습니다."

그래서 떠나는 인사로 왔습니다, 하는 말이 차마 입에서 떨어지지 않아 나는 말이 계속되려는 입술을 묵묵히 다물었다.

"그래요?"

"응 그래……"

두 분 다 사뭇 놀라는 표정이었지만, 내 말끝에 곧 물어오는 사모님의 반문보다 남궁 선생의 그저 긍정하는 조의 대답은 퍽 뒤에 이어졌다.

"꽤 복잡하다던 절차가 그래도 쉬 됐구만……"

"……"

"아무튼 잘됐네."

나는 말없이 앉아 있었다. 선생님 덕분입니다 하는 말이 혀끝에서 뱅뱅 돌았으나, 그도 어쩐지 입에 발린 형식적 인사로만 여겨질까 봐 그대로 머리를 약간 숙인 대로 있었다.

"그럼 이게 작별 인사가 되겠네…… 여보 그 술상 좀 보오…… 바쁠 테니 빨리……"

사모님의 치마 스치는 소리와 문이 여닫히는 음향을 들으면서 나는 다음 말을 찾고 있었다.

꼭 가장 아껴주던 사람에게 무엇인가 배신하고 돌아선 것만 같은 심경이었다.

"잘됐네, 하나, 젊어서 남들이 학문하는 방법도 배우고 살아가는 모습들도 보아두어야지……"

"모두 선생님의 덕분입니다……"

침묵의 공간을 메우려느니보다, 진심에서 우러나온 말이었지만, 나 스스로에게도 어색한 감이 없지 않은 말곁이었다.

김치 깍두기에 마늘장아찌를 곁 놓은 술상에, 남궁 선생과 나는 마주 앉았다.

"장도를 축하하네!"

사모님이 손수 따라주는 첫 잔을 들자, 남궁 선생이 평소에 없이 내 잔을 쩔어 소리를 내면서 들었다.

나도 잔을 비웠다. 나에게 다시 한 잔을 권하고 난 남궁 선생은 이번에는 사모님에게 손수 잔을 건네는 것이었다.

이것도 전에는 없던 일이었다.

"자, 당신도 한잔 드오. 김 군도 먼 길을 떠나고…… 나도 새 길을 떠나게 됐으니……"

나는 남궁 선생과 사모님께 번갈아가며 의아의 눈동자를 돌렸다. 선생님이 새 길을 떠나시다니 그것은 대체 무엇일까? 그러나 나는 전에 없이 심각한 이 분위기에서 그것을 물을 용기가 없었다.

사모님이 자리를 뜬 후 몇 잔 먹은 술이 몸에 퍼짐에 따라 내 기분도 적이 누그러져옴을 느꼈다.

나는 남궁 선생이 묻는 대로 수속 절차에 대한 상세한 이야기를 말씀드리고 비행기 시간까지 결정된 경위를 아뢰었다.

"아무튼 잘됐네……"

같은 소리를 남궁 선생은 몇 번 되풀이했는지 몰랐다.

"살아가는 데는 젊음이 첫쨀세. 학문이구 사업이구 간에……"

"늙어서 아둥바둥한다는 것은 다 억질세."

남궁 선생은 술잔을 비우면 내게로 넘겼고 나도 마시는 대로 선생에게 반배했다.

"나도 새로 살기로 했네……"

그는 다시 빈 잔을 들어 내게로 넘기면서 말을 이었다.

"그렇다고 변절한 건 결코 아니고……"

남궁 선생의 어조는 점점 침통해갔다. 간간이 웃음을 섞지만 그것은 오히려 나에게는 그 침통을 누르려는 억지로밖에 보이지 않았다.

"학문도 젊어서 정력이 좋을 때 해야지, 이렇게 눈언저리가 흐릿해가지구야 무엇이 되겠는가……"

선생은 수건으로 눈 가장자리를 닦고는 술잔을 거듭하며 말을 계속했다.

"그래 장살 시작하기로 했네……"

"네?"

내 목소리는 의외로 컸었다.

"아니, 그리 놀랠 건 없고…… 저 책장사 말이야……"

"책장사라니요?"

"왜 나는 장사를 못 할 것 같은가……"

게슴츠레하던 남궁 선생의 눈동자가 이번에는 십 년 전의 그것처럼 광채 나는 것을 나는 놓치지 않았다.

"글쎄, 고본상(古本商)¹²을 불러다 금을 하자고 했더니, 수지¹³ 값도 치지 않는 게 아닌가…… 이제 내가 여생에 무얼 하겠는가, 안다는 건 책과 연구실과 교단뿐인데…… 다른 건 다 가버리고 책만 남았으니……"

나는 코허리가 시큰해왔다.

"자본은 내 장서가 있겠다. 그래도 옛 동창이 좋아서, 그 덕에 동대문시장에 조그만 점방도 하나 마련했네. 그 친구도 처음에야 말문이나 붙이게 했겠나…… 말하자면 책장사에 대한 내 신념에 굴복된 셈일세…… 복덕방 하는 셈 치고…… 귀중본이 많으니 심심치 않게 팔릴 걸세……"

나는 자정이 가까워서 남궁 선생 댁을 떠났다.

오늘은 내가 고국을 떠나는 날이다. 그저께 저녁 일이 이틀 동안 내 머릿속을 맴돌았고 지금도 그것이 가셔지기는커녕 오히려 남궁 선생의 모습이 더 확대되어 내 머리를 휘덮어옴을 어쩌는 수 없다.

나는 지금 반도호텔로 나가고 있다. 그러나 아직도 왜 나 자신이 미국으로 가야 하고, 무엇을 어떻게 해가지고 돌아와야 한다는 확고한 신념을 지니지 못하고 있다.

솔직히 말하면 그저 가고 있는 것이다. 처음 추천을 받아 풀브라이트 장학금을 신청했을 때는 어떻게든 그 많은 경쟁자를 물리치고 뽑혀야겠다는 일념이었고, 그것이 요행히 결정된 후는 무조건 흥분에 싸였었고, 수속 도중에는 귀찮아졌고, 이제는 정말 가지는가 보다 하고 생각하니, 막상 떠나는 이 순간에는 그 지표가 더욱 흐릿해짐을 어쩌는 수 없다. 그것은 남궁 선생에게서 받은 충격의 탓도 있겠지만, 나 자신이 도미에 대한 좀더 확고한 신념이 없이 들뜬 허영에 얼마간 휩싸였던 데 더 큰 원인이 잠복해 있었는지도 모를 일이다.

"선생님 같으신 분이 그래도 아직 학계에서 일하셔야 후진들이 더 의욕을 가질 것이 아니겠습니까?"

이러한 말을 비롯한 그저께 밤의 취중의 많은 이야기는 남궁 선생에 대한 나의 진정이요 호소였다.

그러나 이미 때는 늦었다.

내가 당도하기 전 서가에서 그 손때 묻은 책을 내릴 때 벌써 선생의 삶의 자세는 그 방향을 새로운 각도로 확정했던 것이었다.

들었던 술잔을 상 위에 놓고 서재로 들어가던 남궁 선생은 두툼하고 긴 널판때기 하나를 들고 나왔다.

"이게 간판일세…… 하하하하."

나는 어이없이 웃을 수밖에 없었다.

"이쯤하면…… 시작이 반이라는데 새 출발이 미덥지 않은가……"

그는 나에게 자기의 확고한 새 방향을 실지로 보여주려는 듯이 벼룻장을 내놓고 먹을 갈았다.

"그렇지 않아도 한 가지 확정을 짓지 못한 것이 있네……"

"무어 말씀입니까?"

이제 나도 평상 기분으로 자유로이 대꾸를 할 수 있었다.

"그 상호(商號) 말일세. 역시 상호란 점방의 간판이어서 자식의 명명(命名)처럼 신경이 쓰여진다니……"

"그럼 참말 책방을 내세요?"

"참말이래두 이 사람…… 나라나 민족을 위하겠다고 학문을 한 것도 아니구…… 내 좋아서 한 것이지만…… 나라도 민족도 늙은이는 필요 없다구, 하구…… 나두 또 이젠 서리를 한 번 맞으니까 자신이 없어…… 하하하……"

이번의 웃음은 확실히 사회에 대한 냉소가 아니면 자신에 대한 자조(自嘲)라고밖에 느껴지지 않았다.

"가만있자…… 청춘당(靑春堂)…… 이건 너무 반발의 허세 같군……"

나는 가만히 듣고 있을 수밖에 없었다.

"아무래도 그것밖에 알맞는 것이 없어……"

남궁 선생은 붓끝을 입술에 다듬어 벼루의 먹을 묻히더니 그 나무 판때기를 내놓고 단숨에 쭉 내려 썼다.

의고당(擬古堂)!

붓이 떨어지는 것을 보고 나는 긴 한숨을 내리쉬었다. 농담으로만 여겼던 지금까지의 생각이 온통 뒤집어졌다.

"어때, 의고당! 음향도 좋고, 시각(視覺)으로도 늙은이 점방으론 괜찮지……"

남궁 선생은 다시 서재로 들어가서 부피 나는 질책을 들고 나오면서 위의 먼지를 떨었다.

"이것은『여유당전서(與猶堂全書)』일세…… 실은 사변 때 피차 장서를 잃었지만…… 이건 자네 엄친 걸세. 대학 연구실 장서 속에 석계(石溪)의 장서인이 찍힌 이 한 질이 어쩌다 남았기에 내가 보관하고 있었네. 이젠 이것까지 내 상품(商品) 속에 넣을 수는 없으니까……"

아버지의 유일한 장서를 받아 드는 나의 손은 떨렸다. 나는 아버지를 우는 것이 아니라 분명 남궁 선생 때문에 울고 있는 것이었다.

반도호텔 앞에 닿으니 남궁 선생은 벌써 나와 있었다.
"자, 먼 길 조심하게…… 제 나라 안에서 늘 쓰는 말로 몇 해 공부해도 별 수확이 없기 일쑤인데, 낯선 땅 익숙지 않은 말로 일이 년 했댔자 무슨 큰 소득이 있겠는가만, 너무 욕심 부리지 말고 몸 조심해서 잘 다녀오게……"
"네, 감사합니다."
"나도 오늘 개업이니까, 첫날부터 근실해야지……"[14]
나는 돌아서는 남궁 선생의 뒷모습을 묵연히 바라보며 이십 년 후 삼십 년 후의 나의 초상화를 그리고 있었다.

한강을 건너 북한산을 등지고 공항(空港)으로 질주하는 차 속에서, 나는 내가 하고 돌아올 일이 과연 무엇인가 점점 더 막연해짐을 느낄 뿐이었다.

죽음의 자세 姿勢

　미결수(未決囚)의 감방에도 아침은 있었다. 역시 저물녘이나 밤보다는 아침이 나았다. 오후보다는 오전 편이 한결 풀기 있게 느껴졌다.

　무엇인가 일어날 것만 같은 기대와 초조와 불안이 한데 뒤엉켜 오기 때문이기도 했다.

　덕수(德秀)는 101호 죄수의 팔목에 며칠째 줄곧 채워진 대로 있는 수갑(手匣)을 바라보면서 기실 머릿속에서는 성규(聖奎)의 죽음을 생각하고 있는 것이었다. 그것은 혹 자신의 죽음을 연상하는 반사 작용인지도 모른다는 생각이 곁들였다.

　그 위에는 또 윤식(潤植)의 모습이 겹쳐오기도 했다.

　101호는 일주일 전 사형 구형을 받았다. 좀처럼 입을 열지 않는 그다. 그의 표정이나 행동에서 구형 이전과 달라진 것을 발견할 수란 거의 없는 일이다. 있다면 그것은 밥을 먹을 때 수갑의 쇠붙이 소리를 내면서 두 손을 함께 움직인다는 일 정도일 것이다. 아니 그는 앉아 있을 때도 손의 자유를 뺏겨 염불하는 승려 모양 노상 합장하고만 있다.

덕수는 성규의 장례식을 치른 날 저녁 이리로 들어왔다.

성규의 돌발적인 죽음은 그에게 적지 않은 충격을 주었었다.

아침 일찍, 성규가 죽었다는 비보를 들었을 때 덕수는 너무도 의외의 사태에 얼마 동안 정신이 나간 것처럼 어리둥절한 상태에 빠져 있었다.

그것도 성규의 성격과는 전연 맞지 않는 개죽음 같은 결과였으니 말이다.

"역시, 자리를 고르지 못하고 잘못 태어났어."

제정신으로 돌아온 덕수는 혼자 중얼거리면서 외출할 양으로 일어섰다. 우선 성규의 집으로 가봐야만 했기 때문이었다.

덕수와 성규는 고추자지를 맞줘고 자란 사이였다. 중간 경로는 서로 달랐지만, 대학도 동기 동창이었다.

장안의 명문거족과는 거리가 먼 시골 태생에게는, 서울이란 낯선 땅이면서 하나의 공개 시합장 같은 감마저 준 것은 덕수나 성규의 경우 거의 같은 심경이기도 했다.

영구차(靈柩車)를 본다는 것은 그리 유쾌한 일은 아니다. 금빛으로 띠를 둘러 장식한 차체의 외관은, 화장터의 봉안실(奉安室) 전면 장치와도 일맥 통하는 데가 있다.

그것은 죽음과 직결되어 온다.

죽음이란 시험 삼아 연습해볼 순 없는 것이다. 그것은 단 한 번 어쩔 수 없이 주어지는 것이다. 그 죽음이 지금 자신에게 직면하여오고 있는지도 모른다고 덕수는 생각하고 있는 것이다.

그날 영구차의 뒤꽁무니 네모진 구멍으로 성규의 관(棺)이 밀려 들어가려는 찰나, 흰 관보 위에 얹힌 빨간 명정(銘旌)을 다섯 손가락으로 움켜 긁으며 미친 것처럼 발악하던 성규의 아내. 그 아내의 손을 제지하며 관이 밀려 들어가던 레일의 치차(齒車)[1] 소리. 네모진 철문이 닫히며 통곡 속으로 파문이 번지던 음향. 덕수는 지금 자기의 죽음을 연쇄시켜 생각하고 있다.

눈이 내린 망우리(忘憂里)의 아침나절. 남향 경사지여서 다양(多陽)하다고[2] 쇠〔磁石〕를 든 지관(地官)은 굴광이 다 된 유실(幽室)[3]의 방위를 가늠하며 만족한 듯한 표정을 지었다. 그 표정과 성규의 죽음은, 무슨 관계가 있는 것일까.

성규의 죽음은 성규만의 것이다. 아무도 대신할 수는 없었다. 설령 둘이 함께 자살했다 쳐도 결국 그 죽음은 각각의 별개적인 것이다. 여기에는 대차(貸借)도 대불(代拂)도 있을 수 없는 것이라고 덕수는 두서없는 생각을 이어갔다.

하관(下棺)되는 순간 덕수는 다시 성규의 죽음을 현실로 직감하는 심정이었다. 그것은 자기의 죽음으로 회귀(回歸)되어오기 때문이기도 했다. 어쩌면 성규의 아내도, 아니 그 자리에 모인 대부분의 인간들이 모두 그랬는지도 모른다는 생각이 들기도 했다.

덕수는 흙을 한 움큼 쥐어 관 위에 얹으면서 성규와의 영원한 결별을 다시 의식했다. 정말 죽어진 것인가 하는 반신반의 속에 죽음을 새삼 확인해보는 것이었다.

봉분이 점점 높아져갔다. 기껏 흙 한 줌이 될 것을 그렇게 아웅다웅 다투고 할퀴고 물어뜯고…… 그러나 이런 체념 같은 관대성이 언제까지 자신의 마음속에 자리 잡고 있을 것인가, 그는 그것마저 계산해보는 것이었다.

밤늦게까지 가까운 친척과 몇몇 친지들이 성규의 집에서 술로 시간을 보냈다.

그것은 유족을 위로한다기보다 기실은 제각기의 마음의 상처를 땜질하고 있는 것이라는 각박한 생각을 더욱 금할 길 없었다. 자정이 가까워서야 그는 집으로 돌아왔다.

삼엄한 경계의 포위망은 이미 그를 대기하고 있었다.

처남 즉 아내의 동생인 윤식의 출현은 덕수에게 있어선 참말 의외의 사태를 연출시키게 했다.

그러니까 벌써 십여 년의 시간이 흘렀다.

거의 끝장까지 지하실에 숨었던 윤식이, 그날 밤은 무슨 귀신이라도 붙은 것처럼 갑갑증[4]이 난다면서, 그간의 형편이나 알아보겠다고 누나의 말리는 손을 억지로 뿌리치면서 밖으로 나갔었다.

일은 극히 간단했다. 그것으로 막은 내려졌다.

처남과 함께 숨어 있던 덕수는 여전히 지하실에 혼자 남아 있었고 아내는 동생의 행방을 알려고 손이 닿는 데까지 앞뒤로 수소문을 했었다.

하늘같이 믿던 정부가 시민을 헌신짝같이 버려두고, 야반도주를 한 지 이미 오랬고, 인간의 목숨이 버러지만도 못하게 무더기로 쓰러져가는 판국에 윤식 하나쯤의 실종으로 대세에 큰 전환이 올 리는 없었다.

덕수는 말없이 윤식을 기다렸고 가까운 피붙이란 오누이뿐인 아내는 동생의 일을 노상 푸념거리로 했다.

피란, 수복……

많은 인간의 무리가 떼를 지어 이동되고, 얽히고설킨 속에서 그 으리으리한 눈방울을 휘둥글리면서 불쑥 나타날 것만 같은 기적을 바라는 심정은 덕수나 아내에게 오래도록 지속된 환각이었다. 그러나 세월의 흐름 속에 기억이나 미련 같은 건 엷어져갔고, 체념이 겹쳐, 이제는 망각의 안개가 퍼져가기 시작했다.

거기에 아이들이 커가니 아내까지도 그 치다꺼리⁵에 골몰하여, 명절 같은 특별한 경우 이외에는 별로 동생의 이야기를 끄집어내지 않게끔 되었다.

지난 추석날.

제사나 차례의 의식적인 절차가 필요치 않은 덕수네 가정은 여느 때나 별로 다를 것이 없었다.

어디 교외라도 가자는 애들의 조름에 못 이겨 그들 부부는 집을 나섰다.

막상 거리에 나서고 보니 성묘 아닌 그들로서는 갈 곳이 없었다.

아이들의 의견을 모아 낙착된 곳이 우이동이었다.

개울을 따라 산길을 걸어 올라갔다. 물이 이 시리도록 맑다. 다른 꽃들이 거의 져버린 길섶에 들국화가 유난히 눈에 들어온다.

아까 미아리 어귀에서 본 소복(素服)의 젊은 여인과 무의식중에 엇갈려온다.

아이들은 도토리를 따는 데 재미를 붙여 서로 앞질러 가락나무 새로 뛰어다니어 뒤처지기 일쑤다.

맑게 갠 하늘 한끝에 고향이 연결되어온다.

예전 같으면 지금쯤은 선산에 성묘를 끝내고 돌아올 시간이다. 덕수의 눈길은 그 하늘 끝에 매달려 있었다.

"여보, 이쯤에 앉으면 어때요?"

오랫동안 물에 씻겨 반들반들해진 큰 돌을 끼고, 흰 모래가 깔린 개울섶에 아내는 들고 온 보자기를 내려놓으며 동의를 구하는 눈매로 덕수 쪽을 건너다보았다.

"좋구만……"

거목 숲 속에 숨바꼭질하듯이 박혀 있는 방갈로가 건너다보이나, 사람의 그림자라곤 별로 눈에 뜨이지 않았다. 덕수는 바지를 벗어 던지고 정강이를 물속에 첨벙 집어넣었다. 땀이 배게 산길을 한참 걸은 뒤라 한결 시원했다. 칙칙하던 등어리의 땀기가 잦아들어갔다.

아내도 버선을 벗어버리고 발을 담갔다.

"참 물이 맑아요, 이런 물에서 빨래를 했으면……"

"하필이면 빨래야, 홀딱 벗고 목욕을 했으면 하지……"

"당신두……"

그들은 서로 마주 보며 웃었다.

큰애가 중학으로 들어가게 됐는데도 오래간만에 문득 신혼 초

334

기 같은 환각마저 느꼈다.

아이들은 아래위 호주머니가 터지게 도토리를 따 넣고 손에는 이름 모를 진기한 풀들을 따 들고 기쁨을 참지 못해 토끼처럼 졸랑대며 뛰어다니고 있었다.

"저렇게들 좋아하는 것을…… 가을이 다 가도록 한 번도 나와 보지 못하고……"

만면에 웃음을 띠며 즐거운 낯으로 어린것들을 맞는 아내를 보며 덕수는 흐뭇한 기분에 젖었다.

사실 가을이 다 간 것은 아니다. 아직 단풍도 제철에 들지 않았다. 가을이 참말 좋은 것은 이제부터일 게다. 덕수는 담배 연기를 깊숙이 빨아 넘기면서 생각에 잠겼다.

애들에게 졸리면서도 일에 쫓겨 한 번도 가족을 데리고 교외로 나오지 못한 것이 새삼 미안쩍은 생각이 들었다.

"여보, 이젠 좀 자주 나옵시다."

"그래요……"

"봐, 아빠, 늘 오자니까……"

"그래, 그래……"

꼬마의 말에 건성 대답을 해주면서도 덕수는 오래간만에 아비 구실을 해보는구나 하는 흡족한 기분이 들기도 했다. 아내는 맑은 물을 그대로 보고만 있기는 아쉬운지, 어느 사이에 타월과 어린것들의 손수건을 빨아 헹구고 있다.

"역시, 여자란 일복을 타고났어……"

덕수는 넓적바위 위에 걸터앉아 물속에 발을 담근 대로 꼬마의 손발을 씻겨주며, 빨래하는 아내 쪽으로 눈길을 돌렸다.

가운뎃놈은 홀딱 벗고 물속에서 첨벙대고 있다. 큰것은 빈 깡통을 주워 들고 돌을 들어가며 가재를 잡느라고 한눈도 팔지 않는다.

"산물은 때가 잘 지는데……"

급기야 아내는 저고리를 벗고, 맑은 물에 머리를 빨기 시작한다. 파마가 풀린다고 걱정하던 심정도, 돌 틈을 새어 흐르는 맑은 물의 유혹에는 끝내 견딜 수 없었던 모양이었다.

점심이 끝난 후 그들은 아이들의 조름에 이끌려 고갯마루 쪽으로 산길을 더듬어 올라갔다.

길섶에서 뱀이라도 기어나올 것같이 풀이 엉키었으나 그러기에는 벌써 계절이 지난 것 같다고 느껴지기도 했다.

걷다는 쉬고 쉬다간 걸으며, 고갯마루턱까지 올라갔다. 바람이 선뜻 목덜미를 어루만졌다. 눈앞에 우이봉과 백운대가 막아섰다.

아내는 숨이 차 허덕이고 아이들은 이마에 땀방울이 내배었다.

길옆 풀밭에 앉았다.

개울에서 샘물에 닦아 보자기에 남긴 과일을 깎지도 않고 쓱쓱 문대어 떼어 먹으며, 홍조 띤 얼굴에 모두들 즐거움이 넘쳐흐르고 있었다.

"아부지, 인제 주일마다 등산하기로 해요."

"참말 그래…… 아빠."

큰것의 제의를 금방 꼬마가 받아 붙이며 아버지의 대답을 기다리는 표정들이다.

애들 말에 아내는 의미있는 눈길을 남편에게 보내었다.

"응 그래……"

"아이 좋아……"

아내의 활짝 핀 웃음과 아이들의 환성에 차 손뼉 치는 소리를 들으며, 덕수도 기쁨에 넘치는 웃음을 감추질 못했다.

이날따라 가을 해는 더 쉬 지는 것만 같게 여겨졌다. 주위가 어둑어둑해올 때 그들은 산을 내려왔다.

벌써 동녘 산마루에 보름달이 솟아오르고 있었다.

노래를 부르며 내려가는 아이들을 앞세우고 그들 부부는 뒤를 따라 천천히 걸었다.

물에 반사되어 쪼개지는 달빛, 풀섶에서 들려오는 벌레 소리, 덕수는 문득 어릴 때의 추석날 밤을 회상하고 있었다.

"여보!"

앞에서 천천히 발을 옮기며 콧노래를 부르던 아내가 그를 돌아보며 말을 건넸다.

"응!"

아내는 그와 나란히 서서 걷고 있었다.

"그때 윤식이가 나간 것도 이 무렵이었어요."

참 아닌 밤중에 홍두깨 격이라고 느껴졌다.

아내는 지금 생사를 모르는 동생을 생각하고 있는 것이다.

"참 그날 밤도 달이 이렇게 밝았어요."

"그랬던가……"

지하실에만 박혀 있었던 덕수는 그날 밤의 바깥 세계에 대한 기억은 전연 없었다. 또 오랜 시간이 지나는 사이에 윤식의 생각이란 점점 엷어져가 이 근래에는 거의 머릿속에 떠올리는 일조차 없었다.

그러나 아내는 이날 밤 달빛을 보며 새삼 그 십여 년 전으로 되돌아가는 것이다.

"저두 살아 있으면 이런 밤은 누나 생각을 할 텐테……"

아내는 울멍한[6] 목소리다. 보지 않아도 눈물을 흘리고 있음에 틀림없다.

그러나 덕수는 그런 아내의 마음에 덧불을 지르고 싶지 않아 묵묵히 걷고만 있었다.

"여보, 참말 윤식이가 살아 있을까……"

"글쎄……"

"꼭 살아 있을 것만 같아요……"

"막판이었으니까, 그 수라장 속에서 어디…… 살아났다면야 왜 엽때 나타나지 않아……"

"글쎄 말이에요."

대화는 한참 끊어졌다.

윤식의 생존 여부에 대하여 그 이상의 것은 저대로의 상상의 날개를 펼쳐 그려보는 것이었다.

"살아 있다면 언젠가는 만나겠지요……"

미련 어린 아내의 말을 들으며 덕수는 여전히 침묵 속에 걷고 있었다.

산마루 위에 훨씬 올라솟은 달은 더욱 둥글게 환한 모습으로 온 누리를 내리비추고 있었다. 그들에게는 달빛마저 싸늘하게만 느껴졌다.

집 앞에 다다랐다. 아내는 큰 애들을 이끌고 앞섰고 덕수는 차속에서부터 잠든 꼬마를 안고 대문 앞 돌층층대를 올라가고 있었다.

대문 열리는 소리에 이어 식모애의 소곤대는 소리가 들려왔다.

"아주머니세요! 손님이 오셨어요."

"응…… 어떤 손님이?"

아내의 말소리는 거칠었다. 평소에 덕수나 아내가 없는 사이는 절대로 아무도 집 안에 들여놓지 않기로 타일러왔었는데, 그 철칙을 어겼다는 데 원인이 있는 것만 같았다.

"아주머니를 꼭 만나구 싶다구요."

"아저씨 아니구 나를?"

"네, 젊은 남자예요……"

"남자?"

아내의 음성은 더욱 의아에 차 있었다. 덕수의 머릿속에도 일말의 의혹이 꿈틀거리기 시작했다.

아내는 서두르는 걸음걸이로 현관에 들어섰다. 덕수도 밤중에 아내를 찾아온 젊은 남자란 대체 어느 놈팡인가 하는 호기심이 곁들이는 심정으로 뒤를 따랐다.

"아무리 거절해도 막무가내예요. 떼밀고 들어오지 않겠어요, 그래 노 옆에 지키고 있었어요."

아내의 옆에 바짝 다가서서 소곤대는 식모는 주인이 없는 새에 외인을 들여놓은 일에 대한 자책감에 견디지 못함인지, 변명을 늘어놓으며 발뺌을 하는 것이다.

"막 떼밀고 들어올 정도의 남자……"

절도나 강도에 대한 두려움이 없지 않았으나, 신발을 벗으면서도 덕수에게는 호기심만 더 덮쳐갔다.

"아니 네가……"

방 안에 먼저 들어선 아내의 경악에 찬 고함 소리가 크게 들려왔다.

덕수도 서두르며 방 쪽으로 들어섰다.

아내가 붙잡고 흐느끼는 사람.

"아!"

그것은 분명히 윤식이 아닌가. 덕수는 거의 비명에 가까운 소리를 외쳤다. 이미 죽었던 사람을 만나는 것만 같은 이 순간. 가슴속이 미어질 듯한 충격과 함께 두려움이 서리어왔다.

덕수는 더 다가가지 못하고 그 자리에 선 채 안쪽을 바라다보고만 있다.

윤식이도 우뚝 선 채로 누나에게 얼싸안겨 눈물을 떨구며 덕수를 멀거니 바라보고만 있다.

덕수가 천천히 윤식이 쪽으로 나아가 그의 손을 잡은 것은 한참 뒤의 일이다.

"대체 어떻게 된 일이야……"

덕수의 마음속은 격했으나 목소리는 나직이 가라앉았다.

"형님!"

윤식의 울멍하던 목소리는 끝내 황소 같은 울음으로 터지고야 말았다.

덕수의 눈에서도 저도 모르게 눈물이 괴어 흐르고 있었다.

"그래, 어떻게 살아왔니…… 응."

방 아랫목에 셋이 자리 잡고 나자, 아내는 무엇을 느꼈는지 동생을 바라보며 의아에 찬 질문을 던졌다.

"누님!"

아내와 윤식은 손목을 마주 잡은 채 둘의 눈에서는 아직도 눈물이 번지고 있다.

윤식은 누나를 부르고는 뒷말을 잇지 못한다. 그것은 단순히 감정의 충격 탓만도 아닌 것같이 덕수에게는 느껴졌다. 무엇인가 제대로 말을 하지 못하는 사연이 숨어 있는 것만 같았다.

"어떻게 된 거야, 응……"

아내는 무슨 영문인가 알고 싶은 조바심에서 거듭 다그쳐 묻는 것이었다.

"천천히 얘기할게요……"

윤식은 후 한숨을 내쉬고는 눈물을 닦았다.

"아무튼 살아왔으니……"

덕수는 거듭 담배만 피우면서 이렇게 졸연간에 나타난 처남의 정체를 알아내려는 의아에 찬 육감이 앞서 그의 표정을 놓치지 않으려고 눈여겨보고 있었다.

깔끔히 이발한 것이나, 단정한 옷차림이나, 그러한 외형에서는 무엇 하나 이상하게 느껴지는 것이 없었다.

다만 그의 눈동자, 떳떳하게 대상에 초점을 박고 똑바로 주시하지 못하는 그 눈동자, 무엇인가 이야기를 꺼내고자 하면서도 조마조마하는 입술 언저리의 들뜬 표정, 이러한 것은 덕수에게 의혹과 불안을 거듭 일게 하는 일들이었다.

죽은 줄만 말았던 사람이 살아온 이 밤, 오래간만에 만나는 피붙이이면서 그 사이를 가로막는 거미줄 같은 장벽이 걷혀지지 않는 것만 같은 어색감. 이젠 아내도 동생의 말이 스스로 풀려 나오기를 기다리는 자세로 그 이상의 추궁은 하지 않고 있다.

차를 가져온다, 저녁상을 마련한다 하는 등의 어수선한 시간이 흘렀다. 아내는 동생을 거들어주고, 덕수는 공연히 이 방 저 방을 왔다 갔다 하며 서성거리기만 했다.

간혹 아내와 눈이 마주치는 순간, 아내가 물끄러미 바라다보는 시선 속에는 단순치 않은 의미가 서려 있는 것이라고 덕수에게는 느껴졌다.

자정이 가까워서, 떠들썩하던 아이들도 잠들었고 부엌 설거지가 끝나 식모의 왔다 갔다 하는 발걸음 소리도 끊어졌다.

아내는 굳게 잠겨진 대문을 다시 나가 다져보고 현관을 비롯한 다른 방의 불들은 죄다 끄고 돌아왔다.

동생을 만난 기쁨 속에서도 아내의 얼굴에는 한 줄기의 긴장이 서려 있음을 덕수는 놓치지 않았다.

"애들은 외삼촌의 얼굴도 기억 못 하나 봐……"

자리에 앉은 아내는 얼굴에 부드러운 웃음을 띠어가며 동생을 바라보는 것이다.

"윤식인 영순이 기억이 나……"

아내는 동생더러 그때 하나밖에 없었던 큰아이의 이야기를 꺼내는 것이다.

"첫 번에 볼 때는 전연 모르겠더니만 차차 눈언저리에 어릴 때 모습이 떠오르더군요."

윤식이도 처음보다는 훨씬 긴장이 풀려 자연스러운 어조였다.

"코 흘리던 애가 여학생이 됐는데 어디 기억이 나려구……"

덕수는 분위기를 부드럽게 하기 위하여 웃음을 섞어가며 이야기에 끼어들었다.

십 년이면 강산도 변한다는데…… 하고 속으로 뇌까리며 윤식의 그 반들반들 광이 나던 이마에 잡혀진 주름살을 바라보는 것이었다.

"형님도 많이 늙으셨어요."

덕수의 희끗희끗해진 귀밑의 머리칼을 바라보며 나긋한 어조로 윤식은 말을 건넸다.

그도 자기와 같은 생각을 하고 있는 것이라고 덕수는 느꼈다.

"세월이 흐르는데 별수 있어…… 너도 그새 많이 변했구나……"

"저두요?"

"응!"

그는 쓸쓸한 웃음을 지었다.

이때 윤식의 눈 가장자리를 스치는 지나간 일에 대한 추억 어린 표정, 그것은 얼마나 많은 사연들을 담고 있을까 하고 덕수는 생각에 잠겼다.

그것은 덕수 자신이 십여 년간에 겪은 곡절보다 더한 것임에 틀림없을 것이라고……

"그래, 그날 집에서 튀어 나가서 어떻게 됐니……"

아내는 이 부드러워진 분위기를 놓치지 않으려는 듯이 단도직입으로 이야기를 휘몰아갔다.

윤식은 긴 한숨을 쉬고, 침을 꿀컥 삼켜 입을 다신 다음 지난 이야기들의 토막토막을 풀어놓기 시작했다.

덕수가 육감으로 느낀 대로 윤식은 휴전선을 넘어왔다는 것이다. 아무럼 그렇지, 죽지 않고 살아 있었다면야 여태껏 소식이 없었을 리가 없다고 생각하며 덕수는 그 다음을 기다렸다. 과거로 거슬러 올라가고 현재로 되돌아오고 하는 기구한 운명의 실마리를 푸는 것 같은 윤식의 이야기를 듣는 동안, 아내는 몇 번이고 긴 한숨을 꺾으면서 눈물 어린 눈동자를 깜박이고 있었다. 덕수는 윤식의 곡절 많은 역정 속에서 두 가지 초점에 모든 사태를 연결시켜 산발적인 이야기의 귀결점을 찾는 것이었다.

그 하나는 그가 월북하게 된 경위, 다른 하나는 현재의 그의 자세였다.

지금 아내는 단 하나의 친정 쪽 혈육인 아우를, 육친의 애정 속에서만 느끼고 있는지도 모른다. 그러나 덕수는 그에 대한 처남으로서의 애정 외에, 현시점에서의 그의 생사와 자신의 생사를 결부시키려는, 어쩌면 이해가 상반되는 것 같은 감정의 복잡한 도가니에서 허덕이고 있는 자신을 의식지 않을 수 없다.

아내는 동생의 이야기하는 사이사이에 탄성을 발하기도 하고 반문도 하지만, 덕수는 비스듬히 모로 기대어 팔베개를 한 채로 시종 듣기만 하는 것이었다.

"그래, 수복한 뒤로 벌써 세 차례나 이사를 했는데, 이 집은 어떻게 알았어?"

덕수는 상반신을 일으키며 입을 열었다.

"형님두……"

그는 냉소에 가까운 웃음으로 입을 씰룩거리며 다음 말을 찾는 것이었다.

"왜 ?"

"아직두 유치원생이시군요……"

덕수도 이 말에는 실소하지 않을 수 없었다.

"하기야, 기어코 찾을려면 못 찾을 것도 없겠지만…… 아무튼 어떻게 찾았어……"

"전화번호부에도 주소가 있지 않아요……"

"응……"

참말 그럴 법한 일이라고 덕수는 거의 무릎을 칠 뻔했다.

"그러나 동성동명이 많아 미심하기에, 회사에 전화를 걸어 확인했지요……"

이 꼼꼼하던 성격은 이런 경우도 역시 빈틈없었구나 하고 덕수는 생각하는 것이었다.

시계가 3시를 알렸다.

"고단할 텐데, 어서들 주무세요……"

아내는 건넌방에 동생의 자리를 마련하고 돌아왔다.

불을 끄고 잠자리에 들고도 덕수는 도무지 마음속이 개운하지 않았다.

처남이 암만해도 가슴속에 품은 사연을 다 실토하지 않는 것같이만 느껴졌기 때문이다.

아까 이야기 속에서 또다시 갈 생각이 있느냐고 물었을 때, 여기 있을 수만 있다면 있지요 하던 말이 도시 석연하지 않았다.

왜 선뜻 품으로 돌아오겠다고 잘라서 말하지 않는가.

아내도 좀처럼 잠을 청할 수 없는지 부스럭거리기만 한다.

"여보, 자요?"

"아니."

덕수의 물음에 아내는 잠기가 없는 맑은 목소리로 대답했다.

"윤식이가 참말 돌아온 걸까!"

"그렇잖으면 어떻게 찾아와요."

"하기는 그렇기두 하지만, 그 고집쟁이 성격이 속에 무엇을 생각하구 있는지 알 수 있어야지……"

"하두 오래 떨어져 있으니까, 아무래도 좀 서먹하지 않겠어요……"

아내는 동생을 두둔하는 어조로 말하고 있으나, 덕수의 의혹은 완전히 풀려지지는 않았다.

얼마 후 덕수는 다시 입을 열었다.

"여보……"

"네……"

"그렇다면 자수를 시켜야 하지 않을까?"

"글쎄요…… 시켜야지요. 그렇지만 잡혀 들어가면, 도로아미타불이 되잖겠어요……"

"허지만 떳떳하게 살려면 어차피 한 번은 거쳐야 할 것 같은데……"

아내는 후 한숨을 내쉬고는 더 이상 말이 없다.

아내는 아내대로 육친의 애정에 얽매였고, 덕수는 그대로 자기와 윤식의 이해관계를 저울질하고 있는 것이다.

아마 윤식 자신도 쉬 잠들지 못하고 궁리에 잠겼는지도 모른다는 생각이 덕수에게는 들었다

"형님, 이 방으로 좀 건너오세요……"

아침에 세수가 끝난 다음 윤식은 자기가 자던 방으로 덕수를 청하는 것이었다.

간밤에 잠을 제대로 이루지 못했는지 윤식은 흰자위에 핏기가서려 있다.

부모처자 한데 어울리던 집도 오랫동안 떠나 있다 돌아오면 첫날 밤은 으레 서먹한 법인데 오죽하랴, 하고 덕수는 윤식을 건너다보며 생각하는 것이다.

"형님, 아무래도 마지막 실토를 해야겠어요."

그는 덕수의 얼굴을 멀뚱히 쳐다보며 말머리를 끄집어내었다.

덕수는 인제 올 것이 왔구나 하는 간밤의 미진한 기분에 대한 대기 태세로 그의 말을 한 마디도 놓치지 않으려는 듯이 청각을 집중시키고 있다.

윤식은 침을 꿀꺽 삼키고 말을 이었다.

"사실은 형님을 비롯한 주변 인사들의 포섭 공작을 지령받고 왔습니다."

덕수는 너무나 의외의 말에 순간 당황하지 않을 수 없었다.

자기가 생각한 미심한 점이란, 그가 무슨 정보 수집이나, 연락 등속의 사명을 띠고 왔으면서도 그것을 아직 속시원히 털어놓지 않고 있는 것이라는 정도로 생각했던 것이다.

그러나 그 불이 직접 자기 발등에 떨어질 줄은 꿈에도 생각하지 못했다.

덕수는 눈을 내리감고 침묵을 지키면서도 갈피를 잡을 수 없는 복잡한 생각 속에 얽매이고 있었다. 얼굴이 상기되다가 차츰 핏기가 가시어지는 것만 같게 머릿속이 아찔해왔다.

"그래, 내가 네 공작에 쉽사리 포섭될 것같이 보이든……"

그는 눈을 부릅뜨고 윤식을 곧장 쏘아보았다.

"아니에요. 제 의사가 아니라 지령을 받았으니까요."

"지령이 아니라 지령의 할애비래도, 내가 그렇게 포섭 공작의 주요한 대상물 자격이나 된다든……"

덕수는 기가 차다는 듯이 억지의 웃음을 지으며 쏘았다.

한참 침묵이 흘렀다. 윤식은 방바닥을 내려다보고만 있고, 덕수는 그의 얼굴에서 시선을 떼지 않았다.

348

"그런 뚱딴지같은 생각일랑 아예 집어치우고, 옛날의 순수한 너로 돌아오렴."

윤식은 머리를 들었다.

"아니에요 형님……"

"아니긴 뭐가 아니란 말이냐……"

덕수의 말끝에는 노기가 서려 있었다.

"저는 제 책임을 다하지 못하면 어디 가 어떻게 죽을지 몰라요……"

"못난 자식이…… 죽음이 그렇게 두려우면서 아직도 그 짓을 하겠다는 거냐……"

"저에게는 기회가 없어요."

"기회……"

그러나 그 뒤는 덕수로서도 선뜻 대답해줄 만한 구체안이 없었다. 그는 한참 묵묵히 있다가 다시 입을 열었다.

"모든 것을 고백하고, 자수하면 되지 않겠니……"

"글쎄요……"

그의 말소리는 나직하였으나 투명하지는 못했다.

"글쎄요가 아니라, 결단을 내려야 한단 말이야……"

"잘 생각해보겠어요."

"생각이 아니라, 즉시 행동으로 옮겨야지……"

"그러나 자수하면 저는 틀림없이 총살되는 거예요."

"총살……"

"네, 간첩은 모조리 극형이라지 않아요……"

"나는 법률은 잘 모른다만, 거기도 정상의 참작이야 있지 않겠니……"

"그 참작 이전에 저의 주변에는 더 많은 감시의 눈이 현재도 저의 일거일동을 좇고 있어요."

"경찰 말인가……"

"아니요……"

"그럼 정보 계통……"

"그것도 아니에요."

"그럼…… 뭔데……"

"그 이전에 다른 감시의 눈이 저의 행동을 뒤따르고 있어요……"

윤식의 열기 띤 얼굴에서 덕수는 눈을 돌려 창밖을 내다보았다.

아침 햇살이 환하게 뜰 안을 비추고 있었다.

"태양 빛을 등지고 살겠다니 원……"

"아니에요, 형님……"

"……"

"저는 사실 휴전선을 넘어올 때는 형님을 꼭 설복해서 사명을 수행하려고 마음먹었어요…… 그러나……"

덕수는 양미간을 찌푸리며 윤식의 눈동자를 쏘아보았다.

"그러나, 막상 서울 거리에 들어서니 그런 결의는 점차 풀이 죽어갔어요……"

"왜……"

덕수는 기회를 놓치지 않고 불쑥 다그쳐 물었다.

"향수라 할까요, 동심이라 할까요, 그런 나약한 감정이……"

덕수는 묵묵히 다음 말을 기다리고 있었다.

"조직 생활 속에서 훈련을 받았으면서도 저의 정신 무장이 강하지 못했던 탓인지도 모르겠어요……"

"그만두어. 네 본심은 아직 종잡을 수 없어……"

"그런데, 정작 형님이나 누나를 만나고 나니, 그런 저의 포섭 계획은 그대로 무너지는 것만 같았어요……"

"그러게 맘을 돌리란 말이야……"

"아니에요, 저는 이제 갈 수도 없고 있어도 죽기는 매일반이에요."

"왜, 죽어……"

"두구 보세요…… 그렇게 되지 않는가……"

"글쎄, 천천히 살아날 길을 서루 잘 생각하잔 말이야."

"아무튼 우선은 나가겠어요……"

"어디로……"

"아니, 다시 들러서 상의하겠어요."

덕수는 자리를 일어서는 윤식의 소매를 당황히 붙잡았다.

"이렇게 서두르지 말고, 천천히 좋은 방도를 강구해보재두……"

"그러니까 여유를 주세요……"

그는 벌써 현관 쪽으로 걸어 나가고 있었다.

"글쎄, 여유를 두고 같이 방법을 생각하자는데두……"

윤식이 대문 쪽으로 나살 때, 부엌에서 일하던 아내가 뛰처나왔다. 동생에게 매달리듯이 하며 아내는 만류했다.

"저는 벌써 제 주위에 위협을 느끼고 있어요."

"글쎄 왜 이러는 거야, 응, 들어가 차근차근 이야기하자꾸나……"

"아니에요, 저는 북으로 가든, 여기 남든 누나나 형님에게 누를 끼치구 싶진 않아요. 체포되어도 딴 데서 되고, 자수해도 제 혼자서 하겠어요……"

아내는 눈물을 흘리면서 어쩔 바를 몰라 했다.

"아무튼 들어가서 얘기하자……"

윤식은 획 몸을 돌려 대문 앞 계단을 재빨리 내려가고 있었다.

무엇인가 쥐었던 새를 놓친 것만 같은 심정이었다. 윤식이 사라지고 난 골목에서 눈을 돌린 덕수는 아내 쪽을 바라보았다.

아내는 대문 안으로 돌아서며 흐느껴 울고 있다.

덕수는 얼마 동안 넋 빠진 양 뜰에 선 채로 있었다. 허전하기 짝이 없었다.

좀더 억지로 붙잡았더면 하는 아쉬움도 들었으나 욱기로 뛰어나가는 그를 막아낼 도리가 없었다. 그보다는 복잡한 생각이 행동의 적극성을 제어시키는 것만 같은 감정의 탓인지도 몰랐다.

덕수는 곰곰이 생각하고 있다.

십 년 만에 뜻하지 않게 윤식을 만났다는 것은 참말 꿈만 같다. 그리고 방금 그가 바람처럼 자기 집 울타리 밖으로 사라진 것도 도무지 현실 같게 여겨지지 않는다.

자기와 윤식의 사이, 그것은 인척간의 촌수를 따져서 처남 매부지, 사실은 친형제나 조금도 다를 바 없는 사이다. 침식을 비롯한 하루의 기거를 거의 같이 해왔었고 대학 공부도 자기가 전담하여 시키고 있었었다.

부모를 잃고 남매만 남았던 그들에게 있어서, 아내는 윤식의 누이이자 어머니 구실을 했었고, 자기는 형인 동시에 어떤 면에서는 아버지 몫까지 해왔던 것이다.

그가 생명에 대한 최악의 위기에 처했다 해도, 그 은거처로 마음 놓고 뛰어들 곳은, 이 집밖에 없었을 것이라고 생각이 들자 가슴이 아려왔다.

서울 장안이 송곳 박을 자리 없이 집이 들어박혔다 해도, 아니 하늘 아래가 한없이 넓다 해도 그를 달갑게 받아줄 곳은 이곳밖에 없을 것만 같았다.

덕수는 대문 밖으로 나가 황급히 층층대를 내려갔다.

설레는 가슴의 동요를 느끼면서도 아주 태연한 듯이 앞뒤 골목을 살펴보았다.

얼마간의 시간이 흘러간 지금, 그가 그대로 제자리에 남아 있을 리가 만무하다는 것을 뻔히 알면서도 부질없는 일을 막다른 심정에서 저질러보는 것뿐이었다.

지나가는 두부장수나 신문 배달 아이의 예사로운 시선까지도 그에게는 이상하게 느껴지기만 했다.

방에 돌아와서도 덕수의 심정은 안정되지 못했다. 꼭 무엇인가 하던 일을 내팽개치고 돌아앉은 것만 같은 미흡한 기분을 가눌 길 없었다.

조간신문을 펴 들었다. 그러나 주먹만큼 한 커다란 활자도 눈에 바로 들어오지 않고, 그 위에 뚜렷이 윤식의 모습이 겹쳐왔다간 명멸하는 것이었다.

아내의 흐느끼는 소리가 아직도 부엌 쪽에서 가느다랗게 들려 왔다.

참, 손쓸 사이도 없는 순간에 일어난 일만 같았다.

만일 친동생이었다면, 그리고 아들이었다면, 하고 그는 윤식과 자기와의 거리를 다시금 재어보는 것이다.

사실은 조금도 그런 거리를 잴 시간의 여유도 없이 일어났고 그리고 또 곧장 끝나버리고 만 것이다.

아니, 이미 자기는 자신과 윤식의 사이에 선입관적인 어떤 거리를 가지고, 간밤부터 대해온 것이나 아닐까, 하고 자신에게 힐문하는 것이다.

자기와 윤식, 그것은 벌써 독립된 하나하나의 개체로서 이해관계, 그것도 생사에 관계되는 궁극의 경우에 있어서는 상반되는 것이라는 이기적인 의식이 자신의 마음속에 깔려져 있었는지도 모른다는 생각마저 들었다.

덕수는 담배를 피워 물고 긴 한숨 속에 담아 뱉었다.

그러나 가슴속은 조금도 후련하지 않았다. 시간이 흐를수록 더욱 막혀가는 것만 같았다.

그는 아내를 보기가 어쩐지 민망해졌다. 십수 년 아무것도 숨김 없이 살아온 사이에도 미안쩍은 생각을 금치 못했다. 선명한 이유를 꼬집어낼 수는 없이 막연하게 그저 덮어놓고 미안하기만 한 심정이었다.

날이 갈수록 아내와 윤식에 대한 미안감에 겹쳐 자신에 대한 자책과 불안이 휩싸여져왔다.

얼마 동안은 아내도 그도 말수가 줄어들었다.

어쩌다 아내가 말끝에 윤식의 걱정을 덧붙여도 그는 대답할 말을 찾지 못했다. 그러면 아내는 그의 눈치를 살피다간 그대로 시무룩해져서 말을 잇지 못하거나 자리를 뜨는 것이었다. 그는 그대로 윤식의 행방이 걱정되면서도 아내 앞에서 대놓고, 그 걱정을 토하지 못하고 가슴속에 담은 채 혼자 끙끙거리기만 했다

아무튼 이 돌발의 사태로 말미암아 그들의 가정 분위기는 일대 태풍이 쓸어간 뒤의 정적 같은 것이 깃들면서도 그 상처는 좀체 아물지 않았다. 불안과 공포는 그에 못지않게 아내의 마음도 휩싸, 서로의 의견도 제대로 토로하지 못한 채, 제각기의 추리를 진행시키고 있는 것이었다.

덕수는 신문을 보는 눈의 각도가 달라져갔다.

혹 윤식에 대한 기사가 어디 나지나 않았나 하고, 아내는 아내대로 전과는 달리 조석으로 신문이 배달되면 그에게 눈치를 보이지 않으려는 듯 태연을 가장하면서도 삼면 기사를 눈여겨보는 걸 그는 감득하지 않을 수 없었다.

그러면서도 그는 홀로 어떤 적당한 시기, 그런 기회를 노리는 심리적인 강박관념에 사로잡히고 말았다.

성규의 죽음은 자신이 조금도 의식할 거를이 없이 잠 속에서 일방적으로 진행되었고, 그리고 그대로 결말을 이루어버렸다.

얼마나 살겠다고 버둥대던 그던가. 바로 죽기 전날 밤 덕수는
그와 함께 술을 마셨다. 그는 앞으로 이십사 시간 이내에 자기의
죽음이 닥쳐올 것을 몰랐고, 덕수 자신 또한 그의 죽음이란 상상
조차 할 수 없었던 일이다.

덕수와 함께 최후의 자리를 같이한 그날 밤, 성규는 민정이 복
구되면 꼭 입후보해야겠는데, 아직 그러기에는 선거 비용에 충당
할 액수가 모자란다는 애석한 자탄 같은 것을 털어놓았다.

이것이 그와의 마지막 자리였고, 그는 돈과 권력에 대한 생의
철학을 끝까지 포기하지는 않았다.

바로 그 성규가 너무나 시시하게도 연탄가스의 중독으로 다음
날 아침에는 죽어간 것이었다.

가장 현실적인 생활 방식을 자처하고 실천해온 그가 가장 예사
로운 조건으로, 엇갈린 돈 문제에 대한 단 한 마디의 유언도 못
하고 본의 아니게 죽어간 것이다.

장례식을 마친 후 성규의 집에서 돌아오면서도 덕수는 그의 죽
음이 아직도 믿기지 아니하였고, 그렇게도 돈이라면 수단 방법을
가리지 않던 그의 죽음과 지극히 평범하고도 무기력한 자신의 삶
을 견주어보는 것이었다.

대문 앞에는 이미 자기를 기다리고 있는 사람들이 있었던 것을
덕수는 전연 알지 못했었다. 집 앞 층층대 계단에 올라서려는 찰
나, 그는 억센 팔 속에 뒤로 안겨졌다. 순간, 몸을 돌리며 요동을
쳤으나 움직여낼 도리가 없었다.

"누구야……"

"반항하면 쏜다."

술기운이 바싹 깨어났다.

벌써 몇 사람이 그의 둘레를 둘러싸고 있었다. 재빠른 동작들에 의하여 그는 포승에 묶이고, 저항할 엄두도 못 낸 채로 연행되었다.

도중 그가 가만히 있는 사람을 보고 왜 이러느냐고 항의했을 때, 가보면 다 안다는 적의에 찬 목소리를 들었을 뿐, 그밖에 그와 그들의 대화란 거의 없었다.

다만 골목을 나오며 집 쪽을 쳐다보니 대문 열리는 소리가 나던 것밖에 현장에서 벌어진 일은 그 외의 아무것도 없었다.

취조가 진행됨에 따라 덕수는 윤식의 체포를 짐작하게 되었고, 자신이 범죄자 은닉 및 불고지(不告知)[7]의 죄명으로 검거된 사실을 알게 되었다. 그러나 그에게는 은닉이라는 어마어마한 사태에 대한 의식적인 동기나 행동은 물론 없었고 그러한 범죄 의식은 더욱 없었다.

다만 알쏭달쏭하고 전연 귀에 익지 않은 죄명이 그의 머리에 켕겨들어 지금도 그 풀 수 없는 수수께끼 같은 거미줄에서 헤어날 수가 없을 뿐이다.

있는 대로의 전후 경위를 순순히 자백한 그의 진술이 윤식의 그것과 부합되었는지는 몰라도 거기에 대한 추궁은 별로 없이 취조는 진행되었다. 다만 왜 그렇게 중대한 범인인 줄 알면서 그것을 즉시 고하지 않았느냐는 것이 그에게 대한 화살의 초점이었다.

그 일에 대해서는 이틀 건너, 또는 사흘 건너씩 심심할 겨를이 없이 거의 똑같은 문초가 반복되었지만, 그로서는 같은 되풀이 이외 그 이상 대답할 건덕지가 없었다.

101호는 낮이나 밤이나 똑같은 자세다.

그의 얼굴은 별로 변화하는 표정을 느낄 수 없이 단순하다. 멍청히 앉아 있지 않으면 눈을 살그미 감은 채로 몇 시간이고 그대로 벽에 등을 기대고 있을 뿐이다.

그는 어저께 사형 언도를 받았다. 그러나 언도 전의 그나, 그 후의 그의 모습에는 아무런 변화도 발견할 수 없다. 죽음을 체념하고 있는 것이 아니라 확정된 죽음을 의식하고 있다.

그를 대기하고 있는 죽음은 어쩌면 그의 자체 의사의 예정 코스대로 진행되고 있는 때문인지도 모른다.

어떤 경우에 처했든 저렇게 태연하게 죽음을 기다릴 수 있다는 것, 그것은 삶의 자세에 있어서 미덥고 거룩한 일면인지도 모른다는 생각이 덕수에게는 들기도 했다.

죽음을 스스로의 신념으로 대기하고 있는 것만 같은 그와, 아직도 한 가닥의 삶을 희구하고 있는 옹졸한 것만 같은 자신의 경우는 너무도 대조적이다.

그것은 또한 예측도 없이 죽음을 당한 성규나, 그것을 피해 다니다가 결국엔 걸려버린 윤식의 경우와도 전연 판이한 국면을 주기도 한다.

환기창을 거쳐 내다보이는 손수건만 한 하늘에서 덕수는 바깥 세계의 향수를 느끼고 있었다.

아내를! 어린것들을! 그리고 자신의 주변에 펼쳐졌던 좋고 나쁘던 뭇 군상들을 생각하고 있었다.

덕수는 면회실로 나갔다.

아내가 와 있었다. 자기를 바라보는 첫눈에 눈물이 맺히는 것을 보며 외면했다. 아내는 입술을 깨물며 울음을 참고 있다 말없이 얼굴을 숙였다가 들었다.

내일이 자신의 공판날이기에 오늘쯤은 누구든 면회를 올 것이라는 예기는 했지만 막상 아내를 만나니, 가슴이 뭉클할 뿐이었다.

그의 시선은 아내의 불룩해진 배 언저리에 머물렀다. 어떻게 기어코 살아 나가야겠다는 생각이 새삼 소용돌이치면서, 핏기가 머리로 휘몰아옴을 느꼈다.

"윤식인 사형 구형을 받았어요. 그저께……"

아내는 말끝을 맺지 못하고 울음을 터뜨렸다.

아내에게서 듣지 않아도 그는 감방 안의 통문으로 어렴풋이 알고 있는 일이었다.

아내와 마주 앉아도 그는 할 말이 없었다.

"그때 억지로 끌고 가서 자수라도 시켰던들……"

아내의 안타까워하는 말투를 그는 대답 없이 듣고만 있었다.

"차라리 곧 신고라도 했더면…… 혹 당신만이라도……"

"헴……"

그는 근기침으로 공간을 메웠다.

"연판장[8]을 찍은 진정서도 변호사에게 넘겼고, 밖에서 다들 서

두르고 있어요."

모두가 고맙다는 생각이 번져왔다.

면회란 그 어느 때보다도 빨리 가는 시간인 것만 같게 여겨졌다. 아내가 눈물이 번질한 얼굴로 사라지는 반대 방향으로 그는 감방에 돌아왔다.

101호는 그사이에 독감방으로 이송되고 없다.

지기 하나를 잃은 것같이 방 안이 허전해 보인다.

101호 그도 남들 싸움의 틈바귀에 끼인 사상범이다.

사형 구형을 받았다는 윤식이도 저렇게 태연할 수 있을까. 그는 지금쯤 재빨리 손을 써서 자수하지 못한 것을 후회하고 있을지도 모른다. 언도 때의 감형을 예상해도 본다. 신고 운운하던 아내의 남긴 말을 곱씹어본다.

윤식이 걷잡을 사이 없이 떠나간 후 아내에게는 몰래, 자신도 그런 것을 생각하지 않은 것은 아니다.

처남을 고발하면, 자신에게는 아무것도 폐 될 것이 없다는 것도……

한때 자기와 윤식의 일대일의 관계에서 이러한 경우가 예측될 때, 생명에 대한 이해가 전혀 상반된다는 이기적인 상념이 고발을 유혹하는 충동으로 바뀌어진 바도 없지 않았으나 그는 그것을 지그시 눌러왔다.

아버지가 아들을, 형이 아우를, 그는 이렇게 연쇄적인 상관관계를 얽어가며 자신에게 머리를 가로저었다.

일은 그것으로 끝난 것이다. 아니 같이 죽고 살자던 벗이라고

하자…… 그런 경우도……

덕수는 아직도 후회는 하지 않고 있다. 신통히 잘 살아오지도 못한 자신에게 이제 그런 낙인까지 하나 더 찍고, 죄의식 속에서 가책으로 살아간다면……

악착하게 살겠다고 버티던 성규의 죽음, 태연하게 죽음을 자처하고 이 방을 나갔을 101호, 지금쯤은 창백하게 질려 있을지도 모르는 윤식…… 그러나 덕수는 아직 삶을 바라고 있다. 차라리 지난 일은 묻지 않겠다는 심정으로……

새날이 왔다.

덕수는 지금 공판정으로 나가고 있다. 어떤 운명이 그에게 덮쳐와도 달게 받을 수밖에 없다고 뇌까리며……

이 일에 대한 회한이나 비굴감이 없는 그것만으로도 차라리 거뜬한 심정이다.

하늘은 푸르고 용수⁹ 구멍으로 내다보이는 거리는 여전히 어수선하게 법석대고 있다. 그는 오늘의 공판 결과보다는 차라리 아득한 브라질 이민을 생각하고 있다.

먼 하늘 끝을 바라보며……

세끼미

—제발 나에게 부질없는 관심을 가져주지 말았으면

늦가을 잔뜩 찌푸린 하늘. 싸늘한 바람이 포도의 낙엽을 휘몰아
가는 저물녘.

교문을 나선 마리아는 묵묵히 고궁(古宮)의 담 모퉁이를 돌았
다. 그의 눈은 아래로 깔린 대로 움직이지 않았다.

시야에는 아무것도 들어오는 것이 없었다. 그는 자기대로의 생
각에 골똘하고 있었다.

'그럼 두구두구 잘 생각해봐요.'

그는 브라운 목사가 어깨 너머로 무겁게 다지던 마지막 한마디
를 곱씹었다.

갈 것인가 안 갈 것인가, 그 어느 쪽도 간단한 예스, 노의 한마
디로 귀결 지어질 수 없는 복잡한 심정으로 휩싸여져왔다. 아니

362

그러한 문제에 부닥치기 전보다 몇 갑절 더 가슴을 짓누르는 중압감을 이겨낼 수 없었다.

경수(京秀)의 모습이 스쳐갔다. 그러한 양자택일의 중대한 분기점에서 하필이면 왜 경수가 제일 먼저 떠오르는 것일까. 역시 지금까지의 자기 마음속엔 가장 큰 비중을 차지하고 있었다는 증거가 아닐까. 거기에 다시 혜숙(惠淑)의 짙은 눈동자가 덮쳐져왔다. 혜숙의 티 없이 맑은 얼굴은 그 명랑한 웃음과 더불어 언제나 즐거움을 안겨다 주었다. 그 뒤를 이어 가족들의 영상이 저 나름으로 떠올랐다가는 사라져갔다. 모두가 아끼고 싶은 사람들뿐이었다. 영원히 놓치고 싶지 않은 대상들만 같았다. 이들이 이렇게껏 정답게 느껴지는 것은 자기 자신의 마음이 한 곳으로 쏠려져 있다는 결과가 아닐까 하고 그는 스스로에 자문자답해보았다.

마리아는 남대문 지하도를 빠져나왔다. 그는 자기 발길이 저도 모르는 사이에 남산 오르막길에 접어들고 있는 것을 깨달았다. 집이 있는 청파동 쪽과는 다른 방향이었다. 그러나 그는 되돌아설 염은 하지 않았다. 그대로 걷고만 싶었다. 방과 후 돌아오는 걸음에 곧장 집 쪽으로 가지 않고 옆길로 쏠리는 일은 이 가을 접어들면서부터 가끔 있는 일이었다. 그만큼 그의 심정은 평온 상태를 잃고 있었는지도 몰랐다.

아무도 없는 곳에 호젓이 있고 싶어지는 심정. 그러한 마음의 변화는 그 자신도 무엇이라 확연한 단정을 내려낼 수 없었다. 스쳐가고 스쳐오는 뭇사람들이 자기에게는 모두 관계도 없는 먼 나라 사람들만 같게 느껴졌다.

마리아는 어린이 놀이터 한 모퉁이의 벤치에 걸터앉았다. 재잘
거리며 뛰놀던 아이들도 하나 둘씩 흩어져갔다. 주위는 점점 고
요해지고 저녁 어두움이 깔리기 시작했다. 자기 이외의 아무 간
섭도 받지 않고 이렇게 혼자 있는 것이 그에게는 무엇보다 좋았
다. 그는 불빛이 환하게 두드러져오는 거리를 내려다보며 몇 번
이고 브라운 목사의 마지막 말을 되풀이했다.

살 것인가, 안 갈 것인가.

그러나 아무런 해답도 주어지는 것은 없었다.

쌀쌀한 바람이 스커트 자락을 휘몰아 올렸다. 목덜미가 선뜻해
왔다. 그래도 마리아는 일어날 줄 모르고 그 자리에 굳어진 듯 앉
아 있었다.

주위를 둘러보아야 자기 이외의 아무도 없었다. 가까운 피붙이
란 아무것도 떠오르는 것이 없었다. 산 중턱까지 총총히 박힌 창
마다 불이 반짝였다. 그러나 자기가 돌아갈 안식처란 아무 데도
없는 것만 같은 외로움이 물결쳐올 뿐이었다.

아까 브라운 목사에게 자기의 혈통에 대한 과거를 송두리째 털
어놓은 것이 거뜬하면서도 한편 솟구치는 뉘우침을 누를 길 없
었다.

"나도 마리아 같은 누나가 있었으면……"

필립이 말끄러미 쳐다보며 말하던 소리를 지금 마리아는 되뇌
고 있는 것이다.

초가을 어느 날, 마리아는 브라운 목사를 따라 이태원 외인촌

(外人村)으로 간 일이 있었다.

학교 예배 시간에 가끔 나오는 브라운 목사는 마리아가 관계하는 영어 회화반의 과외 특별 지도를 담당하고 있었다. 그러한 인연이 마리아를 브라운 목사의 눈에 들게 한 최초의 계기가 되게 했다.

브라운 목사는 다른 학생들보다 마리아를 유달리 귀여워해주었다. 그것은 마리아의 뛰어난 영어 실력의 탓만은 아니었다. 그보다 마리아의 이국적인 인상이 브라운 목사의 색다른 관심을 끌었다는 편이 더 옳을 것이었다. 그러나 시간이 흘러감에 따라 다른 학생과는 표 나는 자기 외모에 연관시켜, 브라운 목사의 관심이나 동정이 쏠려지는 것 같은 느낌을 받았을 때부터 마리아는 거북스러워지는 심정을 가눌 길 없었다. 다만 그러한 점에 비겨 브라운 목사는 단 한 번도 마리아의 상처를 찌르는 질문을 한 적은 없었다. 마리아 자신도 그런 자기 신상 문제에 대해 속을 털어놓고 이야기한 일은 없었다. 자기에 관한 다른 일에는 그렇게 관심을 가지면서 혈육 관계에 대해서는 지극히 무관심한 듯한 브라운 목사가 마리아에겐 오히려 다행스러웠다. 그러기에 마리아는 브라운 목사 댁도 자주 놀러 갔고, 그들의 가족들과도 친숙하게 지내게끔 되었었다.

이날 마리아가 이태원 쪽으로 브라운 목사를 따라나선 것도 그러한 평상시의 예사로운 접촉의 연장에 불과했다.

유솜'의 어느 부서 책임지론가 있다는 스티븐슨 씨는 마리아를 즐겁게 맞아주었다. 부인도 낯선 첫 손님을 대하는 것이 아니라,

오래 떨어져 있던 가족을 반기는 것만 같이 마리아에게는 느껴졌다. 마리아보다 두 살 아래라는 아들 필립은 친누나라도 만난 것처럼 신이 나서 자기 집 구석구석으로 손목을 이끌고 다니며 자랑스럽게 소개해주었다.

마리아는 오래간만에 흐뭇한 따사로움에 젖을 수 있어 그날의 감명을 얼마 동안 잊을 수 없었다. 그는 필립의 인상에서 자신에게 깊이 잠재해 있던 어떤 동류의식의 움직임 같은 것을 느끼기까지 했다.

돌아오는 차중에서 브라운 목사는 마리아를 돌아다보며 만면에 웃음을 띠고 말을 건넸다.

"마리아, 오늘 재미있었지?"

"네."

"참 좋은 분들이야……"

"저도 그렇게 느꼈어요."

마리아는 참말 진심에서였다.

"마리아네 집안도 그렇게 다정스럽지?"

마리아는 금방 말이 나오지 않았다.

잠시 머뭇거리다가 네 하고 들릴락 말락 하게 대답했다.

"아버지 어머닌 다 계시지?"

"네."

"몇 형제나 돼?"

"동생이 하나 있어요."

"그래, 그럼 역시 재미있겠군……"

대답은 했으나 마리아의 가슴속은 꺼림칙하기만 했다.

마리아는 가족 관계에 대한 질문을 받는 때가 가장 괴로웠다. 어릴 때는 철없이 지껄여댔지만 나이가 차가면서부터는 그러한 물음에 머뭇거려지기 일쑤였다. 자기의 외형에서 눈치 챈 사람들은 그런 어색한 질문은 애초에 하지 않았다. 이즘에 와서는 그러한 화제는 짓궂게만 여겨져 마리아 쪽에서 굳이 외면하고 대답을 회피해왔었다.

그러나 브라운 목사의 질문에는 그렇게 무례한 태도로 대할 수만은 없었다. 그것은 또한 브라운 목사의 표정이나 말씨에서 느껴지는 어딘지 모르게 자기의 내력을 속속들이 알고 있는 것만 같은 강압 관념의 소치이기도 했다.

그 다음 토요일은 필립이 학교로 찾아와 교문 앞에서 기다리고 있었다. 싱글벙글하며 퍽이나 기쁜 표정이었다. 마리아도 즐거웠던 첫인상이 아직 가시지 않은 때여서 필립을 반갑게 맞아주었다.

"우리 집으로 갑시다. 엄마가 놀러 오래요."

"고마워요."

승낙인지 거절인지 모를 대답을 해놓고도 마리아는 잠시 머뭇거리지 않을 수 없었다.

왜 오라는 걸까…… 의아스러우면서도 그것을 그대로 물을 수는 없었다. 그러면서도 단란한 그들 가족의 분위기에 잠시나마 싸이고 싶은 호기심 같은 것을 부인할 수는 없는 실정이었다.

마리아는 옆에 서 있는 혜숙이를 이끌고 같이 차에 올랐다. 필립은 사뭇 만족한 듯한 웃음을 머금고 운전대에서 뒤의 두 소녀를 흘끔흘끔 돌아다보며 신나게 차를 몰아갔다.

스티븐슨 내외는 마리아를 끌어안으며 먼젓번보다 더 다정스럽게 맞아주었다. 마리아는 육친의 따뜻한 애정에 접하는 것만 같은 황홀한 착각에 젖어들었다. 혜숙이를 그들에게 소개하면서도 마리아는 자기가 주인이 된 양 기분이 들떠 있었다.

식사 대접을 받은 후 이들은 음악을 듣는다, 게임 놀이를 한다 하며 시간 가는 줄 모르고 즐겼다.

"우리도 이런 딸이 있었으면……"

스티븐슨 부인은 마리아의 어깨를 두드리며 진정에서 스며 나오는 푸념을 털어놓았다. 마리아는 그 말이 고맙게 느껴지면서 옆에 앉아 있는 혜숙이 보기에 오히려 민망할 정도였다.

"참말, 어머니 나도 마리아 같은 누나가 있었으면……"

"아들 하나니까, 필립이 외로워서……"

필립의 말에 간격을 두지 않고 곁들이면서 스티븐슨 부인은 남편 쪽을 건너다보았다. 스티븐슨 씨도 흥 흥 하고 콧소리 대답을 하면서 만족스러운 표정으로 마리아를 바라보았다.

마리아는 얼굴을 붉히면서도 가슴속은 개운하지 않았다.

필립이 바래다주는 차를 타고 집 앞에서 내릴 때까지도, 그들의 대화는 마리아의 머릿속에서 몇 고비고 맴돌기만 했다.

'나는 어쩌면 집 식구들보다 저들에게 더 어울리게 태어났는지도 몰라……'

대문을 흔들며 마리아는 착잡한 생각에 사로잡혀갔다.

마리아는 자신을 낳아준 어머니가 누군지 아직도 모르고 있다. 아버지는 더욱 어떤 사람인지 알 길이 없었다. 그러면서 그는 이상하게도 세 사람의 어머니를 가지고 있는 셈이었다. 그런 식으로 따진다면 아버지도 몇 사람 될 수 있는 계산으로 되었다.

　지금 생각하면 이러한 것을 전연 모르고 지낸 시기가 그에게는 가장 행복했던 시절인 것만 같게 느껴지기도 했다.

　자신이 아주 철부지였던 어릴 때의 일까지를 그는 뚜렷하게 기억해낼 수는 없었다. 그러나 유치원에 들어가 꼬마 친구들과 놀던 때 이후의 일들은 흐리멍덩하게나마 흩어진 인상의 조각을 아련하게 더듬어낼 수 있었다.

　그때 그는 아버지와 어머니 사이의 외동딸로서 온 집안의 귀염둥이로 자랐었다. 그의 위에는 오빠가 하나 있었다. 그러나 그 오빠는 그의 어머니가 낳은 아들이 아니었다. 집안에 어린애가 하나도 없기 때문에 고모 즉 아버지의 누이동생인 인순(仁順) 아줌마의 아들을 데려다 길렀었다. 인순 아줌마는 결혼 후 얼마 안 되어 남편을 여의었다고 한다. 그리하여 몇 달 뒤에 유복자로 태어난 것이 경수오빠였다. 그러나 경수는 국민학교에 입학하게 되자 개가한 자기 어머니에게로 돌아가고 말았다.

　마리아는 거의 부러운 것 없이 어머니와 아버지의 사랑을 한 몸에 독차지하며 유치원을 마치고 국민학교에 들어갔었다.

　이 무렵의 일이었다.

　"저게 튀기² 아니야?"

지나며 떨어뜨리고 가는 어른들의 부질없는 한마디가 그의 마음 한구석에 풀리지 않는 의문을 남겨주었다.

"앤 아이노꾼³가……"

"응, 세끼미야."

저 앞쪽으로 걸어가다가 몇 번이나 되돌아보며, 이런 말을 지껄이던 여인들의 히히덕거리는 모습을 그는 오래도록 기억에서 지워버릴 수 없었다.

튀기, 아이노꼬, 세끼미, 머릿속에 감아붙는 이런 말들을 그는 혼자 뇌까리면서도 그때가 지나면 또 그대로 잊어버리고 천진난만하게 뛰놀았다. 어머니에게 한번 이러한 말들의 뜻을 물어보리라고 생각하면서도 집에 돌아오면 그런 생각들은 깡그리 씻어지고 따사로운 집안 분위기에 젖어 행복에 찬 나날을 즐겁게 보냈었다.

그런데 하루는 어머니를 따라 시장엘 갔었다. 커피니 버터니 양담배니 하는 양키 물건들이 늘어놓인 골목길을 어머니에게 손목을 이끌려 뒤따라가고 있을 때였다.

"야, 저 튀기 봐라…… 고 참 예쁜데!"

튀기라는 말에 깜짝 놀란 듯이 마리아는 소리나는 쪽으로 고개를 돌렸다.

"아이노꼬란 본래 잘생기는 법이야……"

한데 모여 선 젊은 남자들이 주고받는 말들을 주워들으면서 그는 어린 가슴에 찌렁하게 부딪치는 아픈 감정을 느꼈었다.

한눈을 팔고 있는 그를 낚아채는 어머니의 꼭 쥐어진 손에서 오는 힘을 느끼면서 마리아는 어머니를 쳐다보았다. 순간 얼굴이 빨개진 어머니는 마리아와 눈이 마주치자 아무 일도 아니라는 듯이 금방 태연해졌다.

그러나 갑자기 태연해지는 어머니의 그 표정이 마리아에겐 오히려 이상하게만 느껴졌다.

복닥거리는 장터에서 큰길로 벗어 나왔을 때 마리아는 어머니에게 다그쳐 물었다.

"엄마."

"응."

"그 튀기라는 거 뭐야?"

"그거 아무것도 아니야……"

어머니는 억지로 웃음을 띠면서 마리아를 내려다보았으나 그 모습은 아까 모양 마리아에게는 어색하게만 느껴졌다.

"그럼, 아이노꼬란 건?"

마리아는 재우쳐 물었다.

"그것도 별거 아니야, 그저 그래보는 거야……"

어머니는 대수롭지 않게 말을 잘라버리지만 마리아는 도무지 마음속이 후련해지지 않았다.

학교에서 돌아오는 길에 사내아이들이 "얘 저기 양키 계집애 온다" 하며 손가락질을 할 때도 마리아는 웬일인지 분함을 이기지 못해 눈물이 핑 돌았다.

"엄마, 애들이 나더러 양키 계집애래!"

마리아는 집에 돌아오자마자 어머니에게 화풀이라도 하려는 듯이 뽀로통하게 쏘아붙였다.

"별소리를 다……"

어머니는 마리아를 힘주어 끌어안으며 머리를 쓰다듬었다.

"자, 이것 봐. 엄마두 코가 높구 눈이 크지 않아? 마리아는 엄마 닮아서 그래."

마리아는 어머니 얼굴을 뚫어지게 들여다보았다. 어머니 말대로 어머니도 코가 당실하고 눈이 옴폭하게 커서 서양 여자 비슷한 인상이라고 생각되었다.

"그래도 애들이 자꾸만 놀리지 않어?"

"괜히들 네가 예쁘니까 장난들 치느라구 그러는 거란다."

그럴 때면 어머니는 훅 한숨을 쉬며 무엇인가 생각에 잠기는 듯한 모습으로 보였다.

마리아는 경대 앞에 가 앉아 제 얼굴을 뚫어질 듯이 들여다보았다. 다른 데는 다 어머니와 비슷한데 눈빛만은 틀린 것 같았다. 어머니의 눈동자는 까만데 자기 눈동자는 파랗게 보였다. 그래도 자기 어머니는 이웃 어느 집 아주머니들보다도 예쁘게 생겼다고 느껴졌다. 남들이 엄마더러 미인이라고 소곤대는 것도 마리아는 여러 번 들었다.

아버지는 마리아에게 적잖은 희망을 품고 있었다. 아직 어린 딸을 바라보며 마리아는 세계적인 예술가로 키워야 되겠다고 늘 입버릇처럼 되풀이했었다.

사업에 분주한 아버지였지만 취미는 다각도로 넓었다. 승마나 골프는 물론 문학, 미술에도 관심이 깊었었다. 집에는 아버지가 대학 시절에 보던 책을 비롯하여 많은 장서가 있었고, 골동품 서화 등 값진 것도 적지 않게 수집되어 있었다.

거기에 어머니는 음악 전공이어서 레코드로 클래식은 말할 것 없고, 새로 유행되는 판들도 어지간히 장만되어 있었다.

이러한 집안의 분위기는 차츰 성장해가는 마리아의 가슴을 부풀게만 해주었다.

마리아는 유치원으로 들어가기 전부터 피아노를 배웠다. 국민학교 때는 음악 콩쿠르에 나가 입상까지 한 일도 있었다. 그것만이 아니었다. 방학이면 미술 연구소에 나가 그림 공부를 하고 집에 들어오면 어머니와 함께 즐기는 음악을 듣기도 했었다.

마치 그는 어머니 아버지의 품 안에서 유리관 속의 인형처럼 때묻지 않고 키워져갔다.

어머니는 첫아이를 잘못 배어 수술을 했었다고 한다. 그 후부터는 어린애를 낳지 못하게 되었다는 것이다. 그렇게 된 어머니를 아버지는 더욱 극진하게 아꼈다. 어머니는 이 세상에 아버지보다 더한 남자란 없는 것만 같이 받들고 보살폈다. 어린 마리아의 눈에도 자기 아버지 어머니처럼 그렇게 사이좋은 집안은 없는 것만 같게 느껴졌었다.

그러나 마리아가 여학교에 입학한 뒤 어머니에게서 지난날의 숨은 이야기들을 듣지 않을 수 없게 된 때는 이미 집안 공기가 달라지기 시작한 시기였다. 그렇게 다정하게 보이던 어머니와 아버지 사이에 말다툼이 잦게 되고, 단란하던 집안 분위기에 금이 가기 시작했다. 그러한 여파는 마리아에게도 밀려왔다.

아버지가 사업에 실패했다는 것이 그 중요한 원인이기도 했지만, 그보다는 아버지 앞에 어머니 아닌 새로운 젊은 여인이 나타났다는 사실이 더 직접적인 동기가 되었었다.

지금의 어머니가 자기를 낳은 어머니가 아니라는 사실을 마리아가 확실히 알게 된 것도 이때의 일이었다.

남의 이야기를 어느 정도 분별하여 들을 수 있고 그 스스로의 판단이 조금씩 서질 수 있을 무렵부터 마리아는 자기 몸뚱이에 흐르고 있는 핏줄기의 근원에 대하여 회의를 품기 시작했다. 그러나 아무에게도 그런 내색을 보이지 않고 그 의심을 스스로 부인하는 데 힘써왔었다. 그런데 막상 어머니의 입에서 그러한 자신의 정확한 과거를 들었을 때에는 어찌할 바를 몰랐다. 꼭 들어서는 안 될 이야기를 들은 것만 같은 허황한 심정이었다. 마리아는 낭떠러지에서 천 길 바닥으로 떨어지는 것만 같은 현기증을 느끼며 어머니 가슴속에 파묻혔다. 어머니의 옷섶은 그의 눈물에 흠뻑 젖어 있었다. 어머니도 딸을 껴안은 채 흐느껴 울고 있었다.

그렇다면 실제로 자신을 낳은 어머니는 누구일까? 그리고 아버지는? 이것은 이때부터 그의 가슴에 깊이 못 박힌 상처였다. 그리고 아직까지도 풀리지 못한 안타까운 수수께끼의 하나이기도 했다.

그러나 어머니도 마리아를 낳은 친어머니를 모른다는 것이었다. 그리고 아버지도 물론……

마리아는 난 지 한 달도 못 되는 핏덩이로 길가에 버려졌었다.

이른 봄 아직 밖은 쌀쌀한 새벽 공기를 뚫고 갓난아기의 울음소리가 집 안에까지 들려왔다. 부인이 먼저 들었으면서도 처음에는 예사롭게 흘려 넘겼다. 그러나, 한참 있어도 아기의 울음소리는 끊이지 않았다. 오히려 더욱 거세게 창문에 와 부딪쳤다. 아직 사람도 다니지 않는 동트기 전이었기에 이상하게 생각한 부인은 남편을 흔들어 깨웠다.

아기 없는 젊은 부부의 귀에는 그 울음소리가 더욱 신기하게만 들렸다. 배를 째고 아기집을 들어낸 부인은 몸소 자신의 해산을 단념했지만, 남편도 자식에 대한 집착에서 어느 정도 풀려난 시기였다. 그것이 그들의 부부에게 아무 지장도 주지 않을 만큼 둘의 사랑은 두터웠다. 그러나 부인은 늘 남편에 대한 미안한 감을 금하지 못했고 자기 앞이 허전해옴을 느꼈다. 남편은 남편대로 굳이 부부간의 화제에는 올리지 않았지만, 자식이 있었으면 하는 최후의 일념마저 송두리째 포기해버린 것은 아니었다.

찢는 듯한 아기 울음소리를 듣고 서로 얼굴을 마주 보기만 하던 부부는 호기심에 창밖으로 나갔다.

아기는 바로 대문 기둥에 기대 놓여져 있었다. 그믐달이 서산마루에 걸린 희미한 새벽, 두터운 새 보료에 싸인 아기는 아무것도 모르고 얼굴만 비죽이 나타낸 채 계속 울고 있었다.

사람의 그림자란 보이지 않았다. 주위를 두리번거리며 살피던 부부는 아기를 안고 대문 안으로 들어왔다. 대문 빗장이 걸리는 소리만이 이슬 젖은 새벽의 정적을 깨뜨리고 긴 여운을 남겼다.

방 아랫목에 뉘어진 아기는 계속 울고 있었다. 그것이 밖에서보다 더 요란하게 들리는 것만 같았다. 그들은 도둑질이라도 해 온 것처럼 서로의 표정만 바라볼 뿐 말이 없었다. 둘의 가슴은 뛰기만 했다.

혼혈아(混血兒)! 아기의 얼굴 모습을 바라보는 순간 부부의 눈길은 마주쳤다. 어떤 기대가 허물어져가는 찰나의 낙망 같은 아쉬움이 두 사람의 표정 속에 깃들었다. 동여맨 아랫도리를 헤쳤다. 아기는 겹겹으로 싸여져 있었다. 그것이 속내의에서부터 겉담요까지 모두가 외국제 신품으로 되어 있지 않은가…… 그들의 머릿속엔 외국 주둔군을 연상하는 영감의 환영이 번개같이 스쳐갔다.

사내가 아니고 계집아이라서 어느 한쪽이 더 서운할 것도 기쁠 것도 없었다. 마지막에 아기의 맨 속샤쓰에서 핀으로 꽂혀 있는 천 조각 하나를 발견했다.

'마리아!'

이것이 마리아가, 낳아준 친어머니에게서 물려받은 단 하나의 처음이자 마지막 선물이었다. 그것은 새로 난 아기의 이름으로 지은 것인지, 또는 애끓는 심정으로 남겨준 어머니의 이름 그대로인지도 알 길이 없었다.

그러기에 마리아의 실지 태어난 날은 아무도 몰랐다. 다만 주워 온 그날이 그의 생일 구실을 할 뿐이었다.

어머니의 이야기를 듣고 난 이후도 아버지나 어머니에 대한 마리아의 마음은 조금도 달라진 바 없었다. 그리고 어머니나 아버지의 딸에 대한 사랑에도 색다른 변화를 발견할 수는 없었다. 어머니는 오히려 자신이 친어머니가 아니라서 딸의 생각이 비뚤어지지나 않을까 걱정하여 전보다 더 마리아를 귀여워해주는 것만 같았다.

그러나 그때 이후의 마리아는 자신의 핏줄기에 대하여 끝없는 날개를 펼쳐가는 버릇을 가졌었다.

참말 자기를 낳은 어머니는 어떻게 생겼을까…… 아름답고 마음씨 고운 사람임에 틀림없을 것만 같았다. 그러면서도 그는 친어머니를 단 한 번도 한국 사람이 아닌 다른 나라 여인으로 생각해본 적은 없었다.

그렇다면 아버지는? 자기 자신의 훤칠히 큰 키나 선이 뚜렷한 얼굴 모습이나 동무들보다 흰 살 빛깔로 보아, 아버지까지 한국 사람이라고 생각되지는 않았다. 아무리 자기 쪽에 유리하게 해석하려고 해도 친아버지까지 외국인이 아니라고 억지로 우겨댈 용기는 나지 않았다.

한국인 여자와 외국인 남자 사이에 태어난 핏덩이, 그것은 어머니의 뱃속에서 떨어지는 그 순간부터 벌써 고행의 십자가를 짊어지고 나온 것이라는 자기 운명을 긍정할 수밖에 없는 야릇한 심정이기도 했다.

엄마는 왜 나를 길가에 버리지 않으면 안 되었을까……

동무들이 즐겁게 뛰놀고 있는 빙과 후의 흰기린 시간에도 미리아는 교정 잔디밭 옆 벤치에 홀로 걸터앉아 멍하니 흰 구름이 떠가는 하늘 끝을 바라보며 생각에 잠기는 것이었다.

대학에 다니는 아름답고 순결한 여학생으로서 외국인 교수와 사이가 가까워, 그 첫사랑의 타오르는 불길을 막을 길 없이 예기치도 않은 경우에 아기를 배고, 그것으로 모든 사태는 바뀌어진 것이나 아닐까…… 그렇잖으면 미군 부대에 근무하던 소녀가 외국인 상관의 강요에 이기지 못해 어쩔 수 없이 몸을 버리게 된 결과의 혹 같은 열매일까…… 생각은 다시 끝없는 꼬리를 이어갔다. 그대로 앉아 있어서는 단 하루의 끼니도 구득할[4] 길이 없어 밤거리에 우글거리는 여인들처럼 돈을 위하여 스스로 몸을 판 윤락된 여인의 피에서 맺어진 악의 상징 같은 씨앗일까…… 마리아는 전신에 휘몰리는 전율을 느끼며 그것만은 굳이 부인하고 싶었다.

엄마는 지금도 이 세상 어느 구석엔가 살아 있을지도 모른다는 생각마저 들었다. 그렇다면 엄마는 아빠가 누군가를 알고 있을 것이 아닐까, 아니 어린 핏덩이마저 함께 죽일 수 없어 남겨두고 자기는 스스로 목숨을 끊어버린 것이나 아닐까…… 아무리 생각해도 엄마는 조국이 지닌 비극 속에 잠깐 등장했다 사라진 이름 없는 한 떨기의 피해자인 것만 같은 상념을 지워버릴 수가 없었다.

마리아의 가슴속에 뭉쳐져가는 우울증은 저도 모르는 사이에 그를 피아노에서 손을 뜨게 하였다.

그는 잠 오지 않는 밤엔 자기 방에 홀로 앉아 늦게까지 책을 뒤적였다. 그러나 그것으로 그의 부서진 마음이 완전한 평정으로 회복되어질 수는 없었다.

마리아의 가슴속엔 무엇인가 따뜻한 애정이 그리워지는 갈증이 일기 시작했다.

그러나 마리아의 둘레를 맴도는 거센 물결은 그것만으로 멈춰지진 않았다.

아버지가 밖에서 사귄 젊은 여인에게서 아들이 생겼다는 소식이 날아들어왔다. 집안은 발칵 뒤집혀졌다. 어머니의 강짜⁵는 사나워져갔다. 끝내 아버지는 어머니에게 주먹질을 하기 시작했다. 집안에 싸움이 찌는 날이 별로 없게 되었다. 어머니는 이불을 뒤집어쓰고 드러눕기 일쑤였다. 아버지의 외박은 공공연하게 잦아졌다. 결국 살림은 파탄이 나고 말았다. 어머니는 집을 나갔다. 몇 달 뒤 새어머니가 아기를 업고 들어왔다.

점점 성숙해가는 마리아에게는 모든 사태가 자기 때문인 것만 같게 느껴졌다. 아버지의 사랑도 자기에게서 차츰 멀어져가는 것만 같았다. 집안의 화기는 싸늘하게 가시어졌다. 거기에 살림은 꿀려⁶가기만 했다. 다가올 앞날은 어둡게만 느껴졌다.

마리아는 옷을 벗고 자리 속으로 들어갔다. 그러나 잠은 오지 않았다. 브라운 목사, 스티븐슨 씨 부처, 그리고 아들 필립의 영상이 엇갈려 떠올랐다가는 사라지곤 했다.

생각은 자기 집과 스티븐슨 씨 집안을 견주어 보는 비교 의식으로 바뀌어졌다. 자기 집도 예전엔 그만 못지않게 잘살았었다. 집인의 분위기도 단란했었디. 지니간 시간이 추어 속에 아름답게 펼쳐져왔다. 자기의 혈통 관계를 전연 모르고 순진하게 자라던 시절, 그때가 견딜 수 없이 그리웠다.

집을 나가버린 어머니의 모습이 떠올랐다. 어디로 갔는지 알 길이 없었다. 가슴에 사무치도록 보고 싶어졌다.

아버지의 마음은 변함이 없다지만, 새어머니의 눈살에는 확실히 자기에 대한 증오의 독기가 서려 있는 것만 같았다. 아버지의 사랑이 짙게 나타날수록 새어머니의 눈에는 마리아에 대한 질투가 어려움을 놓칠 수 없었다.

마리아는 베개에 얼굴을 박고 소리를 죽여가며 울었다. 어떻게 했으면 좋을지 갈피를 잡을 수 없었다.

경수오빠가 떠올랐다. 그 위에 곧 혜숙의 모습이 겹쌓여 얹혀졌다. 어려서 같이 자란 오빠였다. 모든 사태를 알고 난 후부터 경수는 마리아를 더 감싸고 아껴주었다. 가엾은 동정이었는지도 몰랐다.

경수의 마리아에 대한 애정은 육친의 경계선을 넘은 것이었다고 마리아에게는 생각되었다. 그것이 멀어져갔다. 다른 사람 아닌 혜숙에게로 쏠려져갔다. 그것은 지난봄 경수가 대학에 입학해서부터 현저하게 밖으로 나타났다. 대학생이 된 후의 경수는 전처럼 마리아와 같이 거리를 다니는 것을 즐겨 하지 않았다. 확실히 꺼려 하는 눈치였다. 마리아는 경수의 계산을 추측하고 있었다. 혼혈아와 같이 다니는 것에 대한 멋쩍은 심정. 이런 일은 마리아 자신이 경수와 동행했을 때 직접 느낀 일이기도 했다. 경수가 자기 친구에게 마리아를 소개할 때, 떳떳하지 못하고 어딘가 어색해하는 표정, 그러한 야릇한 분위기는 즉각으로 마리아의 가슴에까지 번져왔었다. 그것은 또한 그대로 마리아의 마음속에 무어라 처들어 말할 수 없는 비굴감 같은 미묘한 감정의 충격을 불러일으켰다. 거기에 비하면 경수가 혜숙이와 같이 다닐 때에는 훨씬 떳떳해 보이는 것같이 느껴지기도 했다.

마리아는 모든 것이 싫어졌다. 그러한 일들을 생각하는 것조차 괴로웠다. 미워하건 좋아하건 모든 사람들이 자기에 대하여 지나친 관심을 가져주지 말았으면 하는 생각뿐이었다.

경수는 물론, 브라운 목사도, 스티븐슨 씨 가족도, 아니 아버지마저도……

자리에서 일어난 마리아는 슈미즈 바람으로 경대 앞에 섰다. 일요일이라는 것이 한결 마음 가벼웠다. 모든 사람을 만나기 싫었다. 자기 혼자만의 시간을 갖고 싶었다.

마리아는 거울 속에 비친 자신의 몸뚱이를 새삼스럽게 훑어보았다. 불룩한 가슴팍을 비롯하여 몸 전체에서 풍기는 성숙감이 자신에게도 거세게 느껴져왔다. 같은 나이의 혜숙에 비하면 육체적으로나 심리적으로나 자기가 월등 조숙한 것만 같았다. 날씬하게 큰 키, 쭉 곧은 두 다리, 잘록한 허리, 오뚝한 코, 푸르스름한 눈동자, 모든 것이 서양 사람의 인상 그대로였다. 다만, 까만 머리와 약간 흰 살결만이 집안 식구들의 모습을 닮았을 뿐이었다. 혹시나 아버지가 한국 사람이 아니었던가 하는 생각이 그의 머리를 스쳤다. 그러나 그러한 생각도 길게 끌고 싶지 않았다. 될 대로 되려무나 하는 반발 어린 체념 같은 것이 솟구쳐왔다. 학교고 뭐고 다 집어치울까 하는 막다른 생각마저 떠올랐다.

마리아는 자기 가슴팍을 마구 헤살 짓던 경수의 간지러운 촉감을 그리며 맥없이 자리 위에 쓰러졌다.

가야 할 것인가 안 가야 할 것인가. 마리아는 수업 시간 중에도 전날 브라운 목사가 남겨준 문제를 부둥켜안고 혼자 씨름하고 있었다. 선생님의 설명이 전연 귀에 들어오지 않았다. 학과 진도가 어디까지 나갔는지도 알 수 없었다.

종례 시간이 되었다.

"어저께 집에 가서 모두들 잘 상의하고 왔을 터이니까 우선 지망 학교와 학과를 제1망 제2지망별로 써 내요."

프린트된 용지를 돌려주고 난 후 담임 선생은 설명을 덧붙였다.

마리아는 지망 대학을 마음속에 정해놓은 것이 없었다. 아니 대학 진학 문제 자체가 결정되어 있지 않았다. 선생님께서 집에 가잘 상의하라고 했지만, 자기는 그 문제를 지금껏 아버지 앞에 내어놓지 못했었다. 그만큼 집안에서 자기 혼자만이 날이 갈수록 외톨로 떨어져 나가는 것만 같은 감을 느꼈었다. 아버지는 어떤 기회를 타든지 외국으로 가는 것이 좋겠기에 영문과를 택하라는 이야기를 한 적은 있지만 확정된 결말을 지은 일은 없었다. 아버지의 그러한 의사가 적당한 시기에 자기를 아주 외국으로 따돌려 보내겠다는 의도에서 나온 것이나 아닌가 하고, 이즈음의 마리아는 자기대로의 곡해를 해보는 때도 없지 않았다. 사실 지금의 마리아에게는 진학 문제가 그렇게 절실하게 관심거리가 되는 것도 아니었다. 다른 동무들이 서둘러가며 다 적어 낼 때까지 마리아는 우두커니 앉아 있었다. 끝내 그는 아무것도 적어 내지 못했다.

　대학 그것도 마리아에게는 귀찮은 하나의 관문만 같았다. 여학교에 입학했을 때만 해도 입학시험에서부터 처음 대하는 사람들은 모두들 자기의 얼굴을 유심히 들여다보았었다. 입학 후의 동급생들도 얼굴이 서로 익을 때까지는 자기를 보면 귓속말들을 소곤대는 것이 느껴졌었다. 그러다가 한 해가 가면 또 신입생이 들어와, 낯선 그들은 다시 자기에게 유독 주의를 끄는 눈길을 보내왔었다. 그러한 일은 봄마다 주기적으로 찾아왔다. 그럴 때마다 마리아는 동물원 안 철사 그물 속에 갇힌 구경거리의 원숭이 같은 심정이었다. 자기를 예쁘다거나 멋지다고 칭찬하는 말까지도 고깝게만 들려왔다.

　그러나 이제 다 자란 처녀가 대학까지 가서 그러한 구경거리의 대상이 되고 싶지는 않았다. 어디 먼 곳으로 혼자 떠나버렸으면 하는 허망한 심정에 사로잡히기만 했다. 아무도 자기에게 관심 어린 눈길을 보내지 않는 그런 곳으로……

　영어 회화의 특별 활동 시간이 끝난 다음 마리아는 브라운 목사와 함께 교정으로 나왔다.

　"참 마리아, 전번 얘기는 잘 생각해봤어?"

　자기의 심중을 진심으로 이해해주는 브라운 목사의 호의가 고마웠다. 그러나 마리아는 즉석에서 대답할 마음의 준비가 아직도 되어 있지 않았다

　"아직 결정짓지 못했어요."

"그래, 좀더 잘 생각해봐요."

"네."

"나로선 강권하고 싶지는 않아. 마리아의 생애를 좌우하는 문제인 만큼 어디까지나 본인의 의사에 달린 거야. 하지만 미스터 스티븐슨의 가정은 모두 인품이 좋구, 마침 가족도 단출하니까. 또 그쪽에서 마리아에게 퍽 호감을 가지고 있단 말이야……"

마리아는 내답 없이 묵묵히 걸었다.

"그분들이 크리스마스 전에 미국으로 돌아가게 되는 모양이야. 그래서 빨리 결말을 알려주었으면 좋겠다기에……"

마리아에게는 솔깃하게 들렸다. 이곳에 그대로 머물러 있지 않고, 낯모르는 먼 곳으로 곧 떠나간다는 것이 구미를 당겼다.

"아무래도 자기를 낳아준 친부모가 아닌 바에야 다 정붙이기로 가겠지."

그 말이 마리아에게는 오히려 가슴이 아픈 자극을 주었다. 떠나간 어머니나 지금 아버지는 친자식과 조금도 다름없이 자기를 아끼고 키워주었다. 그것을 생각하면 브라운 목사 앞에서 선뜻 노하고 대답하지 못하는 자신이 죄스럽게 여겨지기만 했다.

"남들은 친부모와 떨어져서 일부러 외국 유학도 가는데……"

브라운 목사의 선의에 찬 권유는 아무런 반대 의사도 표시할 수 없이 마리아를 죄어오기만 했다. 그것은 모두 자기의 앞날을 생각해주는 애정에서 나온 것이라 생각되어 고맙기만 했다.

"웬만하면 유학 가는 셈 치고 결정해버리지."

그 성의에 보답하는 뜻으로라도 마리아는 무엇이든 가부를 대

384

답해야만 했다.

"네 고맙습니다, 목사님. 그러면 며칠만 더 여유를 주세요."

브라운 목사의 입가에는 웃음이 번졌다.

"좋아요, 잘 생각해서 후회 없도록 해요."

브라운 목사와 갈라진 마리아는 그길로 혜숙이를 찾아갔다.

혜숙의 방 문을 열고 들어선 마리아는 주춤 멈춰 섰다. 거기엔 경수가 와 있지 않는가. 순간, 상기되는 마음을 가라앉히며 마리아는 태연하게 경수를 대했다.

"나, 미국 간다……"

막연히 둘을 향해 마리아의 입에서 튀어나온 첫마디였다. 사실은 그 문제에 대해서 혜숙의 의견을 들어보고, 자세한 상의를 하러 온 걸음이었다. 그것이 혜숙이와 경수가 함께 있는 장면에 맞닿자 가벼운 질투 같은 심정이 그로 하여금 자신도 예기치 않았던 그런 말을 불쑥 내뱉게 했다. 말이 떨어지자 입빠른 자신을 내심 나무랐다. 그와 함께 상대의 약점에 화살을 던진 것만 같은 흐뭇한 통쾌감이 뒤따르기도 했다.

"참말?"

경수는 급습을 당한 것같이 경악에 찬 목소리로 반문해왔다. 이태원에 같이 다녀온 혜숙이는 반신반의하는 눈매로 마리아를 바라보다가,

"너, 참말이니?"

하고, 경수의 뒤를 따랐다

"그럼, 예스라고 했어."

마리아는 계속 우기고 나갔다. 그러면서도 울음이 복받쳐 견딜 수 없었다.

"계집애도, 거짓말……"

혜숙이는 알아차린 눈치였다. 그러나 경수는 충격이 컸던 모양으로 계속 긴장이 어려 있었다.

"하지만 곧 떠날지도 몰라."

"언제?"

"크리스마스 전에."

"참말?"

"아직 몰라. 다 후라이⁷야."

마리아는 깔깔 웃었다. 막혔던 가슴이 탁 트이는 것만 같았다.

"뭐, 대학 졸업하구 가두 되지 않아?"

그제야 경수가 좀 풀린 목소리로 끼어들었다. 그 말 속에는 아직도 얼마간의 자기에 대한 미련이 감싸여 있다고 마리아는 느꼈다.

"날 대학에 보내주겠어, 오빠?"

마리아는 짓궂게 오빠에 힘을 주어 물었다.

"주지 않구."

경수의 대답은 힘없이 맥 빠져 있었다.

어쩌면 이들과 아주 헤어질지도 모른다는 아쉬운 생각에 마리아는 브라운 목사와의 이야기를 전부 털어놓았다.

다 듣고 난 경수는 긴 한숨을 내뿜었다. 혜숙이는 눈물이 글썽해졌다.

"어떻게 하는 것이 좋아, 네 생각은?"

마리아는 혜숙에게 물었다.

"글쎄, 좋은 기회니까 가는 것도 좋다고 생각해."

"오빠는?"

"나는 찬성도 반대도 못 하겠어. 좀더 생각해봐. 아무 데문 사람이 못 살라구……"

경수의 말에는 아쉬운 여운이 감돌고 있었다. 자기와 어릴 때부터 같이 자란 동심의 애정으로 돌아가는 심정, 아니 그 이상의 사랑이 깃든 진정이라고 마리아에게는 느껴졌다. 자기 자신이 사실 이상으로 경수를 앞질러 곡해한 것만 같은 자책이 휘몰려왔다.

이들의 이야기는 끝이 없었다. 그러나 화제는 끝까지 제자리를 맴돌고 있을 따름이었다.

마리아는 오래간만에 가슴속을 활짝 털어놓은 것만 해도 거뜬한 기분이었다. 그러나 밤늦게 집으로 돌아오면서도 마리아는 자기 자신의 태도를 확정 지을 수는 없었다. 보이지 않는 무엇이 자꾸만 발목을 끌어 잡는 것 같은 끌림에 얽매여 있는 심정이었다.

마리아는 최후의 단정을 내렸다. 그는 스티븐슨 씨의 양녀로 갈 것을 브라운 목사에게 확답했다. 일단 결정하고 난 뒤는 마음이 가벼웠다. 그러나 그것으로 모든 일이 끝난 것은 아니었다. 마지막 대답을 해놓고도 시간이 흐를수록 마음은 몇 번이고 제자리로 되돌아오는 깃을 막을 길 없었다. 또한 아버지에게 모든 경위를 그대로 이야기할 수는 없었다. 다른 사람한테 양녀로 간다는 것,

그것은 이십 년 가까이 길러준 아버지에게 대한 최악의 배신으로 여겨졌다. 그것만이 아니었다. 사실 그대로 이야기한다면 아버지는 절대 허락할 리가 없을 것이었다. 장학금을 얻는 단순한 유학이라면 몰라도 마리아 자신으로도 양녀로 간다고 이야기할 용기도 면목도 없었다.

"아버지, 저 미국으로 유학 가게 됐어요."

마리아는 태연한 표정으로 꾸며댔다. 그러나 기뻐서 어쩔 줄 몰라야 할 자신이 먼저 눈물이 앞질러 나왔다.

"응, 그래?"

아버지는 놀라면서도 웃음을 띠며 기뻐했다.

"그런데 어떻게 가게 됐니?"

마리아는 가슴이 막혀 말이 나가지 않았다.

"애두, 울기는 왜?"

"브라운 목사님이 알선해주셨어요."

마리아는 목멘 소리로 간신히 대답했다.

"그거 참, 고마운 분이로군. 나도 좀 트이기만 하면 하고 그것까지 생각하고 있었단다."

마리아는 격하여 그 이상 더 이야기할 수 없었다. 아버지의 끝말에서 벌써 자기의 내막을 알아차린 것만 같은 예감을 느껴서였다.

"울지 말고 좀더 자세히 이야기하렴."

굴곡 많은 흘러간 긴 시간을 주름 잡듯이 아버지의 한숨은 몇 토막으로 끊기었다.

그러한 아버지 앞에서 마리아는 그 이상 거짓말을 꾸며댈 수는 없었다. 그는 훌쩍거리며 전후 사정을 그대로 토로하고 나서야 눈물을 닦았다. 아버지는 묵묵히 듣고만 있다가 긴 침묵 끝에 나직한 목소리로 말했다.

"모두들 고마운 분들이다. 하지만 경제적 조건이 좀 낫다구 해서, 나 이상의 애정을 너한테 쏟을 사람이 있겠니?"

아버지는 한참 쉬었다가 다시 말을 이었다.

"그 사람들이 너를 꼭 행복하게 해준다구 보장할 수야 있겠니?"

아버지의 말은 그 이상 계속되지 않았다. 아버지도 가슴속으로 울고 있는 것이라고 생각하며, 마리아는 숙였던 머리를 그대로 아버지 무릎 위에 떨구었다.

브라운 목사의 연락을 받은 필립은 거의 매일같이 마리아를 학교로 찾아왔다. 처음 한두 번은 마리아도 즐거운 마음으로 그를 따라 이태원 외인촌으로 갔다. 그러나 그것이 거듭되자 마리아는 방과 후 교문 앞에 그 집 차가 와 있는 것을 보면 마음속에 무거운 부담을 느끼게 되었다. 그쪽에선 자기 식구가 될 확답을 받은 이상 모든 편의를 보아주려고 노력하지만, 마리아는 그것이 점점 짐스러워 견딜 수 없었다. 그렇다고 모처럼 와 있는데 핑계를 대고 회피하는 도리는 없었다. 마리아가 스티븐슨 씨 댁으로 아주 떠나기야 할 예정 날짜가 다가왔다.

가야 할 것인지, 안 가야 할 것인지, 모든 일이 결정적으로 되어 있는 지금에 와서도 마리아는 망설이고 있는 것이다.

스티븐슨 씨 댁으로 가면 모든 것이 자기에게는 과분할 정도로 마련되어 있는 것이었다. 그러나 그들 분위기 속에서 자기는 주체적인 자기 의사로 움직인다기보다 그들 세 가족 속에 끼인 인형 같은 존재라는 감이 없지 않았다. 온 식구가 자기에게 지나치게 관심을 쓴다는 것, 그것은 보이지 않는 구속에 얽매여 있는 느낌이었다. 훨훨 하늘로 자유롭게 날아다니던 새가 장 속에 갇혀 있는 것만 같은 부자유를 느끼기 시작했다. 그것만이 아니었다. 이제 네 번째의 어머니를 맞아야만 하는 자기, 마리아는 앞이 아찔해왔다. 그 이상 생각하고 싶지 않았다. 그러나 지금에 와서 브라운 목사에 대한 신의를 저버릴 수는 없었다. 스티븐슨 씨 가족에 대한 약속을 위반해서도 안 되는 일이었다.

이십 년의 인연으로 얽매인 아버지의 관심, 이질적인 육체에 대한 비굴감을 느끼면서 미련을 버리지 못하는 경수의 관심, 그리고 학교나 사회에서 접하는 부질없는 관심들, 이러한 모든 것에서 마리아는 해탈하고 싶어졌다.

'꼭 너를 행복하게 해준다구 보장할 수야 있겠니?'

아버지의 말이 등골에 전율을 일으켜왔다.

자기를 행복되게 하거나 불행하게 하거나 하는 모든 관심에서 잠시나마 떨어져 있고 싶었다. 자기 이외의 아무도 자기를 생각하지 않는 곳에서 자기에 대한 자기만의 관심만으로 지쳐진 심신을 휴식시키고 싶을 뿐이었다.

마리아는 집을 나왔다. 아무에게도 알리지 않고.

결국 자기에 대한 책임은 자기 홀로 지고 자기 속에서 해결할 수밖에 없다고 생각하면서……

흑산도

* 조선일보 신춘문예 당선작(1955). 여기서는 『흑산도』(을유문화사, 1959)에 수록된 것을 저본으로 한다.

1 조금 음력 매달 초여드레와 스무사흘. 조수가 가장 낮을 때를 일컬음.

2 마제형(馬蹄形) 말굽 모양.

3 큰애기 '결혼하지 않은 미혼의 여성'을 가리키는 전라도 사투리.

4 남생애 남자가 죽은 상여.

5 여생질 여자가 죽어 상여로 가는 길.

6 정지 '부엌'을 가리키는 전라도 사투리.

7 화경(火鏡) 햇빛을 비추면 불을 일으키는 거울. 볼록 렌즈.

8 배꿀 배 몸체의 튼 곳을 메우는 재료.

9 사등뼈 등골뼈.

10 봉창문 창호지로 바른 창문.

11 주낙 긴 낚싯줄에 여러 개의 낚시를 달아 물고기를 잡는 기구.

12 놋좆 노를 끼우기 위해 뱃전에 내민 나무못.

13 데구리(てぐり, 手繰り) 저인망(底引網), 곧 바다 밑바닥으로 끌고 다니면서 물고

기를 잡는 자루 모양의 그물을 뜻하는 일본어.

14 긴차쿠 건착망(巾着網), 곧 두루주머니의 아가리를 졸라매듯이 어군을 둘러싸고 줄을 잡아당겨 물고기를 잡는 띠 모양의 그물.

15 잠질 해녀가 바다 속에 들어가 해산물을 채취하는 일.

16 쌈지 본래는 담배·부시 등을 담는 주머니. 여기에서는 쌈지에 넣었던 담배를 가리킨다.

17 궐련(卷煙) 얇은 종이로 말아놓은 담배.

18 성복(成服) 초상이 났을 때 처음으로 상복을 입는 일.

19 요다키(よたき, 夜焚) 등불을 비쳐 고기를 모이게 하여 잡는 길을 뜻하는 일본어.

20 계량(繼糧) 추수한 곡식으로 한 해 양식을 이어나감.

21 동부 콩의 일종. 봄에 심어서 여름에 거두어 들이는 것이 보통이다. 원문에는 '둔부'로 되어 있다.

22 뎀마(てんま, 伝馬) 돛이 없는 작은 배, 거룻배를 뜻하는 일본어.

23 게끼 매달 음력 5, 6일과 20, 21일쯤의 조수(潮水).

진개권

*『문학예술』 5호(1955년 8월) 발표. 여기서는 『흑산도』(을유문화사, 1959)에 수록된 것을 저본으로 한다.

1 어리 싸리나 가는 나무로 채를 엮어 둥글게 만든 울타리.

2 물구시 '물구유'의 사투리. 마소의 먹이를 담아 주는 그릇.

3 지엠시 미국 자동차회사 제너럴 모터스General Motors의 화물차 브랜드 이름.

4 보루(ボール) '판지(板紙)'를 가리키는 일본어.

5 명토 일부러 꼭 지적하여 말하는 이름.

6 도급(都給) 어떤 공사의 완성 날짜·비용 따위를 미리 정하고 도맡아 하는 것.

7 방위군(防衛軍) 1950년 말 국민방위군설치법(1950년 12월 11일 공포)에 따라서 제2 국민병역 해당자인 만 17세 이상 40세 미만의 장정으로 조직된 군대. 중공군의 개입으로 전세가 불리해지자 이를 타개하기 위하여 약 50만 명의 장정들을 51개 교육여대로 편성하였지만, 1·4 후퇴 때 부산까지 걸어서 후퇴하면서 굶주림과 추위에 시달려 9만여 명의 사망자가 나왔다. 이 과정에서 국민방위군 간부들의 비리가 적발되면서 이시영 부통령과 신성모 국방부장관이 사임하였고, 결국 국회

의 결의에 따라 1951년 5월 12일에 해체되었다.

8 모색(貌色) 얼굴의 생김새나 차린 모습.

9 보깨 '주발 뚜껑'의 함경도 사투리.

10 자무쓰(佳木斯) 중국 헤이룽장(黑龍江) 성에 있는 도시.

11 도당(トタン) '함석'을 가리키는 일본어.

12 짐바 짐을 묶거나 매는 데에 쓰는 줄.

13 캐나디안 위스키 Canadian whisky 라이 rye 위스키와 콘 corn 위스키를 블렌딩하여 만든 캐나다산 위스키.

14 둥 '둥우리'의 함경도 사투리.

15 판득 물체가 순간적으로 작은 빛을 내비치거나 반사하는 모양.

16 는갯비 는개. 안개보다 조금 굵고 이슬비보다 좀 가는 비.

17 얼구다 '얼리다'의 함경도 사투리.

지층

* 『사상계』 59호(1958년 6월) 발표. 여기서는 『흑산도』(을유문화사, 1959)에 수록된 것을 저본으로 한다.

1 동발 갱내에 양쪽에 버티어 세우는 통나무.

2 사갱(斜坑) 갱구에서 땅속으로 비스듬하게 판 갱도.

3 곽삽 날의 끝이 모가 지고 날이 넓적한 삽. 주로 석탄을 풀 때에 쓴다.

4 슴새다 조금씩 밖으로 스며 나가다.

5 농탕(弄蕩)치다 음탕한 소리와 난잡한 행동으로 마구 놀아대다.

6 낙반(落磐·落盤) 광산이나 토목 공사 따위에서 갱내의 암석이나 흙이 무너져 떨어짐.

7 간조(かんじょう, 勘定) '품삯, 월급'을 뜻하는 일본어.

8 서호진(西湖津) 함경남도 흥남의 외항.

9 괴탄(塊炭) 덩이로 된 석탄.

10 트롤리 trolley 전차의 폴 pole 꼭대기에 달린 작은 쇠바퀴.

11 도리 서까래를 받치기 위하여 기둥 위에 건너지르는 나무.

12 가름자 '가르마'의 사투리.

13 섶 '옆'의 사투리.

14 기르마 '길마'의 옛말. 짐을 실으려고 소의 등에 얹은 안장.

15 얼레빗 빗살이 굵고 성긴 빗.

16 함바(はんば) 작업장 근처에서 운영하는 간이 식당을 가리키는 일본어.

17 돌각담 돌을 추려 한편에 나직이 쌓아놓은 무더기.

18 챙 차양(遮陽)의 준말. 모자의 이마 앞에 내민 부분.

해도초

* 『사조(思潮)』 6호(1958년 11월) 발표. 여기서는 『흑산도』(을유문화사, 1959)에 실린
것을 저본으로 한다.

1 여사(旅舍) 여관(旅館).

2 토마루 시골집에서 흔히 볼 수 있는 흙으로만 쌓아서 만든 마루.

GMC

* 『사상계』 67호(1959년 2월) 발표. 여기서는 『흑산도』(을유문화사, 1959)에 실린 것
을 저본으로 한다.

1 측간(廁間) 변소.

2 모찌꼬미(もちこみ, 持ち入み) '가지고 들어옴'이라는 뜻의 일본어. 보통, 회사에
소속되지 않은 채 '자기가 가지고 온 차량'을 가리킨다. '지입(제) 차량'이라고
도 한다.

3 거충 대충 쉽고 빠르게.

4 후미끼리(ふみきり, 踏切り) '철도의 건널목'을 가리키는 일본어.

5 목롯집 술청에 기다란 상을 차려놓고 술을 파는 집.

사수

* 『현대문학』 54호(1959년 6월) 발표. 여기서는 『흑산도』(을유문화사, 1959)에 실린
것을 저본으로 한다.

1 하학종(下學鐘) 학교 수업이 끝났음을 알리는 종.

2 널바닥 널빤지로 된 바닥.

3 백중(伯仲) 재주나 실력, 기술 따위가 서로 비슷하여 우열을 가리기 힘듦.

4 농조(弄調) 농담하는 듯한 말투.

5 타래못 '나사못'의 사투리.

6 막다들다 '막다르다'의 사투리.

7 열적다 조금 부끄럽다.

8 멍추 기억력이 부족하고 흐리멍덩한 사람.

9 여신(餘燼) 타고 남은 불기운. 여기에서는 무슨 일이 끝난 뒤에도 남아 있는 것을 가리킨다.

크라운장

* 『사상계』 74호(1959년 9월) 발표. 여기서는 『흑산도』(을유문화사, 1959)에 실린 것을 저본으로 한다.

1 보타이bow tie 나비의 편 날개처럼 가로로 짧게 매는 넥타이. 나비넥타이.

2 히비야(ひびや, 日比谷) 일본 도쿄 도 지요다(千代田) 구에 있는 지명.

3 보표(譜表) 음표·쉼표 등을 표시하기 위해 다섯 줄을 그은 표. 오선지.

4 하얼빈(哈爾濱) 중국 동북부 헤이룽장 성에 있는 도시.

5 보드카vodka 러시아 특산인 증류주(蒸溜酒).

6 만유(漫遊) 한가로이 이곳저곳을 두루 다니며 구경하고 놂.

7 컨덕터conductor 지휘자.

8 페이브먼트pavement 포장도로.

9 감사역(監査役) 법인의 재산 상황, 업무 집행 상황을 감독하는 '감사(監事)'의 옛 명칭.

10 고등 문관 시험(高等文官試驗) 일본에서 1894년부터 1948년까지 치러진 고급 관리 채용을 위한 자격시험. 일제 치하에서는 상당수의 한국인들이 합격하여 조선 총독부 및 산하 행정 기관의 관리로 채용되었다.

11 학자(學資) 학비(學費).

12 포지션position 현악기의 손가락판 위에 놓는 손가락 위치.

충매화

* 『사상계』 86호(1960년 9월) 발표. 여기서는 『꺼삐딴 리』(을유문화사, 1975)에 실린 것을 저본으로 한다.

1 타진(打診) 손가락 등으로 환자의 몸을 두드려서 그 소리로 내장의 이상 유무를 진찰하는 일.

2 압진(壓診) 환자의 몸을 손으로 눌러보아 병을 진찰하는 일.

3 내진(內診) 몸 안에 손가락을 넣어 만져보아 진찰하는 일.

4 어리벙 제정신을 차리지 못하고 얼빠진 사람처럼 멍한 모양.

5 난륜(亂倫) 인륜을 어지럽힘. 주로 문란한 남녀 관계를 가리킨다.

6 금계랍(金鷄蠟) 학질이나 간헐열·신경통·폐렴·감기 등에 해열제로 쓰이는 염산키니네 kinine를 이르는 말.

7 국대안 반대 운동(國大案反對運動) 1946년 6월 19일 미 군정 당국이 경성대학(京城大學), 구 경성의전·치전(齒專)·법전(法專), 경성고공(高工), 경성고상(高商), 경성고농(高農) 등을 통합하는 국립대학안을 발표하자, 이에 반대하여 일어난 동맹휴학 사건.

8 선손 남이 하기 전에 앞질러 하는 행동.

9 종모우(種牡牛) 능력이 우수하여 자손 생산을 위해 씨를 받을 황소.

초혼곡

* 『현대문학』 72호(1960년 12월) 발표. 여기서는 『꺼삐딴 리』(을유문화사, 1975)에 실린 것을 저본으로 한다.

1 호국단(護國團) 고등학교와 대학교에서 학생들의 애국심을 함양하고 국가에 헌신·봉사하게 할 목적으로 조직하였던 학생 단체. 1949년 9월 28일 대통령령으로 제정 공포되었으며 중등학교 이상의 각급 학교에 조직되었다. 1960년 4·19 혁명 이후 해체되어 5·16 군사 쿠데타와 함께 재건학생회가 학생 자치기구로 조직되었다. 1975년 자주국방, 총력안보를 기치로 다시 부활했다가 1984년 폐지되었다.

2 포도(鋪道) 포장한 길.

3 드난살이 남의 집에서 자유로이 드나들며 고용살이하는 사람.

4 훈육 주임(訓育主任) 옛날에, 학교에서 학생의 훈육을 주관하던 교원.

5 괴벽(乖僻)하다 말이나 행동이 괴상하고 망측하다.

6 지질찮다 보잘것없고 변변하지 못하다.

7 험구(險口) 남의 흠을 들추어 헐뜯거나 욕을 함.

8 자아류(自我流) 객관적 사실에 의거하지 아니하고 자기 주관이나 관습, 취미대로 하는 방식.

9 전령(電鈴) 전기를 이용하여 종소리를 울리게 하는 신호 장치.

10 어리멍덩 정신을 차리지 못하고 멍청한 모양.

11 스콜squall 열대 지방에서 나타나는 세찬 소나기.

12 보결(補缺) 비어 모자라는 자리를 채우기 위하여 마련해둔 사람.

13 하회(下回) 어떤 일이 있은 다음에 벌어지는 일의 결과.

14 뜬풀 물에 떠서 사는 풀.

면허장

* 『미사일』(1962년 1월) 발표. 여기서는 『꺼삐딴 리』(을유문화사, 1975)에 실린 것을 저본으로 한다.

1 안가(安暇) 평안하고 한가함.

2 근족(近族) 촌수가 가까운 일가.

꺼삐딴 리

* 『사상계』 109호(1962년 7월) 발표. 여기서는 『꺼삐딴 리』(을유문화사, 1975)에 실린 것을 저본으로 한다.

1 개복 수술(開腹手術) 배를 갈라서 열고 내장 기관을 치료하거나 혹 따위를 제거하는 수술.

2 지기(知己) 서로 마음이 통하는 벗.

3 월삼 십칠석Waltham 17 Jewel 월샘Waltham은 19세기 말에 창업한 미국의 시계 제조 회사.

4 각모(角帽) '사각모자'의 준말.

5 쓰메에리(つめえり, 詰襟) 깃의 높이가 4센티미터쯤 되게 하여, 목을 둘러 바싹 여미게 지은 옷.

6 기류계(寄留屆) 본적지 밖에 머무른다는 뜻을 관할 관청에 신고하던 서류.

7 복재(伏在) 몰래 숨어 있음.

8 체모(體貌) 몸가짐이나 체면.

9 혼반(婚班) 지난날, 서로 혼인을 맺을 만한 양반의 지체.

10 훈도시(ふんどし, 褌) 일본에서 남자의 아랫도리를 가리는 폭이 좁고 긴 천.

11 유카타(ゆかた, 浴衣) 일본에서 아래위에 걸쳐서 입는, 두루마기 모양의 긴 무명 홑옷.

12 국민총력연맹 1940년 10월 결성된 친일 단체 국민총력조선연맹(國民總力朝鮮聯盟)의 약칭.

13 단스(たんす, 箪笥) '장롱'을 가리키는 일본어.

14 마우재 '러시아인'을 가리키는 함경도 사투리.

15 건국준비위원회(建國準備委員會) 1945년 8월 15일 광복 직후 여운형(呂運亨)이 중심이 되어 조직한 건국 준비 단체.

16 로스케 Ruskii 러시아 사람을 낮잡아 이르는 말.

17 낫세 '나잇살'의 잘못.

18 다찌끼리(たちきり, 立切) 조각면. 흔히 '박스 기사'라고 한다.

19 밑바시 '음식 찌꺼기'를 가리키는 함경도 사투리.

20 적리(赤痢) 급성 전염병인 이질의 일종. 여름철에 많이 발생하며, 입을 통하여 전염된다.

21 하라쇼 '좋습니다' '알았습니다'를 뜻하는 러시아어.

22 가제 Gaze 부드럽고 성긴 의료용 무명천. 거즈gauze.

23 헤살 남의 일을 짓궂게 훼방하는 짓.

24 스바씨보 '고맙다'라는 뜻의 러시아어.

25 아진 '아주, 매우'라는 뜻의 러시아어.

26 오첸 하라쇼 '참으로 좋다'라는 뜻의 러시아어.

27 질책(帙冊) 여러 권으로 한 벌이 된 책.

28 닥싸귀 '도꼬마리'의 함경도 사투리. 국화과의 한해살이풀. 열매에 갈고리 같은 가시가 있어 옷에 잘 붙는다.

29 복스box 무두질한 송아지 가죽.

곽 서방

*『주간 새나라』(1962년 8월) 발표. 여기서는 『꺼삐딴 리』(을유문화사, 1975)에 실린 것을 저본으로 한다.

1 돌피 논이나 물가에서 자라는 볏과의 한해살이풀.

2 대궁 '대'의 사투리.

3 천수(天水) 빗물.

4 고축(告祝) 신명에게 고하여 빎.

5 추렴 모임이나 놀이의 비용을 마련하기 위하여 각자가 금품을 얼마씩 거둠.

6 초갈이 맨 처음 논밭을 가는 일.

7 두족(頭足) 머리와 네 발.

8 전마선(傳馬船) 큰 배와 육지 또는 배와 배 사이에서 연락을 하거나 짐을 나르는 작은 배.

9 나절갈이 반나절 동안 갈 수 있는 논밭의 넓이.

10 풍년초 담뱃대에 넣어서 피울 수 있도록 잘게 썰어 봉지로 포장한 담배의 한 종류.

11 감물 간조(干潮) 때의 물.

12 매태(莓苔) 이끼.

13 갓 '가장자리'의 사투리.

14 채원(菜園) 규모가 큰 채소밭.

15 온상(溫床) 인공적으로 따뜻하게 하여 식물을 기르는 농업 설비.

16 비철 제철이 아님.

17 금비(金肥) 돈을 주고 사서 쓰는 비료. 화학 비료.

18 쫑 꽃이 달리는 짧은 가지.

19 한란계(寒暖計) 기온의 높낮이를 재는 온도계.

20 기물(器物) 살림살이에 쓰는 그릇.

21 정조식(正條植) 못줄을 대어 가로와 세로로 줄이 반듯하도록 심는 모.

22 기음매기 논밭의 잡풀을 뽑아내는 것.

23 메 제사 때 신위(神位) 앞에 올리는 밥.

24 유제(乳劑) 물에 녹지 않는 물질에 유화제를 섞어 만든 젖빛의 액체.

남궁 박사

* 『자유문학』 65호(1963년 1월) 발표. 여기서는 『꺼삐딴 리』(을유문화사, 1975)에 실린 것을 저본으로 한다.

1 욱기 참지 못하고 앞뒤 헤아림 없이 격한 마음이 불끈 일어나는 성질.

2 적공(積功) 많은 힘을 들여 애를 씀.

3 풀브라이트 장학금 1946년에 미국 상원의원 및 아칸소 대학 총장을 지낸 풀브라이트(James William Fulbright, 1905~1995)의 제안에 의해 창립된 장학금. 미국 정부가 가지고 있는 잉여 농산물을 외국에 판매하여 얻은 수입을 현지의 국가에 적립해두었다가 그 나라의 문화·교육의 교류에 사용하도록 규정한 풀브라이트법에 따라 운용되고 있다. 한국에서도 1960년에 지부가 조직되어 상호 교육 교환계획에 따라 교수·교사·학생 및 기타 관계 인사 유학 및 시찰을 맡고 있다.

4 해수병(咳嗽病) 기침을 몹시 심하게 하는 병.

5 지보(至寶) 지극히 중요한 보배.

6 촉루(髑髏) 해골(骸骨).

7 후생주택(厚生住宅) 서민들의 주택난을 해소하기 위해 저렴한 가격에 구입할 수 있도록 지은 주택.

8 륙색(rucksack) 등산이나 하이킹 따위를 할 때 필요한 물건을 넣어 등에 지는 배낭.

9 부정목(不正木) 바르지 않고 구부정한 나무.

10 뢴트겐Röntgen 눈으로 볼 수 없는 물체의 내부를 엑스선을 이용하여 찍는 엑스선 사진.

11 무지다 '모으다'의 사투리.

12 고본상(古本商) 옛 책이나 헌책을 파는 장사. 또는 그런 장수.

13 수지 휴지.

14 근실하다 부지런하고 진실하다.

죽음의 자세

* 『현대문학』 103호(1963년 7월) 발표. 여기서는 『동혈인간』(삼중당, 1977)에 실린 것을 저본으로 한다.

1 치치(齒車) 톱니바퀴.

2 다양(多陽)하다 볕이 많이 쪼여 따뜻하다.

3 유실(幽室) 조용하고 그윽한 곳에 있는 방. 여기에서는 '무덤'을 달리 이르는 말.

4 갑갑증 갑갑하게 느껴지는 증세.

5 치다꺼리 남을 도와서 뒷바라지해주는 일.

6 울멍하다 울음이 터질 듯하다.

7 불고지죄(不告知罪) 법을 위반한 자를 알고 있으면서도 이를 수사 기관에 알리지 않음으로써 성립하는 범죄.

8 연판장(連判狀) 둘 이상의 연명(連名)으로 서명한 문서.

9 용수 죄수의 얼굴을 보지 못하도록 머리에 씌우는 둥근 통 같은 기구.

세끼미

* 『사상계』145호(1965년 4월) 발표. 여기서는 『동혈인간』(삼중당. 1977)에 실린 것을 저본으로 한다.

1 유솜 USOM 주한미국원조사절단United States Operation Mission의 약칭.

2 튀기 혈통이 다른 종족 사이에서 생겨난 아이.

3 아이노꼬(あいのこ, 合の子·間の子) '혼혈아'를 가리키는 일본어.

4 구득(求得)하다 구하여 얻다.

5 강짜 질투.

6 꿀리다 형편이 옹색하게 되다.

7 후라이 '거짓말'을 속되게 이르는 말.

죽음과의 대면과 삶의 윤리

김종욱

전광용(全光鏞, 1919~1988)은 1939년 1월 동아일보 신춘문예 동화 부문에 「별나라 공주와 토끼」가 당선되면서 문단에 발을 들여놓는다. 하지만 이 시기는 일본 제국주의의 식민지 정책이 '내선일체'로 전환되면서 민족어에 대한 탄압이 본격화되던 시기였기 때문에 조선어 문학이 설 자리를 찾기 어려웠다. 그래서 전광용의 문학 활동은 해방이 된 후 정한모(鄭漢模), 정한숙(鄭漢淑) 등과 함께 『시탑』(1947), 『주막』(1948) 동인으로 참여하면서 다시 시작된다. 이 무렵 서울대 대학신문에 발표한 단편 「압록강」(1949)은 문학을 향한 변함없는 열정을 보여주고 있다.

전광용이 문단에 정식으로 이름을 알린 것은 조선일보 신춘문예에 단편 「흑산도」가 당선되던 1955년이다. 이후 1968년까지 10여 년 동안 「꺼삐딴 리」 「사수」 「충매화」 등 30여 편의 단편과 『나신』(1963), 『태백산맥』(1963), 『젊은 소용돌이』(1966), 『창과 벽』

(1967) 등 4편의 장편소설을 발표하면서 매우 왕성한 창작 활동을 펼친다. 비록 『나신』을 제외하고는 모두 완결되지 못했지만, 장편소설들은 4·19 혁명과 5·16 군사 쿠데타로 이어지는 격동의 현실 속에서 지식인의 나약성과 위선, 그리고 가치관의 혼란을 통해서 당대 현실에 대한 작가의 비판적인 안목을 잘 담아내고 있는 것이다. 하지만 1970년대에 접어들자 소설 창작에 대한 열정이 시그러지면서 전광용은 북한에 두고 온 고향과 어머니를 향한 그리움을 담은 자전적인 소설 몇 편만을 발표하는 데 그치고 만다.

일찍이 이형기는 「인간 수호의 시선―전광용론」(『현대한국문학전집 5』, 신구문화사, 1968)에서 전광용을 작품의 소재를 앉아서 구하는 작가가 아니라 직접 현장을 찾아다니는 "발로 쓰는 작가"라고 말한 바 있다. 작가가 작품을 창작할 때 직접 체험뿐 아니라 간접 경험에서도 소재를 구하는 것은 너무나 당연한 일이지만, 문단 데뷔부터 1960년대에 이르기까지 전광용의 창작 방법론으로 깊이 자리 잡고 있는 것이다.

내가 쓴 작품에는 현지의 답사에서 힌트를 얻거나 취재한 것이 적지 않다.

「흑산도」는 흑산도의 학술 답사에서, 「진개권」은 휴전선 오지에 있는 친구의 미군 쓰레기칸에서, 「지층」은 태백산맥의 탄광에서, 「해도초」는 독도 근해 어부에 대한 미군 비행기의 무차별 폭격의 현지 조사에서, 「크라운장」은 비어홀의 노악사(老樂師)에서, 「반편들」은 동해안 해수욕장에서, 「곽 서방」은 다도해 경호도(鏡湖島)의 반농·반어촌에서 각기 현지 취재한 작품이다. 그런가 하면 「동혈인간」 및 「경동맥」은 Y여사의 모델에서, 「주봉 씨」는 L화백의 실화에서, 「충매화」는 이웃 의사의 경험담에서, 「초혼곡」은 K씨의 소년 시절 회고담에서, 「면허장」은 어느 소녀의 고백에서, 「벽력」은 거리의 샌드위치맨 광고에서, 「퇴색된 훈장」과 「영1234」는 시정의 낙수(落穗)에서, 그리고 「꺼삐딴 리」와 「의고당 실기」는 주변에 흩어진 군상 속에서 각각 힌트를 얻은 것이다. (전광용, 「구슬이 서 말이라도」, 『전광용·정한숙』, 신구문화사, 1968, p. 488)

이렇듯 개인적인 체험보다는 타인의 삶에 대한 관찰을 통해서 작품의 소재를 구하는 창작 방법론은 가치 판단을 배제한 짧고 건조한 문체와 결합하면서 작가적인 특성으로 승화된다. 문단 등단작인 「흑산도」는 1954년 9월 서울대학교와 국립박물관이 주최한 학술 답사를 통해 접하게 된 전라남도 신안군 흑산도 주민의 삶을 토속성 짙은 지명, 방언, 민요 등과 결합시켜 형상화한 작품으로 이러한 특징을 잘 보여주고 있다. 소설 속의 주인공 북술이는 부모를 잃고 할아버지와 함께 살아가고 있다. 그런데 북술이의 연인인 용바우는 미래의 희망을 꿈꾸며 떠난 고기잡이에서 끝내 불귀의 몸이 되고 만다. 결국 그녀는 건착선 곱슬머리의 제안을 받아들여 섬을 떠나고자 결심하지만 마지막 순간에 육지로 가는 길에 나타나지 않는다. 눈앞에 나타난 용바우의 '환영'과 할아버지의 '가래침' 소리가 그녀를 붙잡았던 것이다.

「흑산도」의 공간적인 배경은 뭍에서 멀리 떨어진 절해고도여서 외부와의 교류도 거의 이루어지지 않는 폐쇄적인 성격을 띠고 있다. 이러한 면모는 전광용의 초기 소설에서 자주 나타난다. 휴전선이 인접한 "금화와 철원의 갈림길을 끼고 앉은 쓰레기칸"(「진개권」)이나 "태백산맥의 큰 줄기를 머리에 이고 있는 험산 준봉의 빗속을 가로질러 꿰뚫은 갱도"(「지층」), "이 땅의 동쪽 한끝에 팽개치듯 떨어져 있는 섬"(「해도초」)과 같이 외부와 단절되어 있고, 경제적·문화적으로 낙후된 지역이 공간적 배경으로 설정되어 있는 것이다. 이에 따라 소설 속에 등장하는 인물들은 경제적인 궁핍을 벗어나지 못한다. 「흑산도」에서 만삭의 몸에도 불구하고 보릿고개 때문에 부황이 들어 있는 인실 어머니의 모습이라든가 「진개권」에서 미군 부대에서 흘러나온 꿀꿀이죽으로 연명하는 쌍과부의 모습은 생존 자체를 위협받는 극한적인 빈곤 상태를 보여 주고 있는 것이다.

이 때문에 전광용의 소설 속에 등장하는 인물들은 '뭍'이나 '도시' '서울'로 향하는 강렬한 동경과 열망을 품고 살아간다. 「흑산도」에서 섬사람들은 "바다를 떠나서는 살 수 없으면서도 해마다 그 꼴로 되풀이되는 섬 살림이 이젠 진절머리"가 나서 뭍을 '향수'처럼 그리워하고, 「지층」에서 칠봉은 "아버지의 소원대로 이 두메산골에서 벗어"나고자 하며, 영희 역시 "서울이라면 무슨 짓을 해서라도 가고 싶"어 한다. 「해도초」에서 준구 역시 "팔십여 년 전 흉년을 만나 어쩔 수 없이 이 섬까지 이민해 왔다는 할아버지의 무능을 나무라고는 섬을 떠나려는 일념으로 이를 깨물고"
살아가는 것이다. 하지만 자신을 옥죄고 있는 가난의 현실에서
벗어나려는 주인공들의 탈출 욕구는 실패한다. 「흑산도」에서는
변덕스러운 폭풍 때문에, 「지층」에서는 사소한 부주의 때문에 죽
음을 맞게 되면서 오랫동안 품었던 희망은 좌절되고 만다.

전광용 소설에서 자주 등장하는 '갑작스러운 죽음'은 자연의
힘 앞에 노출된 한 개인의 실패와 좌절로서 나타나지만, 식민 경
험이나 한국전쟁이라는 현대사의 상처와도 깊은 관계를 맺고 있
다. 「진개권」에서 쌍과부나 「경동맥」에서 성희는 남편이 전쟁에
끌려간 뒤 소식을 알 길 없는 상태에서 살아간다. 그리고 「영
1234」에서 전쟁 미망인이었던 룸바 아주머니는 교통사고로 갑작
스러운 죽음을 맞이하게 되며, 「퇴색된 훈장」에서 상이용사 형우
는 아이가 죽고 아내마저 떠나자 자살을 결심한다. 그리고 「해도
초」에서는 강대국 미국의 횡포 때문에 주인공이 어이없는 죽음을
당하기도 한다. 이처럼 한국전쟁과 같은 역사적인 사건 역시 예
측 불가능할 뿐만 아니라 거역할 수 없다는 점에서 자연의 횡포
와 크게 다를 바 없다. 죽음은 한 인간의 삶에 대한 의지를 무화
하는 운명적인 중압감을 지니고 있는 것이다.

물론 죽음은 모든 생명체에게 공통적으로 나타나는 현상이며,
유기체로서의 인간이 피할 수 없는 존재 조건이기도 하다. 그래
서 전후의 정신세계를 지배했던 실존주의자들은 인간이 타인의
죽음을 통해 유한성을 자각함으로써 죽음을 자신의 존재 가능성
으로서 받아들이게 되고, 이를 통해 자기 자신에게로 '결단'을 내

릴 수 있다고 여긴다. 즉 언제 죽을지 모른다는 위기와 불안에 사로잡히게 되면서 자신에게 허용된 현재의 시간에 충실하게 되는 것이다. 따라서 실존적인 의미의 죽음은 자신의 삶을 새롭게 바라볼 수 있는 근원적인 사건으로 작동한다. 전후 문학에서 죽음이 문제 되었던 것은 이 때문이었다. 죽음은 생물학적인 종말이 아니라 인간의 유한성을 자각하고 삶에 새로운 의미를 부여하는 실존적인 계기였던 것이다.

그런데 전광용의 소설에서는 한 인간의 갑작스러운 죽음에도 불구하고 살아남은 이들이 피폐한 현실에 붙박여 있다는 점에서 실존론적인 성격보다는 운명론적인 성격을 지닌다. 가족들의 생계를 책임져야 하는 막중한 사명감 때문에 살아남은 자들은 죽은 자가 걸었던 길을 그대로 반복하는 것이다. 「흑산도」에서 박 영감은 아들을 삼킨 바다를 떠나지 못하며, 용바우도 고기잡이를 나섰다가 돌아오지 못한 아버지의 뒤를 이어 배를 탔다가 목숨을 잃고 만다. 바다에서 아버지와 연인을 잃은 북술이 역시 건착선 곱슬머리를 따라 가난과 절망의 섬을 떠나 뭍으로 향하고자 마음먹지만, '숙명'처럼 발목을 잡아매는 흑산도를 떠나지 못한다. 「지층」에서 칠봉은 마음속에 품었던 영희의 아버지 권 노인의 죽음을 눈앞에서 목격한 뒤에도 또다시 "원수의 굴속"으로 들어갈 수밖에 없다.

이처럼 일상적인 행복을 향한 열망이 우연적인 사건을 통해서 부정되는 상황을 작가는 정명론(定命論)과 결부시킨다. 피난 시절의 경험을 바탕으로 서울에서 분뇨차를 운행하던 중 친구의 배신으로 일자리를 잃게 되는 과정을 그린 「GMC」나 젊은 시절 꽤 이름을 날린 연주가였지만 맥주홀에서 바이올린을 연주하는 악사로 변모해버린 한 음악가를 그린 「크라운장」 등은 그 좋은 예이다. 이 작품들에서 주인공들의 몰락과 좌절은 합리적으로 설명하기 어려운 운명적인 조건으로 서술된다. 「GMC」에서는 "별달리 깊은 뜻도 없이 지난날에 불려졌던 젖냄새 풍기는 그 이름마저도 자기가 하는 일에 어떤 숙명적인 인과 관계라도 있는 것"으로, 「크라운장」에서는 "처녀 지휘의 곡목이 자기의 일생을 가시밭으로 이끌어가는 인과가 아닌가 하는 턱없는 억측"으로 나타나는 것이다.

전광용의 초기 소설을 지배하는 운명론적인 세계 인식과 일상성에의 굴복은 사회적으로 약자의 위치에 있는 사람들에게 흔히 발견되는 현상이다. 노베르트 엘리아스의 언급처럼 "운명의 힘으로부터, 무엇보다도 개인의 삶에 닥쳐오는 불가항력의 힘으로부터 형이상학적 보호를 약속하는 초세속적 신앙에의 집착은 삶이 가장 불안정하고 스스로 통제하기에는 벅찬 삶을 살아가는 계급과 집단 속에서 가장 열정적으로 나타나"(『죽어가는 자의 고독』, 김수정 옮김, 문학동네, 1998, pp. 15~16)기 때문이다.

1960년대에 접어들면서 전광용의 소설 세계는 적지 않은 변화를 겪는다. 물론 운명론적인 세계 인식과 체념의 모습은 섬, 탄광촌과 같이 외부와 단절된 공간에서 벗어나 '서울'로 옮겨온 이후에도 나타난다. 이 시기의 작품에도 '운명' '숙명' 등과 같은 단어가 자주 등장하는 것이다. 그럼에도 불구하고 갑작스러운 죽음과 함께 찾아온 삶의 위기에 체념하는 모습을 그리기보다는 사회적인 약자들이 겪는 심리적인 고통과 그것을 극복하려는 적극적인 의지에 더욱 큰 관심을 기울이고 있는 것처럼 보인다.

「초혼곡」의 주인공은 서해안 작은 반도에 자리 잡은 '구가곡(九家谷)'에서 태어나고 성장했던 까닭에 서울에 올라온 후에 심리적인 열등감에 사로잡힌다. 이러한 열등감은 과외 교사 자리를 구하는 과정에서 잘 나타난다. "어마어마한 저택 속의 보잘것없는 고용인이라는 자기 비굴이 더 거세게 자신의 몸뚱이를 휘어감"았던 것이다. 이 때문에 주인공은 영희와의 사랑에 적극적으로 나설 수 없었고, 영숙의 사랑을 받아들일 수도 없었다. 「세끼미」의 주인공 마리아는 자신의 이국적인 외모에 호기심을 갖는 사람들 때문에 많은 상처를 입는다. 그리고 아버지의 사업 실패로 가정이 위기에 처하면서 업둥이였다는 사실을 알게 된다. 「충매화」의 주인공 충 역시 산부인과 의사라는 사회적으로 안정된 지위에도 불구하고 사생아로 태어났다는 "혈통에 대한 비굴감"과 "육체적인 불구에서 오는 열등감"에서 벗어나지 못한다.

이처럼 1960년대에 발표된 전광용의 소설에서 주인공들은 물질적인 환경이나 신체적인 외양 때문에 열등감에 사로잡혀 있다. '혼혈'이나 '소아마비'와 같은 육체적인 비정상성, '업둥이'나 '사생아'와 같은 출생의 비밀 때문에 사회적으로 정상적인 대우를 받을 수 없다는 자의식을 지닌 그들은 내면에 사회에 대한 증오심과 자기혐오를 간직한 채 고립된 존재로 살아간다. 사람들에게 야유나 멸시를 받으면 그들을 적으로 여기면서 스스로 국외자의 길을 걸어가는 것이다. 하지만 '비굴' '굴욕' '모욕' 등으로 표현되는 심리적인 열등감은 타인과의 절연이라는 소극적인 방식으로만 나타나는 것은 아니다. 때로는 자신을 거부하거나 모욕했다고 느낀 사람에 대한 복수심을 불러일으키기도 한다.「사수」가 보여주는 것은 바로 이러한 모욕과 복수라는 악순환의 과정이다.

「사수」에서 주인공 '나'는 어린 시절부터 친구 B와 끝없는 대결 상황에서 늘 지고 있다는 패배감을 느끼며 살아간다. '나'와 B 사이의 경쟁의식은 물론 타인에 의해 우연히 발생한 것이었다. 선생님의 말버릇을 조롱하다가 서로의 뺨을 때리라는 벌을 받게 되었고, 처음에는 아무 생각 없이 때리기 시작했지만 결국에는 감정을 앞세워 때리다가 '나'가 코피를 흘리며 교실 바닥에 나뒹굴게 된다. 이렇게 시작된 숙명적인 악연은 경희를 사이에 두고 계속되다가 6·25 동란 중에 B가 경희를 속이고 결혼하면서 '알 수 없는 적의'로 확대된다. 결국 모반 혐의로 구속된 B의 총살 과정에서 사수 중의 한 사람으로 서게 된 '나'는 '쏘아'라는 구령이 울리자 B를 향해 방아쇠를 당긴다. 하지만 B의 죽음에도 불구하고 '나'는 "비굴하게 이긴 것만 같은" 정신적인 굴욕감에서 벗어나지 못한다.

이렇듯 상대방에 대해 심리적인 열등감, 혹은 패배감이나 굴욕감을 느낀다는 것은 타인의 시선을 통해서 자신을 바라보고 있다는 것을 의미한다. 다른 사람이 실제로 어떤 반응을 보이는가가 아니라 스스로 자신을 그렇게 바라보는 것이다. 따라서 열등감은 항상 사회적으로 배제된 개인이나 집단의 정체성과 관련된다. 자신이 소속되고자 하는 집단에 속할 수 없다는 '훼손된 정체성,'

혹은 자기 정체성에 대한 신뢰의 결여에서 비롯된 것이다. 문제는 이러한 열등감을 극복하는 과정에서 주인공의 삶 또한 왜곡된다는 사실이다. 지금과는 다른 우월한 존재가 되고 싶다는 욕망 때문에 증오심에 사로잡혀 폭력을 쓰거나, 자신의 정체성을 내면에서 찾지 못한 채 사회의 규칙과 질서에 전면적으로 의존함으로써 인간적인 타락에 직면하게 되는 것이다.

「꺼삐딴 리」는 왜곡된 인간 심리를 민족적·역사적 차원과 성공적으로 결합시킨 경우라고 할 수 있다. 작품의 주인공 이인국 박사는 서울에서 개인 병원을 운영하면서 종합 병원에 버금가는 명성과 수입을 올린다. 그는 일제 강점기 동안 '국어 상용의 가'라는 액자를 받기 위해 아이들을 일본인 소학교에 보내 일본어만 쓰도록 강요하고, 마침내 잠꼬대까지 일본어로 할 정도로 철저한 친일파로 변신한다. 그리고 일본인들에게 밉보일 것이 두려워 형무소에서 풀려난 사상범을 외면한다. 이인국 박사의 이런 행동은 식민지인이라는 열등감을 벗어던지기 위한 심리적 방어 기제였다고 할 수 있다. 그에게서 일본어를 사용하고 일본인처럼 행동한다는 것은 일본인과의 교제에서 열등감을 벗어던지고 "떳떳한 구실"을 얻기 위한 방편이었던 것이다. 이인국 박사가 "내선일체의 혼인론"을 통해서 심리적인 우월감을 얻었다는 것은 그것을 잘 보여준다.

'코쟁이 사위.'
생각만 해도 전신의 피가 역류하는 것 같은 몸서리가 느껴졌다.

'더러운 년 같으니, 기어코⋯⋯'

그는 큰기침을 내뱉었다.

그의 생각은 왜정 시대 내선일체의 혼인론이 떠돌던 이야기에까지 꼬리를 물었다. 그때는 그것을 비방하거나 굴욕처럼 느끼지는 않았다. 오히려 당연한 것으로 해석했고 어찌 보면 우월한 것으로 생각하지 않았던가.

그래서 이인국 박사는 해방이 되고 소련군이 진주하자 다시 지배자의 언어인 러시아어를 익히고 우연한 기회에 스텐코프 소좌의 수술에 성공함으로써 재기하게 된다. 이러한 면모는 월남한 후에도 그대로 이어진다. 병원의 고객을 권력층이나 재벌과 같은 부유층으로 제한하고, 영어를 부지런히 배우는 것이다. 이처럼 「꺼삐딴 리」를 통해서 우리는 일제 치하, 해방, 한국전쟁이라는 역사적 격동기를 겪으면서 민족사적 비극과 역경을 이겨낸 정신적 승리자가 아니라 자기 일신만을 위한 처세술로써 민족적 위기를 외면했던 정신적 패배자를 만나게 된다.

이처럼 세속적인 가치를 통해서 정신적인 열등감을 이겨내고자 했던 인물과는 달리 「남궁 박사」는 자신의 내면에서 우러나오는 가치 기준에 따라 삶을 살아가는 인물들에 대한 작가의 애정을 보여주고 있다. 남궁 박사는 명예보다는 진리 탐구를 더욱 소중하게 생각하는 학자이다. 그런데 육십 평생을 역사 연구에만 몰두해왔던 남궁 박사가 갑자스럽게 정년퇴직을 당하면서 가족들은 생계를 걱정해야 할 만큼 경제적인 곤란을 경험하게 된다. 결국 그는 자신이 갖고 있는 고서를 팔 헌책방 '의고당'을 꾸미게 된다. 남궁 박사가 사람들의 존경을 받을 수 있었던 것은 해방 직후의 혼란한 상황 속에서도 상아탑을 지키면서 학문 연구와 후진 양성에 매진했다는 점 때문이다. 그는 세속적인 명리를 좇지 않고, 오직 자신이 옳다고 믿는 일을 끝까지 견지해가는 신념에 찬 인물이다. 사회적으로 성공한 인물들이 윤리적으로 타락함에 비해 현실에서 패배한 남궁 박사는 자신의 삶에 대한 자부심을 견지함으로써 정신적으로 승리하는 것이다. 이처럼 타락한 현실에 맞서 정신적인 가치를 추구하는 인물들에게 죽음은 더 이상 순응이나 체념, 혹은 도피의 대상이 아니다. 윤리적인 진정성을 유지하기 위해서는 현실적인 패배나 좌절, 더 나아가 죽음조차도 감내할 수밖에 없기 때문이다.

「죽음의 자세」에서 주인공 덕수는 동생처럼, 혹은 아들처럼 돌보아주었던 처남 윤식이 간첩이 되어 나타나면서 갈등을 겪게 된다. 그런데 '차라리 윤식을 신고했더라면' 하는 덕수 자신의 이기심과 '당국에 신고하자'는 아내의 권고에도 불구하고 그는 끝내 윤식을 신고하지 않는다. 결국 불고지죄로 감옥에 갇힌 덕수는 사형수를 바라보면서 자신의 삶을 되돌아보게 된다.

그는 어저께 사형 언도를 받았다. 그러나 언도 전의 그나, 그 후의 그의 모습에는 아무런 변화도 발견할 수 없다. 죽음을 체념하고 있는 것이 아니라 확정된 죽음을 의식하고 있다.
그를 대기하고 있는 죽음은 어쩌면 그의 자체 의사의 예정 코스대로 진행되고 있는 때문인지도 모른다.

어떤 경우에 처했든 저렇게 태연하게 죽음을 기다릴 수 있다는 것, 그것은 삶의 자세에 있어서 미덥고 거룩한 일면인지도 모른다는 생각이 덕수에게는 들기도 했다.

이러한 주인공 덕수는 "악착하게 살겠다"고 죽음 앞에서 도피하는 것이 아니라 "어떤 운명이 그에게 덮쳐와도 달게 받을 수밖에 없다"고 생각함으로써 죽음조차도 하나의 선택 가능성으로 받아들인다. 이로써 살아남기 위해 정신적인 비굴을 선택한 패배자 대신에 정신적인 가치를 위해 죽음을 선택하는 승리자의 모습은 실존론적으로 말해 '죽음에의 선구'라고 할 수 있을 것이다. 죽음은 좌절과 패배의 끝에 놓여 있는 것이 아니라 삶의 의미가 생산되는 지점으로 재구성되는 것이다.

전후소설에서 죽음은 생물학적으로 생명을 다하는 순간을 의미하기보다는 인간의 가장 고유한 존재 가능성으로 받아들여짐으로써 실존적인 의미를 구성한다. 타인의 죽음을 통해서 한 개인이 세상에 내던져진 존재에 지나지 않는다는 사실, 달리 말해 무(無) 속에 내던져져 있음을 자각하면서 실존적 상황을 되돌아보는 계기를 마련해주는 것이다. 하지만 전광용의 초기 소설에서 죽음은 살아남은 자들의 삶에 아무런 의미를 던져주지 못했다. 등장인물들은 대부분 일상적인 삶의 현장으로 되돌아가며, 자신이 선택한 길에 대한 성찰이나 회의를 찾아볼 수 없는 것이다. 그런 점에서 '죽음'은 자기 자신의 가능성으로 경험되는 것이 아니라 '타인의 죽음'으로 경험된다고 말할 수 있다.

그런데 1960년대에 발표된 전광용의 소설에서 죽음은 타락한 삶을 넘어설 수 있는 윤리적인 가능성으로 떠오른다. 사회적으로 약자의 위치에 있는 인물들이 열등감을 극복하기 위해 세속적인 가치를 추구하는 세태를 비판하고, 죽음조차 두려워하지 않는 내적인 자부심을 지닌 인물들을 예찬하는 것이다. 그들은 현실과 타협하며 물질적인 이해득실을 따지기보다는 인간적인 자존감을 소중히 여긴다. 타락한 삶이 가져다줄 영속성에 대한 환상 대신에 좌절과 패배의 운명 속에서도 진정한 가치를 추구하는 태도를 강조하는 것이다.

▍작가 연보

1919년(1세) 3월 1일 함경남도 북청군 거산면 성천촌에서 부친 주협
씨와 모친 이록춘 씨 사이의 2남 4녀 중 장남으로 출생.

1929년(11세) 3월 우신학교(又新學校) 4학년 졸업.

1931년(13세) 3월 양화공립보통학교(陽化公立普通學校) 졸업.

1937년(19세) 3월 북청공립농업학교(北靑公立農業學校) 졸업.

1939년(21세) 1월 1일 동아일보 신춘문예에 「별나라 공주와 토끼」
입선.

1944년(26세) 11월 23일 한정자(韓貞子)와 결혼.

1945년(27세) 11월 경성경제전문학교(경성고등상업학교. 후에 서울대
학교 상과대) 경제학과 입학.

1947년(29세) 9월 서울대학교 문리과대학 국어국문학과 입학. 11월
에 김기영(金綺泳) · 박암(朴巖) 등과 함께 '국립대학극장'을
결성.

1948년(30세) 6월 서울대학교 문리대 강당에서 제1회 낙산문학회(駱山文學會) 작품 발표회를 개최. 11월 정한숙(鄭漢淑)·남상규(南相圭)·김봉혁(金鳳赫) 등과 함께 『주막(酒幕)』 동인을 결성하고, 김기영·박암 등과 함께 극단 '고려예술좌(高麗藝術座)'를 창립.

1949년(31세) 3월 서울대학신문에 단편 「압록강」을 발표. 10월 한성일보 기자가 됨(~1950. 12).

1950년(32세) 6·25 전쟁으로 대구로 피난 감.

1951년(33세) 항도신문 기자가 됨(~1952. 3). 9월 서울대학교 문리과대학 국어국문학과를 졸업하고 대학원에 진학.

1952년(34세) 11월 1일 임시 수도 부산에서 양재연(梁在淵)·김민수(金敏洙)·장덕순(張德順)·정병욱(鄭炳昱)·허웅(許雄)·강한영(姜漢永)·김동욱(金東旭) 등 소장 국어국문학자들이 국어학과 국문학의 연구를 목적으로 한 학술지 『국어국문학』 창간호(부산 박문출판사 발행, 사륙배판)를 발간하고, 12월 14일 서울대학교 본부 강당에서 국어국문학회 창립 총회를 개최.

1953년(35세) 9월 서울대학교 대학원 국어국문학과 수료.

1954년(36세) 9월 서울대학교와 국립박물관이 주최한 전라남도 신안군 흑산도 학술 조사단 참가. 학술 조사를 통해 채록한 지명, 방언, 민요 등을 바탕으로 해서 단편 「흑산도」를 씀.

1955년(37세) 1월 1일 조선일보 신춘문예에 단편 「흑산도」가 당선되면서 본격적인 창작 활동을 시작. 10월부터 1년 동안 『사상계』에 「신소설 연구」 연재. 수도여자사범대학(현 세종대, ~1957.

3)을 거쳐 11월 서울대학교 문리과대학 교수로 취임.

1956년(38세) 4월 학술 논문 「설중매」로 사상계 논문상 수상.

1957년(39세) 3월 「이인직 연구」로 서울대학교에서 문학석사 학위 받음.

1959년(41세) 11월 을유문화사에서 첫번째 창작집 『흑산도』를 발간.

1962년(44세) 1월 단편 「꺼삐딴 리」로 사상계사에서 주관하는 제7회 동인문학상 수상.

1963년(45세) 11월 국제 펜클럽 한국 본부 사무국장을 맡음(~1964. 12).

1965년(47세) 10월 휘문출판사에서 장편소설 『나신』을 발간.

1967년(49세) 12월 을유문화사에서 전작장편소설 『창과 벽』 제1부를 발간.

1969년(51세) 6월 국어국문학회 대표(~1971. 5)로 선출됨.

1970년(52세) 6월 20일 개최된 제37차 세계작가대회 준비사무국장을 맡음. 8월 전라남도 신안군 흑산도·홍도 제2차 학술 답사에 참가.

1971년(53세) 8월 23일부터 11월 18일까지 대만·홍콩·태국·이스라엘·그리스·이탈리아·일본 등의 교육·문화 시찰에 참가. 9월 12일부터 18일까지 더블린에서 열린 제36회 세계작가대회에 한국 대표로 참석.

1972년(54세) 3월 서울대학교 문리과대학 문학부장을 맡음(~1974. 3).

1973년(55세) 2월 「신소설 연구」로 서울대학교에서 문학박사 학위를 받음. 7월 백령도·대청도 학술 답사에 참가.

1974년(56세) 1월 13일부터 2월 4일까지 대만·홍콩·일본 등 여러 나라의 교육·문화 시찰에 참가. 이스라엘 예루살렘에서 개최된 제39차 세계작가대회에 참석하면서 약 1개월간 인도·그리스·프랑스·벨기에 등의 교육·문화 시찰에도 참가.

1975년(57세) 4월 서울대학교 교수협의회 회장(~1976. 5)에 취임. 6월 을유문화사에서 두번째 창작집 『꺼삐딴 리』를 발간.

1976년(58세) 중화민국 타이베이에서 개최된 국제아시아작가대회 및 영국 런던에서 개최된 제41차 세계작가대회에 한국 대표로 참석.

1977년(59세) 삼중당에서 단편선집 『동혈인간』(삼중당문고 321)을 발간.

1978년(60세) 스웨덴 스톡홀름에서 개최된 제43차 세계작가대회에 한국 대표로 참석. 한국현대문학연구회 회장을 맡음. 11월 태창출판부에서 단편선집 『목단강행 열차』를 발간.

1979년(61세) 12월 「곽 서방」으로 대한민국문학상(흙의 문학상 부문)을 수상.

1982년(64세) 미국 뉴욕에서 개최된 제10차 세계비교문학대회에 참석.

1984년(66세) 2월 서울대학교 교수로 정년 퇴임하고 명예교수로 취임. 국민훈장 동백장 수훈.

1988년(70세) 6월 20일 당뇨병으로 타계.

작품 목록

1. 소설

작품명	발표지	발표 연도
압록강	서울대 대학신문	1949. 3
흑산도	조선일보	1955. 1
진개권(塵芥圈)	문학예술	1955. 8
동혈인간(凍血人間)	조선일보	1956. 1
경동맥(硬動脈)	문학예술	1956. 3
지층(地層)	사상계	1958. 6
해도초(海圖抄)	사조	1958. 11
벽력(霹靂)	현대문학	1958. 12
주봉 씨	자유공론	1959. 1
퇴색(褪色)된 훈장	자유문학	1959. 2
GMC	사상계	1959. 2
영 1234	신태양	1959. 3
사수(射手)	현대문학	1959. 6
크라운장(莊)	사상계	1959. 9
현란공석사(玄蘭公碩士)	문예	1959. 10~1960. 1

작품명	발표지	발표 연도
충매화(蟲媒花)	사상계	1960. 9
초혼곡(招魂哭)	현대문학	1960. 12
반편들	사상계	1962. 1
면허장(免許狀)	미사일	1962. 5
꺼삐딴 리	사상계	1962. 7
곽 서방	주간 새나라	1962. 8
남궁 박사	자유문학	1963. 1
태백산맥	신세계	1963. 2~1964. 3
나신(裸身)	여원	1963. 5~1964. 9
죽음의 자세	현대문학	1963. 7
모르모트의 반응	사상계	1964. 5
제3자	문학춘추	1964. 7
세끼미	사상계	1965. 4
머루와 노인	〃	1965. 11
젊은 소용돌이	현대문학	1966. 6~1968. 2
목단강행 열차	북한	1974. 9
시계(時計)	서울대 동창회보	1979. 6
표범과 쥐 이야기	한국문학	1979. 8

2. 평론 및 연구 논문

작품명	발표지	발표 연도
신소설 「소양정(昭陽亭)」고	국어국문학	1954. 7
호소(呼訴)와 체관(諦觀)의 표백: 흑산도 민요	사상계	1955. 1
설중매: 신소설 연구	〃	1955. 10
치악산: 신소설 연구 2	〃	1955. 11
귀의 성: 신소설 연구 3	〃	1956. 1
은세계: 신소설 연구 4	〃	1956. 2
혈의 누: 신소설 연구 5	〃	1956. 3

작품명	발표지	발표 연도
모란봉: 신소설 연구 6	사상계	1956. 4
화의 혈: 신소설 연구 7	〃	1956. 6
춘외춘: 신소설 연구 8	〃	1956. 7
자유종: 신소설 연구 9	〃	1956. 8
자유종(속): 신소설 연구 10	〃	1956. 9
추월색: 신소설 연구 11	〃	1956. 11
유산 계승과 창작의 방향	자유문학	1956. 12
이인직 연구	서울대 논문집	1957
현진건론	새벽	1957. 8
장혁주의 조국과 문학	지성	1958. 9
소월과 그의 소설: 단편「함박눈」	〃	1958. 2
신소설과 최찬식(崔瓚植)	국어국문학	1960. 8
희곡「병자삼인(病者三人)」과 조일재(趙一齋)	〃	1961. 10
「안의 성」고	〃	1962
학생과 문장	사상계	1962. 3
「상록수」고: 작가의식을 중심으로	동아문화	1966. 6
소설 60년의 문제들: 신문화 60년 기념 심포지엄	신동아	1968. 7
사건 전개와 인물의 성격: 소설과 방법 (특집 작중인물론)	월간문학	1969. 3
이인직론	〃	1969. 7
한국 작가의 사회적 지위: 사적 변천 과정을 중심으로	문화비평	1970. 3
한국어 문장의 시대적 변모(특집 문장론)	월간문학	1971. 1
이광수 연구 서설	동양학	1974
민족문학의 의의와 그 방향: 문예 중흥과 민족문학 심포지엄	월간문학	1974. 6
강국에는 아첨 잘하고 약소국에는 잔인한 일본	자유교양	1974. 10
근대 초기 소설에 나타난 성윤리(性倫理)의 한계성	예술원 논문집	1975
「고목화」에 대하여	국어국문학	1976. 5

작품명	발표지	발표 연도
조국 통일과 문학: 문학인의 입장에서 본 통일 문제	통일정책	1976. 7
한국 현대소설의 향방	관악어문연구	1977
국어와 현대소설	월간문학	1977. 12
백년래 한중문학교류고	비교문학	1980
호탕한 웃음의 남정	어문연구	1980. 5
독립신문에 나타난 근대적 의식	국어국문학	1980. 10
누가 문화의 옷을 입었는가?: 의식주 생활 속의 한국인의 의식과 가치관(전광용 & 김정자 대담)	동서문화	1981. 3
전후 한국 문학의 특색	비교문학	1981. 12

참고 문헌

전광용에 대한 초기의 비평적 관심은 작품의 실재적 성격과 관련되어 있다. 이형기(1967)가 작품의 소재를 앉아서 구하는 작가가 아니라 직접 현장을 찾아다니는 "발로 쓰는 작가"라고 말한 이래 많은 평론가들이 전광용 소설이 "현지의 답사에서 힌트를 얻거나 취재"했다는 점을 강조하고 있는 것이다. 이와 함께 휴머니즘적 주제의식, 전통적인 서사 형식, 객관적이고 냉철한 묘사 태도, 짧고 건조한 문체 등이 전광용 소설의 특징으로 지적되었다.

전광용 연구가 본궤도에 접어든 것은 1988년 이후의 일이다. 조남현(1988)은 회상 처리 기법, 결말 처리 기법 등을 분석한 후, 시간을 역진적으로 구성하는 등 플롯에 대한 인식을 심화하고, 감상이나 비약, 억지 등을 제거하여 결말의 현실성을 높인 "형식적인 미의식에 충실한 작가"로 평가한다. 같은 시기에 김소영(1988)도 석사학위 논문을 통해서 작가에 대한 연대기적 자료, 시대에 대한 인식과 문학의식,

시간·공간 구조의 특질, 민족의식과 현실 인식 등을 포괄적으로 검토한다.

이후 권영민(1994)은 다양한 소재들을 "구도의 치밀성과 묘사의 정확성"을 통해 형상화한 작가였지만, 「꺼삐딴 리」 이후 역사성에 관심을 기울이면서 단편소설의 장르적 한계를 넘어서기 위해 『나신』 『젊은 소용돌이』와 같은 장편소설로 나아갔음을 밝히고 있다. 김만수(1994)는 가난하고 소외된 자들이 겪는 삶의 애환을 사실주의적 필치로 그려낸 "인간적인 리얼리스트"로 규정하며, 윤석달(1994) 역시 뿌리 뽑힌 삶을 살아야만 했던 인물들에 대한 연민과 동정을 바탕으로 "1950년대의 척박한 삶의 리얼리티"를 발견한 작가로 평가한다.

권영민, 「비판 정신과 구성의 치밀성―전광용론」, 『소설문학』, 1984
　　　년 12월호.
―――, 「전광용의 현실 인식과 소설적 기법」, 『소설과 운명의 언어』,
　　　현대소설사, 1992.
―――, 「전광용의 현실 인식과 소설적 기법」, 『전광용 대표작품선
　　　집』, 책세상, 1994.
김　현, 「대결의 의미」, 『현대한국문학전집 5』, 신구문화사, 1967.
김만수, 「비극적 삶, 소외의 극복 양상」, 『전광용 대표작품선집』, 책세
　　　상, 1994.
김소영, 「전광용 소설 연구」, 서울대 국어교육학과 석사논문, 1988.
김수연, 「전광용 단편소설의 가족 결손 모티프 연구」, 목포대 교육대
　　　학원 석사논문, 2006.

김영화, 「과도기의 지식인의 삶」, 『현대작가론』, 문장사, 1983.

──── , 「역사의 파행성과 개인의 삶」, 『구인환 교수 회갑 논총』, 1989.

김우종, 「전광용과 그의 작품」, 『학원한국문학전집 32』, 학원출판사, 1994.

김윤식, 『한국현대문학사』, 일지사, 1982.

김윤정, 「전광용 단편소설 연구」, 『한국 전후문학의 분석적 연구』(학천 박동규 교수 화갑 기념 논문집), 월인, 1999.

김진수, 「전광용 연구」, 홍익대 교육대학원 석사논문, 1998.

나은영, 「전광용 단편소설의 인물 연구」, 동아대 교육대학원 석사논문, 2000.

문학사와 비평연구회 편, 『1950년대 문학 연구』, 예하, 1991.

박동규, 『한국 현대소설의 성격 연구』, 문학세계사, 1981.

──── , 「현실의 나신」, 『한국문학전집 17』, 삼성출판사, 1987.

──── , 「1950년대 소설의 변화」, 전광용 외, 『한국현대소설사연구』, 민음사, 1994.

백 철, 「전후 15년의 한국 소설」, 『한국전후문제작품집』, 신구문화사, 1964.

서경석 외, 「한국 전후문학의 형성과 전개」, 『문학과 논리』, 태학사, 1993.

신경득 외, 『한국전후소설연구』, 일지사, 1983.

염무웅, 「5, 60년대 남한 문학의 민족문학적 위치」, 『창작과비평』, 1992년 겨울호.

윤석달, 「변경의 삶과 시대의 초상―전광용론」, 『1950년대의 소설가들』, 나남, 1994.

윤소영, 「한국 현대소설의 사실주의―「꺼삐딴 리」에 대한 시비」, 『이화』, 1963년 5월호.

이어령, 「문제성을 찾아서」, 『한국전후문제작품집』, 신구문화사, 1964.

이용남, 「엄격한 시각으로 현실을 조망했던 교수 작가: 그의 작품은 학자적 탐구욕과 관찰의 소산」, 『문학사상』, 1998년 6월호.

이재선, 『한국현대소설사 1945~1990』, 민음사, 1991.

이주형, 「전광용 저 『한국현대문학논고』」, 『정신문화연구』 제32집, 1987.

이형기, 「인간 수호의 시선」, 『현대한국문학전집 5』, 신구문화사, 1967.

임헌영, 「전광용 작품 해설」, 『한국대표문학전집 9』, 삼성당, 1973.

장양수, 「전광용 단편 「크라운장」의 사회 비판적 성격」, 『동의논집―인문 · 사회과학편』 제30집, 1999.

정은미, 「전광용 소설 연구」, 성신여대 교육대학원 석사논문, 1993.

정은아, 「전광용 소설의 인물 연구: 단편소설을 중심으로」, 경기대 교육대학원 석사논문, 2005.

조남현, 「전광용론―리얼리티에의 투망, 그 정신과 방법」, 『문학사상』, 1988년 9월호.

―――, 「전광용 단편소설의 특징」, 『한국 현대소설의 해부』, 문예출판사, 1993.

조동일, 「섬 생활의 객관적 묘사」, 『현대한국문학전집 5』, 신구문화사, 1967.

천상병, 「근대적 인간 유형의 축도—「꺼삐딴 리」」, 『현대한국문학전집 5』, 신구문화사, 1967.

최예열, 「전광용 초기 소설에 나타난 전후 양상」, 『대전어문학』 제21집, 2004.

한국문인협회 편, 『해방문학 20년』, 정음사, 1966.

한국문학연구회 편, 『1950년대 남북한 문학』, 평민사, 1991.

한국현대문학연구회 편, 『한국의 전후문학』, 태학사, 1991.

함돈균, 「중단편 소설을 통해 읽어보는 한국 사회의 초상화」, 『고대문화』 제48집, 1998.

한국문학전집을 펴내며

오늘의 한국 문학은 다양한 경험과 자산에서 비롯된 것이지만, 그중
에서도 우리 앞선 세대의 문학 작품에서 가장 큰 유산을 물려받고 있
다. 그럼에도 우리는 가끔 우리의 문학 유산을 잊거나 도외시한다. 마
치 그것 없이는 살아갈 수 없는 소중한 물을 쉽게 잊고 사는 것처럼
그동안 우리는 우리가 이루어놓은 자산들을 너무 쉽게 잊어버리고 있
었는지도 모르겠다. 인기 있는 외국 작품들이 거의 동시에 번역 출판
되고, 새로운 기획과 번역으로 전 세계의 문학 작품들이 짜임새 있게
출판되고 있는 요즈음, 정작 한국 문학 작품들을 체계적으로 정리하
지 못하고 있었다는 점을 최근에 우리는 깊이 반성하게 되었다. 그리
고 이러한 때늦은 반성을 곧바로 '한국문학전집'을 기획하는 힘으로
전환하였다.

오늘의 시점에서 '한국문학전집'을 기획한다는 것은, 우선 그동안
양적으로나 질적으로 괄목할 만한 수준에 이른 한국 문학 연구 수준

을 반영하는 새로운 시각이 전제되어야 할 것이다. 그리고 '우리 것을 지키자'는 순진한 의도에서가 아니라, 한국 문학이 바로 세계 문학이 되는 질적 확장을 위해, 세계 문학 속에서의 한국 문학의 정체성을 찾는 일을 간과해서는 안 될 것이다.

이번 기획에서 우리가 가장 크게 신경 썼던 점은 크게 두 가지이다. 하나는, 그동안 거의 관습적으로 굳어져왔던 작품에 대한 천편일률적인 평가를 피하고 그동안의 평가에 대한 비판적 평가와 더불어 새로운 평가로 인한 숨은 작품의 발굴이었다. 그리하여 한국 문학사를 시기별로 구분하여 축적된 연구 성과들 위에서 나름대로 중요한 작품들을 선별하는 목록 작업에 가장 큰 공을 들였다. 나머지 하나는, 그동안 여러 상이한 판본의 난립으로 인해 원전 텍스트가 침해되고 있는 심각한 상황을 고려하여 각각의 작가에게 가장 뛰어난 연구자들을 초빙하여 혼신을 다해 원전 텍스트를 확정하였다는 점이다.

장구한 우리 문학사의 주옥같은 작품들을 한자리에 모아, 세대를 넘고 시대를 넘어 그 이름과 위상에 값할 수 있는 대표적인 한국문학전집을 내놓는다. 이번에 출간되는 한국문학전집은 변화된 상황과 가치를 반영하는 내실 있고 권위를 갖춘 내용으로 꾸며질 것이며, 우리 문학의 정본 전집으로서 자리매김해 한국 문학의 전통을 계승하고 발전시키는 데 기여하고자 한다. 이 기획이 한국 문학의 자산들을 온전하게 되살려, 끊임없이 현재성을 가지는 살아 있는 작품들로, 항상 독자들의 옆에 있게 되기를 기대한다.

01 감자 김동인 단편선

최시한(숙명여대) 책임 편집 I 값 9,000원

수록 작품 약한 자의 슬픔 / 배따라기 / 태형 / 눈을 겨우 뜰 때 / 감자 / 광염 소나타 / 배회 / 발가락이 닮았다 / 붉은 산 / 광화사 / 김연실전 / 곰녜

극단적인 상황과 비극적 운명에 빠진 인물 군상들을 냉정하게 서술해낸 한국 근대 단편 문학의 선구자 김동인의 대표 단편 12편 수록. 인간과 환경에 대한 근대적 인식을 빼어난 문체와 서술로 형상화한 김동인의 주옥같은 작품들을 만날 수 있다.

02 탈출기 최서해 단편선

곽근(동국대) 책임 편집 I 값 9,000원

수록 작품 고국 / 탈출기 / 박돌의 죽음 / 기아와 살육 / 큰물 진 뒤 / 백금 / 해돋이 / 그믐밤 / 전아사 / 홍염 / 갈등 / 먼동이 틀 때 / 무명초

식민 치하 빈궁 문학을 대표하는 최서해의 단편 13편 수록. 식민 치하의 참담한 사회적 현실을 사실적으로 전해주는 작품들. 우리 민족의 궁핍한 현실에 맞선 인물들의 저항 정신과 민족 감정의 감동과 울림을 전한다.

03 삼대 염상섭 장편소설

정호웅(홍익대) 책임 편집 I 값 10,000원

우리 소설 가운데 서울말을 가장 풍부하게 살려 쓴 작품이자, 복합성·중층성의 세계를 구축하여 한국 근대 장편소설의 대표작으로 꼽히는 염상섭의 「삼대」. 1930년대 서울의 중산층 가족사를 통해 들여다본 우리 근대의 자화상이다.

04 레디메이드 인생 채만식 단편선

한형구(서울시립대) 책임 편집 I 값 8,500원

수록 작품 논 이야기 / 레디메이드 인생 / 미스터 방 / 민족의 죄인 / 치숙 / 낙조 / 쑥국새 / 당랑의 전설

역설과 반어의 작가 채만식의 대표 단편 8편 수록. 1920~30년대의 자본주의적 현실 원리와 민중의 삶을 풍자적으로 포착하는 데 탁월했던 채만식. 사실주의와 풍자의 절묘한 조합으로 완성한 단편 문학의 묘미를 즐길 수 있다.

05 비 오는 길 최명익 단편선

신형기(연세대) 책임 편집 I 값 8,500원

수록 작품 페어인 / 비 오는 길 / 무성격자 / 역설 / 봄과 신작로 / 심문 / 장삼이사 / 맥령

시대를 앞섰던 모더니스트 최명익의 대표 단편 8편 수록. 병과 죽음으로 고통받는 인물 군상들을 통해 자신이 예감한 황폐한 현대의 징후를 소설화한 작가 최명익. 너무나 현대적이어서, 당시에는 제대로 평가받을 수 없었던 탁월한 단편소설들을 만난다.

06 사하촌 김정한 단편선

강진호(성신여대) 책임 편집 | 값 9,500원

수록 작품 그물 / 사하촌 / 항진기 / 추산당과 곁사람들 / 모래톱 이야기 / 제3병동 / 수라도 / 인간단지 / 위치 / 오끼나와에서 온 편지 / 슬픈 해후

리얼리즘 문학과 민족 문학을 대표하는 김정한의 대표 단편 11편 수록. 민중들의 삶을 통해 누구보다 먼저 '근대화의 문제'를 문학적으로 제기하고 예리하게 포착한 작가 김정한의 진면목을 본다.

07 무녀도 김동리 단편선

이동하(서울시립대) 책임 편집 | 값 8,000원

수록 작품 화랑의 후예 / 산화 / 바위 / 무녀도 / 황토기 / 찔레꽃 / 동구 앞길 / 혼구 / 혈거족 / 달 / 역마 / 광풍 속에서

한국적이고 토착적인 전통 세계의 소설화에 앞장선 김동리의 초기 대표작 12편 수록. 민중의 삶 속에 뿌리 내린 토착적 전통의 세계를 정확한 묘사와 풍부한 서정으로 형상화했던 김동리 문학 세계를 엿본다.

08 독 짓는 늙은이 황순원 단편선

박혜경(인하대) 책임 편집 | 값 9,000원

수록 작품 소나기 / 별 / 겨울 개나리 / 산골 아이 / 목넘이마을의 개 / 황소들 / 집 / 사마귀 / 소리 / 닭제 / 학 / 필묵장수 / 뿌리 / 내 고향 사람들 / 원색오뚝이 / 곡예사 / 독 짓는 늙은이 / 황노인 / 늪 / 허수아비

한국 산문 문체의 모범으로 평가되는 황순원의 대표 단편 20편 수록. 엄격한 지적 절제와 미학적 균형으로 함축적인 소설 미학을 완성시킨 작가 황순원. 극적인 사건 전개 대신 정적이고 서정적인 울림의 미학으로 깊은 감동을 전한다.

09 만세전 염상섭 중편선

김경수(서강대) 책임 편집 | 값 9,500원

수록 작품 만세전 / 해바라기 / 미해결 / 두 출발

한국 근대 소설의 기념비적 작품인 「만세전」, 조선 최초의 여류화가인 나혜석의 삶을 소설화한 「해바라기」, 그리고 식민지 조선의 현실을 담아내고 나름의 저항의식을 형상화하기 위한 소설적 수련의 과정을 단적으로 보여주는 「미해결」과 「두 출발」 수록. 장편소설의 작가로만 알려진 염상섭의 독특한 소설 미학의 세계를 감상한다.

10 천변풍경 박태원 장편소설

장수익(한남대) 책임 편집 | 값 9,500원

모더니스트 박태원이 펼쳐 보이는 1930년대 서울의 파노라마식 풍경화. 근대 자본주의 사회의 이데올로기와 일상성에 대한 비판에 몰두하던 박태원 초기 작품의 모더니즘 경향과 리얼리즘 미학의 경계를 넘나드는 역작. 식민지라는 파행적 상황에서 기형적으로 실현되던 근대화의 양상을 기층 민중의 생활에 초점을 맞춰 본격화한 작품이다.

11 태평천하 채만식 장편소설

이주형(경북대) 책임 편집 | 값 8,000원

부정적인 상황들이 난무하는 시대 현실을 독자적인 문학적 기법과 비판의식으로 그려냄으로써 '문학적 미'를 추구했던 채만식의 대표작. 판소리 사설의 반어, 자기 폭로, 비유, 과장, 희화화 등의 표현법에 사투리까지 섞은 요설로, 창을 듣는 듯한 느낌과 재미를 선사하는 작품. 세태풍자소설의 장을 열었던 채만식이 쓴 가족사소설의 전형에 해당한다.

12 비 오는 날 손창섭 단편선

조현일(홍익대) 책임 편집 | 값 9,500원

수록 작품 공휴일 / 사연기 / 비 오는 날 / 생활적 / 혈서 / 피해자 / 미해결의 장 / 인간동물원초 / 유실몽 / 설중행 / 광야 / 희생 / 잉여인간 / 신의 희작

가장 문제적인 전후 소설가 손창섭의 대표 단편 14작품 수록. 병적이고 불구적인 인간 군상들을 통해 전후 사회 현실에서의 '절망'의 표현에 주력했던 손창섭. 전쟁 그리고 전쟁 이후의 비일상적 사태를 가장 근원적인 차원에서 표현한 빼어난 작품들을 선별했다.

13 등신불 김동리 단편선

이동하(서울시립대) 책임 편집 | 값 8,000원

수록 작품 인간동의 / 홍남철수 / 밀다원시대 / 용 / 목공 요셉 / 등신불 / 송추에서 / 까치 소리 / 저승새

「무녀도」의 작가 김동리가 1950년대 이후에 내놓은 단편 9편 수록. 전기 작품에 이어서 탁월한 문체의 매력, 빈틈없는 구성의 묘미, 인상적인 인물상의 창조, 인간에 대한 깊이 있는 통찰이라는 김동리 단편의 미학을 다시 한 번 경험할 수 있는 기회이다.

14 동백꽃 김유정 단편선

유인순(강원대) 책임 편집 | 값 9,500원

수록 작품 심청 / 산골 나그네 / 총각과 맹꽁이 / 소낙비 / 솥 / 만무방 / 노다지 / 금 / 금 따는 콩밭 / 떡 / 산골 · 봄 · 봄 / 안해 / 봄과 따라지 / 따라지 / 가을 / 두꺼비 / 동백꽃 / 야앵 / 옥토끼 / 정조 / 땡볕 / 형

고단한 삶을 살아가는 순박한 촌부에서 사기꾼에 이르기까지 다양한 삶의 모습을 문학 속에 그대로 재현한 김유정의 주옥같은 단편 23편 수록. 인물의 토속성과 해학성, 생생한 삶의 언어와 우리 소리, 그 속에 충만한 생명감을 불어넣은 김유정 문학의 정수를 맛본다.

15 소설가 구보씨의 일일 박태원 단편선

천정환(성균관대) 책임 편집 | 값 9,500원

수록 작품 수염 / 낙조 / 소설가 구보씨의 일일 / 애욕 / 길은 어둡고 / 거리 / 방란장 주인 / 비량 / 진통 / 성탄제 / 골목 안 / 음우 / 재운

한국 소설사상 가장 두드러진 모더니즘 작품으로 인정받는 「소설가 구보씨의 일일」을 비롯한 박태원의 대표 단편 13편 수록. 한글로 씌어진 가장 파격적이고 실험적인 작품으로 주목 받은 박태원. 서울 주변부 중산층의 삶이라는 자기만의 튼실한 현실 공간을 구축하여 새로운 소설 기법과 예술가소설로서의 보편성을 획득한 작품들이다.

16 날개 이상 단편선

김주현(경북대) 책임 편집 | 값 9,000원

수록 작품 12월 12일 / 지도의 암실 / 지팡이 역사 / 황소와 도깨비 / 공포의 기록 / 지주회시 / 동해 / 날개 / 봉별기 / 실화 / 종생기

근대와 맞닥뜨린 당대 식민지 조선의 기념비요 자화상 역할을 하는 이상의 대표 단편 11편 수록. '천재'와 '광인'이라는 꼬리표와 함께 전위적이고 해체적인 글쓰기로 한국의 모더니즘 문학사를 개척한 작가 이상. 자유연상, 내적 독백 등의 실험적 구성과 문체로 식민지 근대와 그것에 촉발된 당대인의 내면을 예리하게 포착해낸 이상의 문제작들을 한데 모았다.

17 흙 이광수 장편소설

이경훈(연세대) 책임 편집 | 값 12,000원

한국 최초의 근대 장편소설 『무정』을 발표하면서 한국 소설 문학의 역사를 새롭게 쓴 이광수. 『흙』은 이광수의 계몽 사상이 가장 짙게 깔린 작품으로 심훈의 『상록수』와 함께 한국 농촌계몽소설의 전위에 속한다. 한국 근대 문학사상 가장 많이 연구되고 있는 작가의 대표작답게 『흙』은 민족주의, 계몽주의, 농민문학, 친일문학, 등장인물론, 작가론, 문학사 등의 학문적·비평적 논의의 중심에 있는 작품이다.

18 상록수 심훈 장편소설

박헌호(성균관대) 책임 편집 | 값 9,500원

이광수의 장편 『흙』과 더불어 한국 농촌계몽소설의 쌍벽을 이루는 『상록수』. 심훈의 문명(文名)을 크게 떨치게 한 대표작이다. 1930년대 당시 지식인의 관념적 농촌 운동과 일제의 경제 침탈사를 고발·비판함으로써, 문학이 취할 수 있는 현실 정세에 대한 직접적인 대응 그리고 극복의 상상력이란 두 가지 요소를 나름의 한계 속에서 실천해냈고, 대중적으로도 큰 호응을 불러일으킨 작품이다.

19 무정 이광수 장편소설

김철(연세대) 책임 편집 | 값 9,000원

20세기 이래 한국인이 가장 많이 읽고 가장 자주 출간돼온 작품, 그리고 근현대 문학 가운데 가장 많이 연구의 대상이 된 작가 이광수의 대표작 『무정』. 씌어진 지 한 세기가 가까워오도록 여전히 읽히고 있고 또 학문적 논쟁의 중심에 서 있는 『무정』을 책임 편집자의 교정을 충실하게 반영한 최고의 선본(善本)으로 만난다.

20 고향 이기영 장편소설

이상경(KAIST) 책임 편집 | 값 11,000원

'프로문학의 정점'이자 우리 근대 문학사의 리얼리즘의 확립을 결정적으로 보여주는 이기영의 『고향』. 이기영은 1920년대 중반 원터라는 충청도의 한 농촌 마을을 배경으로 봉건 사회의 잔재를 지닌 채 식민지 자본주의화가 진행되어가는 우리 근대 초기를 뛰어난 관찰로 묘파한다. 일제 식민 치하 근대화에 대한 문학적·비판적 성찰과 지식인의 고뇌를 반영한 수작이다.

21 까마귀 이태준 단편선

김윤식(명지대) 책임 편집 | 값 8,000원

수록 작품 불우 선생 / 달밤 / 까마귀 / 장마 / 복덕방 / 패강랭 / 농군 / 밤길 / 토끼 이야기 / 해방 전후

'한국 근대소설의 완성자' '단편문학'의 명수. 이태준은 우리 근대 문학의 전개 과정에서 결코 간과할 수 없는 역할을 담당했던 작가 가운데 한 사람이다. 문학의 자율성과 예술성을 상실하지 않으면서도 현실 문제에 각별한 관심을 보여주었던 그의 단편은 한국소설사에서 1930년대를 대표하는 것으로 인정받고 있다.

22 두 파산 염상섭 단편선

김경수(서강대) 책임 편집 | 값 9,500원

수록 작품 표본실의 청개구리 / 암야 / 제야 / E선생 / 윤전기 / 숙박기 / 해방의 아들 / 양과자갑 / 두 파산 / 절곡 / 얼룩진 시대 풍경

한국 근대사를 증언하고 있는 횡보 염상섭의 단편소설 11편 수록. 지식인 망국민으로서의 허무적인 자기 진단, 구체적인 사회 인식, 해방 후와 전후 시기에 대한 사실적 증언과 문제 제기를 포함한 대표작들을 통해 횡보의 단편 미학을 감상한다.

23 카인의 후예 황순원 소설선

김종회(경희대) 책임 편집 | 값 10,000원

수록 작품 카인의 후예 / 너와 나만의 시간 / 나무들 비탈에 서다

인간의 정신적 순수성과 고귀한 존엄성을 문학의 제일 원칙으로 삼았던 작가 황순원. 그의 대표작 가운데 독자들의 가장 많은 사랑을 받은 장편소설들을 모았다. 한국전쟁을 온몸으로 체득하면서 특유의 절제되고 간결한 문장으로 예술적 서사성을 완성한 황순원은 단편에서와 마찬가지로 변함없는 감동의 세계를 열어놓는다.

24 소년의 비애 이광수 단편선

김영민(연세대) 책임 편집 | 값 9,000원

수록 작품 무정 / 소년의 비애 / 어린 벗에게 / 방황 / 가실 / 거룩한 죽음 / 무명 / 꿈

한국 근대소설사와 이광수 개인의 문학 세계에서 중요한 의미를 갖는 단편 8편 수록. 이광수가 우리말로 쓴 최초의 창작 단편 「무정」, 당시 사회의 인습과 제도를 비판한 「소년의 비애」, 우리나라 최초의 서간체 소설인 「어린 벗에게」, 지식인의 내면적 갈등과 자아 탐구의 과정을 담은 「방황」, 춘원의 옥중 체험을 바탕으로 씌어진 「무명」 등 한국 근대문학의 장르와 소재, 주제 탐구 면에서 꼼꼼히 고찰해야 할 작품들이다.

25 불꽃 선우휘 단편선

이익성(충북대) 책임 편집 | 값 9,000원

수록 작품 테러리스트 / 불꽃 / 거울 / 오리와 계급장 / 단독강화 / 깃발 없는 기수 / 망향

8·15 해방과 분단, 6·25전쟁으로 이어지는 한국 근현대사의 열병을 깊이 있게 고찰한 선우휘의 대표작 7편 수록. 평판작 「불꽃」과 「깃발 없는 기수」를 비롯해 한국 근현대사의 역동성과 이를 바라보는 냉철한 작가의식이 빚어낸 수작들을 한데 모았다.

26 맥 김남천 단편선

채호석(한국외대) 책임 편집 | 값 9,000원

수록 작품 공장 신문 / 공우회 / 남편 그의 동지 / 물 / 남매 / 소년행 / 처를 때리고 / 무자리 / 녹성당 / 길 위에서 / 경영 / 맥 / 등불 / 꿀

카프와 명맥을 같이하며 창작과 비평에서 두드러진 족적을 남긴 작가 김남천. 1930년대 초, 예술운동의 볼세비키화론 주장과 궤를 같이하는 「공장 신문」 「공우회」, 카프 해산 직후 그의 고발문학론을 담은 「처를 때리고」 「소년행」 「남매」, 전향문학의 백미로 꼽히는 「경영」 「맥」 등 그의 치열했던 문학 세계의 변화를 일별할 수 있는 대표작 14편 수록.

27 인간 문제 강경애 장편소설

최원식(인하대) 책임 편집 | 값 9,000원

한국 근대 여성문학의 제일선에 위치하는 강경애의 대표작. 일제 치하의 1930년대 조선, 자본가와 농민·노동자의 대립 구조 속에서 농민과 도시노동자가 현실의 문제를 해결하고자 하는 주체로 성장하는 과정과 그들의 조직적 투쟁을 현실성 있게 그려낸 작품. 이기영의 「고향」과 더불어 우리 근대 소설사에서 리얼리즘 소설의 수작으로 꼽힌다.

28 민촌 이기영 단편선

조남현(서울대) 책임 편집 | 값 9,500원

수록 작품 농부 정도룡 / 민촌 / 아사 / 호외 / 해후 / 종이 뜨는 사람들 / 부역 / 김군과 나와 그의 아내 / 변절자의 아내 / 서화 / 맥추 / 수석 / 봉황산

카프와 프로문학의 대표 작가 이기영. 그가 발표한 수십 편의 단편소설들 가운데 사회사나 사상운동사로서의 자료적 가치가 높으면서 또 소설 양식으로서의 구조미를 제대로 보여주는 14편을 선별했다.

29 혈의 누 이인직 소설선

권영민(서울대) 책임 편집 | 값 9,500원

수록 작품 혈의 누 / 귀의 성 / 은세계

급진적이고 충동적인 한국 근대의 풍경 속에 신소설이라는 새로운 서사 양식을 창조해낸 이인직. 책임 편집자의 꼼꼼한 텍스트 확정과 자세한 비평적 해설을 통해, 신소설의 서사 구조와 그 담론적 특성을 밝히고 당시 개화·계몽 시대를 대표하는 서사 양식에 내재화된 일본적 식민주의 담론을 꼬집는다.

30 추월색 이해조 안국선 최찬식 소설선

권영민(서울대) 책임 편집 | 값 8,500원

수록 작품 금수회의록 / 자유종 / 구마검 / 추월색

개화·계몽시대의 대표적인 신소설 작가 3인의 대표작. 여성과 신교육으로 집약되는 토론의 모습을 서사 방식으로 활용한 「자유종」, 구시대적 인습을 신랄하게 비판한 「구마검」, 가장 대중적인 신소설 가운데 하나로 꼽히는 「추월색」, 그리고 '꿈'이라는 우화적 공간을 설정하여 현실 비판의 풍자적 색채가 강한 「금수회의록」까지 당대의 사회적 풍속과 세태의 변화를 민감하게 반영한 작품들을 수록했다.

31 젊은 느티나무 강신재 소설선

김미현(이화여대) 책임 편집 | 값 9,500원

수록 작품 안개/해방촌 가는 길/절벽/젊은 느티나무/양관/황량한 날의 동화/파도/이브 변신/강물이 있는 풍경/점액질

1950, 60년대를 대표하는 여성 작가 강신재의 중단편 10편을 엄선했다. 특유의 서정적인 문체와 관조적 시선, 지적인 분석력으로 '비누 냄새' 나는 풋풋한 사랑 이야기에서 끈끈한 '점액질'의 어두운 욕망에 이르기까지, 운명의 폭력성과 존재론적 한계를 즐기차게 탐문한 강신재 소설의 여정을 한눈에 볼 수 있는 기회다.

32 오발탄 이범선 단편선

김외곤(서원대) 책임 편집 | 값 8,500원

수록 작품 일요일/학마을 사람들/사망 보류/몸 전체로/갈매기/오발탄/자살당한 개/살모사/천당 간 사나이/청대문집 개/표구된 휴지/고장난 문/두메의 어벙이/미친 녀석

손창섭·장용학 등과 함께 대표적인 전후 작가로 꼽히는 이범선의 대표작 14편 수록. 한국 현대사의 비극에 대한 묘사를 바탕으로 하면서도 잃어버린 고향, 동양적 이상향에 대한 동경을 담았던 초기작들과 전후의 물질적 궁핍상을 전통적 사실주의에 기초해 그리면서 현실 비판적 성격을 강하게 드러낸 문제작들을 고루 수록했다.

33 메밀꽃 필 무렵 이효석 단편선

서준섭(강원대) 책임 편집 | 값 10,000원

수록 작품 도시와 유령/깨뜨려지는 홍등/마작철학/프레류드/돈/계절/산/들/석류/메밀꽃 필 무렵/삽화/개살구/장미 병들다/공상구락부/해바라기/여수/하얼빈산협/풀잎/낙엽을 태우면서

근대 작가의 문화적 정체성이 끊임없이 흔들렸던 식민지 시대, 경성제대 출신의 지식인 작가로서 그 문화적 혼란기를 소설 언어를 통해 구성하고 지속적으로 모색했던 이효석의 대표작 20편 수록.

34 운수 좋은 날 현진건 중단편선

김동식(인하대) 책임 편집 | 값 9,000원

수록 작품 희생화/빈처/술 권하는 사회/유린/피아노/할머니의 죽음/우편국에서/까막잡기/그리운 흘긴 눈/운수 좋은 날/발/불/B사감과 러브 레터/사립정신병원장/고향/동정/정조와 약가/신문지와 철창/서투른 도적/연애의 청산/타락자

한국 근대 단편소설의 형식적 미학을 구축하고 근대적 사실주의 문학의 머릿돌을 놓은 작가 현진건의 대표작 21편 수록. 서구 중심의 근대성과 조선 사회의 식민성 사이에서 방황하는 지식인의 내면 풍경뿐만 아니라, 식민지 조선의 일상을 예리하게 관찰함으로써 '조선의 얼굴'을 담아낸 작가 현진건의 면모를 두루 살폈다.

35 사랑 이광수 장편소설

한승옥(숭실대) 책임 편집 | 값 12,000원

춘원의 첫 전작 장편소설. 신문 연재물의 제약에서 벗어나 좀더 자유롭고 솔직한 그의 인생관이 담겨 있다. 이른바 그의 어떤 장편소설보다도 나아간 자유 연애, 사랑에 관한 작가의 생각을 엿볼 수 있는 작품. 작가의 나이 지천명에 이르러 불교과 『주역』 등 동양고전에 심취하여 우주의 철리와 종교적 깨달음에 가닿은 시점에서 집필된, 춘원의 모든 것.

36 화수분 전영택 중단편선

김만수(인하대) 책임 편집

수록 작품 천치? 천재? / 운명 / 생명의 봄 / 독약을 마시는 여인 / 화수분 / 후회 / 여자도 사람인가 / 하늘을 바라보는 여인 / 소 / 김탄실과 그 아들 / 금붕어 / 차돌멩이 / 크리스마스 전야의 풍경 / 말 없는 사람

1920년대 초반 자연주의, 사실주의적 색채가 강한 작품 세계로 주목받았던 작가 전영택의 대표작선. 이들 작품에서 작가는, 일제 초기의 만세운동, 일제 강점기하의 극심한 궁핍, 해방 직후의 사회적 혼돈, 산업화 초창기의 사회적 퇴폐상에 대한 자신의 경험을 소박한 형식 속에 담고 있다.

37 유예 오상원 중단편선

한수영(동아대) 책임 편집

수록 작품 황선지대 / 유예 / 균열 / 죽어살이 / 모반 / 부동기 / 보수 / 현실 / 훈장 / 실기

한국 전후 세대 문학의 대표 작가 오상원의 주요작 10편을 묶었다. '실존'과 '행동'에 초점을 맞춘 그의 작품은, 한결같이 극한 상황에 처한 인간 존재의 의미를 묻는 데 천착하면서 효과적인 주제 전달을 위해 낯설고 다양한 소설적 실험을 보여준다.

38 제1과 제1장 이무영 단편선

전영태(중앙대) 책임 편집

수록 작품 제1과 제1장 / 흙의 노예 / 문 서방 / 농부전 초 / 청개구리 / 모우지도 / 유모 / 용자소전 / 이단자 / B녀의 소묘 / O형의 인간 / 들메 / 며느리

한국 농민문학의 선구자로 평가받는 이무영의 주요 단편 13편 수록. 이들 작품에서 작가는, 농민을 계몽의 대상이 아닌, 흙을 일구는 그들의 삶을 통해서 진실한 깨달음을 얻는 자족적 대상으로 바라본다. 이무영의 농민소설은 인간을 향한 긍정적 시선과 삶의 부조리한 면을 파헤치는 지식인의 냉엄한 비판 의식이 공존하고 있다.

39 꺼삐딴 리 전광용 단편선

김종욱(세종대) 책임 편집

수록 작품 흑산도 / 진개권 / 지층 / 해도초 / GMC / 사수 / 크라운장 / 충매화 / 초혼곡 / 면허장 / 꺼삐딴 리 / 곽 서방 / 남궁 박사 / 죽음의 자세 / 세끼미

1950년대 전후 사회와 60년대의 척박한 삶의 리얼리티를 '구도의 치밀성'과 '묘사의 정확성'을 통해 형상화한 작가 전광용의 대표 단편 15편 모음집. 휴머니즘적 주제 의식, 전통적인 서사 형식, 객관적이고 냉철한 묘사 태도, 짧고 건조한 문체 등으로 집약되는 전광용의 작품 세계를 한눈에 살필 수 있는 계기.

40 과도기 한설야 단편선

서경석(한양대) 책임 편집

수록 작품 동경 / 그릇된 동경 / 합숙소의 밤 / 과도기 / 씨름 / 사방공사 / 교차선 / 추수 후 / 태양 / 임금 / 딸 / 철로 교차점 / 부역 / 산촌 / 이녕 / 모자 / 혈로

식민지 시대 신경향파·카프 계열 작가로서 사회주의 리얼리즘 문학을 추구한 작가 한설야의 문학적 특징을 잘 드러내는 단편 17편을 수록했다. 시대적 대세에 편승하며 작품의 경향을 바꾸었던 다른 카프 작가들과는 달리 한설야는, 주체적인 노동자로서의 삶을 택한 「과도기」의 '창선'이 그러하듯, 이 주제를 자신의 평생 과제로 삼아 창작에 몰두했다.

41 사랑손님과 어머니 주요섭 중단편선

장영우(동국대) 책임 편집

수록 작품 추운 밤 / 인력거꾼 / 살인 / 첫사랑 값 / 개밥 / 사랑손님과 어머니 / 아네모네의 마담 /
북소리 두둥둥 / 봉천역 식당 / 낙랑고분의 비밀

주요섭이 남녀 간의 애정 문제를 주로 다룬 통속 작가로 인식되어온 것은 교정되어야
마땅하다. 그는 빈민 계층의 고단하고 무망(無望)한 삶을 사실적으로 재현하는 데 탁
월한 기량을 보였으며, 날카로운 현실인식과 객관적 묘사의 한 전범을 보여주었고 환
상성을 수용함으로써 보다 탄력적인 소설미학을 실험하기도 하였다.

42 탁류 채만식 장편소설

우찬제(서강대) 책임 편집

채만식은 시대의 어둠을 문학의 빛으로 밝히며 일제 강점기와 해방기의 우리 소설사
를 빛낸 작가다. 그는 작품활동 전반에 걸쳐 열정적인 창작열과 리얼리즘 정신으로
당대의 현실상을 매우 예리하게 형상화했다. 특히 『탁류』는 여주인공 초봉의 기구한
운명의 족적을 금강 물이 점점 탁해지는 현상에 비유하면서 타락한 당대의 세계상을
여실하게 드러내주고 있다.

43 벙어리 삼룡이 나도향 중단편선

우찬제(서강대) 책임 편집

수록 작품 젊은이의 시절 / 별을 안거든 우지나 말걸 / 옛날 꿈은 창백하더이다 / 여이발사 /
행랑 자식 / 벙어리 삼룡이 / 물레방아 / 꿈 / 뽕 / 지형근 / 청춘

위험한 시대에 매우 불안하게 살았던 작가. 그러나 나도향은 불안에 강박되기보다 불
안한 자유의 상태를 즐기는 방식으로 소설을 택한 작가였다. 낭만적 환멸의 풍경이나
낭만적 동경의 형식 등은 불안에 대한 나도향 식 문학적 향유의 풍경으로 다가온다.

44 잔등 허준 중단편선

권성우(숙명여대) 책임 편집

수록 작품 탁류 / 습작실에서 / 잔등 / 속습작실에서 / 평대저울

한국 근대소설사에서 허준만큼 진보적 지식인의 진지한 자기 성찰을 깊이 형상화한
작가는 없었다. 혁명의 필연성을 기꺼이 인정하면서도 혁명과 해방으로 인해 궁지와
비참에 몰린 사람들에 대해 깊은 연민과 따뜻한 공감의 눈길을 던진 그의 대표작 다
섯 편을 한데 모았다.

45 한국 현대희곡선

유치진 함세덕 오영진 차범석 이근삼 최인훈 이현화 이강백 이윤택 오태석
이상우(고려대) 책임 편집

수록 작품 토막 / 산허구리 / 살아 있는 이중생 각하 / 국물 있사옵니다 / 옛날 옛적에 훠어이 훠
이 / 카덴자 / 봄날 / 오구─죽음의 형식 / 심청이는 왜 두 번 인당수에 몸을 던졌는가

한국 현대희곡 100년사를 대표하는 작품 열 편. 1930년대부터 1990년대까지 각 시
기의 시대정신과 연극 경향을 대표할 만한 희곡들을 골고루 선별하였고, 사실주의 희
곡과 비사실주의희곡의 균형을 맞추어 안배하였다.

46 혼명에서 백신애 중단편선

서영인 책임 편집

수록 작품 나의 어머니/꺼래이/복선이/채색교/적빈/낙오/악부자/정현수/학사/호도/어느 전원의 풍경—일명·법률/광인수기/소독부/일여인/혼명에서/아름다운 노을

일제강점기 한국문학을 대표하는 여성 작가이자 사회운동가인 백신애의 주요 작품 16편을 묶었다. 극심한 가난과 봉건적 인습의 굴레에 갇힌 여성들의 비극, 또는 그로부터 벗어나고자 하는 의지를 섬세한 필치와 치열한 문제의식으로 그려냈다. 그의 소설을 통해 '봉건적 가족제도와 여성의 욕망'이라는 해묵은 주제가 오늘날에도 여전히 풀리지 않는 과제로 존재하고 있음을 알게 된다.

47 근대여성작가선
김명순 나혜석 김일엽 이선희 임순득

이상경(KAIST) 책임 편집

수록 작품 의심의 소녀/선례/돌아다볼 때/탄실이와 주영이/경희/현숙/어머니와 딸/청상의 생활—희생된 일생/자각/계산서/매소부/탕자/일요일/이름 짓기/딸과 어머니와

일제강점기 한국문학을 대표하는 여성 작가들의 주요 작품 15편을 한 권에 묶었다. 근대 여성의 목소리로서 여성문학은 봉건적 가부장제에서 벗어나고자 개인으로서 여성의 자유로운 선택을 가로막는 온갖 질곡에 저항해왔다. 여성이 봉건적 공동체를 벗어나 개성을 찾아 나서는 길은 많은 경우 가출, 자살, 일탈 등으로 귀결되었지만, 그럼에도 여성 자신의 힘을 믿으면서 공동체의 인습에 저항하고 새로운 공동체를 지향하는 노력이 있었다. 여기에 식민지라는 조건 속에서 민족의 해방은 더 큰 과제이기도 했다. 이 책에 실린 여성 작가의 작품들은 신여성의 이러한 꿈과 현실, 한계를 여실히 드러내 보여준다.

48 불신시대 박경리 중단편선

강지희(한신대) 책임 편집

수록 작품 계산/흑흑백백/암흑시대/불신시대/벽지/환상의 시기/약으로도 못 고치는 병

여성의 전쟁 수난사를 가장 탁월하게 그려낸 작가 박경리의 대표 중단편 7편 수록. 고독과 절망의 시대를 살아내면서도 현실과 타협하지 못하는 결벽성으로 인간의 존엄을 고민했던 작가의 흔적이 역력한 수작들이 담겼다.